# 浸没式MBR平片膜技术及应用

● 梅 凯 主编 ● 王新民 周 膜 副主编 ● 吴海锁 主审

化学工业出版社

·北京·

全书共分为9章，内容主要包括浸没式MBR平片膜技术的发展，浸没式MBR平片膜的制备和性能的控制，浸没式MBR平片膜系统的设计、控制、工程的招标和投标，浸没式MBR平片膜系统的施工与调试、运行与维护、常见故障及处理等，同时给出了部分工程案例。

本书可供环境工程、给水排水工程等领域的研究人员和工程技术人员阅读，也可供高等院校相关专业师生作为教学用书参考使用。

**图书在版编目（CIP）数据**

浸没式MBR平片膜技术及应用/梅凯主编．—北京：化学工业出版社，2011.10
ISBN 978-7-122-12432-6

Ⅰ．浸… Ⅱ．梅… Ⅲ．生物膜（污水处理） Ⅳ．X703

中国版本图书馆CIP数据核字（2011）第197524号

责任编辑：满悦芝　　文字编辑：荣世芳
责任校对：洪雅姝　　装帧设计：韩　飞

出版发行：化学工业出版社（北京市东城区青年湖南街13号　邮政编码100011）
印　　装：北京云浩印刷有限责任公司
787mm×1092mm　1/16　印张13¾　字数362千字　2012年1月北京第1版第1次印刷

购书咨询：010-64518888（传真：010-64519686）　售后服务：010-64518899
网　　址：http://www.cip.com.cn
凡购买本书，如有缺损质量问题，本社销售中心负责调换。

**定　　价：59.00元**

# 序

膜分离技术被称为“二十一世纪的水处理技术”，自20世纪70年代应用于水处理领域后，得到广泛和空前的发展，受到世界各国水处理工作者的普遍关注，人们开展了不同水平、不同层次的研究和技术开发与应用。

MBR（膜生物反应器技术）最早在1965年由Blat等提出并用于连续发酵的酶制剂工艺中进行微生物的浓缩。1966年，美国率先将MBR用来处理城市污水；20世纪70年代末期，MBR在日本迅速发展，主要集中于中水回用；进入到21世纪，MBR在欧洲和我国得到迅速发展，特别是在重要流域处理技术的改造、提标方面，作为主要技术得以应用。其处理对象亦从生活污水处理拓展到工业废水处理，处理规模达$10\times10^4m^3/d$级别。至此，MBR在水处理方面成为当前研究与应用的热点。

MBR是一种微生物技术与膜技术相结合的高效生化水处理技术，由于膜的拦截、过滤作用，微生物完全被截留在生物反应器中，实现了HRT（水力停留时间）和SRT（污泥龄）的彻底分离，使生物反应器内保持较高的MLSS（混合液悬浮固体），系统具有稳定的处理效果和较高的出水水质。

作为MBR技术的核心——膜元件为微滤、超滤有机膜。目前，已商品化的MBR膜元件形式有平片膜、中空纤维膜、管式膜等。其中浸没式平片膜的优势在实际工程中不断地得以彰显，但由于国内使用刚刚起步，还没有系统介绍浸没式MBR平片膜技术的专著，本书正是基于此目的，较为系统地总结、介绍了浸没式MBR平片膜的性能、设计、运行、管理及工程招投标等方面的内容，以期达到推广使用浸没式MBR平片膜技术之目的。

梅凯教授在大学从事研究与教学工作，同时在MBR技术开发和推广应用方面积累了丰富的实践经验。本书的特色在于理论联系实际，对于相关领域教学、科研、设计、施工、运行和管理人员具有较高的参考价值和实用价值。我相信，本书的出版，将对我国水处理技术水平的提升具有积极的促进作用。

**中国工程院 院士**

**南京工业大学教授　徐南平**

**2011年9月**

# 前　言

膜处理技术，作为水处理技术的一次革命，是膜分离材料的水处理新技术。有机膜分离技术的应用始于20世纪60年代的海水淡化工程。随着新型有机膜的成功研发，膜技术的应用拓展到城市生活饮用水的净化和城市污水处理以及工业废水处理工程等领域。在水资源匮乏、节能减排的双重压力下，膜技术作为一种新型的污水处理技术，得到越来越广泛的应用，特别是在太湖流域和南水北调工程的沿线城镇污水厂提标改造时，作为首选技术予以应用。

MBR（膜生物反应器，Membrane Bioreactor）是一种以有机膜分离技术为主体，以传统污水生物处理技术为预处理，将两者有机结合的新型高效污水处理工艺。该技术通过膜组件的高效分离作用，大大提高了泥水分离效率。由于曝气池中活性污泥浓度的增大和污泥中优势菌的出现，提高了生化反应速率，明显地减少了剩余污泥量，避免了传统生物方法剩余污泥量高、占地面积大、运行效率低等问题。

目前，浸没式MBR膜组件主要由平片膜和中空纤维膜两种膜元件构成。平片膜以其工作应力及跨膜压差小、使用寿命长、抗污染能力强的优势，在工程应用份额上的占有率越来越大。

本书就有机膜技术的发展，浸没式MBR平片膜的制备和性能的控制，系统的设计、控制、施工与调试、运行与维护，常见故障及处理，工程的招标和投标等方面做了较为系统的论述和工程总结，同时给出了部分工程案例，供读者参考。

本书由南京工业大学梅凯担任主编，王新民、周膜担任副主编，江苏省环境科学研究院吴海锁担任主审。本书第1章由刘翠云编写，第2章由梅凯、陈思、陆曦编写，第3章由肖雪峰、梅凯、吴慧芳、孙文全、吴海霞编写，第4章由嵇保健编写，第5章由夏霆、王新智、刘敏忠编写，第6章由吴慧芳、孙文全编写，第7章由赵金辉、夏霆、王先明编写，第8章由于风光、唐祖萍、周膜、曹亚彬编写，第9章由王珊、王新民、王建春编写。参加本书编写的还有陈天放、羌金凤、杨雪、宋宜嘉、周艺怡、施陈晨和王蓓。

本书在编写的过程中，得到南京工业大学、江苏蓝天沛尔膜业有限公司、南京博威环保科技有限责任公司、上海碧景环境科技发展有限公司的支持和帮助，在此表示谢意。

由于编者时间和水平有限，疏漏之处在所难免，敬请读者批评指正。

**编者**

**2011年10月**

# 目录

# 第1章 概述

MBR（膜生物反应器，Membrane Bioreactor）是一种新型的污水处理技术，自1966年美国的Dorr-oliver公司首次将MBR用于废水处理以来，短短几十年时间的发展，MBR已然在城市污水和工业废水的处理及中水回用方面占据了重要的地位，成为很有吸引力和竞争力的水处理技术，也是水处理技术的一次革命。

目前，全球MBR的市场正在加速成长，工程应用数量、处理规模快速增加和扩大。随着MBR技术的日渐成熟，其投资、运行费用不断降低，其未来发展空间将会更加广阔。

## 1.1 MBR概念及分类

### 1.1.1 MBR概念及工作原理

MBR（Membrane Bioreactor，膜生物反应器）是20世纪末发展起来的一项既能控制污染又能实现资源化的新型水处理技术，它将分离工程中的膜技术应用于活性污泥处理系统，把膜分离单元与生化处理单元相结合，以膜组件取代传统生化处理技术中的二次沉淀池和砂滤池，在生化反应器中既保持了高活性污泥浓度，又减少了污水处理设施的占地面积。

MBR主要由膜组件和生化反应器两部分组成，其工作原理如下：MBR内，大量的微生物（活性污泥）与废水中的可降解有机物等充分接触，微生物通过氧化分解作用将有机污染物降解，同时自身得以生长、繁殖；膜组件通过机械筛分、截留等作用对废水和污泥混合液进行固液分离，从而得到澄清和消毒的出水。

生化处理系统和膜组件的有机结合，不仅提高了系统的出水水质和运行的稳定性，还延长了大分子物质在生化反应器中的水力停留时间，使之得到最大限度的降解，并通过保持低污泥负荷减少了剩余污泥量。

### 1.1.2 MBR的分类

从功能上讲，MBR分为三类：膜分离生化反应器、膜-曝气生化反应器和萃取MBR。

(1) 膜分离生化反应器（Biomass Separation Membrane Bioreactor，BSMBR，简称MBR） 膜分离生化反应器主要由生化反应器和膜组件两单元设备组成。生化反应器混合液出水利用膜组件进行固液分离，在压力作用下，膜过滤液成为系统处理出水，活性污泥、大分子物质等被膜截流。膜组件相当于常规生化处理中二沉池的作用。

利用膜组件对混合液的高效分离功能，几乎没有污泥流失，使生化反应器内具有较高的微生物浓度和长的污泥停留时间，解决了传统活性污泥法中污泥沉降性能差的问题。同时，膜分离使水中难降解成分长时间地停留在反应器中，提高了难降解有机物的降解效率。

膜分离生化反应器是目前MBR中最为普遍的应用形式，优点是处理装置体积小，运行管理方便，生化反应速率高，剩余污泥产量少，出水水质好；膜能截留大部分细菌、病毒，具有一定的消毒能力；泥龄和水力停留时间可以完全独立控制，容积负荷高，运行稳定，耐冲击负荷。由于污泥停留时间长，有利于硝化细菌繁殖，使处理装置具有较好的脱氮能力。

(2) 膜-曝气生化反应器（Membrane Aeraction Bioreactor，MABR） 膜-曝气生化反应

器采用平片式或中空纤维式组件，在保持气体分压低于泡点的情况下（不在生化膜上形成气泡），使氧气不能进入大气，传递的气体含在膜系统中，因此提高了接触时间和传氧效率。反应器内巨大的膜表面积为氧的传质及生化膜的增长创造了非常有利的条件，从而有利于有机物的降解。同时由于气液两相被膜分开，有利于曝气工艺的更好控制，有效地将曝气和混合功能分开。

膜-曝气生化反应器特别适用于含挥发性有毒有机物或发泡剂的工业废水处理，避免将废水中的挥发性有毒污染气体排放到空气中造成二次污染。但系统需考虑混合搅拌措施，以保证活性污泥处于悬浮状态。

(3) 萃取 MBR（Extractive Membrane Bioreactor，EMBR） 萃取 MBR 将膜萃取和生化降解结合起来，反应过程分两步进行：首先，利用选择透过性膜将废水中有毒、溶解性差的污染物从废水中萃取出来；其次，在生化反应器内由专性菌对其进行单独生化降解。这样，专性菌不受废水中离子强度和 pH 值的影响，其生化降解速率保持在较高水平，生化反应器的功能得到了优化。并且，污染物通过膜后在生化反应器中被微生物吸附降解，浓度不断下降，在废水和反应器之间形成一个浓度差，为这类污染物进入生化反应器提供了基本传质推动力。

萃取 MBR 适用于处理高碱度、高盐度的有毒废水。

在上述三种反应器中，膜分离生化反应器研究和应用得最广泛，而其他两种反应器还处于实验室阶段。因此，目前对 MBR 分类方式的研究主要针对膜分离生化反应器而言（下文中如果不另标明，MBR 即指的是膜分离生化反应器）。根据膜组件的构造及其与生化反应器的组合方式有多种分类方式，常见的有以下几种。

#### 1.1.2.1 膜组件与生化反应器的相对位置

据膜组件与生化反应器的组合方式可将 MBR 分为以下三种类型：分置式 MBR、一体式 MBR 和复合式 MBR。

(1) 分置式 MBR 分置式 MBR（图 1-1）是指膜组件与生化反应器分开设置，相对独立，膜组件与生化反应器通过泵与管路相连接。生化反应器内的混合液经工艺泵增压后进入膜组件，在压力作用下混合液中的水透过膜成为处理水，其余物质被膜截留并随浓缩液回流到反应器内。

分置式 MBR 是最早研究的类型，其特点为：运行稳定可靠，操作管理容易，易于膜的清洗、更换及增设。为了减轻悬浮物在膜表面的沉积，需采取错流措施，但错流产生的过大剪切力会造成活性污泥的菌胶团解体，影响其生化处理效果。

(2) 一体式 MBR 1989 年，日本学者 Yamamoto 等首先开发了一体式 MBR[1]（图

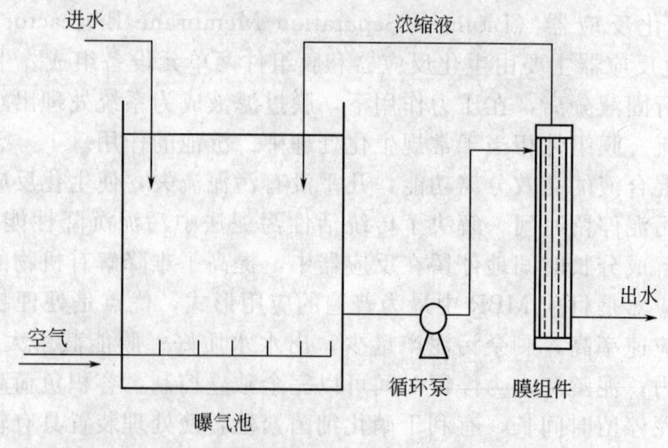


图 1-1 分置式 MBR

1-2)，又称为淹没式 MBR，是将膜组件直接安置在生化反应器内部，依靠重力或水泵抽吸产生的负压或真空泵作为出水动力。曝气装置设在膜组件下方，除具有充氧功能外，上升的空气错流还产生强烈的混合搅拌作用，并在膜表面产生冲刷作用，减轻了膜的污染。

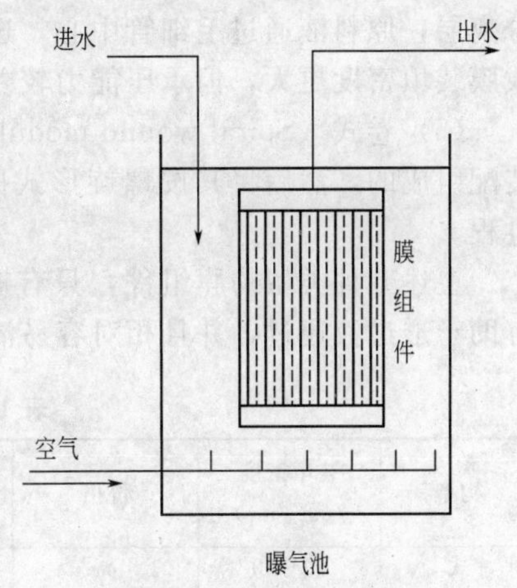

图 1-2 一体式 MBR

与分置式 MBR 相比，一体式 MBR 具有工艺简单、能耗小、结构紧凑、体积小、运行费用低的优点，但一体式 MBR 在运行稳定性、操作管理和膜的清洗更换方面不及分置式。

一体式 MBR 在城市污水处理厂具有较强的竞争力。

(3) 复合式 MBR　复合式 MBR（图 1-3）是在一体式 MBR 基础上改造而成的，将膜组件置于生化反应器之中，通过重力或负压出水，同时在生化反应器中安装填料，形成复合式处理系统。由于填料上附着生长着大量微生物，能够保证系统具有较高的处理效果，提高系统的抗冲击负荷能力，同时可以降低反应器内悬浮固体浓度，减少膜污染，提高膜通量。

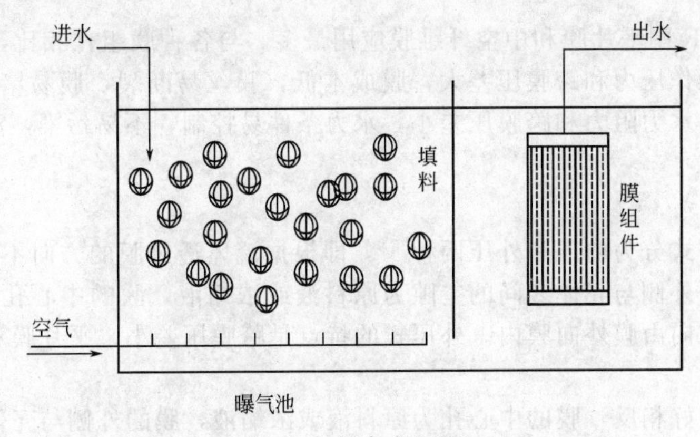

图 1-3 复合式 MBR

### 1.1.2.2 膜组件构型

根据膜组件构型，常见的有以下五种类型。

(1) 平片式（Plate and frame module）　膜组件由三部分组成：平片膜、膜片支撑材料、膜元件的膜板和起导流作用的组件框，部件以适当的方式组合堆叠在一起，构成平片膜组件。其最大特点是构造比较简单，而且可以单独更换膜片。平片膜制造过程中，通常采用纺织品、无纺布或多孔高分子材料作为膜的支撑材料，实验室一般用玻璃刮刀或不锈钢刮刀在玻璃板上制备，工业化生产都是用刮膜机连续生产。

(2) 中空纤维式（Hollow fiber module）　中空纤维膜是一种极细的空心膜管，外径 800～1000μm，内径 400～600μm。中空纤维膜组件是把多达几十万根或更多的中空纤维膜排列成束，装入耐压容器内而制成，纤维束的开口端用环氧树脂浇铸成管板。

(3) 管式（多管）(Multi-tube module)　管式膜组件最早应用于 1961 年，其结构是把管状形式的膜置于几层耐压管的内侧，管状膜的直径为 6～24mm；或者直接将膜刮制在支撑管内（或管外），再将一定数量的这种膜管以一定方式联成一体而成。它比毛细管式膜组件更为耐压。

(4) 毛细管式（Capillary tube） 是直径为 0.5～1.5mm 的大量毛细管膜组成，内层为分离层，原料液通过毛细管中心，透过液沿毛细管壁下降；为自支撑结构，成本较低，比管式膜装填密度更大，但承压能力较差；毛细管膜的内径很小时，容易堵塞。

(5) 卷式（Spiral wound module） 是由中间为多孔支撑材料，两边是膜的“双层结构”装配组成的，然后将其按螺旋形式围绕透过液收集管卷绕。目前广泛用于超滤和气体分离过程。

上述五种类型的膜组件，只有前三种适用于 MBR，原因是这三种膜组件能促进湍流，有助于透过液通过，并且相对容易清洗[1]。五种膜组件性能详见表 1-1。

**表 1-1 五种膜组件性能**[2,3,4,5]

| 构型 | 装填密度/($m^2/m^3$) | 价格 | 离线清洗难易度 | 是否可更换膜 | 可承受跨膜压差高低 | 应用领域 |
| --- | --- | --- | --- | --- | --- | --- |
| 平片式 | 40～60 | 高 | 容易 | 是 | 低 | 微滤,超滤 |
| 中空纤维 | 5000～40000 | 很低 | 较易 | 否 | 高 | 微滤,超滤 |
| 多管式 | 20～30 | 很高 | 较难 | 是 | 低 | 微滤/超滤,纳滤 |
| 毛细管式 | 600～1200 | 低 | 较易 | 否 | 低 | 超滤 |
| 卷式 | 800～1000 | 低 | 较难 | 否 | 高 | 反渗透,纳滤,超滤 |

注：“是否可更换膜”指更换膜片的难易度，而非膜组件。

目前，在 MBR 中平片膜和中空纤维膜应用最多。与各种膜组件相比，中空纤维膜组件装填密度较大，操作压力和跨膜压差大，膜成本低，膜丝易断裂，膜易堵塞，有曝气死区；平片膜膜通量大，水力阻力和跨膜压差小，水力条件易控制，不易污染，清洗方便，填装密度较小。

1.1.2.3 工作方式

膜组件工作方式分为内压和外压两种[6]，即根据流体透过膜的方向不同而进行的分类。外压方式中，膜的外侧与壳体之间的空隙为原料液或浓缩液，膜的中心孔为透过液的通道，即透过液的流动方向由膜外向膜内。外压式的特点是跨膜压差小，平片膜和中空纤维膜均为外压式膜。

内压方式则正好相反，膜的中心孔为原料液或浓缩液，膜的外侧与壳体之间的空隙为透过液的通道，即透过液的流动方向由膜内向膜外。纳滤膜和反渗透膜为内压式膜。

1.1.2.4 膜分离过程

在水处理中应用的膜分离过程主要有微滤、超滤、纳滤、反渗透和电渗析等。

(1) 微滤（MF） 微滤即微孔过滤，主要是筛分原理，是以压力差作为推动力的膜分离过程，能有效截留部分微细颗粒和超大分子物质。微滤技术广泛用于水处理过程，去除水中悬浮物、微小粒子和细菌，也用于酒、饮料中酵母和霉菌的去除、果汁的澄清过滤及各种滤液的澄清。

(2) 超滤（UF） 超滤也是以压力差为推动力的膜分离过程，能有效地去除颗粒物质和大分子物质，如直径大于 20nm 的细菌、病毒和蛋白质等。

超滤技术在近 30 年得到迅速的发展，被广泛应用于饮用水制备、食品工业、制药工业、工业废水处理、金属加工涂料、生化产品加工、石油加工等领域。

(3) 纳滤（NF） 纳滤是 20 世纪 80 年代末问世的分离技术，借助外界压力的推动，利用一种具有半透性能的膜实现处理液中某些组分选择性透过的分离技术。纳滤膜具有纳米级孔径，截留分子量介于反渗透膜和超滤膜之间，主要适用于将小分子物质从溶液中分离。

纳滤的一个重要特点是膜的表面常带正或负电荷，可对多糖和氨基酸进行分离，还用于果汁的高浓度浓缩、抗生素的浓缩和纯化、农产品的综合利用等领域。

（4）反渗透（RO） 反渗透是近20年来发展起来的膜技术，其原理为：一块半透性膜的左右两边分别为水和水溶液，水趋向于向水溶液渗透，直至水溶液的液面比水面高出一定的高度，即水溶液一侧的压力比水一侧的压力高出一定的数值后，水的渗透才停止。其高出的压力称为渗透压。若在溶液一侧施加一个比渗透压还大的压力，渗透过程便逆转，即水从水溶液一侧向水一侧渗透，称为反渗透。利用反渗透的分离特性可以有效地除去水中的溶解盐、胶体、有机物、细菌等杂质，现已被广泛地用于水质除盐和污水处理等方面。

（5）电渗析（ED） 利用离子交换和直流电场的作用，溶液中带电的溶质粒子（如离子）通过膜而迁移的电化学分离过程。电渗析用的是离子交换膜，这一膜分离过程主要用于含有中性组分的溶液的脱盐及脱酸。

离子交换膜电渗析技术在我国早在1958年开始开发研究，起步早、发展快。电渗析技术曾在海水淡化、苦咸水脱盐、锅炉给水软化、初级纯水设备、生产工艺用水和工业废水处理方面发挥重要作用，遍及化工、电子、电力、轻工、纺织、医药、饮料和饮用水处理等许多领域。表1-2对几种膜分离过程进行了比较。

**表1-2 不同膜分离过程的比较[3,7,8,9,10]**

| 分离过程 | 分离机理 | 孔径 | 透过物质 | 推动力 |
|---|---|---|---|---|
| 纳滤 | 筛分、扩散 | 平均2nm | 溶剂、低价小分子溶质 | 压力(0.1～2.0MPa) |
| 超滤 | 筛分 | 0.001～0.1μm | 溶剂、离子及小分子(相对分子质量小于1000) | 压力(0.1～1.0MPa) |
| 微滤 | 筛分 | 0.02～10μm | 水、溶剂、溶解成分、胶体 | 压力(0.01～0.2MPa) |
| 反渗透 | 筛分、扩散 | <0.002μm | 水、溶剂 | 压力(0.1～10MPa) |
| 电渗析 | 离子迁移 | — | 电解质离子 | 电位差 |

#### 1.1.2.5 微生物生长需氧状况

根据生化反应器中微生物生长需氧情况的不同分为好氧和厌氧两大类。好氧MBR一般用于生活污水的处理，使出水达到回用要求。厌氧MBR一般用于高浓度或难降解有机废水的处理，厌氧过程可初步降解难降解有机物，提高有机废水的可生化性，利于后续好氧处理，显著提高有机物去除率。

## 1.2 MBR的特点

作为一种新型、高效的水处理技术，MBR在水处理方面有着其独特的优势，与传统活性污泥法相比，MBR的优点如下[11,12,13]。

### 1.2.1 固液分离的高效性

MBR能够高效地进行固液分离，出水水质好。这是因为使用的膜从材料上一般分为无机陶瓷膜和有机高分子膜，这些膜的孔径一般介于0.02～0.5μm之间，只要是粒径比膜孔径大的物质都可以被截留，去除的物质主要包括胶体、无机离子和小粒径的有机微污染物，例如腐殖酸等。因此，混合液中的微生物和废水中悬浮物以及蛋白质等大分子有机物不能透过膜，出水中SS浓度低，对病毒、细菌也有较高的去除率。

### 1.2.2 维持活性污泥浓度在较高水平

膜的高效截留作用使微生物完全截留在反应器内，反应器中活性污泥的浓度可以达到6000～12000mg/L[1]，有的甚至高达20000～35000mg/L[14]，系统中生化量维持在高水平，显著提高了对有机物的降解能力，增强了抗冲击负荷能力，出水水质稳定。对于生活污水，

MBR的出水水质一般都能稳定在 $BOD_5<3mg/L$、$TSS<5mg/L$、$COD<40mg/L$、$TN<12mg/L$、$TP<2.2mg/L$[14,15,16]。

此外，实现了反应器水力停留时间（HRT）和污泥龄（SRT）的完全分离，使运行控制更加灵活、稳定。

#### 1.2.3 利于生长缓慢的微生物的生长

膜的分离截留作用有利于世代时间长的硝化细菌以及难降解有机物分解微生物的截留、生长和繁殖，系统硝化效率较常规的生化反应器明显得以提高，也提高了难降解有机物的降解效率。通过运行方式的改变亦具有脱氮和除磷的功能。

#### 1.2.4 污泥产率低

反应器在高容积负荷、低污泥负荷、长泥龄下运行，剩余污泥排放少，污泥处理和处置费用低。

#### 1.2.5 便于自动化控制

设备结构简单，占地面积少，可以一体化组装，可全程自动化控制，操作管理方便。

但MBR也存在一些缺点，如膜制造成本偏高，MBR的基建投资较高；运行过程中易产生膜污染，需要经常进行膜的在线清洗、化学清洗或更换；系统的温度、pH值、压力、化学物质等条件应适合膜组件的正常运行。这些问题限制了MBR在实际工程中的应用。

## 1.3 国内外MBR研究进展及应用现状

#### 1.3.1 国内外膜技术进展及应用现状

膜是一种具有特殊选择性分离功能的无机或高分子材料，膜科学技术是一门新兴的高分离、浓缩、提纯、净化技术。人类最早发现渗透现象在1748年，Nollet发现水会自发地扩散穿过猪膀胱进入到酒精中；19世纪中叶，人们开始研究膜分离现象；1864年，Traube成功制造出人类历史上第一张人造膜；1925年世界上第一个滤膜公司（Sartorius）在德国Gottinggen成立；1950年W. Juda等研制出第一张具有实用价值的离子交换膜，至此，电渗析技术得到迅速发展；20世纪50年代电渗析开始在工业上应用；1960年，Loeb和Sourirajan共同发明了一种新的制膜技术，制造出醋酸纤维素反渗透膜，这项新技术引发了学术界、工业界研究各种分离膜技术的高潮；20世纪60年代以后，反渗透、超滤、微滤等多个膜分离过程相继应用于各个工业领域。

膜分离过程具有无相变、高效、节能、工艺和设备简单、操作过程易控制等特点，在能源紧张、资源短缺、生态环境日益恶化的今天，膜分离技术在解决污水净化、水资源可持续利用等方面起着不可替代的重要作用，得到工业发达国家的普遍重视，发展十分迅速。目前，膜技术在化工、电子、轻工、纺织、冶金、食品、医药和医疗、环境保护等领域有广泛应用。归纳起来，膜技术主要在以下三个方面应用广泛[17]。

（1）膜法制备饮用水和超纯水　具体包括海水、苦咸水的淡化及软化；饮用和医用纯水的制备；半导体及微电子工业超纯水的制备。

（2）膜法处理工业污、废水　主要包括电泳涂装废水、电镀废水、印染废水、含油脂废水、化工废水、造纸废水、食品废水、生活污水等的处理和回用。

（3）膜法分离和精制工业产品　包括酿酒、饮料、醋、酱油的生产制备，中、西药生产，化工、冶金、印染等行业的除盐、浓缩、提纯和回收等工艺。

根据有关文献报道[18]，世界膜工业市场近30年来每年均以高于5%的速度迅猛发展，1997年市场销量中分列前三位的是美国、日本和欧洲。就微滤、超滤和反渗透的市场占有额而言，美国分别是 34%、17%和 16.3%；欧洲为 31.8%、9.8%和 7.3%；日本是 32%、5.7%和 6.6%。2000 年世界膜技术市场规模已达到 120 亿美元。MBR 技术作为膜技术中的一个重要组成部分，其市场也在加速成长，2005 年，全球 MBR 市场销售额达到 2.17 亿美元，到 2010 年底，市场规模将会达到 3.6 亿美元[19]。

我国的膜技术从 20 世纪 60 年代中期起步研究，经过 50 多年的发展，逐渐走向成熟。膜工业近 10 年来得到较快发展，已成为一个新兴的高技术产业群体，一直保持 20%以上的市场增长率。中国膜工业协会的统计资料表明，1998 年，我国膜工业产值为 12 亿元人民币，2000 年为 28 亿元，到 2008 年，我国膜工业产值已达到 60 亿元，相关工程约 200 亿元。截至目前，我国膜工业领域有研究单位 120 家以上、生产企业约 400 家、工程公司约 2000 家。中国的膜消费市场已经成为世界三大板块之一，占全球消费量的 20%[20]。预计到 2020 年，国产膜的市场份额将达到 100 亿～200 亿元人民币，年增长速度为 15%，并将进入世界膜工业强国，国产膜约占世界膜总量的十分之一。

近几年来，随着膜材料的研究进一步深入，膜材料的性能越来越好、寿命越来越长、成本也越来越低，膜的应用步伐也随之加快。随着国家能源政策和产业政策的逐步调整，以及全世界范围内面临的能源短缺、环境恶化等危机，膜技术在多个领域将有广阔的发展空间，已成为解决当代能源、资源问题和环境污染问题的重要高新技术手段，被认为是 21 世纪最有发展前途的清洁技术之一。

### 1.3.2 国内外 MBR 研究进展

MBR 是膜技术在环保领域内的重要应用，其研究始于美国。1966 年，美国的 Dorr-oliver 公司首先将 MBR 用于废水处理的研究。1968 年，Smith 等首次将活性污泥法与超滤膜组件相结合用于处理城市污水[21]，利用膜具有的高效截留的物理特性，使生化反应器内维持较高的污泥浓度，反应器在低 F/M 下工作，提高了反应器的去除效率，同时发现工艺具有减少剩余污泥产量、减小污水处理厂占地面积等优点。

进入 20 世纪 70 年代，各国学者进一步深入开展对 MBR 的研究。这一时期 MBR 的研究重点是开发适合高浓度活性污泥的膜分离装置，但受到当时膜生产技术的限制，膜的使用寿命短，膜通量小，限制了 MBR 工艺的长期稳定运行，这项技术在相当长的时间内仅停留在实验室研究阶段，未能在实际工程中推广应用。进入 80 年代以后，随着材料科学的发展与制膜水平的提高，推动了 MBR 技术的向前发展，MBR 工艺也随之得到迅速发展。除了较早起步的美国、日本，欧洲一些国家、加拿大、南非等也开展了 MBR 的研究和应用。

20 世纪 90 年代以后，MBR 技术进入了迅猛发展的时期，尤其到了 20 世纪的最后几年，有关 MBR 的研究从实验室小试、中试规模走向了生产性试验，应用 MBR 的中、小型污水处理厂也逐渐见诸报道。MBR 在国外已进入了实际应用阶段。MBR 在日本的商业应用发展很快，世界上约 66%的工程在日本，其余主要在北美和欧洲。这些工程中 98%以上是膜分离工艺与好氧生化反应器相结合。约 55%采用一体式 MBR，其余则是分置式 MBR。另外，除了应用于生活污水处理、工业废水处理外，MBR 在饮用水处理领域的研究也逐渐发展起来。

我国从 20 世纪 90 年代开始对 MBR 进行研究，MBR 研究机构由最初的两三家已发展为现在的六十多家。最早开始研究的机构有清华大学、浙江大学、中科院生态环境研究中心、天津大学、同济大学、哈尔滨工业大学、南京工业大学等。1997 年中国科学院生态环境研究中心开始了穿流式膜-生化反应器的研究工作；清华大学、同济大学、天津大学、南京工业大学等高校开展了分置式 MBR 和一体式 MBR 的研究；多个研究机构对 MBR 的运行特征、膜通量的影响因素、膜污染的防止与清洗等方面做了大量细致的研究工作[22,23]。随着我国水污染现象的日趋严重，MBR 研究先后被列入“九五”国家科技攻关课题（1996

年）和国家高技术发展计划（863）项目（2002年），MBR的研究与应用得到了全面推进。通过十几年的精心研究与试验，MBR的研究对象从生活污水扩展到石化污水、高浓度有机废水、食品废水、啤酒废水、港口污水、印染废水；生化反应器从活性污泥法扩展到接触氧化法；生化处理流程从好氧发展到厌氧，并且对不同污水的处理效果、系统的稳定运行、操作条件的优化等方面展开了研究。如今，MBR技术在我国逐渐得到广泛的应用，而且也已有数座日处理量大于万吨的MBR系统正式投入运行，应用领域涉及工业废水处理、医院废水处理、生活污水回用等多个方面。

归纳起来，国内对MBR的研究大致可分为以下几个方面[23]：

① 发展不同构造形式的膜组件在MBR中的应用，应用较多的形式有平片式、圆管式、螺旋卷式、中空纤维式等。由此产生了多种形式的MBR，主要目标在于提高有机物降解率，增强运行稳定性和操作管理方便性，尽可能减轻膜污染。

② 发展不同生化处理工艺与膜分离单元的组合形式，生化反应处理工艺从好氧到厌氧，从活性污泥法扩展到接触氧化法、生化膜法、活性污泥与生化膜相结合的复合式工艺等。

③ 研究影响处理效果与膜污染的因素、机理及数学模型，探求合适的操作条件与工艺参数，提高膜组件的处理能力和运行稳定性。

④ 拓宽MBR的应用领域，MBR的研究对象从生活污水扩展到医院废水、高浓度有机废水（食品废水、啤酒废水）与难降解工业废水（石化废水、印染废水）等。

### 1.3.3 国内外MBR在水处理领域的应用现状

经过三十多年的发展，MBR已成为城市污水、工业废水处理和回用方面一种很有吸引力和竞争力的选择，目前，MBR研究和应用较多的是日本、北美（加拿大、美国等）、欧洲（英国、荷兰、法国、德国等）、韩国、中国和南非等，全世界投入运行或在建的MBR系统已经超过2500套。

（1）在城市污水处理中的应用　城市和生活污水是MBR在水处理中涉及较早的领域，研究和应用都比较广泛。

1996年，欧洲率先启动采用MBR处理生活污水的工程应用。1998年，欧洲第一座大型MBR城市污水处理厂——英国Porlock污水处理厂投入运行。2004年，位于德国Kaars市的Nordkanal污水处理厂投入运行，设计平均流量为$4.5\times10^4 m^3/d$，成为当时世界上运行规模最大的MBR污水处理厂。同年，荷兰建造了处理能力为$1.8\times10^4 m^3/d$的Varssev-eld污水处理厂，并从2003年开始投资建设处理能力为$(6\sim24)\times10^4 m^3/d$的MBR污水处理厂，目前已投入运行。截止到2006年，欧洲已有100多座服务人口大于500万人的MBR城市污水处理厂投入运行[6]。从1990～2005年，欧洲MBR城市污水处理厂的数量由几十座增加到将近五百座，增长了近10倍[24]。2007年左右，MBR在欧洲城市污水和工业废水处理中均以每年数十座的速度增长。

20世纪90年代中期之后，随着能耗低的浸没式MBR的出现，采用MBR工艺处理生活污水在北美地区迅速发展起来。截止到2005年，北美地区已有219个MBR城市污水处理工程，其中17个处理规模$>1\times10^4 m^3/d$[6]。目前世界上规模最大的MBR污水处理厂是位于美国Washington地区的Brightwater污水处理厂，设计平均流量为$11.7\times10^4 m^3/d$，于2010年投入运行[25]。

在日本，已建成几百套的MBR污水处理设施，主要是用于小区污水的处理与回用。

我国对MBR的应用研究起步相对较晚，但发展迅速，建成的密云污水处理厂再生水厂、内蒙古金桥污水处理厂、北小河污水处理厂等大型MBR污水处理工程相继投入运行。表1-3列出了MBR在我国城市污水处理中的部分应用工程实例。

表 1-3 MBR 在我国城市污水处理中的部分应用工程实例[6,26,27,28]

| 序号 | MBR 工程名称 | 处理能力/($m^3$/d) | MBR 形式 | 前道生化反应器 |
|---|---|---|---|---|
| 1 | 北京密云污水处理厂再生水厂 | 45000 | 浸没式 | 好氧 |
| 2 | 北京北小河 MBR 污水处理工程 | 60000 | 浸没式 | 好氧 |
| 3 | 山东石老人村污水处理站 | 1000 | 浸没式 | $A^2/O$ |
| 4 | 北京某度假村 MBR 污水再生工程 | 500 | 浸没式 | 好氧 |
| 5 | 某大型超市废水处理工程 | 200 | 浸没式 | 混凝+气浮+好氧 |
| 6 | 天津某小区中水站 | 650 | 浸没式 | SBR |
| 7 | 山东东阿县 MBR 中水回用工程 | 30000 | 浸没式 | 好氧 |
| 8 | 北京海淀温泉镇 MBR 回用工程 | 1000 | 浸没式 | 好氧 |
| 9 | 北京高碑店污水处理厂 MBR 中水工程 | 500 | 浸没式 | 好氧 |
| 10 | 广州科学城 MBR 法中水回用工程 | 300 | 浸没式 | 好氧 |
| 11 | 内蒙古金桥污水处理厂 | 31000 | 分置式 | 接触氧化 |
| 12 | 某机场生活污水回用工程 | 700 | 分置式 | 缺氧 |
| 13 | 北京引温济潮跨流域调水(微污染地表水) | 100000 | | |
| 14 | 湖北十堰神定河污水厂 | 100000 | 分置式 | BNR-MBR |
| 15 | 无锡梅村一期 | 30000 | 分置式 | $A^2$/O-CAST |
| 16 | 无锡梅村二期 | 30000 | 分置式 | BNR-MBR |
| 17 | 无锡梅村三期 | 30000 | 分置式 | BNR-MBR |
| 18 | 合肥市滨湖新区塘西河再生水厂工程 | 30000 | 分置式 | BNR-MBR |

(2) 在工业废水处理中的应用　与城市污水处理相比，MBR 在工业废水处理中更具竞争力，如处理食品、水产加工、养殖、化妆品、染料、造纸、石油、化工等工业废水和垃圾渗滤液等难处理废水，均获得了良好的处理效果。不论在欧洲、亚洲还是北美，MBR 在工业废水处理方面的增长速度都明显高于城市污水处理。

20 世纪 90 年代初期，欧洲开始采用 MBR 处理工业废水，最早用于垃圾渗滤液的处理，随着浸没式 MBR 的出现，MBR 的应用范围逐渐扩展到医药、纺织、食品、造纸与纸浆、炼油工业与化工厂等其他工业废水的处理中。在 2002～2005 年间，欧洲各国应用 MBR 处理工业废水的工程以每年 50 座的速度增加[24]。截止到 2006 年，欧洲已有 300 多座处理能力大于 20$m^3$/d 的工业废水处理工程投入运行，平均处理能力为 180$m^3$/d[6]。

1991 年，北美第一个分置式 MBR 工业废水处理系统在通用公司 Mansfield 工厂投入运行。随后，处理各种工业废水的 MBR 系统陆续在美国和加拿大投入运行。2004～2006 年间，美国 MBR 市场的发展速度明显高于其他工业废水处理系统。截止到 2005 年，北美已建成 39 个 MBR 工业废水处理系统[6]。

东亚地区也是 MBR 极为重要的市场，中国、日本和韩国均有大量的 MBR 工程应用，自 20 世纪 70 年代以来，日本已建成了 150 余座 MBR 工业废水处理项目。截至 2005 年，韩国已有 1400 多个 MBR 处理装置[26]。在中国，MBR 已经成功用于食品、石化、印染、啤酒、烟草等工业废水的处理，建设了数个 $10^4 m^3$/d 级的 MBR 工业废水处理工程[6]。表 1-4 列出了部分 MBR 在我国工业废水处理中的应用工程实例。

### 1.3.4 MBR 的未来展望

对污水、废水进行有效处理及回用是解决水资源短缺问题，实现水资源开发与综合利用，达到“节能减排”目标的有效措施，具有显著的环境效益、经济效益和社会效益。MBR 技术的这些优点，决定了它在未来污水处理技术中的特殊地位。MBR 在工程应用中取得了相当大的成绩，但要在应用中进一步提高竞争力和扩大市场份额，仍面临着诸多挑战，主要体现在以下几个方面。

(1) 新型膜材料和膜组件的开发　不断改进膜与膜组件制备工艺技术，提升 MBR 膜与膜

表 1-4 MBR 在我国工业废水处理中的部分应用工程实例[19][27,28]

| 序号 | MBR 工程名称 | 废水类型 | 处理能力/($m^3$/d) | MBR 形式 | 前道生化反应器 |
|---|---|---|---|---|---|
| 1 | 徐州卷烟厂污水处理及中水回用 | 烟草废水 | 2000 | 分置式 | 好氧 |
| 2 | 天津金威啤酒有限公司污水处理工程 | 啤酒废水 | 4000 | 一体式 | UASB |
| 3 | 中国石化洛阳分公司化纤废水处理厂 | 化纤废水 | 4800 | 一体式 | 厌氧＋好氧 |
| 4 | 江苏某服装厂中水回用工程 | 印染废水 | 900 | 一体式 | 气浮＋水解 |
| 5 | 天津空港物流加工区深度处理工程 | 工业废水 | 30000 | 一体式 | |
| 6 | 广东惠州大亚湾石化工业区污水处理 | 石化废水 | 25000 | 一体式 | |
| 7 | 海南实华炼化污水处理与回用工程 | 石化废水 | 10000 | 一体式 | |
| 8 | 天津医科大学总医院污水处理站 | 医院污水 | 1000 | 一体式 | 好氧 |
| 9 | 天津第一中心医院污水处理系统 | 医院污水 | 500 | 一体式 | 好氧 |
| 10 | 上海氯碱化工股份公司中试站 | 聚氯乙烯废水 | 50 | 一体式 | 好氧 |
| 11 | 内蒙古鄂尔多斯羊绒废水处理回用 | 有机废水 | 10000 | 一体式 | |
| 12 | 巴陵石化废水处理与回用 | 化工废水 | 7200 | 一体式 | |
| 13 | 金陵炼化废水处理与回用 | 化工废水 | 5000 | 一体式 | |
| 14 | 天津武清印染有限公司废水处理 | 印染废水 | 5000 | 分置式 | 酸化水解＋电解絮凝 |
| 15 | 南京某垃圾填埋厂垃圾渗滤液处理 | 垃圾渗滤液 | 500 | 分置式 | UASB＋缺氧＋好氧 |
| 16 | 江苏某微电子有限公司电镀清洗分流废水回用 | 电镀清洗废水 | 240 | 一体式 | |
| 17 | 宝钢梅山焦化厂 | | 9000 | 分置式 | |

组件产品性能与质量，开发出寿命长、强度好、耐高温、抗污染、价格低的膜材料；对膜组件的结构、装填方式、装填密度、装填长度进行优化设计，提高膜组件的处理效率和寿命。总之，膜和膜组件的研究应朝着各方面性能优、处理能力大、能耗低的方向发展。

(2) 膜污染控制及清洗技术　借助分子生化学、显微可视化等方法深入研究膜污染机理，探索减缓和控制膜污染的发生与发展的方法，寻找有效的膜清洗技术，提高膜系统的运行效率，降低 MBR 运行能耗，延长膜的使用寿命。

(3) MBR 新工艺的开发和应用拓展　开发新的 MBR 工艺路线，拓宽 MBR 的应用领域，扩大 MBR 的处理规模，如针对高浓度工业废水和难降解废水的处理，开发出有效的厌氧 MBR 工艺。另外，对于新型化学物质（EDCs、PPCP 等）的去除、微污染水源水的净化、地下水的脱氮等难题以及 MBR 用于大规模工程项目中出现的新问题等，都是今后 MBR 值得研究的方向。

(4) MBR 膜组件的规范化和标准化　MBR 系统种类繁多、结构复杂，应对 MBR 系统的技术细节进行规范化和标准化，方便用户对产品的选择。另外，已有 MBR 污水处理项目中膜组件的更换，也需要对 MBR 的膜组件进行标准化设计。

(5) 产、学、研相结合的膜产业链条的综合发展　MBR 的蓬勃发展，对膜产业链条的完整性提出了更高要求。高等院校、研究机构和公司组成完整的产业链条——这一发展模式将更有市场竞争力，它将从膜组件材料研究到 MBR 的工程应用之间的各个环节，进行详细分工、严格监督，保证了产业链条的持续健康稳定发展。

# 1.4 国内外著名膜制造商

## 1.4.1 国外主要制造商

MBR 广泛的应用前景和迅速发展的势头，使得越来越多的研究机构和公司参与进来，大量的科研成果和工程案例提供的理论和经验使得 MBR 处理系统的可靠性和实用性进一步得到提高。

前面提到从膜组件的构造可分为平片膜、管式膜、中空纤维膜等。平片膜组件的主要供应商有久保田（Kubota）、东丽（Toray）和琥珀（Huber）等；中空纤维膜组件的主要供应商有三菱丽阳（Mitsubishi Rayon）、通用泽能（General Electric Zenon）和 Siemens Memcor 等；管式膜组件的主要供应商有诺芮特 Norit、Berghof 等。下面对这些国外主要膜制造商进行介绍[19,28,29]。

（1）加拿大 GE Zenon（General Electric Zenon） 加拿大 Zenon 公司总部位于加拿大，创建于 1980 年，是目前全球最大的 MBR 工艺技术公司，工程分布于 45 个国家。目前世界范围内已经运行的 GE Zenon 水处理系统有上千套，累计处理规模约 $670\times10^4 m^3/d$。

（2）日本久保田（Kubota） 20 世纪 80 年代末，日本久保田（Kubota）公司开发了久保田膜组件，在 1990 年第一次正式进行商业性应用。到 2005 年，Kubota 公司生产的膜组件在全球的销量超过了 4000 件。目前全球共建成 2200 余座久保田 MBR，其中约有 10%的工程位于欧洲。

（3）日本三菱丽阳（Mitsubishi Rayon） 日本三菱丽阳（Mitsubishi Royon）工程公司是安装容量仅次于 GE Zenon 和 Kubota 公司的世界第三大 MBR 膜厂商。

（4）日本东丽（Toray） 日本东丽工业公司是已有 25 年历史的膜制造商。2004 年，该公司推出了自己的平片式 MBR 微滤（MF）膜产品。截至 2005 年底，全世界共有 25 座该类装置运行，其中 3 座处理能力较大，高于 $500m^3/d$。

（5）荷兰诺芮特（Norit） Norit 公司 1918 年成立于荷兰，为多管式（MT）和毛细管式（CT）膜组件的主要供应商。Norit 生产的 MBR 膜组件被命名为 AirLift MBR 系统。基于 Norit 膜组件的 MBR 设施大多用于工业废水处理，但也有一些用于小规模城市和家庭污水处理。截至 2007 年 5 月，Norit 的 AirLift MBR 膜组器在全球的处理量超过了 $30\times10^4 m^3/d$。

（6）德国西门子（Siemens Memcor） Siemens Memcor 公司自 1982 年开始生产膜产品，目前属于西门子集团。在欧洲和美洲，西门子目前的 MBR 业务与加拿大 GE Zenon 并列为前两名。西门子在中国已建设具有全球影响的北京奥林匹克绿色环保项目——北小河污水处理厂 $6\times10^4 m^3/d$ 的污水深度处理回用项目。

国外部分膜制造商及其生产的膜组件列于表 1-5。

**表 1-5 国外部分膜制造商及其生产的膜组件**[19,28,29]

| 制造商 | 创建时间 | 膜组件构型 | 材料 |
|---|---|---|---|
| 加拿大 General Electric Zenon | 1980 年 | 中空纤维 | PVDF |
| 日本 Kubota | 20 世纪 80 年代 | 平板 | CPE |
| 荷兰 Norit | 1918 年 | 管式、毛细管式 | PVDF |
| 德国 Siemens Memcor | 1982 年(开始生产膜产品) | 中空纤维 | PVDF |
| 日本 Mitsubishi Rayon | 1933 年 | 中空纤维 | PVDF/PE |
| 日本 Toray | 20 世纪 80 年代 | 平板 | PVDF |
| 德国 Huber | | 平板 | |
| 德国 Koch Puron | 2001 年 | 中空纤维 | |
| 日本 Asahi Kasei | 20 世纪 70 年代 | 中空纤维 | PVDF |

### 1.4.2 国内主要制造商

目前，国产也有较多膜组件制造商，与国外产品相比，具有价格低以及节省投资与维护成本等特点，但产品的性能和机械强度有待于进一步提高。近几年，国内生产的膜组件产品质量在不断提高，其市场份额也在不断扩大。

（1）江苏蓝天沛尔（Peier） 江苏蓝天沛尔专业研发平板膜膜元件、膜组件和 MBR 成套设备。在膜材料研究方面，先后研究开发了各种材质、各种规格的膜组件及其制造技术。

在膜应用方面，随着水质条件的复杂化和水资源化的迫切性，其开发的抗污染平板膜具有国际先进的核心竞争技术，建立了几十个规模化的MBR中水回用和MBR污水处理示范工程。公司生产的MBR膜产品及其他系列环保设备，远销包括美国、澳大利亚等发达国家在内的国际市场。

(2) 上海斯纳普（SINAP） 上海斯纳普膜分离科技有限公司由中国科学院上海应用物理研究所及上海过滤器有限公司共同创办。上海应用物理研究所自1980年开始超滤膜的研究、开发。斯纳普生产的高性能平片膜已被上海宝山钢铁总厂分别用于日处理5000$m^3$和3600$m^3$含油废水深度处理。目前，斯纳普平片膜已经应用于钢铁厂含油废水、洗衣废水、洗毛废水、垃圾填埋场渗滤液、粪便污水、生活污水等污水处理领域。

(3) 天津膜天膜 膜天膜科技有限公司于2003年在天津成立，构建了中国最大的中空纤维膜制造基地，占地面积66600$m^2$，公司的前身是成立于1974年的膜科学与技术研究所。目前公司年产中空纤维膜100万平方米，制造的成套高效分离膜微滤装置已广泛应用于环保、工业废水的深度处理、电泳漆涂装线中电泳漆回收、医药、生化制品、食品、工业用纯水和生活饮用水制备等领域，已有部分产品向加拿大、澳大利亚、韩国、新加坡等国家出口。

(4) 北京碧水源 北京碧水源创办于2001年，目前膜和膜组件生产能力分别达到200万平方米/年和100万吨/天。截至2009年，碧水源已完成超千项污水资源化工程、百余项安全饮水和湿地工程，参与众多国家水环境重点治理工程，包括太湖流域治理、滇池流域治理、南水北调丹江口水源保护地治理、北京引温济潮跨流域调水工程、2008北京奥运龙行水系工程以及国家大剧院水处理工程等，建成的污水资源化工程总处理能力达2亿立方米/年。同时，碧水源MBR技术及产品已打入国际市场，销往澳大利亚、英国、东欧、菲律宾等国家和地区。

(5) 海南立升 立升企业成立于1992年，是中空纤维超滤膜及其膜组件的专业制造商，现有的超滤膜生产能力超过300万平方米/年。立升企业生产的中空纤维超滤膜分为内压式和外压式两大类，采用的膜材料主要是聚砜、聚醚砜、聚丙烯腈、聚氯乙烯等，开发的产品主要为家用超滤机及滤芯、工业膜组件。产品除了在国内销售外，还销到了美国、日本、南非及东南亚。

表1-6列出了国内部分膜制造商及其生产的膜组件。

**表1-6 国内部分膜制造商及其生产的膜组件[28]**

| 制造商 | 年生产能力/(万平方米/年) | 膜组件构型 | 材料 |
|---|---|---|---|
| 江苏蓝天沛尔膜业有限公司 | 100 | 平板 | PVDF |
| 上海斯纳普膜科技公司 | | 平板 | PVDF/PES |
| 天津膜天膜工程公司 | 100 | 中空纤维 | PVDF |
| 北京碧水源科技公司 | 200 | 中空纤维 | PVDF |
| 海南立升净水科技公司 | 300 | 中空纤维、毛细管式 | PVDF/PVC |
| 浙大凯华膜技术有限公司 | | 中空纤维 | PP |
| 南京工业大学 | | 管式 | 无机陶瓷 |

## 本章小结

本章主要叙述了四方面内容：①MBR的概念及分类。介绍了MBR处理污废水的工作原理，从膜组件与生化反应器的相对位置、膜组件构型、工作方式、膜分离过程和微生物生长需氧状况五个不同角度对MBR进行了分类。②MBR的特点。分别分析了其优点及缺点。③国内外MBR研究进展及应用现状。对国内外膜技术进展及应用现状进行了概述，并归纳总结了MBR在国内外的研究进展及在水处理领域的应用现状，展望了其未来发展方向及挑战。④国内外著名膜制造商。分别对国外、国内著名膜制造商进行了介绍，主要涉及各制造商的发展历程、重大工程项目、目前的产品类型、生产能力等。

## 参考文献


[1] K Yamamoto，M Hiasa，T Mahmood，et al. Direct solid-liquid separation using hollow fiber membrane in an activated sludge aeration tank [J]. Water Science and Technology，1989，21：43-54.

[2] Simon Judd，Claire Judd. 膜生物反应器水和污水处理的原理与应用 [M]. 陈福泰，黄霞译. 北京：科学出版社，2009.

[3] 金离尘. 中空纤维膜技术的现状与发展 [J]. 纺织导报，2009，(5)：45-52.

[4] Tom Stephenson，Simon Judd，Bruce Jefferson，Keith Brindle. 膜生物反应器污水处理技术 [M]. 张树国，李咏梅译. 北京：化学工业出版社，2003.

[5] 杨硕，高兆瑞，王志远. 膜-生物反应器中膜组件的研究进展 [J]. 山西建筑，2007，33 (33)：189-190.

[6] 彭跃莲，秦振平，孟洪，陈福泰. 膜技术前沿及工程应用 [M]. 北京：中国纺织出版社，2009.

[7] R Rautenbach. 膜工艺——组件和装置设计基础 [M]. 王乐夫译. 北京：化学工业出版社，1997.

[8] 张永胜，张向荣. 膜分离技术及其在水处理中的应用与前景 [J]. 河北理工大学学报（自然科学版)，2008，30 (3)：138-141.

[9] 胡岚，姜伟立. 膜技术在水处理领域的应用前景 [J]. 污染防治技术，2008，21 (5)：38-41.

[10] 冯美丽，陆继来等. 膜生物反应器出水深度处理及回用技术 [J]. 安全与环境工程，2009，16 (4)：42-44.

[11] 黄霞，桂萍，范晓军等. 膜生物反应器废水处理工艺的研究进展 [J]. 环境科学研究，1998，11 (1)：42-46.

[12] 林丰，水解酸化十一体式MBR组合工艺处理城镇污水回用研究. 南京：东南大学博士论文，2004.

[13] 付国楷，余健，郑宪明. MBR在水处理中的应用研究 [J]. 净水技术，2004，14 (2)：34-38.

[14] L van Dijk，G C G Ronchen. Membrane bioreactors for wastewater treatment：the state of the art and new developments [J]. Water Science and Technology，1997，35：35-41.

[15] Delgado S，Diaz F，Villarroel R，et al. Nitrification in a hollow-fibre membrane bioreactor [J]. Desalination，2002，146：445-449.

[16] Unlu A，Hasar H，Kinaci C，et al. Real role of an ultrafiltration hollow-fibre membrane module in a submerged membrane bioreactor [J]. Desalination，2005，181：185-191.

[17] 王晓琳，杨健，徐南平，高从堵. 我国液体分离膜技术现状及展望 [J]. 南京工业大学学报，2005，27 (5)：104-110.

[18] 李仲钦. 我国液体膜技术发展的回顾与展望 [J]. 南海研究与开发，2002 (1)：55-60.

[19] 陈福泰，范正虹，黄霞. 膜生物反应器在全球的市场现状与工程应用 [J]. 中国给水排水，2008，24 (8)：14-18.

[20] 温曦. 膜分离技术——应用前景广阔的绿色技术 [J]. 创新，2010 (1)：28-29.

[21] Smith C V，Gregorio D O，Talcott R M. The use of ultrafrlitration Membranes for activated sludge separation. 1969，Proc 24rd Ind Waste Conf，Purdue University，Ann Arbor Science，USA：1300-1310.

[22] 胡允良. 污泥上清液的有机物浓度及其生化降解性 [J]. 上海环境科学，1998，17 (8)：12-15.

[23] 陈军. 改进型MBR处理生活污水及其去除阴离子表面活性剂的研究. 天津：南开大学博士论文，2005.

[24] Lesjean B，Huisjes E H. Survey of European MBR market，trends and perspectives. IWA 4th International Membrane Technologies Conference，UK，2007.

[25] Yang Wenbo，Cicek Nazim，Ilg John. State of the art of membrane bioreactors worldwide research and commercial applications in North America [J]. Journal of Membrane Science，2006，270 (1-2)：201-211.

[26] 陈龙祥，由涛，张庆文，洪厚胜. 膜生物反应器研究与工程应用进展 [J]. 水处理技术，2009，35 (10)：16-20.

[27] 刘静文，张光辉，顾平. MBR的应用及研究进展 [J]. 环境工程，2009，27：152-156.

[28] 黄霞，曹斌，文湘华，魏春海. 膜-生物反应器在我国的研究与应用新进展 [J]. 环境科学学报，2008，28 (3)：416-432.

[29] 吴宗义，吴鑫. 膜生物反应器的工程应用进展 [J]. 山西建筑，2009，35 (18)：158-159.

# 第2章 浸没式MBR平片膜元件的制备、控制及性能

## 2.1 膜材料及其辅材、种类

浸没式MBR平片膜元件的膜材料一般可分为有机膜材料与无机膜材料。有机膜材料主要有聚砜类（PS）、聚丙烯腈（PAN）、聚酰胺（PA）、聚偏氟乙烯（PVDF）、聚乙烯（PE）、聚丙烯（PP）等；无机膜材料主要为陶瓷。

### 2.1.1 有机膜材料

聚砜（PS）用于超滤和气体分离膜制备，较少用于微滤。聚砜的玻璃化温度为190℃，多孔膜可在180℃下长期使用。聚砜类材料经磺化或经氯甲基化和季铵化可制得荷电超滤和纳滤膜。聚砜膜具有机械强度高、耐热性好、耐酸碱范围宽、耐细菌腐蚀等优点，是被广泛采用的膜材料之一。但这种材料亲水性差，特别是在制备截留相对分子质量为1000或以下的超滤膜时，透水速度太低，影响其分离效率；聚砜的疏水性能及亲油性能使得聚砜膜用于含油污水处理时，会造成膜通量低和易污染等问题。

聚偏氟乙烯（PVDF）是一种结晶型聚合物，相对密度为1.75～1.78，玻璃化温度约为39℃，结晶熔点为170℃，热分解温度在316℃以上，机械性能良好，具有良好的耐冲击性、耐磨性、耐气候性。常用聚偏氟乙烯表面张力极低，憎水性很强，用于制备不对称微滤和超滤膜，也可用作制备膜蒸馏和膜吸收用膜。

聚丙烯腈膜（PAN）是一种聚合高分子材料，具有强度高、弹性好、耐化学腐蚀和化学稳定性好等优点，是仅次于醋酸纤维素和聚砜的微滤和超滤的膜材料，也可用作渗透汽化复合膜的底膜。它来源广泛，价格便宜，且具有良好的亲水性、耐污染性、耐霉菌性，可用于食品、医药、发酵工业、油水分离、乳化浓缩等方面。

聚醚砜膜（PES）具有很高的玻璃化温度（230℃），其适用理论温度可达98℃，且聚醚砜膜在50%的甲醇、70%的乙醇和异丙醇溶液中膜性能都不发生变化。

不同膜材料的比较见表2-1。

表2-1 不同膜材料的比较

| 材料 | 应用 | 优点 | 缺点 |
|---|---|---|---|
| 聚砜(PS) | 超滤和气体分离膜制备较少用于微滤 | 机械强度高、耐热性好、耐酸碱范围宽、耐细菌腐蚀 | 亲水性差，透水速度太低 |
| 聚偏氟乙烯(PVDF) | 不对称微滤和超滤膜 | 机械性能良好，具有良好的耐冲击性、耐磨性、耐气候性 | 表面张力极低，憎水性强 |
| 聚丙烯腈(PAN) | 微滤和超滤的膜材料，渗透汽化复合膜的底膜 | 强度高、弹性好、耐化学腐蚀，化学稳定性好，亲水性、耐污染性、耐霉菌性好 | 微凝胶含量不易控制 |
| 聚醚砜(PES) | 耐蒸汽杀菌的微滤膜、超滤膜 | 力学性能好 | 抗紫外线性能差 |

### 2.1.2 无机膜材料

无机陶瓷膜材料发展迅猛并进入工业应用，尤其是在微滤、超滤及膜催化反应及高温气体分离中的应用，充分展示了其具有聚合物分离所无法比拟的一些优点：①化学稳定性好，耐酸、耐碱、耐有机溶剂；②机械强度大，可承受几个兆帕的外压，并可反向冲洗；③抗微生物能力强，不与微生物发生作用，可以在生物工程及医学科学领域中应用；④耐高温，一般可以在400℃下操作，最高可达800℃以上；⑤孔径分布窄，分离效率高。其不足在于造价较高，材料脆性大，弹性小，给膜的成型加工及组件装配带来一定的困难。

### 2.1.3 复合膜材料

复合膜主要以聚酰胺类为材料，自研发问世后就很快取代了醋酸纤维素类分离膜，占据了全世界反渗透和纳滤膜产业和应用领域的主导地位。目前，复合膜主要分为两类，第一类膜称为FT30，其分离层化学组成为全芳香高交联度聚酰胺，用于反渗透和NF90纳滤膜：

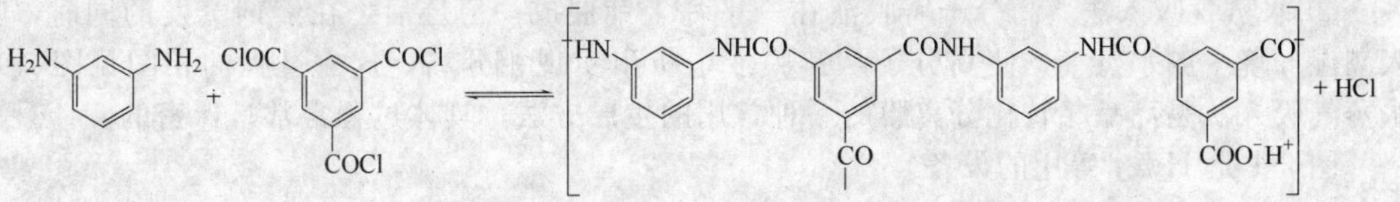

由于这种高度交联和全芳香结构，决定了其高度的化学物理稳定性和耐久性，能够承受高强度的化学清洗；其高密度的亲水性酰胺基团的特点，使其具备了高产水量和高脱盐率的综合膜性能。第二类膜分离层由混合芳胺和杂环脂肪胺构成，也称之为聚哌嗪类复合膜，用于其他各类纳滤膜。

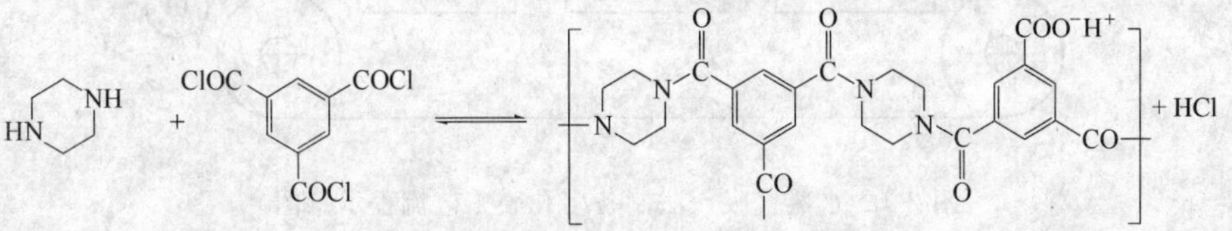

通过投加微量的添加剂、控制分离层聚合体中哌嗪的解离度，可以调节一价或二价离子透过该聚合物分离层的能力，制造出对不同盐类或溶质有选择分离性的纳滤膜，以适应不同分离用途。

## 2.2 浸没式 MBR 平片膜的制备及控制

### 2.2.1 有机膜的制备方法

性能好的分离膜，应具备以下特性：

① 高的截留率（或者高的分离系数）和高的膜通量。

② 强的抗物理、化学和微生物侵蚀的性能。

③ 好的柔韧性，足够的机械强度。

④ 长的使用寿命，广的pH使用范围。

⑤ 低的成本，方便的生产工艺，简短的工业化生产路线。

由于膜材料的种类丰富，制备工艺不同，膜产品的性能不同。本节主要讨论不同材料的有机膜元件的制备。

目前，有机膜的制备方法有多种，如相转化法、热压成形法、浸涂法、辐照法、表面化学改性法、等离子聚合法、拉伸成孔法等。

有机高分子分离膜从形态结构上可以分为非对称膜和对称膜（均质膜）两大类，膜过程中用得最多的是非对称膜。

有机高分子非对称膜分两大类：相转化膜和复合膜。

将一个均相的高分子铸膜液通过各种途径使高分子从均相溶液中沉析出来，使之分为两相，一相为高分子富相，形成膜主体，一相为高分子贫相，需从相中脱附分离出来，形成膜孔。相转化法制备的高分子非对称膜具有 2 个特点：皮层与支撑层为同一种材料；皮层与支撑层为同时制备形成。

相转化法制膜的方法包括以下几种：

① 溶剂蒸发法（干法）。这是相转化制膜工艺中最早的方法，1920～1930 年就被使用。将高分子溶于双组分混合物溶剂中，即为铸膜液。混合物溶剂由一易挥发的溶剂（如氯甲烷）和一相对不易挥发的非溶剂（如水或乙醇）组成。将此铸膜液在玻璃板上铺展成一薄层，随着易挥发的溶剂不断蒸发逸出，非溶剂的比例越来越大，高分子就沉淀析出，形成薄膜。

② 水蒸气吸入法。高分子铸膜液在一平片上铺展成一薄层后，在溶剂蒸发的同时，吸入潮湿环境中的水蒸气，使高分子从铸膜液中析出实现相分离，这一过程的相图见图 2-1。水蒸气吸入法是商品相转化分离膜的一种常用的生产方法，具体过程常常是保密的。

图 2-1 是 Hiley 等用的设备。

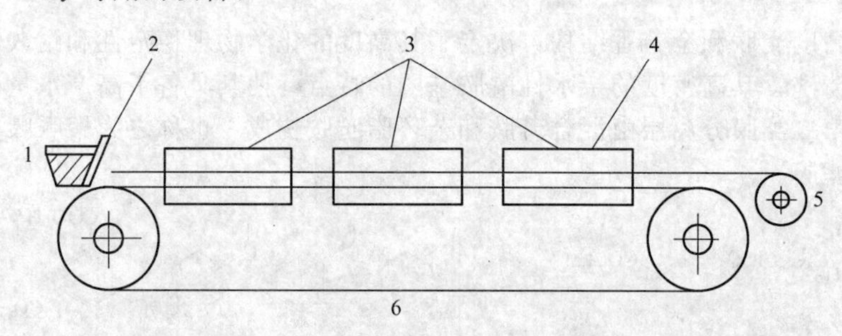


图 2-1 水蒸气吸入法制备多孔膜工艺流程示意图

1—铸膜液；2—刮刀；3—环境腔；4—膜；5—卷膜滚筒；6—不锈钢带

③ TIPS 法（Thermally Induced Phase Separation，热凝胶法又称热致相分离法）。其是利用一种潜在的溶剂（高温时对高分子膜材料是溶剂，低温时是非溶剂），在高温时与高分子膜材料配成均相铸膜液，并制成膜，然后冷却沉淀，相分离，热致相法“高温相溶、低温分相”。潜在溶剂也可称为高分子膜材料的稀释剂，具体步骤如下。

a. 在高温条件下，将高分子膜材料与低分子稀释剂熔融混合成一均匀的铸膜液。

b. 将铸膜液制成所需的形状（平片或中空）。

c. 将成形的铸膜液冷却使之发生相分离。

d. 将稀释剂从膜中除去（一般用溶剂抽提）。

虽然 TIPS 法既可适用于极性，又可适用于非极性高分子，但是它用于制膜几乎集中在聚烯烃特别是聚丙烯上。

TIPS 法可制浸没式平片膜和中空纤维膜，浸没式平片膜的流程示意图如图 2-2 所示。

④ NIPS 法（Non Solvent Induced Phase Separation，沉浸凝胶法或称非溶剂致相分离法）。20 世纪 60 年代初，Loeb 和 Sourirajan 在研究醋酸纤维素反渗透膜时，发明了将高分子铸膜液浸入非溶剂中，通过相转化形成非对称膜的方法。电子显微镜观察发现，这种膜具有非常致密的薄皮层以及海绵状疏松的多孔支撑层，它是分离膜发展的里程碑。

NIPS 法是制造皮层与支撑体同时形成的非对称分离膜的最重要方法。它是将一个均匀的高聚物铸膜液倾浇在一个平片上，用刮刀使它成一均匀薄层，然后连溶液带板放入液体槽中。槽中液体（称凝胶液、槽称凝胶槽）对高聚物不溶而与溶剂能互相溶解。在槽中，高聚

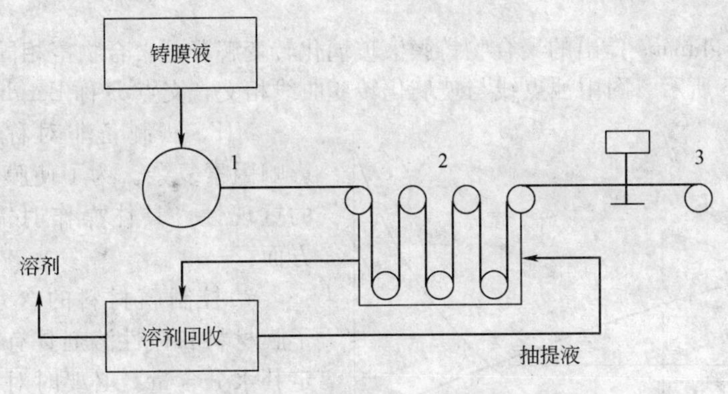


图 2-2 TIPS法制膜（浸没式平片膜）流程图

1—浇铸滚筒；2—抽提及后处理；3—卷膜滚筒

物溶膜液中的溶剂不断扩散进入凝胶液中，而凝胶液也扩散进入高聚物铸膜液中。当高聚物铸膜液中含有的凝胶液逐渐增多，由于它虽与溶剂能互相溶解，但对高聚物是不溶的，所以，到一定浓度后高聚物就从原铸膜液中变成固相沉析出来。原来在板上的一层高聚物铸膜液就转变成一张高聚物固体薄膜了。

NIPS法工艺复杂。以制造醋酸纤维素反渗透膜为例，首先将醋酸纤维素和致孔剂（能使膜变成多孔的物质）加到溶剂中去，然后搅拌至均匀的高聚物的铸膜液。铸膜液先用筛网过滤、除去固体杂质，再静置脱除溶解在铸膜液中的气体。将脱气后的铸膜液铺展在平片（或无纺布）上，用刮刀使成均匀薄层。然后在空气中放置若干秒，使溶剂部分挥发后，浸入凝胶浴（冷水）中。铸膜液在水中完成从液相变为固相的转化，成为固体薄膜。然后用水不断地洗涤薄膜，直到膜中残留的溶剂完全除去为止。最后在70～80℃的热水中处理若干分钟。

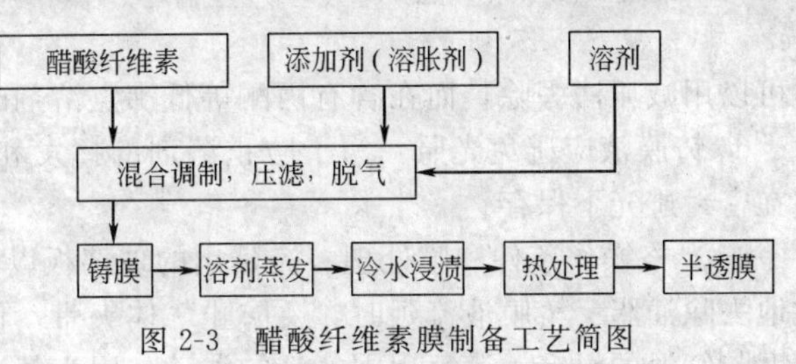


图 2-3 醋酸纤维素膜制备工艺简图

作为NIPS法代表的醋酸纤维素反渗透膜，其制备程序见图2-3。膜的形成机理如下。

a. 铸膜液体系热力学。NIPS法工艺是通过铸膜液中溶剂与沉淀浴中非溶剂相互交换，使初始热力学稳态的铸膜液产生非稳态而发生液-液相分离成膜的。因此，膜结构与铸膜液体系的相图密切相关。

通常高分子铸膜液体系至少含有三个组分，即聚合物、溶剂、非溶剂。图2-4是三元体系液-液相分离示意图。当均匀聚合物铸膜液由于非溶剂浸入变成不稳定时，将导致液-液相分离，使混合Gibbs自由能最低。如果体系组成落在$B$、$D$之间，将分成$B'$、$D'$两相。

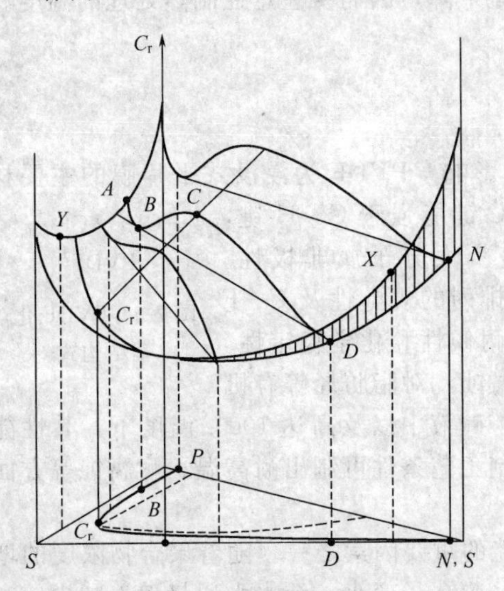


图 2-4 三元体系液-液相分离示意图

b. 铸膜液固化过程。成膜过程经过液-液相分离和聚合物富相固化等步骤，富相可通过结晶、半结晶或玻璃化转变等固化。对于无定形聚合物（如聚砜）铸膜液不存在结晶、半结晶现象。

Li 等根据 Berghmans 提出的聚合物铸膜液玻璃化转变解释了聚合物富相固化机理，Berghmans 机理如图 2-5 所示。图中浊点线与玻璃化转变曲线相交，交点 $B$ 称 Berghmans 点。

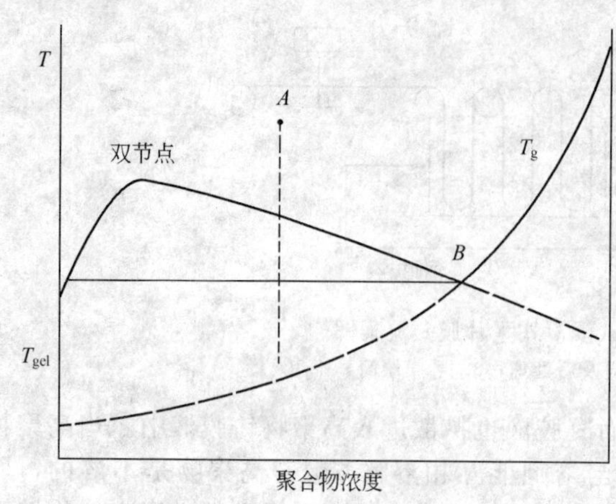


图 2-5 无定形聚合物凝胶 Berghmans 机理相图（二元体系）

$T_g$—玻璃化温度；$T_{gel}$—凝胶温度；

$B$—Berghmans 点，表示体系的双节点与玻璃化温度线交点

NIPS 法制备非对称分离膜步骤多，影响因素复杂。为了使膜的性能获得良好的重现性，具体操作时需注意以下几个方面。

a. 控制膜材料的含水率。极性高分子膜材料和极性溶剂具有吸水性，注意恒定其水分含量，必要时对高分子材料与溶剂进行纯化。

b. 保证铸膜液材料充分混合均匀。高分子材料-溶剂-添加剂的完全溶解与熟化、表面均匀的热力学体系往往是分子分散的热力学不稳定体系，这种体系迟早会分相。

c. 尽可能去除铸膜液中的杂质及气体。铸膜液中的机械杂质可以用 200～230 目的滤网去除，残存在铸膜液中的气体可以用减压法去除，而在含有丙酮等低沸点溶剂时，可采用静置法去除。

d. 铸膜液应避免光照。为了防止溶剂的挥发和某些组分（如甲酰胺）的自聚，铸膜液应在密封避光下保存。

e. 严格操作条件和膜处理。流延用的玻璃板以 1∶1 的无水酒精和乙醚溶液清洗，能有效地去除油脂。铸膜液流延时，要防止气体夹带。制膜和溶剂蒸发时要注意控制环境温度、湿度与气温的恒定，避免周围气流的湍动，因为气流的湍动是造成膜缺陷——针孔和亮点的主要原因之一。膜在凝胶固化时，为了使溶剂添加剂从膜中完全浸出，根据膜的不同，应保持数小时至若干天。膜蒸发时接触空气的一侧是膜的致密皮层，该表面接触被分离的溶液。膜的热处理使膜孔收缩，导致膜的分离率上升而通量下降，因而要注意控制热处理的温度和时间。

### 2.2.2 浸没式平片膜制备及控制

#### 2.2.2.1 制膜材料对膜性能的影响

（1）PVDF 配比对 PVDF 浸没式平片膜性能的影响　PVDF 为浸没式平片膜的主要材料，化学结构式如图 2-6 所示。PVDF 单体中 F—C 键能强于 C—H 键，但由于聚合度高达几十万，且结构对称，所以整个大分子属非极性。PVDF 具有头尾相接的分子结构，由于其分子结构排列的规整性及 C—F 键有较高的键能，具有良好的耐冲击性、耐磨性、耐候性和化学稳定性。在室温下，PVDF 不被酸、碱、强氧化剂和卤素所腐蚀，对脂肪烃等有机溶剂很稳定，在盐酸、硝酸、硫酸和稀、浓（40%）碱液中以及高达 100℃温度下，其性能基本不变，并且耐 γ 射线、紫外线辐射。因此，控制工艺条件可制出耐高温、耐腐蚀等方面性能良好的 PVDF 浸没式平片膜。

$$\text{+}CH_2\text{—}CF_2\text{+}_n$$

PVDF

图 2-6 PVDF 化学结构式

在成膜过程中，PVDF 是影响膜结构形态和性能的重要因素之一。随着聚合物浓度的增加，成膜表层增厚，而孔隙率与孔间的互联度下降，膜孔径变小，纯水水通量随着减少。在

同一制膜条件下，铸膜液中 PVDF 越低，则湿膜浸入凝胶浴液后，初始分相点处聚合物浓度也低，导致分相后聚合物稀相占有较大比例，因而制得的膜孔径和通量较大。所以，PVDF 配比直接影响着膜的纯水通量、孔隙率、孔径。凝胶过程结束后，只有 PVDF 作为膜片主体停留在支撑材料上，因此 PVDF 配比的变化直接影响到浸没式平片膜成膜的各项性能，随 PVDF 配比的增加，膜片纯水通量、孔径不断减小，孔隙率不断增加。

根据试验结果，PVDF 配比增加，膜片纯水通量随之下降，且下降速率也不断减缓。纯水通量在试验范围内，PVDF 配比的变化导致膜片纯水通量的变动幅度最大，因而 PVDF 配比是影响膜的纯水通量的关键因素之一。分析原因：当铸膜液中 PVDF 配比不断增加，也就是说成膜后膜片的密实度越大，导致膜阻变大，因此，测得的纯水通量值会随之变小。而膜片的孔隙率测试结果则随 PVDF 配比增加呈抛物线形增长，当 PVDF 配比小于 10%时，孔隙率增加较明显，变化跨度较大；当 PVDF 配比达到 10%后，孔隙率稳定在 48%左右。当 PVDF 配比达到 10%后，继续增加 PVDF 配比对膜片孔隙率影响不大。分析原因：理论上增加 PVDF 配比，PVP 配比相对变小，形成的孔隙变少，使得膜片的孔隙率降低。而实际测得孔隙率随 PVDF 配比的曲线与理论不符合，这种现象可能是由于膜片孔隙率的影响是由多种因素共同作用产生，而不是 PVDF 配比的单一作用效果。

随着 PVDF 配比增加，膜的最大孔径不断减小。在 0～10%范围内，最大孔径下降较快，影响较明显；配比在 10%～12%时，下降速率变小，影响变小；当 PVDF 配比达到 12%后，最大孔径趋于稳定。分析原因：PVDF 配比较少时，PVP 配比相对较多，凝胶过程中形成大孔径的概率变大，但随 PVDF 配比的增加形成大孔径的概率降低，当 PVDF 配比作用到一定程度后，PVDF 配比将不再成为制约大孔径形成的因素，因而 PVDF 配比达到 12%后，最大孔径不再变化。而膜片平均孔径随 PVDF 配比变化较小，当 PVDF 配比达到 8%后，平均孔径波动较小。因此，当 PVDF 配比达到 8%后，平均孔径与 PVDF 配比无关。综合考虑平均孔径与最大孔径曲线，分析得出随着 PVDF 配比的增加，膜片最大孔径下降速度较快，PVDF 配比是影响最大孔径的关键因素之一。

(2) PVP 配比对 PVDF 浸没式平片膜性能的影响　PVP 化学结构式如图 2-7 所示。PVP 作为铸膜液的致孔添加剂，为白色或乳白色的粉末固体，无味、无臭、几乎无毒，对皮肤和眼均无刺激。PVP 的结构上的支链和吡咯烷酮环上的亚甲基是非极性基团，具有亲油性。分子中的内酰胺是强极性基团，具有亲水和极性基团作用。PVP 具有显著的结合能力，可与许多不同的化合物生成络合物。

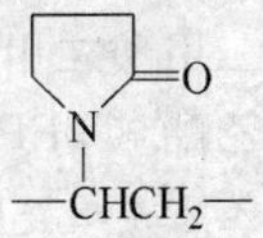

O
N
—CHCH$_2$—

图 2-7　PVP 化学结构式

PVP 的作用如下：

① 增溶作用。用于增加某些基本不溶于水的活性物质的水溶性。

② 分散作用。可使溶液中的有色物质、悬浮液、乳液分散均匀并保持稳定。

③ 吸附作用。吸附在许多界面并在一定程度上降低界面表面张力。

添加剂的种类、用量对膜的性能有很显著的影响，同时其影响也非常复杂。对于不同的体系，相同添加剂的作用效果差异很大，因此对它的研究必须针对具体体系。PVP 在成膜过程中主要起到添加剂的作用。不同的添加剂会影响相应铸膜液体系的分相热力学和传质动力学，从而影响 PVDF 的成膜过程，改变膜结构。在成膜过程中利用 PVP 在溶剂与非溶剂之间溶解度的不同，它以较快的速度向非溶剂中扩散，从而在 PVDF 膜表面形成了一定的孔隙，因此，PVP 配比对膜片结构有重要影响。

PVP 作为浸没式平片膜致孔剂，PVP 配比与纯水通量、孔隙率、孔径之间有密切的关系。在凝胶成膜时，PVP 与凝胶水形成双向扩散，膜液中原由 PVP 占据的空间，迅速被凝胶液填补。同时铸膜液由液态完成向固态的转变，凝胶过程结束，膜片孔径形成。试验研究结果表明，随 PVP 配比的增加，孔隙率增加、纯水通量与最大孔径呈抛物线形变化。

PVP 配比增加，纯水通量在试验范围内成抛物线形，PVP 配比在 6%时出现纯水通量最大点。PVP 配比在 0～12%范围内纯水通量波动，由此可见，通过改变铸膜液中的 PVP 配比可以一定范围内实现控制纯水通量。随着 PVP 配比的增加，孔隙率变化较小，当 PVP 配比增加到 6%后，空隙率逼近 50%，增加 PVP 配比对孔隙率影响不大。

2.2.2.2 添加剂对膜性能的影响

铸膜液中添加剂种类主要有三类：无机盐类、水溶性高聚物类及低沸点类。无机盐类添加剂，主要是通过阳离子与 PVDF 电子体之间的相互作用形成网状结构，并且通过无机盐的亲水性，提高溶剂与凝胶浴液之间的交换速率，更有利于指状孔的形成。常用的无机盐添加剂有氯化锂、硝酸钠、氯化铵等。高聚物类添加剂主要有 PVP 和 PEG（聚乙二醇），高聚物作为添加剂时可以减少高分子网络间的交联度，形成较大的高分子网络，并且此类添加剂亲水性较强，增强了溶剂与凝胶浴的交换效果。低沸点类添加剂有利于减小网络空间的形成。由于添加剂的快速挥发，膜的表面会形成厚厚的致密皮层，常用的低沸点类添加剂有四氢呋喃（THF）、丙酮、乙醇、丙醇、乙酸等。

不同种类添加剂会影响相应铸膜液体系的分相热力学和传质动力学，从而影响 PVDF 成膜过程，改变膜结构。

2.2.2.3 有机溶剂对膜性能的影响

有机溶剂可以在一定程度上控制膜孔内部结构变化的趋势。有些有机溶剂可以在成膜过程中趋向于指状膜孔，而有些则趋向于海绵状膜孔。当有机溶剂与凝胶浴液之间的亲和力强，溶剂易于向凝胶浴液中扩散，而凝胶浴液迅速向膜中扩散，在横向（或称错向 Cross Filtration）扩散进程中，形成指状膜孔结构。反之，亲和力较弱时，易形成海绵状结构。根据以上的区分有机溶剂一般划分为三类：1 类，二甲基亚砜（DMSO）、*N*-甲基吡咯烷酮（NMP），趋于形成指状孔结构；2 类，三羟甲基丙烷（TMP）、己二酸二甲酯（DMA）、邻苯二甲酸二甲酯（DMF），指状孔和海绵状孔共存；3 类，六甲基磷酰胺（HMPA）、磷酸三乙酯（TEP），趋于形成海绵状孔结构。

2.2.2.4 凝胶浴液对膜性能的影响

凝胶浴液的组成与温度对 PVDF 浸没式平片膜性能有很大的影响。凝胶浴液组成中若只有水，不含其他物质，膜孔结构易形成指状孔；若加入氯化钠等盐类物质，膜的致密程度随盐浓度的增加而增加，并且孔隙率也会降低；若加入乙醇等醇类有机物，随着配比增加，会延长传质交换过程中聚合物固化的时间，从而形成海绵状膜孔结构。

凝胶浴液的温度也影响着膜片的性能。当凝胶浴液温度升高时，膜的形成过程是铸膜液中的溶剂向凝胶浴液扩散，而凝胶浴液中非溶剂向膜内部扩散的双向扩散过程，当聚合物溶液中非溶剂达到一定浓度后，原来被溶剂包围的大分子就会发生卷曲、缠结而形成凝胶点。在较高温度下，双向扩散速度较快，膜的析出速度也较快，大分子在膜内部凝胶点间的应力来不及充分消除，凝胶点就会聚集而形成较大的凝胶团，从而形成较大的空腔。但是，较高温度会产生集中应力，使膜表面产生裂纹。此外，过快的凝胶速度，会导致指状孔在纵向上受到抑制，指状孔会变短。一般情况下，凝胶时铸膜液和凝胶浴液的温度均采用室温，如果升高或降低凝胶浴液的温度，实质上就是改变高分子沉淀速度，会对膜的结构和性能产生很大的影响。

2.2.2.5 制膜工艺参数对膜性能的影响

（1）膜材料含水率对膜性能的影响　由于膜片主材中 PVDF 与 PVP 均为白色固体粉末，从膜材料生产到使用的过程中环节多，历时较长，膜材料会在潮湿环境中从空气里吸水变潮，从而影响膜材料在有机溶剂中的溶解，进而影响成膜时凝胶效果，膜片性能受到干扰，因此，膜材料的含水率会对 PVDF 浸没式平片膜性能造成一定影响。

通过烘箱干燥膜材料来实现对膜材料含水率的控制。干燥膜材料是膜片制备的第一步，也是较关键的一步。干燥膜材料可以降低膜材料含水率，而膜材料的含水率对凝胶过程也会产生影响。因此，烘干膜材料将影响膜片性能，并且在浸没式平片膜机械成膜的整个过程中也具有较为重要的作用。采用常压干燥箱干燥膜材料应控制好温度。

干燥时间直接影响到膜材料的含水率。膜材料烘干 15h 后，纯水通量基本稳定不变。因此，膜材料烘干时间大于 15h 后不会对纯水通量产生影响。观察孔隙率变化，也发现同样的趋势，当烘干时间达 10h 后，孔隙率稳定在 48%左右。因此，膜材料烘干时间大于 10h 后也不会对膜片孔隙率产生影响。此外，随着膜材料烘干时间延长，在相同成膜参数的条件下，最大孔径与平均孔径没有发生较大的变化，基本稳定在某一数值。因此，膜材料烘干时间对最大孔径与平均孔径不会产生影响，也就是说通过单一改变烘干膜材料的时间不会改变膜片的孔径性能。

不同干燥时间的膜材料含水率见表 2-2。

**表 2-2 膜材料干燥时间与含水率的关系**

| 干燥时间/h | PVP 含水率/% | PVDF 含水率/% | 干燥时间/h | PVP 含水率/% | PVDF 含水率/% |
|---|---|---|---|---|---|
| 0 | 2.5 | 0.5 | 20 | 0.4 | 0.1 |
| 5 | 1.5 | 0.2 | 25 | 0.2 | 0.1 |
| 10 | 1.1 | 0.1 | 30 | 0.2 | 0.1 |
| 15 | 0.8 | 0.1 | | | |

（2）搅拌对膜性能的影响　搅拌是制备铸膜液的关键一步，通过搅拌，使得 PVDF 与 PVP 能够充分溶解到 NMP 中，使 PVDF 与 PVP 之间形成相对均匀的散膜载体。在凝胶过程中，铸膜液的均匀性会直接影响到成膜的性能。

① 搅拌强度。搅拌强度的确定主要考虑两方面因素：a. 提高强度，缩短搅拌时间。搅拌强度对铸膜液不会改变膜液的构成与物质结构，提高搅拌强度，能够缩短搅拌时间，尽早使膜液达到均匀。b. 确定合理的搅拌机转速。

② 搅拌时间对 PVP 溶解效果的影响。PVP 在 NMP 中的溶解速度比 PVDF 快。根据溶解试验，PVP 溶解搅拌时间为 0.5h、1h 时，铸膜液中 PVP 溶解不彻底，有细微黏稠状物体存在，用该铸膜液制得的成膜，分别在成膜的不同部位取三片试验膜片，测得纯水通量存在严重不均匀，且纯水通量普遍偏小。当 PVP 搅拌时间为 1.5h、2h、2.5h，测得不同部位膜片的纯水通量均匀，即当 PVP 搅拌时间达到 1h 后，随着 PVP 搅拌时间的增加，纯水通量几乎不发生变化。表 2-3 为 PVP 搅拌时间对膜片性能的影响。

**表 2-3 不同 PVP 搅拌时间对膜片性能的影响**

| PVP 搅拌时间/h | 平均纯水通量/[$10^4$L/($m^2$·h)] | 铸膜液表观特征 |
|---|---|---|
| 0.5 | 1.20 | 铸膜液基本透明，有细微黏稠状物体存在 |
| 1 | 1.21 | 铸膜液基本透明，有细微黏稠状物体存在 |
| 1.5 | 1.36 | 铸膜液透明、混合均匀 |
| 2 | 1.38 | 铸膜液透明、混合均匀 |
| 2.5 | 1.38 | 铸膜液透明、混合均匀 |

③ 搅拌时间对 PVDF 溶解效果的影响。PVDF 是在 PVP 完全溶解后投加的。一方面 PVDF 自身溶解速度较慢，另一方面溶剂内已溶 PVP 会对 PVDF 溶解造成一定的影响。因此，PVDF 在 NMP 溶剂中的溶解速度较慢，进而加大了搅拌时间对膜片性能的影响。随着 PVDF 搅拌时间延长，膜片纯水通量趋于稳定。搅拌时间 20h 前，测得纯水通量呈波浪形走

势，就其原因是由于搅拌不充分，导致铸膜液不均匀，最终导致膜片性能不稳定。搅拌20h后，PVDF纯水通量趋近稳定。搅拌时间充分，膜片性能稳定，但继续延长搅拌时间不会对纯水通量产生较大影响。因此，当搅拌时间大于20h后，不能采用延长膜材料搅拌时间的方法改变膜片纯水通量。而孔隙率在25h前，呈阶段性上升趋势，测得膜片孔隙不均匀，导致测试结果不稳定，搅拌25h后，孔隙率趋于稳定。

随PVDF搅拌时间增加，膜片最大孔径不断减小。当搅拌时间延长至20h后，膜片最大孔径为1.9μm左右。最大孔径与平均孔径之间的差值变小，说明随着搅拌时间的延长，形成的膜孔大小趋于均匀。

(3) 成膜厚度对膜性能的影响　成膜厚度由成膜刀口的位置来控制。成膜厚度对PVDF浸没式平片膜性能有较大的影响。从理论上来说，膜层越厚，膜片的机械性能越好，抗冲击能力越强。但成膜厚度增加，部分孔隙受到遮挡，使得膜片有效孔径变少，膜阻加大，在同样压力条件下，导致测得的纯水通量降低，并且成膜厚度的增加使得单位面积铸膜液用量大，材耗高，膜片成本加大。因此，成膜厚度在整个成膜过程中起到关键作用。

成膜厚度影响着纯水通量、孔隙率、最大孔径。随成膜厚度的不断增加，纯水通量不断下降，当厚度增加到0.2mm时，下降速率变缓，厚度对膜通量的影响相对减小。这主要是由于成膜厚度小于0.2mm时，成膜厚度对成膜有效孔径影响较大，此时，孔径应以海绵状膜孔为主，当厚度增加部分孔径纵向相对较短，不能形成有效孔径，膜阻变化较大；当厚度大于0.2mm后，成膜厚度对成膜有效孔径影响相对变小，孔径结构以指状为主，膜阻增加缓慢，导致测得的纯水通量下降速度变小。而在试验范围内，孔隙率前阶段往复性爬升，而后又出现往复性下降；当厚度为0.25mm时，纯水通量测得最大值。试验可知成膜厚度在0.25mm左右时，膜通量与孔隙率性能较好。分析原因：成膜厚度增加，孔隙率呈往复性爬升，主要是由于PVDF浸没式平片膜不仅存在纵向孔隙，在膜内部还存在横向孔，从而也验证了膜内海绵状膜孔与指状性膜孔共存。

随着成膜厚度的不断增加，最大孔径呈向上凸型抛物线，在厚度为0.2mm时，最大孔径出现最大值。而平均孔径呈向下凹型抛物线，在厚度为0.2mm时，平均孔径出现最小值，但平均孔径变化幅度较小。综合考虑最大孔径与平均孔径曲线，表明当成膜厚度为0.2mm左右时，最大孔径与平均孔径之间的差值最大，孔径分布主要在该点附近。

(4) 成膜速度对膜性能的影响　成膜速度是成膜的关键因素之一。成膜速度是指膜载体在卷轴转动下形成膜的线速度。铸膜液在加药槽内随着膜载体的运动在膜载体表面形成一层膜，从而完成浸没式平片膜制备的过程。成膜速度会影响铸膜液与膜载体接触时的切向速度，理论上速度越慢，铸膜液在膜载体停留的时间越长，在微观上铸膜液越密实，速度变快，铸膜液来不及填补前一阶段膜液的空间，此时膜孔结构松散，孔径相对较大。通过调整成膜速度，可以改变成膜后膜片在凝胶浴液中的停留时间。成膜速度还会影响膜片的生产速度，进而影响膜片的生产成本，选取合适的成膜速度不仅要考虑膜片的性能，还要考虑机械生产的生产效率，因此成膜速度不仅是一个性能指标，还是一个经济指标。

成膜速度与纯水通量之间近似为抛物线形增长。当成膜速度为1m/min时，纯水通量出现最低点；当成膜速度为3.0m/min时，纯水通量达到最高点，之后曲线呈明显下降趋势。当成膜速度不断提高时，膜片孔隙率在一定范围内呈往复性变化，当成膜速度为2.0～3.0m/min时，均出现最大值。理论上孔隙率越大，纯水通量越大，成膜速度变化，孔隙率在某一范围发生变化，但纯水通量变化幅度较大。这主要是因为当成膜速度变大时，影响膜片凝胶成膜的膜孔结构，使得膜孔变大，而致孔添加剂PVP总量一定，孔隙率变化很小，因此纯水通量增加而孔隙率变化很小。当增加成膜速度，最大孔径曲线呈阶梯形爬升，达到2.0m/min、3.5m/min时，最大孔径出现较大范围的跃升，继续增加成膜速度，膜片最大孔径又随之下降。出现最大孔径的凸点与纯水通量的凸点对应的成膜速度接近，这也证明了当成膜速度增加到一定值时，成膜速度会在一定程度上影响膜片的性能。而当最大孔径在不断加大的同时，膜片平均孔径基本保持不变。当最大孔径达到最大时，孔隙率变化却较小，说明在形成较大孔径的同时，较小的孔径也随之生成，此时，膜片整体的膜孔范围在加大。因此，采取某些措施可以加大某一孔径的百分比，可以制备适合某一处理环境的膜片。

(5) 成膜张力对膜性能的影响　成膜张力是放膜载体气胀轴与收膜载体气胀轴之间的锥度张力。通过气胀轴的联动，使膜载体在成膜时保持一定的侧向力，增加铸膜液与膜载体之间的摩擦力，实现铸膜液成膜过程。在整个机械成膜中，成膜张力是一个重要参数，在文献中均没有关于成膜张力对于 PVDF 膜片性能的研究。张力与纯水通量近似呈上凸型曲线，当张力达到 10%时，纯水通量测得最大值；当张力超过 10%后，纯水通量呈阶梯形下降。这主要是由于当张力较小时，增加张力，使得凝胶过程中膜孔向指状型膜孔发展，有效孔径加大，膜阻降低，纯水通量会在一定程度上得到提升。随张力不断增大，孔隙率近似呈下凹型曲线，当张力为 15%时，孔隙率最低。成膜张力上升到 30%后，成膜设备工作不稳定，从而导致成膜性能不稳定。在可控范围内，调整张力为 20%时，孔隙率最大。

成膜张力也影响膜孔径。当张力为 10%时，最大孔径为 1.15μm，随着张力的增加，孔径呈明显下降趋势，当张力为 20%后，最大孔径趋于稳定，此时最大孔径为 0.90μm，平均孔径在 0.85μm 左右。因此，当成膜张力达到 20%后，最大孔径与平均孔径近似平行，最大孔径与平均孔径的差值最小，此时对应的膜片孔径分布较接近。

(6) 干化过程对膜性能的影响　采用相转化制备 PVDF 浸没式平片膜，需要经过干化过程去除膜片表面多余水分。李继定教授等（2008）关于干化方式对相转化法制备 PVDF 微孔膜性能的影响进行了描述。以 TEP 作为溶剂，制备 PVDF 平片，分别采用 50℃干燥(a)、在无水乙醇中浸泡后室温干燥（b）、在无水乙醇和正己烷中置换后室温干燥（c）三种干燥方式对膜片进行干化。经过膜性能的分析，结果表明 PVDF 膜纯水通量顺序为 $J_c>J_b>J_a$。

PVDF 浸没式平片膜制备采用 NMP 作为溶剂，对干化方式进行对比，并确定合适的干化时间。

① 干化方式对 PVDF 浸没式平片膜性能影响。干化目的是为了脱去凝胶过程中膜面覆盖的水分。但是当膜片充分干化的时候，膜片内部的间隙水全部脱除，内部孔径没有填充物，导致孔径在常压下变形，最终膜片干化破坏。为了膜片能够长时间脱离水环境并保持原有的膜性能，试验选用三种不同的干化方式进行比对：a. 25℃室温干燥 6h；b. 在无水乙醇溶液中浸泡 3h 置换后 25℃室温干燥 6h；c. 在丙三醇溶液中浸泡 3h 置换后 25℃室温干燥 6h。由于溶剂沸点越低其挥发越快，从而膜片干燥的速度也就越快。三种溶剂的沸点为丙三醇（290℃）>水（100℃）>乙醇（78.29）。

采用不同的干化方式干燥膜片对膜片性能有较大影响（表 2-4）。用酒精置换后膜片干化速度最快，但是对于膜性能自身影响也最大，纯水通量与孔隙率都有较大幅度的降低，表示膜片结构受到破坏。乙醇在常温下，挥发速度极快，选用乙醇置换后干燥的方式不适合工业生产，挥发的酒精对工作人员的身体健康将造成一定的伤害，从而加大了运行成本与管理难度。采用常温干化方式对膜片进行干燥，干化速度次之，纯水通量与孔隙率也有不同程度的降低。而采用丙三醇置换后的膜片，虽然在干燥时间达到 6h 后膜片还没有完全干化，但是采用这种干化方式对于膜片性能影响最小。分析以上结果，通过浸泡置换，丙三醇替代原凝胶水进入膜孔结构，而丙三醇的沸点（290℃）最高，不易在常温常压下挥发，膜孔内部有丙三醇分子支撑，可以在较长时间保持膜片的活性。

表 2-4 不同干化方式对膜片性能的影响

| 膜干燥方式 | 纯水通量/[L/(m²·h)] | 通量下降比/% | 孔隙率/% | 孔隙率下降比/% |
|---|---|---|---|---|
| 未经干化处理 | 3343 | | 52 | |
| 常温干化 | 856 | 74.4 | 21 | 59.6 |
| 酒精置换后干化 | 735 | 78.0 | 23 | 55.8 |
| 丙三醇置换后干化 | 2936 | 12.2 | 48 | 7.7 |

② 干化时间对 PVDF 浸没式平片膜性能影响。由表 2-5 所示，观察不同干化时间下膜片干燥情况。膜片在丙三醇溶液 3h 置换后，在室温 25℃、湿度 60%的条件下，PVDF 浸没式平片膜表面感官情况较好，经塑料薄膜封装保存。

表 2-5 干化时间对膜片表观性能的影响

| 干化时间/min | 现象 |
|---|---|
| 5 | 膜片湿润，未发生变化 |
| 15 | 膜面底边有液珠，膜片整体光滑 |
| 30 | 膜面已没有液体，膜片仍光滑，表面液体已充分干燥 |
| 60 | 膜片仍光滑，无变化 |
| 180 | 膜片局部表面出现小白点，膜孔内液体开始挥发 |
| 300 | 白点区域增加，膜孔内液体继续挥发 |
| 420 | 白点区域覆盖膜片表面 |

孔隙率的变化曲线随干化时间的不断延长而发生改变。当干化时间为某一值时，测得膜片的孔隙率有较明显的下降趋势。

不同干化时间对膜片最大孔径与平均孔径有一定的影响。当干化时间为 15min 时，最大孔径出现一个凸点，经过 30min 后，曲线又趋于平稳，干化时间继续增加到 180min 时，有较明显的下降趋势。而膜片平均孔径在干化 180min 前没有发生变化，继续干化测得的平均孔径明显较小。因此，当干化时间延长至 180min 后，膜片内部膜孔结构发生改变，膜片干化最长时间为 180min。

## 2.3 有机平片膜的性能：膜参数

我国于 2000 年开始膜产业标准化工作，中国膜工业协会标准委员会已制定 21 项相关的国家及行业标准，浸没式平片膜的国家及行业标准也即将颁布。本节在《微孔膜孔性能测定方法》(HY/T 039—1995) 基础上，介绍浸没式平片膜的测定方法与步骤。

浸没式平片膜的基本性能主要体现在截留率、膜通量、物化稳定性及经济性四个方面，截留率、膜通量特性直接反映了浸没式平片膜对物质分离的程度，而物化稳定性则间接反映了浸没式平片膜材料的特性。

### 2.3.1 截留性能

通常膜的截留性能的表征主要有脱盐率、截留分子、膜孔特性、选择透过性能、分离系数等，有机浸没式平片膜的分离过程为微滤和超滤，故主要用膜孔及截留分子的特性来表征。

#### 2.3.1.1 孔结构

平片滤膜的孔径范围一般在 0.1～10μm，有直孔、曲孔、网状孔、指状孔之分，有对称与不对称之分。

#### 2.3.1.2 膜孔性能

膜孔性能 (performance of membrane pores) 是指平均孔径、孔径分布和孔隙率的统称，主要用来表示过滤过程的膜分离截留性能。孔径分布的曲线越陡直，孔径分布越好，过滤精度越高。

(1) 平均孔径及孔径分布　微滤膜截留组分大小为 0.02～10μm 之间，标定孔径范围为 0.1μm、0.2μm、0.45μm、0.65μm、3μm、5μm，超滤膜截留组分大小为 1～20nm 之间，滤膜的平均孔径是控制成膜条件最关键的参数，亦关系到滤膜的使用范围。

① 平片滤膜平均孔径的影响因素。一定范围内，随着聚合物浓度增加，膜的孔径变小。在同一制膜条件下，铸膜液中 PVDF 浓度越低，则湿膜浸入凝胶浴后，初始分相点处聚合物浓度也低，导致分相后聚合物稀相占有较大的比例，因而制得的膜孔径和通量较大。当聚合物相对较少时，添加剂的含量相对较多，凝胶过程中形成大孔径的概率变大。随着聚合物含量的增加形成大孔径的概率降低，当聚合物含量作用到一定程度后，聚合物含量将不再成为制约大孔径形成的因素，因而当聚合物含量达到一定值后，最大孔径不再变化。可见随着 PVDF 含量的增加，膜片最大孔径下降速度较快，PVDF 含量是影响最大孔径的关键因素之一。

添加剂对膜的膜孔径具有显著影响。不同种类添加剂会影响相应铸膜液体系的分相热力学和传质动力学，从而影响成膜过程，改变膜结构。添加剂利用在溶剂与非溶剂之间溶解度的不同，以较快的速度向非溶剂中扩散，从而在膜表面形成了一定的孔隙，形成网络结构，如无机盐类添加剂，主要是通过阳离子与 PVDF 电子体之间的相互作用形成网状结构，利于指状孔的形成。高聚物作为添加剂时可以减少高分子网络之间的交联度，形成较大的高分子网络。因此不同种类的添加剂及含量对膜片结构的影响程度不同，是膜孔径的重要影响因素。

② 平片滤膜平均孔径及孔径分布的测试方法。根据《中华人民共和国海洋行业标准》(HY/T 039—1995)，滤膜的平均孔径可以通过在给定时间和恒定的压力下测定渗透过膜的流体体积来计算，根据 Hagen-poiseuille 公式，孔半径为：

$$r=\sqrt{\frac{8\eta LQ}{A\Delta pP/t}} \tag{2-1}$$

式中，$r$ 为膜孔半径，μm；$L$ 为膜厚度，μm；$A$ 为膜有效面积，$cm^2$；$Q$ 为流出物通量，mL/s；$\eta$ 为流体的黏度，Pn・s；$p$ 为操作压力，Pa。

膜孔径的测试方法大致可以归为两类：直接法、间接法。

直接法即采用电镜的方法直接测定平片滤膜的孔径大小，电镜通常可采用扫描电子显微镜（SEM）、透射电子显微镜（TEM）和原子力显微镜（AFM）。电镜扫描是观察膜片微观结构最直接、最有效的方法，通过观察，能够真实反映膜片的内部结构(图 2-8)。

扫描电子显微镜（SEM）、透射电子显微镜（TEM）通常用来观察膜的表面及剖面状况。通过照片可确定孔隙率和孔径分布，但制样较繁琐，有时需借助液氮将膜瞬间定形后方可制样。原子力显微镜（AFM）主要用于表征膜表面，而且比 SEM 更精确，特别适用于聚合物材料的膜，其优点是膜表面可在空气中扫描，而无需特别处理，所得到的扫描曲线可表现出可

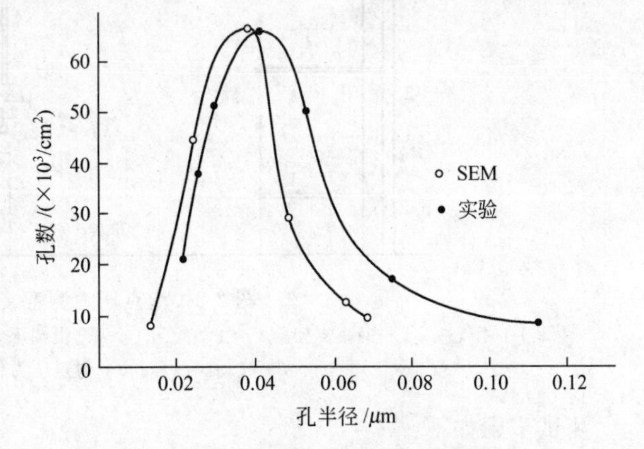


图 2-8　从 SEM 照片计算机实验测定所得 PSA4 膜孔径分布曲线

能存在的孔的位置和尺寸，而且可清晰地表征出表面粗糙程度。但在一般情况下，正是由于膜表面的粗糙度与孔径大小相近，因此，很难测得孔径分布，与 SEM 结合可取得良好的效果。三者的特点见表 2-6。

**表 2-6 SEM、TEM、AFM 三者的特点比较**

| 电镜名称 | 特 点 | 备注 |
| --- | --- | --- |
| 扫描电子显微镜(SEM) | a. 能够直接观察膜表面的结构，无需特别处理<br>b. 能表征出膜表面的粗糙程度及膜的三维图像<br>c. 景深大，图像富有立体感，景深比透射电镜大几十倍<br>d. 图像的放大范围广，分辨率也比较高。分辨率介于光学显微镜与透射电镜之间，可达 3nm<br>e. 电子束对膜表面的损伤与污染程度较小 | 常用 |
| 透射电子显微镜(TEM) | a. 电子易散射或被物体吸收，故穿透力低<br>b. 膜样的密度、厚度等都会影响到最后的成像质量，必须制备更薄的超薄切片，通常为 50～100nm | |
| 原子力显微镜(AFM) | a. 能够直接观察膜表面的结构，无需特别处理<br>b. 得到的扫描曲线能表现可能存在的孔位置和尺寸<br>c. 能清晰地表征出膜表面的粗糙程度及膜的三维图像 | 效果好 |

间接法主要是根据膜的孔状结构呈现的物理性质，依据其间的关系，利用有关公式计算出孔径。间接方法主要有气压法、压汞法、干湿膜空气滤速法、渗透率法 4 种。

a. 气压法。又叫泡点压力法（bubble-point pressure）由 20 世纪初 H. Bechhold 提出。泡点压力是在温度一定时，开始减压，从液相中分离出第一个气泡至连续出泡时的临界压力，实验装置见图 2-9。《微孔滤膜孔性能测定方法》（HY/T 039—1995）中关于泡点压力法的原理这样描述：气体要通过已充满液体的毛细管，必须具备一定的压力以克服毛细管内的液体和界面之间的表面张力。可以理解为流体在膜片的孔道中进行渗透，流体的附着力和表面张力便与膜孔内表面相互作用，而气体要通过膜孔必须克服流体的这些附着力及表面张力，那就需要一定的压力，而第一个气泡出现后并连续出泡的临界压力就是泡点压力。通过对泡点压力的测定，可以得到膜片的最大孔径，进而计算得到膜片的平均孔径。

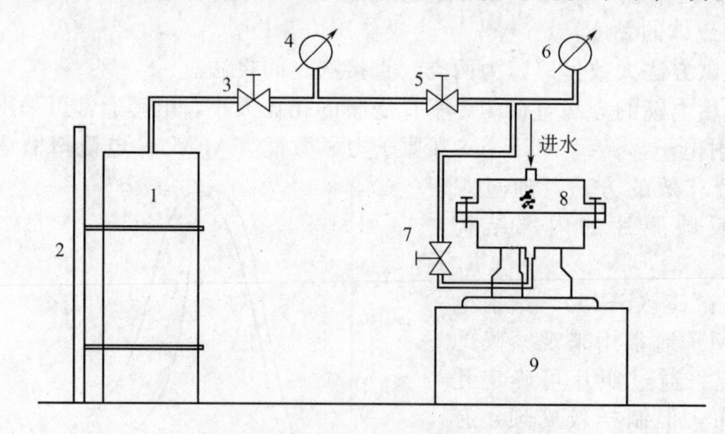


图 2-9 泡点压力测定装置示意图

1—氮气瓶；2—钢瓶支架；3—气动阀门Ⅰ；4—粗调压力表；5—气动阀门Ⅱ；6—精密压力表；7—气动阀门Ⅲ；8—泡点压力仪；9—实验台

测试步骤如下：

(a) 将大小合适的膜浸润后，装入泡点压力仪中，可选用表面张力小的醇类浸润，如异丙醇。

(b) 在膜表面注入一层流体（水即可）。

(c) 打开气动阀门，压力缓缓上升，观察精密压力表读数。

(d) 当第一个气泡出现后并连续出泡，记下压力表读数即为泡点压力。

假设膜孔为圆筒状，则孔半径可由 Laplace 方程确定：

$$r_p=\frac{2\sigma\cos\theta}{p} \tag{2-2}$$

式中，$r_p$ 为孔半径，μm；$\sigma$ 为液体的表面张力，N/m；$p$ 为操作张力，Pa。

当气泡半径与孔半径相等时，会穿过孔，此时接触角为 0℃，故公式(2-2) 可写成：

$$r_p=\frac{2\sigma}{p} \tag{2-3}$$

气压法较真实地反映了流体通过孔道的实际情况，能够较准确地反映多孔材料的等效孔径和分布，因此，曾被美国材料实验学会作为测试孔特性的标准方法。气压法由于其操作方便，设备简单，是最常用的测膜孔径的方法。但气压法测得的只是膜的最大孔径，故测出的值较平均孔径值大。

孔径分布的测试也是通过气压法来测试，采用分段升压的方法测定即得出孔径分布。

b. 压汞法。又称汞孔隙率法，是测定部分中孔和大孔孔径分布的方法。20 世纪 20 年代，Washburn 提出，表面张力能阻止接触角大于 90°的液体进入固体内部的微孔，只有施加外力才能进入，而且液体所能进入的微粒粒径大小与外加压力有关。目前，所用压汞仪使用压力最大约 200MPa，可测孔半径范围为 3.75～750nm。其原理是，利用汞对一般固体的不润湿性，将汞注入干膜中，欲使汞进入膜孔则需施加外压，外压越大，汞能进入的孔径越小。在一定压力下，汞只能渗入相应大小的孔中，压入汞的量就代表内部孔的体积，逐渐增加压力，同时计算汞的压入量，可测出多孔材料孔隙容积的分布状态，即控制不同的压力测定汞的体积、压力和体积的关系。根据 Wasburn 公式计算：

$$r=\frac{2\beta_{汞}\ \cos\theta}{p} \tag{2-4}$$

式中，$r$ 为孔半径，μm；$\beta_{汞}$ 为表面张力，N/m；$p$ 为操作张力，Pa。

根据各压力下汞进入膜样品的累积体积，可得到孔径分布及平均孔径。但与泡点法相比，压汞法存在着一定的缺陷：汞的价格较高且对人体有害；需要耐高压设备；实际接触角、细孔形态不稳定，实际操作存在较多误差，因而在实际测量中压汞法使用较少。

c. 干湿膜空气滤速法。处于脱水状态的干膜，其膜孔收缩致密，当空气透过干膜时，空气的渗透率与空气的跨膜压力呈正比，随着跨膜压力的增加，干膜的空气渗透速率随之增加。在膜处于潮湿状态时，膜的孔隙被溶剂填充，材料溶胀，增加了空气跨膜的阻力，只有在泡点压力处仅最大孔径的位置才有气体通过，在跨膜压力增加到一定压值后，膜孔的部分通道才开始被打开，并随着压力的增加，通道渐渐全部打开。平均孔径所对应的压力，则是指通过湿膜的渗透速率仅为干膜渗透率一半时所对应的压力。干湿膜空气滤速法测孔仪装置见图 2-10。

d. 渗透率法。渗透率法的测试装置与泡压法相反，将膜装入测试池中，逐渐升压使液体通过被测定的膜，在排出气泡后，使压力升至一定值，在规定时间内收集透过膜的液体量，加压方式在膜的上方，与泡点法相反。根据 Hagen-poiseuille 定律，利用液体流速法测平均孔径：

$$Q=\frac{n\pi r^4 S\Delta pt}{8\eta d} \tag{2-5}$$

式中，$Q$ 为透过膜的液体，$m^3/h$；$n$ 为孔密度，个/$m^2$；$r$ 为孔半径，m；$S$ 为有效膜面积，$m^2$；$\Delta p$ 为应用压力，MPa；$t$ 为液体透过膜量所用的时间，h；$\eta$ 为渗透液黏度，

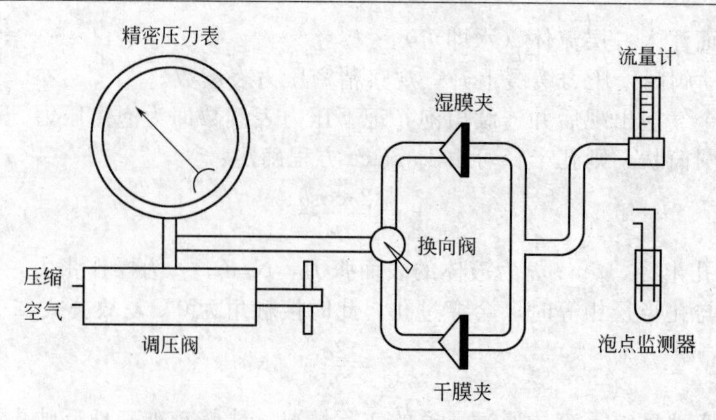


图 2-10　干湿法测孔仪装置示意图

Pa・s；$d$ 为毛细孔长度，即膜的厚度，m。

根据式(2-5) 可以计算出膜的水渗透流率，即膜的水通量。

$$J=\frac{n\pi r^4 \Delta p}{8\eta d} \tag{2-6}$$

再将膜的孔隙率 $V_r=n\pi r^2$ 代入上式，计算膜的孔半径为：

$$r=\sqrt{\frac{8J\eta d}{V_r \Delta p}} \tag{2-7}$$

(2) 孔隙率　滤膜中孔隙率为孔总体积与滤膜体积之比，是浸没式平片膜性能好坏的重要性能指标。膜的孔隙率越高，意味着过滤通量越大。滤膜的孔密度一般较高，为 $10^7 \sim 10^{11}$个/cm²，用相转化方法制备的有机聚合滤膜的孔隙率高达 80%左右，但不同的制膜液组成和配比，膜的孔隙率也不同，成膜工艺条件对所成膜的孔隙率影响也较大。

① 孔隙率的计算方法：

$$A_K=1-\frac{\rho_0}{\rho_t}\times 100\% \tag{2-8}$$

式中，$\rho_0$ 为微滤膜的表观密度，g/cm³；$\rho_t$ 为膜材料的密度，g/cm³；$A_K$ 为孔隙率，g/cm³。

② 浸没式平片膜孔隙率的测试方法

a. 通过称量膜在干、湿状态下的质量求孔隙率，以 $p_{t干}$ 表示。

$$p_{t干}=\frac{(W_1-W_2)/d_{H_2O}}{V}\times 100\% \tag{2-9}$$

式中，$p_{t干}$为干膜孔隙率，%；$W_1$ 为湿膜质量，g；$W_2$ 为干膜质量，g；$d_{H_2O}$为水的密度，g/cm³；$V$ 为膜的表观体积，cm³。

b. 根据膜的表观密度和膜材料的密度求孔隙率，计算公式如下：

$$p_r=\left(1-\frac{\rho_f}{\rho_p}\right)\times 100\% \tag{2-10}$$

式中，$p_r$ 为膜的孔隙率，%；$\rho_f$ 为膜的表观密度，g/cm³；$\rho_p$ 为膜材料的密度，g/cm³。

其中表观密度 $\rho_f$ 一般采用称重的方法先称膜的质量，然后根据所测得的膜厚度及内外径数据计算体积，两者的比值认为是膜的表观密度。

$$\rho_f=\frac{m_f}{V} \tag{2-11}$$

$\rho_p$ 可由手册查出后通过实验测定：

$$\rho_p=\frac{m_p}{V} \tag{2-12}$$

式中，$m_f$ 为有孔干膜质量，g；$m_p$ 为无孔干膜质量，g；$V$ 为膜体积，$cm^3$。

$\rho_p$ 通过实验测定，将膜的材料溶解于纯溶剂中，浇铸成膜（使 $p_r=0\%$），即可看做“无孔膜”。算作为材料的密度。

c. 利用聚合物材料本身的密度，直接计算孔隙率，先称取常温下材料的质量，然后将聚合物材料在 105℃温度下烘干直到恒重，前后两次质量差作为水的质量，根据水的密度和聚合物的密度，计算得出膜的孔隙率：

$$V_t=\frac{\dfrac{m_{H_2O}}{\rho_{H_2O}}}{\dfrac{m_{H_2O}}{\rho_{H_2O}}+\dfrac{m_p}{\rho_p}}\times 100\% \tag{2-13}$$

式中，$m_{H_2O}$为水的质量，g；$\rho_{H_2O}$为水的密度，$g/cm^3$；$m_p$ 为聚合物材料的质量，g；$\rho_p$ 为聚合物材料的密度，$g/cm^3$。

（3）截留率与截留分子量　截留率是指溶液中某种物质被膜截留的量占该物质在溶液中总量的百分比，其反映了浸没式平片膜的分离效率，是指对一定分子量的物质，膜能截留的程度。在超滤中一般也用脱除率表示。

在一定条件下，某些分子量的物质被膜截留，被截住物质的最小分子量即为膜的截留分子量，用以表征膜的分离能力。一般把能截留 90%的某种物质的相对分子量作为该膜的截留范围，称作该膜的相对分子质量。

滤膜对特定物质的截留性不仅取决于它们的相对分子量的大小，还取决于其形状和柔韧性，如同不同形状的物质的截留程度不一样，刚性分子比柔性分子易被截留。原液（即配置液）或透过膜液体的相对分子质量分布可用凝胶渗透色谱（GPC）或高性能液相色谱（HPLC）测定。

① 截留率计算方法：

$$R=\frac{c_f-c_p}{c_f}\times 100\% \tag{2-14}$$

式中，$R$ 为截留率；$c_f$ 为原液浓度，%；$c_p$ 为透过膜液浓度，%。

截留率和截留范围不仅与膜的孔径有关，而且与膜材料的种类和性质有关，截留率越高、截留范围越窄的膜越好。

② 截留率及截留分子量的测定方法。测定截留率的标准物质一般有球形蛋白类（如牛血清蛋白、$\gamma$-球蛋白）、分枝多糖类（如葡聚糖）、线性聚合物类（如聚丙烯酸、聚乙烯二醇）。以聚乙烯二醇为例，具体操作方法如下。

聚乙烯二醇与 Dragendoff 试剂可以生成橘红色的络合物，用分光光度计测试溶液中聚乙烯二醇的含量。将已知分子量的聚乙烯二醇加入水中，使其通过浸没式平片膜，测试过滤前后聚乙烯二醇溶液浓度变化，从而计算出浸没式平片膜对该种分子量聚乙烯二醇的截留率。

标定某一截留分子量的滤膜，用具有相同分子量的聚乙烯二醇溶液作为标准液，测得的截留率在 90%以上，或者用具有相同分子量的蛋白质溶液作为标准液，测得的截留率在 95%以上，则可以判定该膜符合所标定的截留分子量。

### 2.3.2 膜通量

浸没式平片膜的膜通量是指透水速率，一般用一定条件下膜的纯水通量来表示。

膜的纯水通量指在一定操作压力和常温条件下，单位时间内，单位膜面积的纯水透过量。膜的纯水通量的大小与进料温度有关，随着进料温度的升高，膜通量增大。但不同的处理料液，通量值亦不同，故一般以纯水通量作为参考。

纯水通量计算如下：

$$F=\frac{Q}{At} \tag{2-15}$$

式中，$F$ 为纯水通量，$m^3/(m^2 \cdot h)$；$Q$ 为纯水透过量，$m^3$；$A$ 为膜面积，$m^2$；$t$ 为收集纯水透过量所用时间，h。

测定方法：利用贝式评价池或小型超滤器，在 0.1～0.2MPa 压力、25℃条件下，测定纯水通量（图 2-11）。

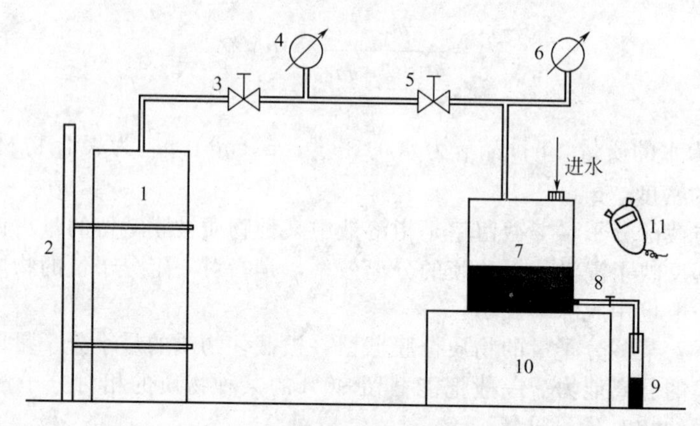


图 2-11　纯水通量测试装置示意图

1—氮气瓶；2—钢瓶支架；3—气动阀门；4—粗调压力表；5—气动阀门；6—精密压力表；7—杯式通量仪；8—试管夹；9—量筒；10—实验台；11—秒表

## 2.3.3　物化稳定性能

目前所用的平片分离膜大多是以高聚物为膜材料，在使用过程中，高聚物与光、热、氧气、酸、碱等接触都能使高聚物长链中的化学键断裂，从而引起高聚物的“老化”，高聚物所具有的物理化学特征也将逐渐消失，这就要求膜片要定期更换。另外，外界的高压也会使高聚物膜发生压密现象，使得膜的通量衰减。诸如此类，还有很多其他因素造成高聚物膜的结构、性质发生变化，从而造成膜性能的改变。

分离膜的物理化学稳定性主要是由膜材料的化学特性决定的，包括耐热性、物理稳定性、耐酸碱性、耐化学膜材料性、亲水性、疏水性、毒性、机械强度等。

### 2.3.3.1　机械性能

浸没式平片膜要求有足够的机械强度，以满足安装、更换和运行时的湍流产生的机械力。膜的弹性模量（或断裂伸长）以及膜的爆破强度是衡量膜的机械性能指标。

膜的爆破强度可采用薄膜爆破强度仪测定。测定时将裁剪好的膜片放入爆破仪内，在膜下方通入氮气，缓慢升压，当升到一定压力时，膜爆破，此时的爆破压力即为膜的爆破强度。拉伸试验是在规定的试验温度、湿度和通量的条件下，在膜样沿纵向向上施加拉伸荷载，直至其破坏。根据最大荷载和对应的标线所拉伸的长度，求出膜的弹性模量。

膜的爆破强度越高，弹性模量越大，膜的机械强度越好。

### 2.3.3.2　耐化学膜材料

浸没式平片膜广泛应用于各种性质的废水处理，故要求其具有耐化学膜材料侵蚀的能力，以保证使用膜时不致分解或产生不良的影响。有机浸没式平片膜在应用中要考虑有机浸没式平片膜与化学溶剂的相容性，避免不被处理液所溶胀、溶解或发生化学反应。测试方法如下。

在20～25℃下，将浸没式平片膜浸泡在被检测的化学试剂中浸泡，一段时间（24h、48h、72h或120d）后取出，观察、检测膜外观及性能的变化来判断浸没式平片膜对该种化学试剂的耐受能力。检测性能的变化主要为膜的孔结构、孔径和流速的变化，性能与对照样品相比若下降不超过10%，则认为比较稳定。

浸没式平片膜的耐化学膜材料性能包括对酸碱的耐受力，常用的浸没式平片膜适用的pH范围见表2-7。

**表2-7 常用的浸没式平片膜适用的pH范围**

| 种类 | 适用pH值范围 | 种类 | 适用pH值范围 |
|---|---|---|---|
| 聚砜膜 | 2～12 | 聚砜酰胺膜 | 2～12 |
| 醋酸纤维膜 | 3～8 | 芳香聚酰胺膜 | 5～9 |

2.3.3.3 耐热性

在某些工业废水处理中，废水温度较高，膜需具有一定的耐热性以不影响使用。另外在食品工业及医药行业中对耐热性也有一定要求。

2.3.3.4 毒性

浸没式平片膜用于食品、医药等时对毒性的要求较为严格。毒性检测方法为：将膜片剪成数小块碎片，浸泡在生理盐水中，在70℃下浸泡一定时间后，将浸泡液以50mL/kg体重的量注入小白鼠中进行毒性试验，以无任何不良反应和明显症状作为合格的依据。

2.3.3.5 亲水性和疏水性

一般用测定接触角和采用蛋白质吸附量来表征膜的亲水性。膜的亲水性和疏水性与制膜材料有关，膜材料的种类及配比都能影响到膜的亲水性和疏水性。膜的亲水性和疏水性与膜的吸附和膜的透水速率有密切关系，影响到膜的应用范围。

2.3.3.6 可萃取物和灰分

可萃取物的测定是将膜样品放在沸水中，煮沸一定的时间，观察膜前后的质量变化，可以计算膜的萃取率，分析煮膜水中的成分，可以知道膜中的主要萃取物。具体为：将膜样品于105℃烘1h后称质量（$W_1$），将样品浸入蒸馏水中，加热煮沸一定时间，重新干燥称质量（$W_2$），以滤膜煮沸前后的质量差按公式计算水萃取率：

$$D=\frac{W_1-W_2}{W_2}\times 100\% \tag{2-16}$$

然后分析水中的成分，即可知道滤膜的可萃取物。

滤膜的灰分是指滤膜完全燃烧后所留下来的残渣及其成分，灰分测定按照国标GB 7531—87进行，操作方法为：先将滤膜在低温电炉上完全炭化，然后在温度（650±25）℃下，于马弗炉中灼烧至恒温，按以下公式计算灰分含量：

$$Z=\frac{m_1-m_2}{m}\times 100\% \tag{2-17}$$

式中，$Z$为灰分含量，%；$m_1$为坩埚+灰分质量，kg；$m_2$为坩埚质量，kg；$m$为试样质量，kg。

### 2.3.4 经济性

高分离率、高通量、稳定的物理和化学性质，无缺陷且便宜的价格是浸没式平片膜广泛应用于水处理行业的最基本条件。相同工艺条件下制备两种复合膜，浸没式平片膜性能优于中空纤维膜，其通量和截留率高，而操作压力低，不过其性能参数变化幅度较大。浸没式平片膜的应用亦具有广阔的前景，但制约着浸没式平片膜应用的瓶颈之一是其较高的成本和市场价格。

# 2.4 膜元件及膜组件、规格、型号

膜元件形式主要有板框式、卷式、管式和中空纤维式，其优缺点见表 2-8。

表 2-8　各种膜元件形式的优缺点

| 膜元件 | 面积/体积/($m^2/m^3$) | 费用 | 湍流作用 | 优　点 | 缺　点 | 主要应用 |
|---|---|---|---|---|---|---|
| 板框式 | 400～600 | 高 | 好 | 可以拆开清洗、换膜方便，寿命长 | 结构复杂 | UF、MF |
| 卷式 | 800～1000 | 低 | 差 | 低能耗，结构牢固、紧凑 | 不易清洗和反洗 | RO、UF |
| 管式 | 20～30 | 较高 | 很好 | 易机械清洗 | 投资和换膜费高 | NF、MF |
| 中空纤维式 | 5000～40000 | 较低 | 很好 | 可反洗，结构紧凑 | 对压力波动敏感 | UF、MF |

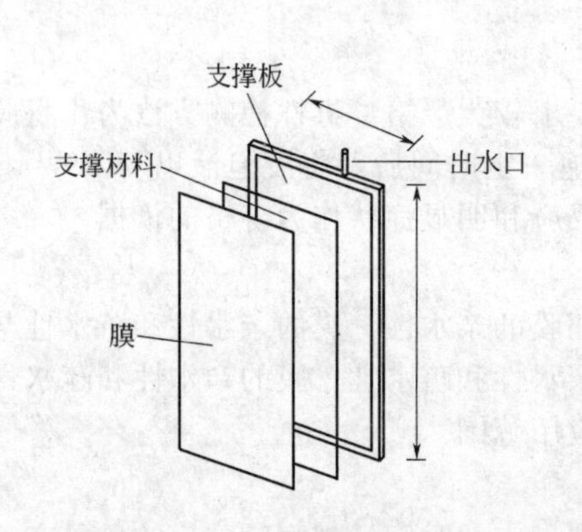

图 2-12　浸没式平片膜元件的构造及成品

## 2.4.1　浸没式平片膜元件

目前市场上常用的浸没式平片膜元件的构造及成品见图 2-12，是由支撑板、支撑层、浸没式平片膜构成的，支撑板作为夹层，支撑层和浸没式平片膜（图 2-13、图 2-14）依次附着在支撑板上，正反面形状一致。膜被放在多孔支撑板上，支撑板上正反面有错开设置的汇水廊道，通过元件上方的出水口，完成出水过程。

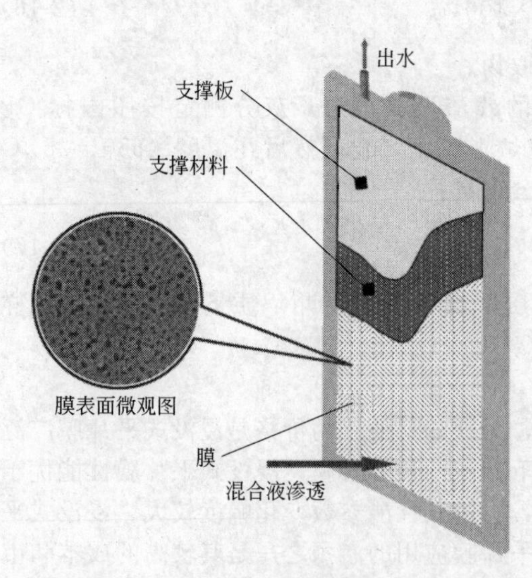


图 2-13　浸没式平片膜元件的结构

## 2.4.2　浸没式平片膜组件

膜组件式由外壳、内部排列一定数量的膜元件、底部配以曝气管组成。所有的膜元件都垂直设置，元件间保持一定间距，膜组件的底部设置曝气装置，顶部设置连接各膜元件出水软管的集水管，见图 2-15。膜元件之间的距离是浸没式平片膜组件的一个较主要的参数，其与曝气产生的气泡大小共同决定了元件间的气流和紊动程度，从而影响膜的性能。

## 2.4.3　膜元件及组件的规格、型号

（1）膜元件的规格、型号　膜元件的规格

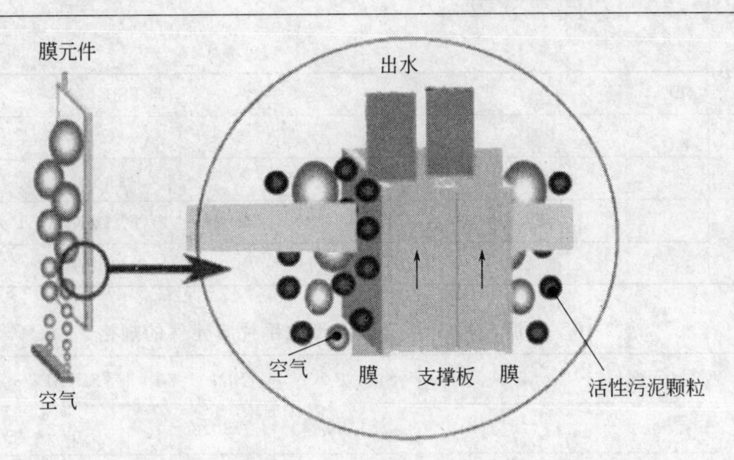


图 2-14　东丽浸没式平片膜元件的过滤状态模式

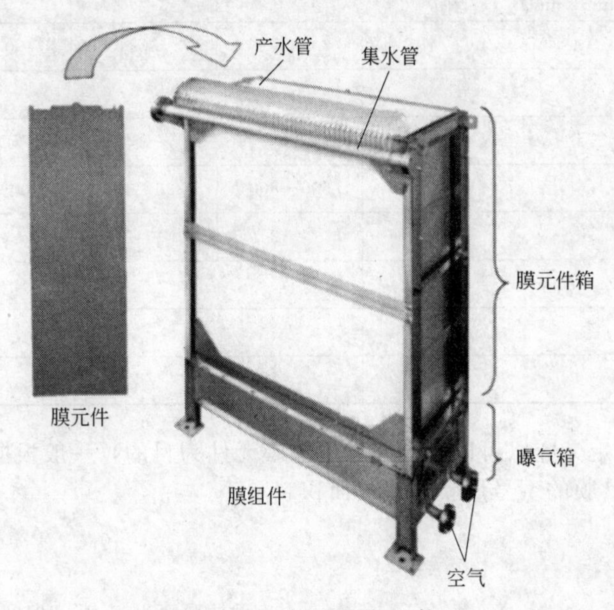


图 2-15　东丽 MBR 组件

一般包括膜的面积、孔径、尺寸、材料、产水量、曝气量等参数，表 2-9 为东丽浸没式平片膜元件（TSP50150）的规格，表 2-10 为SINAP 浸没式平片膜元件的规格。

**表 2-9　东丽标准型浸没式平片膜元件的规格**

| 型　号 | | TSP50150 |
|---|---|---|
| 膜形式 | | 平板膜 |
| 用途 | | 活性污泥的固液分离 |
| 过滤方式 | | 抽吸过滤 |
| 膜孔径/μm | | 0.08 |
| 膜面积/m² | | 1.4 |
| 尺寸/mm | 宽度 | 515 |
| | 高度 | 1608 |
| | 厚度 | 13.5 |

续表

| 型号 | | TSP50150 |
|---|---|---|
| 质量/kg | 干重 | 4.8 |
| | 湿重 | 约 8.0 |
| 材料 | 膜 | 聚偏氟乙烯(PVDF)+PET 无纺布 |
| | 框架 | ABS 树脂 |

**表 2-10 上海 SINAP 标准型浸没式平片膜元件的规格**

| 型号(元件) | SINAP-150 | SINAP-80 | SINAP-25 | SINAP-10 |
|---|---|---|---|---|
| 有效膜面积/$m^2$ | 1.50 | 0.80 | 0.25 | 0.10 |
| 外形尺寸<br>宽度×高度×厚度/(mm×mm×mm) | 510×1800×7 | 490×1000×7 | 340×470×7 | 220×320×6 |
| 质量/kg | 5.5 | 3.2 | 0.8 | 0.4 |
| 膜孔径/$\mu$m | 0.10 | | | |
| 滤膜材质 | 聚偏氟乙烯(PVDF) | | | |
| 水产量/[L/(片·d)] | 600～800 | 320～480 | 100～150 | 40～60 |
| 曝气量/[L/(min·片)] | ≥12 | ≥12 | ≥9 | ≥6 |
| pH 值 | 3～12 | | | |
| 出水浊度(NTU) | <1.0 | | | |
| 出水悬浮物(SS) | ≤5 | | | |

膜元件的型号的定义应以可以有效区分不同膜元件为目的，一般根据不同的厂家进行自定义，如上海 SINAP 膜的型号用膜的有效面积表示：

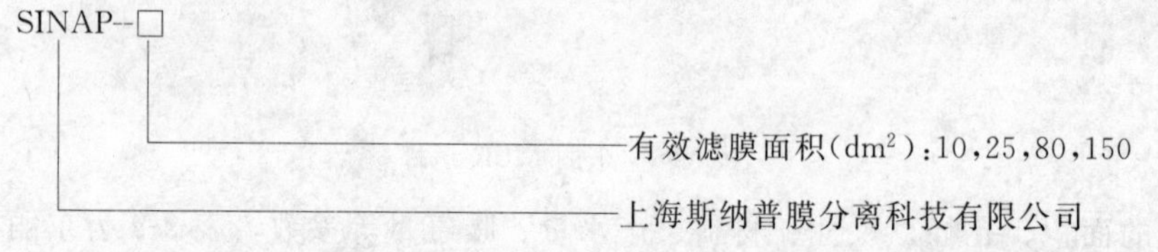


SINAP 主要用于区别于其他厂家的膜产品，有效滤膜面积用于区别同一厂家不同规格的产品。

(2) 膜组件的规格、型号 膜组件的规格的表示一般包括膜元件的片数，尺寸、结构、操作条件（温度、pH、跨膜压差、曝气量等）、产水量等。表 2-11 为东丽浸没式平片膜元件（TSP50150）的规格，表 2-12 为江苏沛尔膜业标准型浸没式平片膜元件的规格。

**表 2-11 东丽 MBR 膜组件规格**

| 型号 | | TMR140-050S | TMR140-100S | TMR140-200W | TMR140-200D |
|---|---|---|---|---|---|
| 膜元件数量/枚 | | 50 | 100 | 200 | 200 |
| 膜组件箱体结构 | | 1 层 1 行 | 1 层 1 行 | 1 层 2 行 | 2 层 1 行 |
| 尺寸 | 宽度/mm | 810 | 810 | 840 | 810 |
| | 长度/mm | 950 | 1620 | 3260 | 1620 |
| | 高度/mm | 2100 | 2100 | 2100 | 4160 |

续表

| 型号 | | TMR140-050S | TMR140-100S | TMR140-200W | TMR140-200D |
|---|---|---|---|---|---|
| 质量/kg | 膜组件(干重) | 400 | 695 | 1430 | 1365 |
| | 曝气箱(干重) | 40 | 65 | 150 | 65 |
| | 膜元件箱(干重) | 360 | 630 | 1280 | 1300 |
| | 膜元件箱(湿重) | 690 | 1200 | 2080 | 2500 |
| 材料 | 壳体、集水管、曝气管 | SUS304 不锈钢 | | | |
| 法兰 | 集水管 | JIS40A | JIS50A | JIS80A | JIS50A |
| | 曝气管 | JIS32A | JIS40A | JIS50A | JIS40A |
| 操作条件 | 温度/℃ | 5～40 | | | |
| | pH | 5～10 | | | |
| | MLSS/(mg/L) | 不超过 18000 | | | |
| | 跨膜压差/kPa | 不超过 20 | | | |
| | 清洗加药压差/kPa | 不超过 10 | | | |
| | 清洗药剂和清洗浓度 | NaClO(有效浓度):2000～6000mg/L(pH12 附近)<br>草酸:0.5%～1.0%<br>柠檬酸:1.0%～3.0% | | | |
| | 曝气量 NL/(min/modul) | 650～1000 | 1300～2000 | 2600～4000 | 1800～2000 |

注：NL—标升；modul—组件。

**表 2-12　江苏沛尔膜业标准型浸没式平片膜元件的规格**

| 型号 | PEIER25-N | PEIER100-100 | PEIER150-100 | PEIER150-150 |
|---|---|---|---|---|
| 总有效膜面积/$m^2$ | 2.5,5.0,12.5 | 100 | 150 | 225 |
| 尺寸(长×宽×厚)/m×m×m | | 1.65×0.65×2.0 | 1.65×0.65×2.66 | 2.35×0.65×2.66 |
| 膜元件(数量) | 10,20,50 | PEIER-100(100 片) | PEIER-150(100 片) | PEIER-150(150 片) |
| 产水量/($m^3$/d) | 1,2,5 | 40～55 | 60～82.5 | 90～123.5 |
| 质量/kg | | 505 | 899 | 1286 |
| 支架材质 | 304 不锈钢 | | | |
| 曝气管材质 | 304 不锈钢 | | | |
| 集水管材质 | UPVC 或 ABS | | | |

膜组件的型号的定义与膜元件的型号定义类似，一般根据不同的厂家进行自定义，如上海 SINAP 膜的型号用膜的有效面积及膜元件的片数表示：

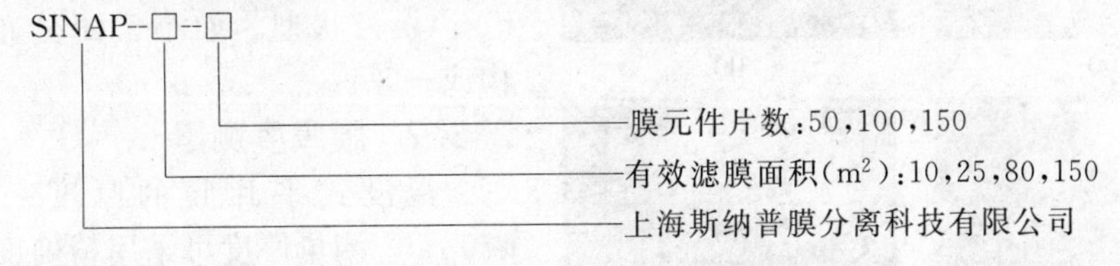


SINAP 主要用于区别于其他厂家的膜产品，有效滤膜面积用于区别同一厂家不同规格的产品，膜元件片数用于确定膜组件中的膜元件数量确定膜组件的规格。

近年来，一些新开发的适用于废水处理的新颖膜元件在经历了中试考察后已进入市场，用于大规模的污水处理。

如日本的久保田公司开发的 MBR 平片膜，膜材料为聚氯乙烯，膜孔径为 0.2～0.4μm。

膜板固定在由玻璃纤维增强的塑料框架上，板间距为 7mm。膜过滤的传质推动力有两种，一是将膜浸在一定高度的液面下，由液位产生的静压强作为膜过滤传质的推动力；另一种是在膜的透过侧用泵抽吸形成负压。这种膜的结构特点是膜在使用过程中易清洗，能够承受交错流的剧烈冲刷，寿命较长，通常膜的使用寿命是中空纤维膜的 3 倍以上。

东丽公司开发的浸没式平片膜因其独特的结构，不仅比中空纤维膜有较长的使用寿命，而且具有较强的抗污染能力，在相同膜通量的情况下，其膜元件的跨膜压差更低。此外，由于膜的材料为 PVDF（聚偏氟乙烯），具有较高化学稳定性和机械强度。平片结构采用 PET 无纺布做支撑层，工作时膜受力均匀，易于膜表面形成动态膜，比中空纤维耐污染（化学清洗频率低、易维护）。

# 2.5 膜质量标准、检测方法

## 2.5.1 膜缺陷

膜缺陷是指膜的表层或深层存在的孔穴，其存在造成被分离物质短路，对膜的性能产生直接影响，阻碍了膜实现分子级水平上的有效分离和纯化。因此，在使用前应将存在缺陷的膜剔除。邵海玲等对国内膜进行了观察研究，按照大小和形状将膜孔分为三个层次四种类型，三个层次见表 2-13。

表 2-13 孔穴的三个层次

| 尺寸大小 | 缺陷影响 | 可见度 |
|---|---|---|
| 孔穴较大，100～1000μm 之间 | 孔穴明显，影响膜外观及使用 | 肉眼可见 |
| 孔穴稍小，40～100μm 之间 | 孔穴较隐蔽，不易察觉 | 灯光可见 |
| 孔穴很小，10～40μm 之间 | 孔穴非常隐蔽，需借助仪器等观察 | 仪器可见 |

除了借助显微镜观察孔穴外还可以通过将其浸入水中（或膜的非溶剂中）通过鼓泡测定：常在浸没式平片膜内注入小于 0.2MPa 压力的压缩空气，外侧充满纯水，此时应绝对无气泡产生，以此作为判断膜有无缺陷的一般依据。

膜缺陷存在的空穴形状的四种类型（图 2-16）：双眼皮型、鼠洞型、筒状型、云状型。

① 双眼皮型。穴口呈长型，穴边缘一侧较厚、光滑，另一侧较薄，中间围成一条沟，形似人的双眼皮。

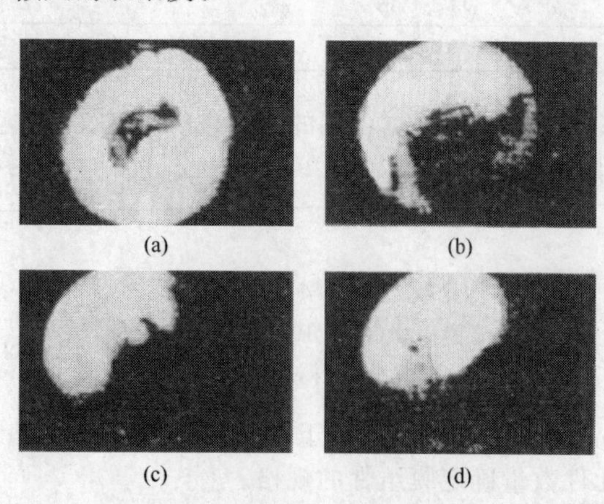

图 2-16 膜孔穴的光学显微照片
（a）双眼皮型穴；（b）鼠洞型穴；（c）筒状型穴；（d）；云状型穴

② 鼠洞型。穴口开口向上，较圆，洞弯曲藏于膜表皮下，与纤维相连。

③ 筒状型。穴口开口向上，呈圆形，如圆筒由表皮直达纤维。

④ 云状型。如小云团分布于膜表面，构成一簇。

## 2.5.2 膜厚度测量

浸没式平片膜的厚度一般在 90～170μm，测量厚度可采用精确度为 0.01mm 的螺旋测微仪或测厚仪，也可在显微镜或电子显微镜下目测。目前最为简单可靠的方法为螺旋千分尺，测量以稍有接触为限度，其优点是可使膜样品在统一承受一固定的压强下得到比较精确的结果。

也可利用质量法计算膜的厚度，即利用湿膜质量与干膜质量之差进行计算：

$$d=\frac{\dfrac{m_{H}-m_{干}}{\rho_{H_2O}}+\dfrac{m_{干}}{\rho_{干}}}{S} \tag{2-18}$$

式中，$d$ 为膜的厚度，μm；$m_H$ 为湿膜质量，kg；$m_{干}$ 为干膜质量，kg；$\rho_{H_2O}$为水的密度，$kg/m^3$；$\rho_{干}$膜材料密度，$kg/m^3$；$S$ 为膜面积，$m^2$。

### 2.5.3 外观质量要求

用肉眼直接观察，膜表面平整有光泽、无皱痕、无破损；用肉眼在检光箱上检查膜表面的针孔、气泡等。

浸没式平片膜的面积较大，故需要密封的边界较长，对边界的密封效果要求较为严格。目前浸没式平片膜的边界密封最常用的有胶粘和超声波焊接。超声波焊接费用比胶粘高，但密封性能高，密封强度大，焊缝平整、光滑、美观，安全可靠，是浸没式平片膜的边界密封首选。

## 2.6 膜产品的包装、储存和运输

MBR 平片膜根据成膜后的处理方法分为干式膜和湿式膜。

干式膜是在膜片后处理时，采用水溶性添加剂在液相条件下均匀地沉淀在膜表面，于烘干设备中干燥后，在膜表面形成一层致密、均匀的保护膜，防止膜受环境温度和湿度影响而变性失效。经干式处理后的膜元件，可直接组装成膜组件，而不需要采取其他保护措施。干式膜组件一般在工厂组装成成品，现场安装工作量小，安装工程质量得以保证，但在储存、运输过程中严格注意勿与环境水接触和控制空气湿度，以防添加剂遇水水解，使保护膜破坏。

湿式膜是在后处理时，采用甘油处理，为防止甘油保护层挥发，需在膜元件外罩一层不透气的塑料薄膜作为保护层，其在储运过程对水及空气湿度无特殊要求。湿式膜组件一般在现场组装，对安装要求较高。

由于湿式膜有较大的优势，工程上应用主要以湿式膜为主，以下重点介绍湿式膜的储运要求。

使用湿式浸没式平片膜元件必须采取恰当的处理与保存方法，防止膜元件在长期保存、运输或系统停运期间微生物的滋生和膜性能的变化。膜元件最好放置在出厂时的原始包装内，仅在系统投运前装入膜组件框架内。

当使用杀菌剂作为膜元件的保护液时，应遵循规定的安全操作规程，必须配戴眼镜，并参阅相关化学品供应商的材料安全参数表。

### 2.6.1 包装

包装有内包装、元件再润湿、外包装 3 种。

#### 2.6.1.1 内包装

湿元件保存在含 1%（质量分数）食品级亚硫酸氢钠（SMBS）的标准保护液中，能在元件的贮运期间起到防止微生物滋生的作用。湿元件在上述保护液中浸泡 1h，取出沥干后，采用双层塑料袋密封，其中的内层材料能隔绝氧气，干元件采用单层塑料包装，不需要任何的保护液，在开封使用前，必须保证包装密封完好。

膜元件经过使用并从膜组件框架内取出后，若暂时不用，必须按下列方式对元件进行保护才能进行贮存或运输。

① 配制含1%食品级SMBS（未经钴活化过）标准保护液，最好采用反渗透或纳滤处理过的纯水来配制上述溶液。

② 将膜元件浸泡在该标准保护液中1h，元件应垂直放置，以便能赶走元件内的空气，然后将元件沥干，放置在能隔绝氧气的塑料袋中，建议使用元件原来的塑料包装袋。要注意的是塑料包装袋的密封性，不需要在塑料袋内灌入保护液，元件内本身所含的湿度足够了，否则，一旦塑料袋破损会引起运输的不便。

③ 在组件塑料袋外面标注元件编号和保护液成分。

#### 2.6.1.2 元件再润湿

经过使用之后的膜元件不慎干燥之后，可能会出现不可逆水通量的损失，可试用以下方式进行元件再湿润。

① 在50%乙醇水溶液或丙醇水溶液中浸泡15min。

② 将元件减压到－30kPa，并且将产水口关闭50min，要注意的是膜组件只能减压在负压条件下工作，不能加压在正压条件下工作，否则，会出现背压，引起膜片的损坏。

③ 将元件浸泡在1% HCl或4% $HNO_3$ 中1～100h，元件必须垂直浸泡，以便于排出元件内的空气。

#### 2.6.1.3 外包装

外包装为纸板箱或木箱，并符合《一般货物运输包装通用技术条件》（GB/T 9174—2008）的规定。

浸没式平片膜组件出厂时，产品外包装应具有如下标志：a. 产品商标标识。b. 产品名称、型号、规格、数量。c. 生产单位的名称、详细地址联系方式。d. “小心轻放”、“防雨”标识。

### 2.6.2 运输

运输过程中应避免碰撞、雨淋、烈日暴晒、冰冻和机械损伤。

### 2.6.3 储存

① 产品应放置在通风干燥、有遮掩物、没有阳光直射、防潮和无腐蚀性气体的场所储存。

② 产品存放环境温度范围为5～40℃，未经使用新的干式元件在低于－4℃时不会受影响；保存在1%SMBS标准保护液中的元件在－4℃以下时会结冰，因此，产品的储存温度应在零度以上。

③ 用保护液保存的元件，每3个月必须检查一次微生物的生长状况，如果保护液发生混浊或超过6个月的话，应从包装袋中取出元件，重新浸泡在新鲜的保护液中1h，沥干后再重新作密封包装。

④ 如果没有设备进行保存（如新鲜的保护液、清洁的环境或封袋机），元件可以在原始的含保护液的袋中存放最多12个月，当元件装入膜组件框架中时，启用之前则应采用碱性清洗液进行清洗。

⑤ 保存液pH不可低于3，当亚硫酸氢钠氧化成硫酸时，pH值会降低。因此，亚硫酸氢钠保存液的pH值每3个月至少要抽样检测一下，当pH低于3时，需更新保存液。

## 本章小结

本章首先概述了膜的材料及分类，然后主要分析了平板膜的制备方法及控制，分别分析了不同制备方法的利弊，总结了膜制备的影响参数。同时从标准角度，针对平板膜的性能参数、膜元件及膜组件的规格型号、膜质量标准、检测方法及膜产品的包装、储存、运输，给予总结归纳，形成平板膜的一系列标准，规范了平板膜的生产、使用。

## 参考文献


[1] 时钧，袁权，高从楷．膜技术手册．北京：化学工业出版社，2001.

[2] 朱长乐．膜科学技术．北京：高等教育出版社，2004.

[3] 王湛，周翀．膜分离技术基础．第二版．北京：化学工业出版社，2006.

[4] 中国膜工业协会标准化委员会，中国标准出版社第五编辑室．膜技术标准汇编．北京：中国标准出版社，2007.

[5] 陆茵，陈欢林，李伯耿．制膜条件对 PVDF 膜形态结构的影响．功能高分子学报，2002，15（6）.

[6] Sugihara M，Fujimoto M，Uragami T. Effect of casting solvent onpermeation characteristics of polyvinylidene fluoride membranes. Polymer，1979，20（1）：999-1001.

[7] Uragami T，Fujimoto M，Sugihara M. Studies on syntheses and per-meabilities of special polymer membranes 24. Permeation character-istics of poly（vinyleneuoride）membranes. Polymer，1980，21（9）：1047-1051.

[8] Uragami T，Fujimoto M，Sugihara N. Studies on syntheses and per-meabilities of special polymer membranes 27. Concentration of poly（styrene sulphonic acid）in various aqueous solutions using poly（vinylene fluoride）membranes. Polymer，1980，22（2）：240-244.

[9] 吴庸烈，刘卫宏，张华杰，杨金荣，徐纪平．沉淀剂组成对聚偏氟乙烯微孔膜膜孔结构的影响．膜科学与技术，1989，9（3），1-7.

[10] 郑炳云，杜邵龙，董声雄．小截留分子量 PVDF 超滤膜的制备研究．福州大学学报（自然科学版），2000，28（5）：94-97.

[11] 陆茵，陈欢林，李伯耿．制膜条件对 PVDF 膜形态结构的影响．功能高分子学报，2002，15：171-176.

[12] 陆茵，陈欢林，李伯耿．添加剂对 PVDF 相转化过程及膜孔结构的影响．高分子学报，2002，5：656-661.

[13] 武利顺，孙俊芬，王庆瑞．凝固条件对聚偏氟乙烯膜结构的影响．纺织学报，2004，25（6）：12-14.

[14] 陆茵，张林，任元龙，汪继忠．溶剂对相分离法制备聚偏氟乙烯微孔膜性质的影响．功能高分子学报，2005，18：430-433.

[15] 王淑梅，王湛，张新妙，刘淑秀，武文娟，刘德忠．PVDF/PMMA/CA 共混膜的制备及性能研究．膜科学与技术，2005，25（3）：63-73.

[16] 胡延滨，李继定，马润宇．PVDF/PS 共混微孔膜的制备．膜科学与技术，2005，25（5）：10-20.

[17] 卜海军，于莲，陈鸣才，许凯．指状和海绵状聚偏氟乙烯多孔膜的制备及表征．高分子材料科学与工程，2006，22（3）：243-246.

[18] Enrica Fontananova，Laura Donato，Enrico Drioli，Linda C. Lopez，Pietro Favia，and Riccardo d'Agostino. Heterogenization of Polyoxometalates on theSurface of Plasma-Modified Polymeric Membranes. Chem Mater，2006，18（6），1561-1568.

[19] 杨晓天，许振良，魏永明．添加剂 PVP、PEG 对 PVDF/PVP（PEG）/DMAc 铸膜液扩散性质的影响．高校化学与工程学报，2007，21（2）：221-225.

[20] Xiangyu Wang，Chao Chen，Huiling Liu，Jun Ma. Preparation and characterization of AA/PVDF membrane-immobilized Pd/Fe nano particles for dechlorination of ichloroacetic acid. Water Research，2008，（42）：4656-4664.

[21] Simon Judd，Claire Judd 著．膜生物反应器　水和污水处理的原理和应用．陈福泰，黄霞译．北京：科学出版社，2009.

[22] 郑领英，王学松．膜技术．北京：化学工业出版社，2000.

# 第3章 浸没式MBR平片膜技术

## 3.1 浸没式MBR平片膜工艺设计

### 3.1.1 MBR与传统活性污泥法的比较

随着水体污染的加剧及污水排放标准的不断提高，对污水处理的要求越来越高，传统的生物处理法存在的问题日益突出，相比之下，MBR工艺的优点非常明显。图3-1与图3-2分别为传统活性污泥法和MBR法工艺流程，表3-1给出了两种工艺的不同[1]之处，具体表现在以下几个方面。

(1) 出水水质不同　传统活性污泥处理法（CAS）的沉淀池固液分离效率低，容积负荷低，CAS出水中一般仍含有大量悬浮物质（SS），不能满足较高的排放要求。而MBR法由于膜的截流作用，出水SS近似为零，同时避免了微生物流失，导致反应器内活性污泥浓度高，大大提高了容积负荷，满足了严格的污水排放标准。

(2) 占地面积不同　传统工艺一般都设有二沉池，构筑物多，占地面积大，与土地日益紧张的现状相矛盾。MBR工艺流程紧凑，取代了二沉池，大大缩小了占地面积。

(3) 剩余污泥量不同　传统方法一般会产生大量剩余污泥，增加后续污泥处理工序的难度和费用。MBR工艺中，活性污泥浓度高，污泥负荷低，且膜的截留作用延长了污泥泥龄，反应器起到污泥消化池的作用，使得污泥产量少。

(4) 抗冲击负荷能力不同　传统工艺一般抗水质、水量和有毒物质冲击负荷能力和运行稳定性较低。MBR系统中活性污泥浓度可以随进入反应器的有机物浓度变化而调整，达到一个动态平衡，使得出水稳定且抗冲击负荷能力高。

(5) 脱氮效果不同　传统方法需要采取相应的技术措施保证足够的污泥泥龄才能达到脱氮的效果。MBR工艺中，较长的污泥泥龄有利于世代时间长的硝化细菌的截留、生长和繁殖，从而系统对氨氮和一些难降解的有机物去除效果较好。

(6) 活性污泥膨胀影响不同　传统方法需防止污泥膨胀。而MBR技术路线短、工艺设备少，易于一体化和自动控制，操作管理十分方便。且水力停留时间和污泥龄可完全分开，运行控制更加灵活、稳定，活性污泥膨胀基本上不影响出水水质。

(7) 提标改造难易程度不同　一般将一种传统工艺改造为另一传统工艺十分困难。但若将普通活性污泥法工艺改造成MBR工艺则比较容易，可充分地利用原构筑物。

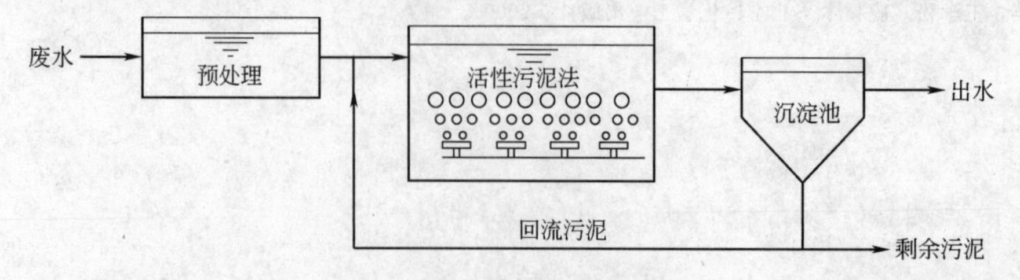


图3-1　传统活性污泥法工艺流程

（8）一次性投资和运行成本不同　MBR工艺一次性投资远高于常规处理工艺的投资。高投资的主要原因是膜及膜组件价格昂贵，进口膜价格远远高于国产膜。MBR的运行成本同样高于常规工艺的处理费用，高运行成本主要来自于动力能耗费和膜的更换费。长远来看，污水排放标准的愈益严格、膜组件质量的提高和费用的逐步下降、技术的发展将更完善，会使得MBR的投资逐步降低。此外，MBR工艺出水水质好，有利于尾水的资源化，由此产生的经济效益抵偿了相应的投资和运行费用高的不足。

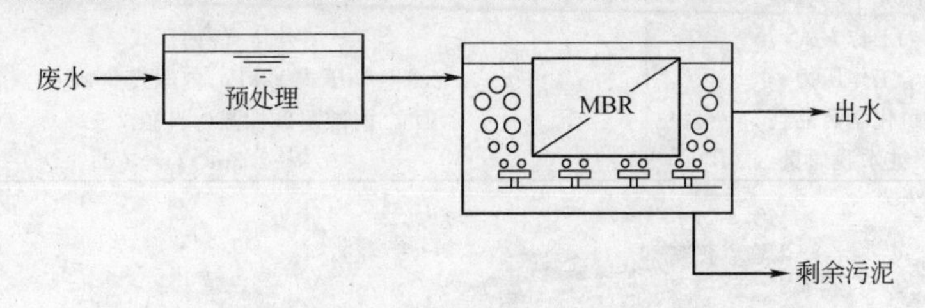


图3-2　MBR法工艺流程

**表3-1　MBR与传统活性污泥法工艺比较**

| 工艺 | 处理效果 | 维护 | 污泥浓度、剩余污泥量、污泥龄 | 能耗 | 占地面积 | 出水SS | 二沉池设置 | 投资、运行费 |
|---|---|---|---|---|---|---|---|---|
| 传统工艺 | 较好 | 一般 | 低、较大、短 | 高 | 大 | 较高 | 需要 | 较小、较低 |
| MBR工艺 | 好 | 方便 | 高、少、长 | 低 | 小 | 极低 | 不需要 | 较大、较高 |

## 3.1.2 MBR工艺布置方式

MBR在工艺上采取两种布置方式，即一体式和分置式。一体式是将膜组件布置在生化系统好氧曝气池内，分置式是将膜组件布置在专设的膜池内。两种布置方式在以下几个方面存在着优劣。

① 一体式占地小。由于一体式MBR的膜组件置于反应器内部，不需要回流泵及管道，故结构紧凑，占地面积小。

② 一体式投资和运行费低。不需专设擦洗空气系统，直接利用生化曝气池中的曝气系统中的空气，投资和运行费用低。

③ 分置式运行稳定、抗污染性能好。分置式膜组件安装在专设的膜池，曝气中污泥对膜的污染大大地减缓，使膜的工作周期和清洗周期大大地延长。一体式的膜组件置于曝气池内，污泥及各种微生物较易附着在膜表面或进入膜孔隙内部，使得膜污染造成膜通量下降，故一体式的膜污染现象更为明显。

④ 分置式更易清洗。因为分置式的膜组件和生化系统相对独立，膜组件的安装、清洗、更换都可单独进行，十分方便。

为了减少膜污染等综合原因，在浸没式平片膜生化曝气池实际应用中，建议采用分置式。

## 3.1.3 设计参数

### 3.1.3.1 设计目标

MBR生化曝气池设计是生物处理工艺开发的重要环节，其设计目标是优化微生物生长环境，保持较高的微生物浓度，在保证出水水质要求的基础上，同时保证膜材料连续有效地运行，减少膜的污染，延长膜清洗周期，提高膜的使用寿命。

### 3.1.3.2 设计影响因素

（1）膜性能　MBR的设计参数与组成MBR膜的性质密切相关，不同材料、规格的MBR膜，其特性参数不同。表3-2为东丽平板膜的特性参数。图3-3为沛尔平板膜片及组件，表3-3为沛尔膜业平片膜元件参数，表3-4为沛尔膜业膜组件参数。表3-5为国外三个厂家膜参数。

**表3-2 东丽平板膜的特性参数**

| 序号 | 名 称 | 特性参数 |
|---|---|---|
| 1 | 材质 | PVDF |
| 2 | 膜孔平均直径 | 0.2μm |
| 3 | 工作方式 | 外压式/内压式 |
| 4 | 工作压力 | 外压式12kPa;内压式20kPa |
| 5 | 耐化学药品性 | 耐酸耐碱性强(pH值2～12) |
| 6 | 纯水膜通量 | 0.8～2.5m³/(m²·d) |

图3-3 沛尔平板膜片及组件

**表3-3 沛尔膜业平片膜元件参数**

| 型 号 | PEIER-25 | PEIER-100 | PEIER-150 | PEIER-175 |
|---|---|---|---|---|
| 有效膜面积/m² | 0.25 | 1 | 1.5 | 1.75 |
| 尺寸(长×宽×厚)/(mm×mm×mm) | 518×365×15 | 1190×518×15 | 1780×518×15 | 2000×518×15 |
| 产水量/(L/d) | 100～135 | 400～550 | 600～825 | 700～962 |
| 质量/kg | 0.6 | 1.2 | 1.54 | 1.7 |
| 材质 | PVDF | | | |

**表3-4 沛尔膜业膜组件参数**

| 型 号 | PEIER25-N* | PEIER-100 | PEIER150-100 | PEIER150-150 | PEIER175-100 |
|---|---|---|---|---|---|
| 有效膜面积/m² | 2.5,5.0,12.5 | 100 | 150 | 225 | 175 |
| 尺寸(长×宽×厚)/(m×m×m) | | 1.65×0.65×2.00 | 1.65×0.65×2.66 | 2.35×0.65×2.66 | 1.65×0.65×2.90 |
| 产水量/(m³/d) | 1,2,5 | 40～55 | 60～82.5 | 90～123.5 | 60～82.5 |
| 质量/kg | | 200 | 360 | 500 | 600 |
| 支架材质 | 304不锈钢 | | | | |
| 曝气管材质 | 304不锈钢 | | | | |
| 集水管材质 | 304不锈钢 | | | | |

表 3-5 国外三个厂家 MBR 膜参数

| 项 目 | ZENON(泽能) | KUBOTA(久保田) | TORAY(东丽) |
|---|---|---|---|
| 膜种类 | 中空纤维 | 平板膜 | 平板膜 |
| 材料 | PVDF | PVC | PVDF |
| 孔径/$\mu$m | 0.04 | 0.40 | 0.06 |
| 通量/[$m^3/(m^2 \cdot d)$] | 0.45 | 0.63 | 0.753 |
| 膜组件处理量/($m^3$/d) | 170(ZW-500d) | 103(EK400) | 233(TMR140-200D) |

(2) 污水性质　污水的性质是导致膜污染的重要因素，影响因素有水温、pH 值、悬浮物、氧化还原电位、污染物组成等，其中悬浮物对其影响最直接。

(3) 操作方式　操作方式对 MBR 的运行起着非常重要的作用，主要涉及污泥浓度的保持、曝气强度和抽停时间比、污泥排放比等。

3.1.3.3　设计要求

MBR 膜生化曝气池利用微生物降解污水中的有机污染物，达到去除污水中有机污染物的目的，这一点与传统活性污泥法相同。浸没式平片膜 MBR 生化曝气池的主要功能是生化降解处理污水并对处理后的水进行泥水分离。但 MBR 系统设计必须注意以下问题。

(1) 预处理　预处理的目的在于确保曝气池中的 MLSS、DO、pH、污泥黏度等污水性质处于 MBR 膜生化曝气池合适的运行环境，同时避免污水中的大颗粒、棱角状等物质损伤膜元件。对于工业污水，除了考虑损坏膜元件的物质，还应考虑污水中是否含有对膜元件有氧化性的有机物质以及这些物质的可降解性。

污水中如果含有较多的杂质或者悬浮物 SS 以及油脂时，为保证膜系统正常工作，必须进行相应的预处理。MBR 预处理系统主要考虑三方面问题：一是排水体制，合流制排水系统需考虑可靠地将大量粗大漂浮物分离；二是进水水质，当进水悬浮物浓度较高时，需合理选择粗、细格栅；三是膜组件结构，主要是对油脂浓度和最后一级精细膜格栅的要求[2]。

一般来说 MBR 预处理阶段必须采用四级以上的机械性预处理设备：①粗格栅（栅距 10～20mm）；②细格栅（栅距 2～6mm）；③沉砂除油装置；④精细格栅（栅条间隙 0.5～1mm）。预处理系统的选择及设计需根据污水中 SS 的大小及膜组件而确定。从国内外已建成的较大规模的膜处理工程来看，必须在传统的预处理系统之后增加一级精细格栅用于分离毛发和细小纤维物质。精细格栅是 MBR 工艺预处理系统的核心设备，但是其处理效果的发挥必须依靠前面各级预处理格栅和沉砂除油装置的合理设计和良好运行。

(2) 活性污泥

1) 活性污泥浓度（MLSS）

浸没式平片膜生化曝气池运行最佳的活性污泥浓度为 6000～10000mg/L，限值最小为 3000mg/L，最大为 12000mg/L。

① 过高的污泥浓度会引起抽吸压力上升，微生物的自身降解率也会下降，而使出水水质变差。因此，必须控制好污泥浓度在上限以下运行。

② 由于曝气量较大以及膜的截留作用，浸没式平片膜膜生化曝气池中的好氧微生物可保持在较高的浓度，有利于有机物的降解。污泥浓度可保持在 6000～10000mg/L 范围内。

③ 过低的污泥浓度会加快水中污染物对膜元件污染速度；活性污泥浓度小于 3000mg/L 时，可采用下列方法运行：a. 在较低的通量下运行，一般为正常通量的 30%～40%；b. 停止抽吸，对污水进行间歇曝气，连续性少量进水，逐步提高污泥浓度；c. 实行闷曝，对泥水混合液进行曝气，停止进出水，补充营养液。

2）生物状态

① 温度 浸没式平片膜生化曝气池中存在内部缺氧状态，即系统在好氧反应阶段同时存在硝化和反硝化作用；硝化菌比亚硝化菌对温度的冲击更敏感，温度会影响出水 $NO_2^-$-N 的累积。所以膜生化曝气池对水温也有一定的要求，膜生化曝气池在曝气池中的温度范围为 15～35℃。

② 污泥状态 应周期性地观察污泥的 SVI、污泥浓度、污泥中微生物的形态；在污泥驯化阶段或污泥状态恶化时，将加快膜组件抽吸压力的上升速度，此时需要对污泥状态进行调整。

(3) 浸没式平片膜反应器布置

① 气源。浸没式平片膜生化曝气池与传统活性污泥法相似，采用鼓风曝气系统，利用膜组件下部的曝气系统在膜组件内外形成气流，一方面曝气为膜表面提供了擦洗冲刷力，防止膜元件表面受到污染；另一方面，为系统中的好氧微生物提供氧气。

② 池体平面布置。为保证良好的曝气气流回旋，好氧曝气生化池应布置合理，留有足够的空间，图 3-4 给出沛尔浸没式平片膜组件在生化池内的平面布置，可供参考。

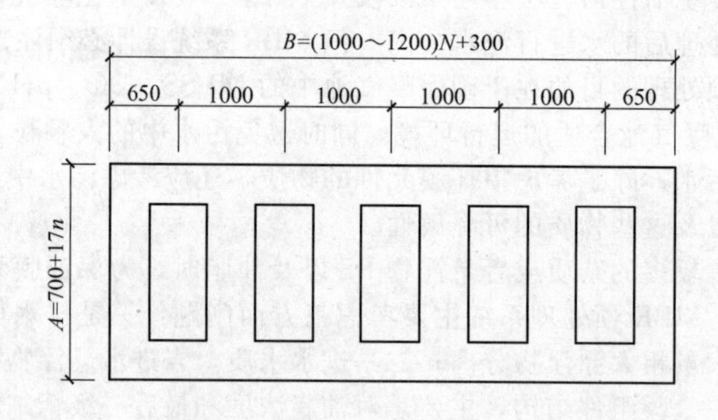


图 3-4 膜组件池内布置参考图

$N$（组）—膜组件数量；$n$（片）—每组膜组件中膜元件的数量；$A$（mm）—池体宽度，700＋17$n$；$B$（mm）—池体长度，(1000～1200) $N$＋300

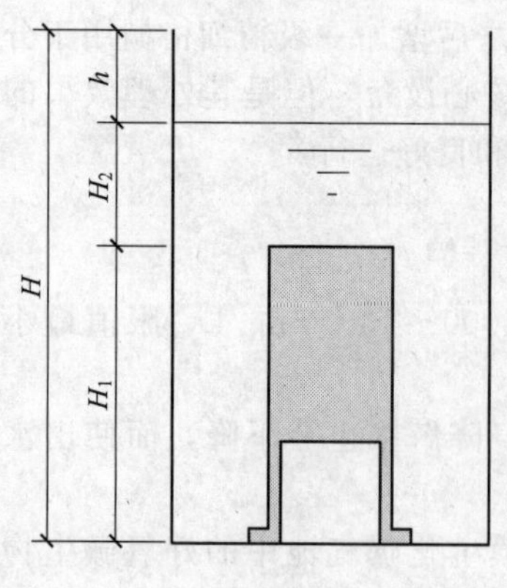


图 3-5 膜组件池内垂直布置参考图

③ 池体断面布置。以沛尔膜组件为例，该组件上已经设置了曝气管，为确保浸没式平片膜组件的正常运行，曝气池应满足一定的高度。参考图见图 3-5。

$H$—设计池体高度，mm；$H_1$—膜组件高度，mm；$H_2$—安全水深，500～1000mm；$h$—保护高度，500～1000mm

(4) 沛尔膜组件主要设计参数（表 3-6）

(5) 曝气池设计 MBR 膜池布置图见图 3-6。由曝气管的空气形成的在槽内的上升水流能否下降是形成循环流的关键。因此保证膜组件与膜组件的间距以及膜组件与槽壁间的距离就很重要。推荐 $W_1$ 的距离为 380～680mm，$W_2$、$W_3$ 的距离为 430～730mm。由于膜组件宽边一侧需要接管，因此建议不要设置太大的距离，推荐 400mm。

表 3-6 膜组件的主要设计参数

| 项　目 | 单位 | 运行条件 |
| --- | --- | --- |
| MLSS | mg/L | 3000～12000 |
| 污泥黏度 | MPa·s | 250以下 |
| DO | mg/L | 2.0 |
| pH | | 6～9 |
| 水温 | ℃ | 15～40 |
| 抽吸/停止 | min | 7～12/2～4 |
| 膜通量 | $m^3/(m^2 \cdot d)$ | 0.25～0.75 |

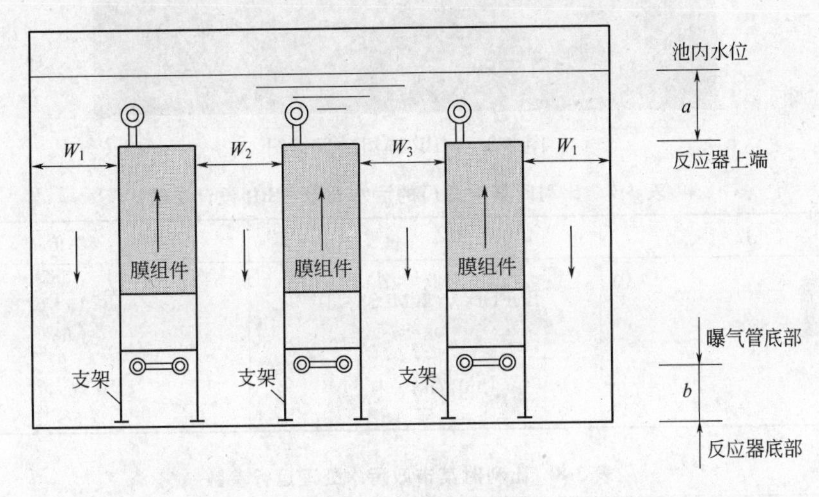


图 3-6 MBR膜池布置图

图3-7、图3-8为沛尔膜业某工程图片。

图 3-7 MBR膜组件安装图

（6）国外相关MBR设计与运行参数（表3-7～表3-10）

## 3.1.4 工艺设计

### 3.1.4.1 好氧曝气池有效容积

（1）有机负荷法

图 3-8 MBR 膜组件运行图

**表 3-7 比利时某啤酒厂的污水处理 MBR 设计参数**

| 参数 | 单位 | 值 |
|---|---|---|
| 污水的 $COD_{Cr}$ | mg/L | 252 |
| $COD_{Cr}$污泥负荷 | $kgCOD_{Cr}/(kgMLSS \cdot d)$ | 0.15～0.22 |
| 活性污泥浓度(MLSS) | mg/L | 6.5 |
| 膜面积 | $m^2$ | 24 |
| 膜通量 | $m^3/(m^2 \cdot d)$ | 0.41 |
| 温度 | ℃ | 5～18 |

**表 3-8 比利时某市政污水处理运行参数**

| 参数 | 单位 | 进水 | 出水 |
|---|---|---|---|
| 污水的 $COD_{Cr}$ | mg/L | 252 | 32 |
| $NH_3$-N | mg/L | 16 | 0.28 |
| $PO_4^{3-}$-P | mg/L | 3.3 | 1.5 |
| 总悬浮 | mg/L | 73 | 未检出 |

**表 3-9 某化工污水排放处理 MBR 的实际设计数据**

| 参数 | 单位 | 值 |
|---|---|---|
| 进水流量 | $m^3/d$ | 6800 |
| 污水 BOD | mg/L | 200～300 |
| MBR 容器的容量 | $m^3$ | 550 |
| 活性污泥浓度(MLSS) | mg/L | 12000～20000 |
| 膜面积 | $m^2$ | 13700 |
| 膜通量 | $m^3/(m^2 \cdot d)$ | 0.5 |
| 曝气量 | $m^3/min$ | 100 |
| 温度 | ℃ | 25～32 |

**表 3-10 某 MBR 测试工厂中的进水和出水水质**

| 参数 | 单位 | 进水 | 出水 |
|---|---|---|---|
| pH | — | 7.6 | 7.4 |
| 生化需氧量 | mg/L | 230 | 4.6 |
| 化学需氧量 | mg/L | 140 | 8.4 |
| 悬浮物 | mg/L | 15 | 未检出 |
| 总氮 | mg/L | 18.6 | 2.3 |
| 总磷 | mg/L | 0.3 | 0.06 |

好氧曝气池容积按污泥负荷来计算，如下式：

$$V=\frac{24Q(S_0-S_e)}{1000N_S X} \tag{3-1}$$

式中，$V$为好氧曝气池容积，$m^3$；$N_S$为污泥负荷，$BOD_5$/(kg MLSS·d)；$Q$为流量，$m^3/h$；$S_0$为进水$BOD_5$浓度，mg/L；$S_e$为出水$BOD_5$浓度，mg/L；$X$为混合液悬浮固体浓度，g MLSS/L。

MBR的有机负荷一般小于0.1kg $BOD_5$/(kg MLSS·d)。由于MBR可完全实现泥水分离，从而保证了优良的出水水质和较高的污泥浓度。因曝气池中较高的污泥浓度，又使得MBR中的负荷率或$F/M$较低。较低的$F/M$，一方面可以减少剩余污泥，另一方面延长了污泥龄。较长的泥龄有利于世代期较长的硝化细菌生长，但过长的污泥龄会使曝气池中产生溶解性微生物产物SMP（Soluble Microbial Products）。若MBR中积累一定量的SMP，不但会加速膜污染，还会导致出水水质变差。低污泥负荷还会使MBR污泥中产生胞外聚合物EPS（Extracellular Polymeric Substances），使混合液的黏度升高，膜过滤阻力变大[3]。

生化曝气池中污泥负荷和污泥浓度设计的大一些，生化曝气池的容积就可以小一些，同时这两个参数数值的大小也影响处理效果。就CAS而言，一般不采用高负荷而采用常负荷，即污泥负荷一般小于0.5kg $BOD_5$/(kg MLSS·d)，如果要求氮素转入硝化阶段，一般采用0.3kg BOD/(kg MLSS·d)。

（2）水力停留时间（HRT） 生化曝气池容积按水力停留时间来计算，如下式：

$$V=Qt \tag{3-2}$$

式中，$V$为曝气池容积，$m^3$；$Q$为流量，$m^3/h$；$t$为水力停留时间，h。

由于MBR系统可实现HRT和SRT的单独控制，过长的HRT将直接增大生化曝气池的容积，过短的HRT将会导致系统内溶解性有机物（SMP）的积累，进而引起膜通量的下降。考虑到MBR系统要获得硝化处理效果，又不使生化曝气池容积设计得很大，HRT值可适当设计得长一些，充分利用设备的充氧能力，尽量维持系统内溶解性有机物的平衡。可降低剩余活性污泥量，系统更能适应冲击负荷。

实践证明，如果考虑到系统有较高的硝化和反硝化处理效果要求时，过短的HRT将难以保证，因此HRT值宜设计得稍长一些（约12h）[4]。由于MBR系统的MLSS较高，如果以SRT计算确定的生化曝气池的容积较小，相应的所需HRT较短（7～10h）。

（3）固体停留时间SRT 生化曝气池容积按污泥龄来计算如下式：

$$V=\frac{24QY\theta_c(S_0-S_e)}{X_V(1+K_d\theta_c)} \tag{3-3}$$

式中，$V$为曝气池容积，$m^3$；$Q$为流量，$m^3/h$；$S_0$为进水$BOD_5$浓度，mg/L；$S_e$为出水$BOD_5$浓度，mg/L；$X_V$为混合液挥发性悬浮固体浓度，mg MLVSS/L；$Y$为污泥产率系数，kg VSS/kg $BOD_5$；$\theta_c$为污泥龄，d；$K_d$为衰减系数，20℃的数值为0.04～0.075$d^{-1}$。其中，衰减系数$K_d$值应以当地冬季和夏季的污水温度进行修正，并按下式计算：

$$K_d=K_{20}\times\theta_T(T-20)$$

式中，$K_{20}$为20℃时的衰减系数，$d^{-1}$；$T$为设计温度，℃；$\theta_T$为温度系数，采用1.02～1.06。

由于膜分离延长了微生物的SRT，降低了污泥产率，提高了容积硝化及有机物去除能力。SRT愈长，微生物失活的可能性愈大，使MLVSS/MLSS比下降，为提高污泥活性，需定期适量排泥，以减轻膜负荷。SRT值的大小对MBR的处理效果及曝气池内微生物的特征都会产生影响。

（4）污泥浓度MLSS 提高MLSS值，可以减小生化曝气池容积，降低污泥负荷率，延长污泥泥龄，有利于系统中硝化细菌的生长，提高处理效率。但MLSS的提高意味着SRT

的增加，要求有更高的氧传递速率，同时还会增大混合液黏滞度，降低膜通量，进而影响出水水质。过高的MLSS对于MBR正常运行是不利的，在运行时应根据具体的水质、膜组件及膜生化曝气池处理能力探求合理的MLSS值。

工程应用中发现，在实际进水有机物浓度低于设计进水水质情况下，MLSS值难以达到设计值，若通过减少排泥来维持高的MLSS值，则会造MLVSS/MLSS比值偏低，反而降低了生物活性，影响处理效率。一般处理低浓度污水宜控制较低的污泥浓度，以尽量提高膜通量；而处理高浓度污水宜控制较高的污泥浓度，以尽量增大有机物去除能力。因此，对于高浓度的工业废水，可选取较高的污泥浓度值（约10g/L）以尽量增大有机物去除能力；而对于城镇综合污水处理工程而言，由于进水浓度相对不高，宜选取较低的污泥浓度（6～8g/L）[4]。

选取了MLSS值之后，宜再确定SRT。对于有脱氮要求的处理工程，SRT可根据硝化泥龄和反硝化泥龄来计算确定。需要注意的是：由于系统内的MLSS较高，因此MBR工艺的泥龄通常较长。而尽管较长的泥龄有利于世代周期较长的硝化细菌的生长，但过长的泥龄会使反应器中产生溶解性微生物产物（SMP），累积的SMP会加速膜污染导致出水水质变差。

上述列举的MBR生化曝气池容积计算方法，在实际应用中究竟采用哪种方法来计算呢？Mogens Henze等[5]认为，污泥负荷可用于一般的生物去除工艺，而当用于与生物除磷、硝化与反硝化作用相关的过程以及利用生长缓慢的细菌来处理特殊污染物时，应采用泥龄法工艺设计。邢传红、文湘华、钱易等[6]经过大量的中试研究后认为，采用MBR工艺处理城市污水，污泥负荷、体积负荷已不再是制约处理效果的重要指标，可将HRT、SRT作为MBR工艺生化曝气池单元的设计依据，因为这样不仅能确保工艺操作的长期稳定性，而且能简化设计过程。

对于特定的进水水质，污泥浓度、污泥负荷和泥龄三个参数选取了其中两个后也就相应地确定了另一个参数。由于目前的水处理工程中均有较高的除磷脱氮要求，又MBR内微生物对有机底物的利用不仅仅局限于进水中的$BOD_5$值，对部分表现为$COD_{Cr}$的物质也可以利用，因此采用MBR处理城市污水时，不宜采用污泥负荷参数作为设计依据，而应将MLSS和SRT作为MBR生物处理单元的主要设计参数。蒋岚岚等[4]对太湖流域MBR类污水处理工程进行了总结，见表3-11。

**表3-11 太湖流域MBR类污水处理工程实例介绍**

| 序号 | 污水处理工程名称 | 规模/($m^3$/d) | 生物处理工艺形式 | HRT/h | | | SRT/d | 膜组件形式 | 设计膜通量/[$m^3$/($m^2$·d)] | 膜孔径 | 膜池HRT/h | 膜清洗方式 |
|---|---|---|---|---|---|---|---|---|---|---|---|---|
| | | | | 厌氧 | 缺氧(Ⅰ+Ⅱ) | 好氧 | | | | | | |
| 1 | 梅村厂 | 30000 | $A^2$O-MBR | 1.45 | 3.15 | 6.28 | 18.8 | 帘式超滤 | 0.49 | 0.04 | 0.80 | 水-在线-离线 |
| 2 | 硕放厂 | 20000 | $A^2$/O-A-MBR | 2.08 | 9.5 | 6.18 | 16.6 | 束状微滤 | 0.66 | 0.1 | 1.87 | 水-在线-离线 |
| 3 | 城北厂 | 50000 | A(2A)/O-MBR | 1.48 | 4.2 | 5.05 | 20.5 | 帘式微滤 | 0.53 | 0.1 | 1.80 | 在线-离线 |
| 4 | 胡埭厂 | 23000 | $A^2$/O-MBR | 1.60 | 4.1 | 6.20 | 21.8 | 帘式微滤 | 0.43 | 0.1 | 1.83 | 在线-离线 |
| 5 | 马山厂 | 17500 | A-$A^2$/O-MBR | 2.00 | 5.2 | 6.20 | 20.3 | 帘式微滤 | 0.43 | 0.1 | 1.94 | 在线-离线 |
| 6 | 尹家村 | 100 | $A^2$/O-MBR | 8.50 | 3.1 | 6.02 | 27.2 | 板式微滤 | 0.42 | 0.2 | 6.02 | 水-离线 |
| 7 | 大港村 | 60 | $A^2$/O-MBR | 8.60 | 4.0 | 12.26 | 34.4 | 板式微滤 | 0.36 | 0.4 | 9.54 | 水-离线 |

3.1.4.2 供气量

（1）需氧量 好氧生化曝气池中需氧量，根据去除的五日生化需氧量、氨氮硝化、除氮和曝气池中微生物内源呼吸需氧量按下列公式计算：

$$O_2=0.001aQ(S_0-S_e)-c\Delta X_V+b[0.001Q(N_k-N_{ke})-0.12\Delta X_V]-0.62b[0.001Q(N_t-N_{ke}-N_{oe})-0.12\Delta X_V]+b_1VX \quad (3-4)$$

式中，$O_2$ 为污水需氧量，kg $O_2$/d；$Q$ 为进水流量，kg $O_2$/d；$S_0$ 为进水 $BOD_5$ 浓度，mg/L；$S_e$ 为出水 $BOD_5$ 浓度，mg/L；$\Delta X_V$ 为排出的微生物量，kg/d；$N_k$ 为进水总凯氏氮浓度，mg/L；$N_{ke}$为出水总凯氏氮浓度，mg/L；$N_t$ 为进水总氮浓度，mg/L；$N_{oe}$为出水硝态氮浓度，mg/L；$0.12\Delta X_V$ 为排出的微生物中含氮量，kg/d；$a$ 为碳的氧当量，当含碳物质以 $BOD_5$ 计时，取1.47；$b$ 为常数，氧化每公斤氨氮所需氧量（kg $O_2$/kg N），取4.57；$c$ 为常数，细菌细胞的氧当量，取1.42；$b_1$ 为污泥自身氧化需氧率，0.11～0.18kg$O_2$/(kg MLVSS・d)；$X_V$ 为曝气池内挥发性污泥浓度，mg/L；$V$ 为曝气池有效体积，$m^3$。

（2）供气量　按下列公式将标准状态下污水需氧量换算为标准状态下的供气量：

$$G_s=O_s/(0.28E_A) \quad (3-5)$$

式中，$G_s$ 为标准状态下供气量，$m^3$/h；0.28为标准状态下每立方米空气中的含氧量，kg $O_2/m^3$；$O_s$ 为标准状态下污水需氧量，kg $O_2$/h；$E_A$ 为曝气器氧的利用率，%。

考虑到高、低负荷时运行调节的灵活性，保证经济运行，在鼓风机配置时宜选取大、小两种风机或同规格两用一备配合或变频风机。

3.1.4.3　膜组件膜片数

膜片数计算式：

$$n=\frac{Q_d\times t}{24\times J\times S} \quad (3-6)$$

式中，$n$ 为膜片数，片；$Q_d$ 为设计流量，$m^3$/d；$t$ 为每天运行时间，h；$J$ 为膜通量，$m^3/(m^2\cdot d)$；$S$ 为膜片有效面积（例如取0.80$m^2$/片，不同厂家面积不同，按厂家说明取值）。

3.1.4.4　膜组件布置

（1）根据选用膜组件的型号来确定平面布置，见图3-9。

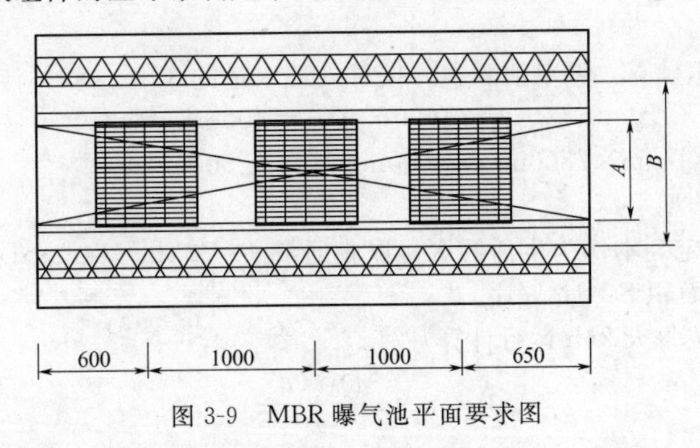


图3-9　MBR曝气池平面要求图

膜组件厚度见表3-12。

**表3-12　膜组件厚度**

| 片数/组件 | 50 | 75 | 100 | 125 | 150 | 200 |
|---|---|---|---|---|---|---|
| 厚度/mm | 1300 | 1800 | 2300 | 2800 | 3300 | 4300 |

（2）池深设计　MBR曝气池深度示意见图3-10。

（3）MBR池容积确定　MBR池按 $BOD_5$ 容积负荷计算的池容积及按膜组件布置需要的

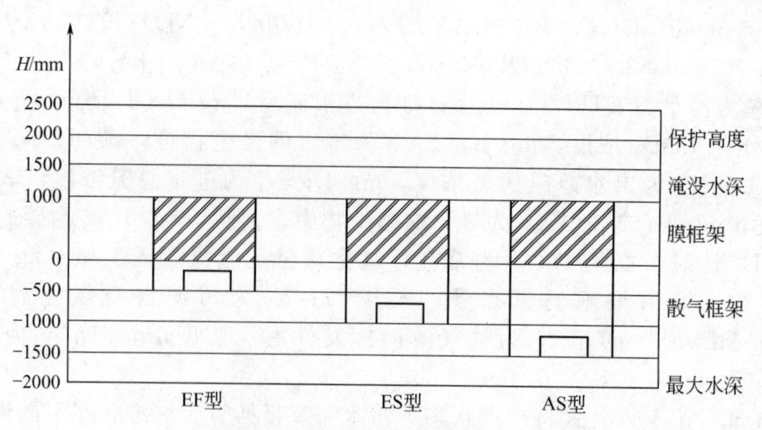


图 3-10 MBR 曝气池深度示意图

注：EF、ES、AS 为某厂家不同规格浸没式平片膜型号。

池容积，取两者中较大的值。

如按 $BOD_5$ 容积负荷计算出的池容积大于按所选膜组件需要的池容积时，一般要设前置曝气池。

（4）MBR 膜组件表面擦洗空气量 为减缓 MBR 膜污染，通常，在膜组件产品下部均配套设置穿孔曝气管，供给一定量的空气，使空气在升浮的过程中，处理水在膜的表面产生湍流紊动，对膜表面进行擦洗，使膜表面仅维持一定厚度的动态膜。根据处理水的性质，擦洗空气量一般按 8～16L/(m²·min) 来选供气量，设计时多采用 10～12L/(m²·min)。为保证系统正常工作，减少相互干扰，便于调节，灵活运行，MBR 膜组件风机与曝气池风机宜分别选择，独立布置。

### 3.1.5 膜生化曝气池设计举例

**【例 3-1】** 某住宅小区欲将生活污水进行处理作再生水回用，处理水量为 1000m³/d，其 $BOD_5$ 为 200mg/L，处理后出水的 $BOD_5 \leqslant 10$mg/L。

设计步骤如下。

（1）调节池容积计算 调节池容积可按日处理水量的 35%～50%计算，取 40%，则

$$V = 1000 \times 40\% = 400\text{m}^3$$

尺寸布置：14600mm×7800mm×4000mm（超高 500mm）。

（2）膜组件的选型

① 膜通量 $J$ 确定。本例为生活污水，取膜通量 $J = 0.4\text{m}^3/(\text{m}^2 \cdot \text{d})$。

② 膜元件有效面积 $S$：1m²/片。

③ 膜片数 $n$（按每天 24h 运行计算）

$$n = \frac{Q_d \times t}{24 \times J \times S} \tag{3-7}$$

$$= 1000 \times 24/(24 \times 0.4 \times 1) = 2500 \text{ 片}$$

④ 膜组件数量 $N$。根据产品样本，选型 $n_0 = 100$，即 100 片为一组件，则膜组件的数量 $N$ 为

$$N = n/n_0 = 2500/100 \approx 25 \text{ 组}$$

⑤ 考虑到交替运行和膜组件清洗，将膜组件均分为 4 系列，6～7 组膜组件为一系列。

（3）提升泵 流量 $Q_H = N \times n_0 \times S \times J/24 = 25 \times 100 \times 1 \times 0.4/24 = 42\text{m}^3/\text{h}$；出水扬程 $H_{出} \geqslant 10$m。

水泵选型：80WQ43-13-3；出水口径 80mm；流量 43m³/h；扬程 13m；电机功率 3kW。

(4) 计算池容

① 去除碳源污染物，按 $BOD_5$ 容积负荷计算：

取 $BOD_5$ 容积去除负荷 $N_V$ 为 0.5kg/($m^3$·d)

$$W_{BOD}=Q(S_0-S_e)\times10^{-3}=1000(200-10)\times10^{-3}=190\text{kg } BOD_5/\text{d}$$

$$V=W_{BOD}/N_V=180/0.5=360\text{m}^3$$

② 膜平面布置所需池容积。根据图3-9MBR曝气池平面要求，当规格为100片时，$B$ 的尺寸为2300mm，25组膜组件，一行布置5组，需5行才能满足要求，则平面尺寸为(2300mm×5)×(1000×5+300)mm；由图3-10MBR曝气池深度要求图，取有效水深为4.0m。

$$V=(2.3\times5)\times(5.0+0.3)\times4.0=243.8\text{m}^3$$

由于根据 $BOD_5$ 容积负荷算出的池有效容积大于膜平面布置所需的池容积，故MBR池容积及尺寸按负荷确定。

(5) 池尺寸设计　取 $L/B>2$，池壁超高0.5m，池体有效水深4m。则MBR曝气池尺寸为：

$$L\times B\times H=15.0\times6.0\times4.5>11.5\times5.3\times4.5\text{(膜组件所需尺寸)}$$

(6) 中水池容积计算　中水贮存池容积可按水中系统日用水量的25%～35%计算，取25%，则：

$$V=1000\times25\%=250\text{m}^3\text{，尺寸为 }9000\text{mm}\times8000\text{mm}\times4000\text{mm}$$

(7) 消毒池容积计算　消毒池容积按日平均污水量停留接触时间不小于30min计。

$V=0.5Q_H=0.5\times(1000/24)=20.8\text{m}^3$，尺寸布置为3000mm×2000mm×4000mm。

(8) 主要设备的选型

① 格栅。格栅按最大流量设计，时变化系数 $K_h=1.25$。

$$Q\geqslant(1000/24)\times K_h=41.7\times1.25=52\text{m}^3/\text{h}$$

可选 $Q=50\sim60\text{m}^3/\text{h}$，格栅间隙 $b=1$mm 的机械细格栅。

② 污水提升泵。污水提升泵按24h连续运行设计。$Q_H=42\text{m}^3/\text{h}$。扬程4m以上。水泵选型80WQ43-13-3。出水口径80mm。流量43$\text{m}^3$/h。扬程13m$H_2O$。电机功率3kW。

③ MBR膜组件抽吸泵。BR膜组件抽吸泵按24h连续运行设计。

$$Q_H=43\text{m}^3/\text{h}$$

水深：4m。管网水损：4.5m$H_2O$。跨膜压差：3.5m$H_2O$。水泵选型：ZW80-40-16。出口径80mm。流量43$\text{m}^3$/h。扬程16m$H_2O$。电机功率4kW。

④ 鼓风机选型（两种算法，取大值）

a. MBR池所需鼓风量计算

b. 膜装置擦洗空气量：每片膜擦洗空气量 $q=12\text{L}/(\text{m}^2\cdot\text{min})$。MBR擦洗空气量 $G=N\times n_0\times q=25\times100\times12/1000=30\text{m}^3/\text{min}$

c. 生化处理所需空气量：需氧量 $Q_D=aQ_d(S_0-S_e)+bVX_f$；MBR池内污泥浓度取 $X=12000$mg/L，氧转移率 $e=20\%$；由实际运行装置获得 $f=0.8$，$b$ 值取0.12。

$$O_D=0.5\times(200-10)\times10^{-3}\times1000+0.12\times360\times12\times0.8=510\text{kg}O_2/\text{d}$$

所需空气量：$G=O_D/(0.277e)=510/(0.277\times0.2)=9206\text{m}^3/\text{d}=6.4\text{m}^3/\text{min}$

膜装置洗净所需空气量与生物处理所需空气量计算比较后，取较大值。可选送风量为30$\text{m}^3$/min左右的风机或总风量相同的数台风机并联运行。

风机的压力以池深为依据，池有效水深为4.0m，考虑到风管的阻力降，风机的风压 $p=5000$mm$H_2O$。

⑤ 消毒设备选型。采用二氧化氯消毒，加氯量为5mg/L。设计需有效氯：1000/24×

5＝208g/h。选型：二氧化氯发生器型号 H2000～300；有效氯产量 300g/h；装机容量 1.0kW；电压 380V/220V。

# 3.2 浸没式 MBR 平片膜系统中微生物

## 3.2.1 生物处理基本原理

生物处理的主要作用是去除污水中溶解的和胶体的有机物质。通过微生物的生命活动，即通过微生物酶的作用，污水中的有机物被转化为细胞物质和无机物，在微生物自身生长繁殖的同时使污水得以净化。微生物可以是好氧、兼氧或厌氧微生物，可以从处理后的水中分离出来而使水得到澄清[7,8]。

生物处理需要适宜的反应器条件来维持足够且具有活性的微生物，这样才能达到去除有机物的目的。在污水处理中，通常是以有机物在氧化过程中所消耗的氧量这一综合性指标来表示有机污染物的浓度，如生化需氧量（BOD）和化学需氧量（COD）。$BOD_5$ 约占生化需氧总量的 2/3，故采用 $BOD_5$ 来表示污水中可降解有机物的浓度是比较合适的。但污水中有机物并不是都能较快降解，在工业废水中，可结合 COD 等指标表示有机污染物的浓度。

根据适宜微生物生长的氧化还原条件、工艺类型以及所需的能源类型对微生物进行分类，详见表 3-13。异养菌以有机碳作为能源，并以此合成细胞物质，因此可去除 BOD 并完成反硝化，自养菌从无机反应中获得能量，例如将二价铁氧化成三价铁或将氢氧化成水等，并从无机碳源中获得可同化的物质（例如从 $CO_2$ 获得碳源），从而实现硝化、硫酸盐还原以及厌氧产甲烷等。由于自养菌富集能量的效率低于异养菌，因此自养菌生长缓慢。

表 3-13　污水生物处理中微生物新陈代谢类型

| 组　分 | 工　艺 | 电子受体 | 呼吸类型 |
|---|---|---|---|
| 有机碳 | 好氧生物降解 | $O_2$ | 好氧 |
| 氨 | 硝化 | $O_2$ | 好氧 |
| 硝酸盐 | 反硝化 | $NO_3^-$ | 兼性 |
| 硫酸盐 | 硫酸盐还原 | $SO_4^{2-}$ | 厌氧 |
| 有机碳 | 产甲烷 | $CO_2$ | 厌氧 |

污水好氧处理系统是在好氧环境下，由好氧微生物对污水中污染物进行好氧代谢。这时，有机污染物被好氧微生物分解氧化成无机终产物，这些产物或者以液态的形式保存下来，或者以气态的形式散失到大气中。好氧微生物通过这样的代谢方式获取的能量大，因此，好氧微生物代谢速度快、生长繁殖速率高。由于好氧代谢的特性，好氧法污染物降解彻底，处理效率高，处理后污水中污染物浓度可降至很低，而且出水水质稳定，无异臭。在污水好氧处理系统中，为了保持系统的好氧环境，满足好氧微生物的代谢需求，必须向水中提供充足的氧。

当污水中有机污染物浓度十分高时，不利于氧在水中的扩散传递，有机污染物的降解过程耗氧量很大，为保证好氧处理情况下污水中充足的溶解氧导致运行费用过大，一般采用厌氧法处理污水。污水厌氧处理系统是在厌氧条件下由厌氧微生物对有机污染物进行厌氧代谢。厌氧法不仅不需要供氧，而且系统要隔绝氧气。由于厌氧代谢中一些有机物接受了电子，所以厌氧代谢有一种还原作用，接受了电子的有机物被还原，例如，硫酸根被还原为 $H_2S$，硝酸根被还原为 $NH_3$，$CO_2$ 被还原为 $CH_4$。厌氧代谢过程有机物的氧化分解是不完全的，最终产物也是不稳定的，因此厌氧微生物在厌氧代谢中获取的能量少，细胞产量和有机物的分解速度都较低。在厌氧处理系统中，必须设法对厌氧微生物进行控制，使得有机含碳化合物大多数转化为沼气（$CH_4+CO_2$）而以气态形式从系统中释放出来。

微生物降解有机物的主要反应见图 3-11。

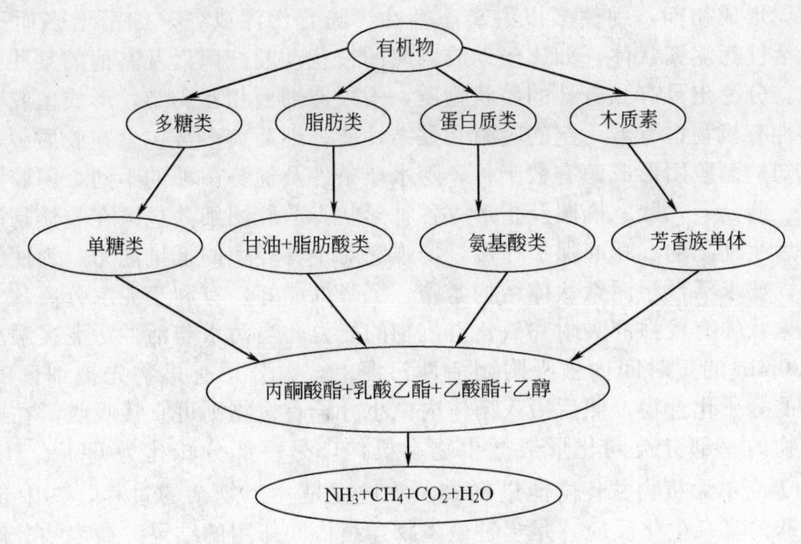


图 3-11　微生物降解有机物的主要反应

与化学氧化工艺相比，生物处理的最大优点就是可以实现非常高的化学转化率。好氧生物可以在常温下将有机大分子物质定量地矿化为 $CO_2$、$H_2O$ 和无机含氮产物等，而且不会产生大量副产物。但在分解矿化过程中，微生物释放出多种物质，统称为胞外聚合物（extracellular polymeric substance，EPS），对 MBR 反应器中的膜会造成污染。厌氧工艺的最终产物是甲烷，类似的也会产生 EPS。一般来说，生物处理工艺对不同有机负荷的承受能力均较强，好氧条件下几乎不产生臭味，如果条件适宜，可去除 80%～90%的 $BOD_5$，有时甚至可达 95%以上，所产生的污泥也容易处理。但生物处理所需时间较化学工艺长，易受有毒物质冲击，另外，好氧系统需曝气，会增加能耗[9～11]。

### 3.2.2 生物处理微生物学[12～15]

生物处理污水的主要作用者是细菌、真菌、藻类和原生动物，还有小型的大小在 200μm 以下的后生动物如轮虫、桡足类的无节幼体、线虫等。在生物处理中，细菌数量多，分解有机物的能力强，并且繁殖迅速，是污染物去除的主要承担者，原生动物和藻类也能对污染物的降解起一定的作用，但对比细菌来说，这个作用是很微弱的。在生物反应器中，所有的生物需形成一个健康和稳定的生物群落，不同生物在分解有机物时作用有所不同。生物处理体系中的食物链见图 3-12。

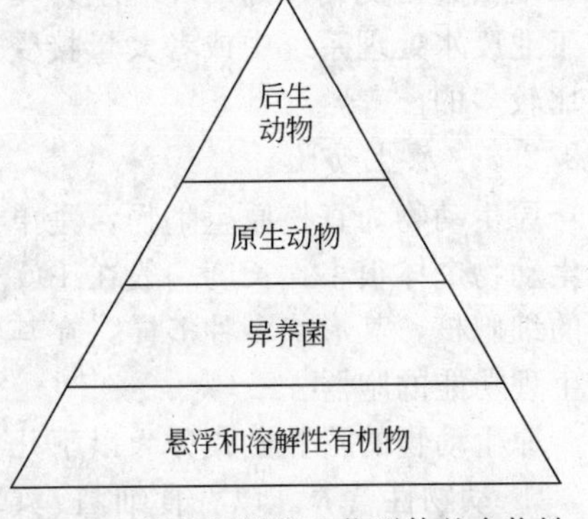


图 3-12　活性污泥微生物群体的食物链

#### 3.2.2.1　细菌

在好氧生物处理中，活性污泥法在国内外污水处理技术中占据首要地位，MBR 污水处理工艺也是结合了传统活性污泥和高效膜过滤工艺而成。细菌在活性污泥中起主导作用，其数量 $10^8$～$10^9$ 个/mL。曾经报道的有动胶菌属、丛毛单胞菌属、棒状杆菌属、微球菌属、假单胞菌属、黄杆菌属、芽孢杆菌属、无色杆菌属、棒状杆菌属、不动杆菌属、球衣菌属、诺卡菌属、短杆菌属、八叠球菌属和螺菌属等。细菌会随污水性质、构筑物运转条件不同而出现不同的优势菌群。例如含蛋白质多的污水有利于产碱杆菌的生长繁殖，含大量糖类和烃类的污水中，假单胞杆菌会迅速增殖。

在活性污泥形成初期，细菌多以游离态存在，随着污泥成熟，细菌增多而聚集成菌胶团，进而形成活性污泥絮状体。如属于动胶菌属的枝状动胶杆菌以及其他的某些细菌、酵母菌和原生动物，分泌出具有黏着性的胶状物质，不仅使细菌相互黏结，形成菌胶团，并对微小颗粒及可溶性有机物也有着一定的吸附和黏结性能。细菌大多数包含在胶质中，以菌胶团形式存在，已知的菌胶团形成菌有数十种，随水质条件及优势菌种的不同，菌胶团絮状体可有球形、分枝、蘑菇、片状、椭圆及指形等各种形状。菌胶团细菌包藏在胶体物质内，可以对原生动物和后生动物的吞噬起保护作用，增强它对不良环境的抵抗能力。为使污水处理达到较好的效果，要求活性污泥絮状体结构紧密，沉降性能好，有利于泥水分离。

活性污泥絮状体有较强的吸附和氧化有机物的能力，当污水与活性污泥接触后，水中的有机物在1～30min的短时间内被吸附到活性污泥上。大分子有机物先被细菌的胞外酶分解，成为较小的分子化合物，然后摄入菌体内。小分子有机物则可直接吸收。在微生物内酶作用下，有机物的一部分被同化形成微生物有机体，另一部分转化为$CO_2$、$H_2O$、$NH_3$、$SO_4^{2-}$、$PO_4^{3-}$等简单无机物并伴随能量释放。此过程是一个复杂的过程，其中包括一系列的微生物酶引起的复杂生化反应，是多种微生物连续协同作用的结果。微生物分解有机物的途径见图3-13。

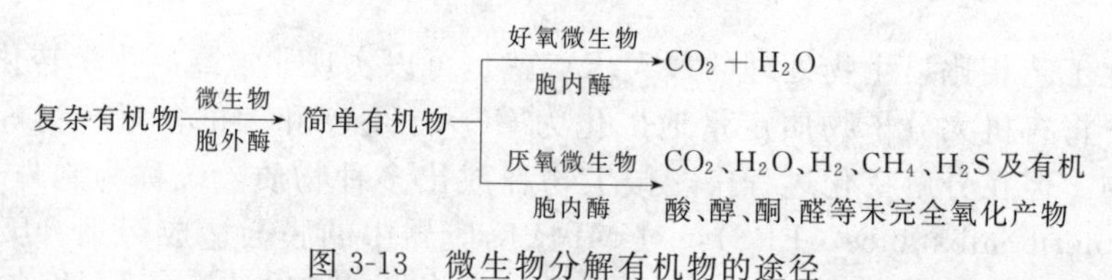


图3-13 微生物分解有机物的途径

3.2.2.2 真菌

活性污泥中的真菌主要为丝状真菌。据报道，从活性污泥中分离出的真菌约20种，其中菌落出现率最高的为头孢霉属，其余依次为芽枝霉属、青霉属、酵母菌等。Cooke等曾对活性污泥中存在的酵母进行了分离鉴定，主要的属为假丝酵母属、红酵母属、球拟酵母属、丝孢酵母属等，这些酵母能快速分解某些有机物，产生大量酵母蛋白可作为饲料蛋白。

真菌在活性污泥中的出现一般与水质有关。在正常的活性污泥中，真菌类不占优势，但是在细菌繁殖受到抑制的环境里，真菌代替细菌而繁殖。因此，某些含碳较高或pH值较低的工业废水处理系统中或者大量接受工业废水的城市污水的活性污泥中产生真菌类的情况还是比较多的。

3.2.2.3 原生动物

原生动物为真核原生生物，是单细胞的微型动物，由原生质和一个或多个细胞核组成。原生动物个体很小，长度一般在100～300$\mu$m之间，都具有细胞膜，一般具有一个或两个以上的细胞核，其形状多种多样，在其细胞内产生形态的分化，形成了能够执行各项生命活动和生理功能的胞器。

原生动物的营养方式分为以下几类。

① 动物性营养。以吞食细菌、真菌、藻类或有机颗粒为生，绝大多数原生动物为动物性营养，有些具有胞口、胞咽等摄食器。

② 植物性营养。在有阳光的条件下，一些含色素的原生动物可利用二氧化碳和水进行光合作用合成碳水化合物，如植物性鞭毛虫，但种类和数量都很少。

③ 腐生性营养。以死的机体或无生命的可溶性有机物质为生。

④ 寄生性营养。以其他生物的机体（即寄主）作为生存的场所，并获得营养和能量。

原生动物在污水处理中常见的有3类，见表3-14。

**表3-14 原生动物在污水处理中的常见类型**

| 原生动物类型 | 特征 | 常见属 |
| --- | --- | --- |
| 肉足类 | 细胞质作为运动和摄食的胞器，可伸缩变形而形成伪足 | 变形虫属 |
| 鞭毛类 | 具有一根以上的鞭毛，鞭毛是运动器官，长度与其体长大致相等或更长些 | 绿眼属 |
| 纤毛虫 | 周身表面或部分表面具有纤毛，运动速度较快，分为游泳型和固着型两种 | 草履虫属、肾形属、斜管虫属等（游泳型）；钟虫属、累枝虫属、播纤虫属（固着型） |

在活性污泥中，原生动物能促进细菌生长，提高细菌活性。由于原生动物对细菌的捕食，非但不会影响细菌的生长，还能使细菌维持在对数生长期，防止种群的衰老，有利于提高降解速度。约有半数以上的细菌，尤其是游离的细菌，在曝气池中不断地被原生动物吃掉。奇观独缩虫每个群体每小时能吃30000个细菌，每个四膜虫每小时能吃500～600个细菌。Curds（1968）试验证明活性污泥在没有纤毛虫的条件下出水的$BOD_5$为54～70mg/L，在有纤毛虫的条件下出水的$BOD_5$为7～24mg/L。此外，原生动物在活动中产生的悬浮粒性有机物（DOM）也可被细菌再利用，促进了细菌的生长。

原生动物还能促进活性污泥的絮凝作用。活性污泥的絮凝现象直接关系到细菌氧化有机物的能力和污泥的沉淀作用。传统活性污泥法中，废水在曝气池中停留一定时间后要排入沉淀池，活性污泥要沉淀下来。一是保证沉淀池的出水比较清澈，二是沉淀后的活性污泥有一部分要重新回流到曝气池中以便和不断流入的新废水混合，如此重复不止。细菌的絮凝作用提供了原生动物的生长环境，而在絮状物上生长的原生动物又能加速絮凝过程。已证明纤毛虫能分泌两种物质，一种是多糖类碳水化合物，能改变悬浮颗粒的表面电荷，使悬浮颗粒集结起来，形成絮状物；另外一种是黏朊，能把絮状物再联结起来，最大的絮状物直径可达3mm。在絮凝时，原生动物分泌的黏液对悬浮颗粒和细菌均有吸附能力，不仅促进了絮凝作用，同时也促进了活性污泥的沉淀效率。

除细菌外，原生动物也能直接摄入微小的溶解性有机物质（POM），如钟虫、喇叭虫。而腐生性的鞭毛虫如波豆虫等能通过渗透性营养直接吸收DOM，在一定程度上使污水得到净化。

工业废水中有不少的有毒物质，直观上说，原生动物对毒物的反应比细菌敏感得多，而其他微型动物又比原生动物更为敏感。当群体的缘毛类纤毛虫缩成一团时表示有毒。钟虫的前端吐出大泡，身体渐渐地收缩并从柄上脱落，甚至死亡，表示缺氧。因此，原生动物这种敏锐的毒物反应，可为污水处理效果起预报作用。

#### 3.2.2.4 后生动物

后生动物也称多细胞动物，其机体不像原生动物，由多细胞组成。活性污泥中出现的微型后生动物主要是多细胞的无脊椎动物，如轮虫类和线虫类等，但个体数不多；有时偶尔出现腹毛类、寡毛类和甲壳类等。

轮虫类在活性污泥中个数为100～200个/mL。其前端有两个纤毛环，纤毛摆动时形成向中间的水流，使游离细菌、有机物颗粒或污泥碎屑即随水流进入两纤毛环之间的口部进入体内。轮虫在活性污泥系统正常运行、出水水质良好时才会出现，因此可作为污水处理的指示生物。如果由于泥龄较长、负荷较低，污泥因缺乏营养而老化解絮，轮虫可大量繁殖，数量可多至1mL中近万个，进一步破坏了污泥的结构，使污泥松散而上浮。在活性污泥中属于旋轮虫科和腔轮虫科者为多数，其中出现频率高的种类有旋轮虫属、轮虫属、腔轮虫属、椎轮虫属、鞍甲轮虫属、猪吻轮虫、狭甲轮虫属、异尾轮虫属。

线虫类在活性污泥中个数约为100个/mL。与轮虫类不同，在负荷较高的活性污泥系统中会出现，出现频率较高。线虫的虫体为长线形，在水中一般长0.25～2mm，可吞噬细小的污泥絮体，也可同化其他微生物不易降解的固体有机物。线虫类以双胃虫属、干线虫属、小杆属、矛线虫属居多。

其他后生动物，如腹毛类的鼬虫属、甲壳类的裸腹蚤属、寡毛类的熊虫属等，很少出现且数量极低。

### 3.2.3 MBR系统中微生物种类

在MBR系统中，膜截留了活性污泥中的微生物絮体和大分子有机物，为系统中污泥累积到最大浓度提供了适宜条件[16]。膜的无选择性分离作用为各种微生物，如生长较慢的菌种、不易沉降的菌种（如丝状菌）等在生物反应器中的停留和大量生长创造了条件，从而丰富了生物反应器中的微生物相，使反应器内的污泥浓度在短时间内有较大提高，单位体积内的微生物量得以增加，提高了污泥对难降解物质的处理速率，缩短了驯化周期。

任何生物处理系统中的微生物群落都是由大量不同种属的细菌构成的。在MBR和CAS体系中，优势菌均为$\beta$-亚纲变形菌属，目前发现的所有氨氧化细菌均属于该属。尽管在MBR中这些细菌仍然是优势菌，但有报道表明MBR中还存在其他浓度更高的菌种，这说明延长污泥停留时间（SRT）可以将体系中的优势菌从$\beta$-变形菌属转变为其他菌群。亚硝化单胞菌和亚硝化螺旋菌是在活性污泥中发现的自养氨氧化菌，而硝化菌和硝化螺旋菌则是亚硝酸盐氧化菌，硝化过程就是在这些细菌间完成的。Sofia等（2004）发现亚硝化螺旋菌和硝化螺旋菌是主要的硝化细菌，而Witzig等（2002）则认为在膜过滤后的污泥中没有亚硝化单胞菌、硝化菌或硝化螺旋菌的存在，这表明氨氧化细菌具有系统特殊性，而且硝化螺旋菌的作用是氧化亚硝酸盐。一般来说，硝化自养菌生长缓慢，因此MBR系统中较长的污泥停留时间对硝化过程非常有利。一些生物降解过程是由胞外酶和胞内酶来承担的，MBR和CAS微生物的酶分析表明，MBR中总的和溶解相的酶活性更高。

刘锐对MBR和CAS工艺进行比较发现CAS污泥絮体主要以球菌和短杆菌为主，丝状菌很少。球菌和杆菌结合紧密成长绳状菌胶团，菌胶团表面轮廓清晰，微生物产物很少。MBR系统污泥中丝状菌和真菌占有相当大的比重，以这些丝状体为桥梁形成相互连接的球状菌胶团，各菌胶团表面比较模糊，一些黏稠状物质附着于微生物表面。电镜下观察的污泥絮体见图3-14。王世明利用摇瓶试验研究了污泥降解苯甲酸的效果，MBR污泥驯化周期短，降解能力强，这从侧面反映了MBR污泥中的菌种可能更丰富些。

MBR中微生物相随污泥负荷率的变化而不同。在进水有机负荷较低时，污泥外观与城市污水处理厂的类似。球菌、杆菌分泌出的微生物产物形成细丝，将个体微小的细菌紧密连接成一个整体，球菌和杆菌为菌胶团的主体。念珠藻直径5～10$\mu$m，缠绕在絮凝体周围，加固絮体结构。丝状体种类较多，在菌胶团中占用相当大的比重。在进水有机负荷提高后，菌胶团结构发生了变化，球菌和杆菌依然是构成菌胶团的主题，念珠藻消失，丝状菌的数量明显减少且种类变得相对单一。

MBR为系统中污泥累积到最大浓度提供了适宜条件，且系统中可利用的能源都用于维持细胞生长。系统中的污泥浓度较高而可利用的基质有限，这使得系统中的细菌处于饥饿状态，不利于细胞生长。与CAS系统相比，MBR系统的耗氧速率较低，这表明MBR受碳源限制而不是受氧限制。即使MBR系统中的细菌细胞不生长，新细菌也会随进水不断进入系统，但由于没有捕食性微生物存在必须依靠细菌衰亡使系统中的微生物浓度维持恒定。

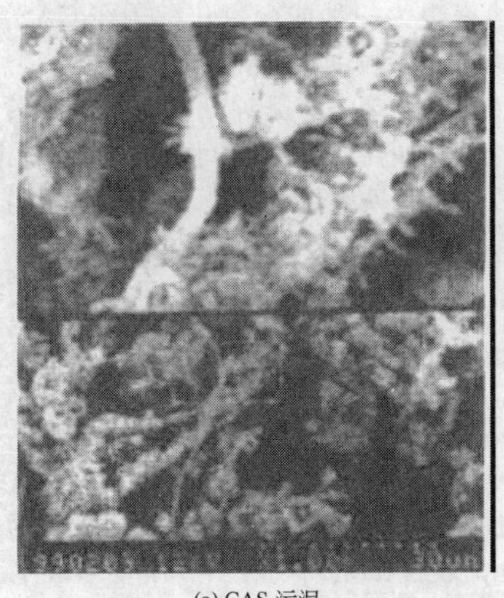

(a) CAS 污泥

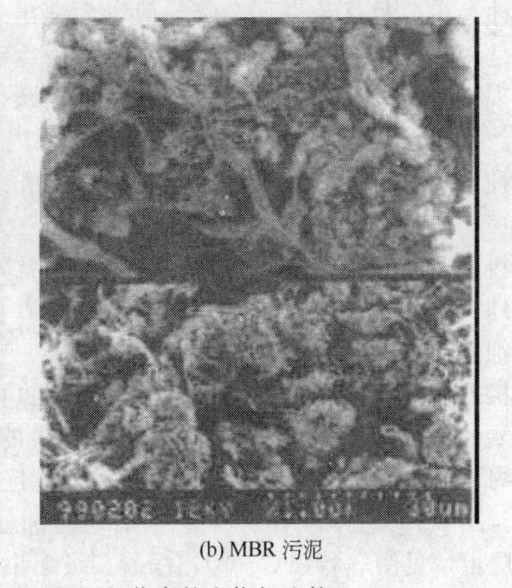

(b) MBR 污泥

图 3-14　传统活性污泥工艺和 MBR 工艺中的生物相比较

朱彤等[17]（2008）采用 A/O 工艺的浸没板式 MBR 系统处理生活污水，试验共运行 100d。从 MBR 中活性污泥的菌群多样性以及动胶菌占全菌的比例等微生物学特性角度，结合污泥菌胶团颗粒直径变化和膜组件操作压力的变化规律，研究分析 MBR 中微生物学特性与膜污染的相关性机制。根据不同 MLSS 质量浓度条件下菌群中各菌种 16SrDNA 基因片段的 PCR-DGGE 图谱，可以发现在实验运行的整个阶段，系统中的微生物菌群的多样性发生了显著变化。其中 MLSS 在 $5.10\times10^{3}\sim1.55\times10^{4}$ mg/L 阶段的菌群多样性较好，而 MLSS 为 $1.10\times10^{4}$ mg/L 时达最佳，污泥颗粒直径较大，小于 2μm 的粒子体积分布最小，动胶菌占全菌的比例达到了整个实验期间的最高值（约 36.5%）。由于动胶菌是胞外聚合物等胶体物质的释放主体，可以认为较高比例且活性良好的动胶菌为活性污泥提供了大量的胶体物质，表现为污泥颗粒的吸附性能良好，颗粒直径较大。同时，系统中大量小于 2μm 的细微颗粒也被菌胶团大量吸附，由膜孔堵塞引起的膜污染概率降低，此时系统运行良好，出水稳定，膜组件操作压力处于稳定低压，而 MLSS 低于或高于这一范围时，菌群多样性较差。在 MLSS 为 $2.05\times10^{4}$ mg/L 时，动胶菌占全菌的比例降低到了最低值 15.5%，污泥粒径在所有检测样品中最小，小于 2μm 的颗粒体积分数也达到最高，为最低时的 2 倍左右。虽然菌群多样性仍比较丰富，但 DGGE 图谱中条带的亮度显示此时的生物活性明显下降。

微型动物是 MBR 反应器中活性污泥的组成部分[18,19]。有证据表明，高级微生物、原生动物、丝状菌、线虫和纤毛虫等在 MBR 中的浓度低于传统活性污泥系统（CAS）。但也有报道指出与相同泥龄的 CAS 系统相比，MBR 中有较高浓度的原生动物，特别是鞭毛虫和自由纤毛虫。捕食性微生物对硝化有负面影响，而原生动物的过度生长会造成硝化体系的完全崩溃。更高级的微生物如诺卡菌，可以在生产性规模的 MBR 中生长并造成严重的泡沫问题。

ZhangB 等指出，在 1 年多的运行中，只是在一次观察中发现了 3 种原生动物和 2 种后生动物，在另一次观察中发现了 1 种后生动物，在其他观察中都没有发现捕食动物。Muller E. B. 等对处理实际生活污水的 MBR 和 CAS 系统中的生物相进行了考察和对比，结果发现 MBR 中仅发现大量菌胶团，而无原生动物、后生动物存在，这可能是由于膜单元中高的剪切力作用造成的。Xing C 的研究证明了这一可能性：在较强剪切力的作用下，在 MBR 中只有菌胶团，不存在轮虫和钟形虫；而在剪切力的作用较弱时，可以观察到菌胶团、轮虫和钟虫同时存在，并且轮虫和钟虫还具有捕食活性。国外一些研究者的实验说明在 MBR 中微型动物的种类少，且优势微型动物一般较为突出地表现为一种或少数几种。在 CAS 系统中微型动物是多样的，常包括多种原生动物和后生动物，如钟虫、草履虫、线虫和藻类，有时还可以发现肉足类的动物，并且表现的特别活跃，同时发现没有哪种微型动物在数量上占明显的优势。HowY. Ng 等比较了 MBR 和 CAS 内生物相的组成和结构特征。在所有操作条件下，两种反应器内均未发现后生动物如轮虫和线虫，且两系统的生物相组成和结构存在很大差异。

资料显示，在传统活性污泥中微型动物常常是多样化的，它们可以通过生理代谢过程对废水起到直接的净化作用：某些原生动物可以直接利用废水中的有机物，如一些鞭毛虫能直接通过细胞膜吸收水中的溶解性有机营养；一些大型原生动物和后生动物可以直接吞噬污水中的有机颗粒和构成活性污泥的细菌；纤毛虫可以分泌多糖类碳水化合物和黏朊，利于活性污泥絮凝体的形成[14]。传统活性污泥系统中的原生动物有纤毛虫 160 种，鞭毛虫约 36 种，肉足虫约 29 种。MBR 中微型动物的种类少，且优势微型动物一般较为突出地表现为一种或少数几种。图 3-15 显示了 MBR 中经常出现的部分代表性微型动物种群：游动型纤毛虫有草履虫、棘尾虫，见图 3-15(a)，(b)；固着型纤毛虫有钟虫、吸管虫、累枝钟虫，见图（c)，(d)，(e)；红斑瓢体虫，见图（f)；肉足类有表壳虫，见图（h)；后生动物轮虫，见图（g)。随着丝状菌的数量逐渐增多，污泥絮体颗粒状态变化从紧密型→疏松型→紧密型。当污泥出现丝状细菌膨胀后，微型动物种类减少，主要优势种群为轮虫、累枝钟虫、表壳虫。综合跟踪观察结果分析认为，MBR 在运行初期至污泥膨胀期，微型动物的生态演替呈现一定的规律，即游动型纤毛虫→红斑瓢体虫→轮虫和累枝钟虫→表壳虫，交替成为优势种群。

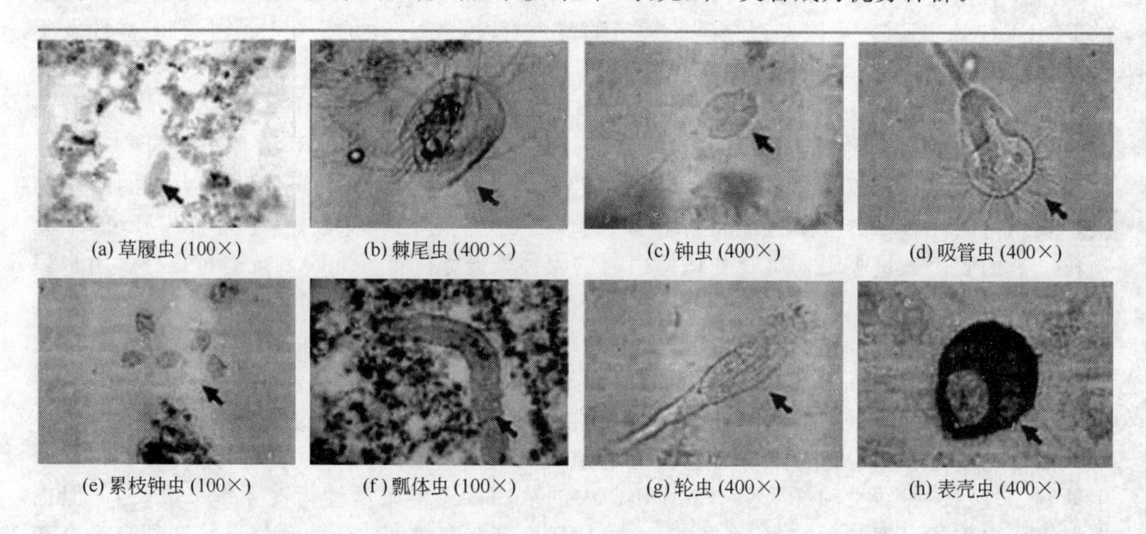

(a) 草履虫 (100×)　(b) 棘尾虫 (400×)　(c) 钟虫 (400×)　(d) 吸管虫 (400×)
(e) 累枝钟虫 (100×)　(f) 瓢体虫 (100×)　(g) 轮虫 (400×)　(h) 表壳虫 (400×)

图 3-15　MRR 运行中主要微型动物种群

微型动物在活性污泥中发挥吞食作用以控制系统内活性污泥总量的增长，而活性污泥的状态特性，如丝状菌膨胀等又会反过来影响微型动物的生活过程及数量的变化。随着 MBR 系统内活性污泥运行状态的改变，微型动物群落系统变化呈现稳定、破坏、再稳定、再破坏过程，最终由于污泥膨胀的发生和持续而形成相对稳定的新型群落系统的变化规律。所以在 MBR 系统中，微型动物与活性污泥整体之间是一种相互影响、相互作用的动态变化过程。

虽然大部分 MBR 系统中很少或没有原后生动物出现，但也有研究发现 MBR 系统中微型动物的种群动态呈现一定的规律性变化，并与系统内活性污泥浓度和状态具有较强的相关性。

在好氧 MBR 反应器中投加填料能为微生物提供更加有利的生存环境，填料表面和悬浮微生物中附着了大量好氧微生物，协作完成对污染物的降解。张军等[21]（2002年）通过对复合膜生物反应器中生物的研究，从反应器中带生物膜的填料中分离出假单胞菌属(*Pseudomonas*)、葡萄球菌属（*Staphylococcus*）、微球菌属（*Micrococcus*）、动胶菌属(*Zoogleea Ltzigsohn*)、气单胞菌属（*Aeromonas*）和黄杆菌属（*Havobacteri-um*），其中的优势菌属为假单胞菌属、葡萄球菌属和黄杆菌属。从悬浮生长的微生物中也分离出6种菌属：假单胞菌属、葡萄球菌属、巨大芽孢杆菌属（*Ba-cillus Megaterium*）、黄杆菌属和邻单胞菌属（*Plesi-omonas*），其中假单胞菌属和黄杆菌属为优势菌种。除上述通过培养基分离鉴定出的菌胶团细菌外，系统中还存在大量的丝状菌和放线菌。微型动物包括悬浮生长的前口虫、裸口虫、漠口虫、肾形虫、裂口虫、袋口虫、草履虫、长颈虫和漫游虫等游泳型原生动物及轮虫，还有附着生长的带柄钟虫、固着足吸管虫、累枝虫、线虫、轮虫、瓢体虫等。

由于反应器内生态环境的不同，微生物的种类、数量和代谢活性等也不相同，从而在微生物间形成相互联系、相互制约的动态平衡关系，这种动态平衡的形成和维持将直接影响系统的运行效果。投加载体的生物反应器中同时存在附着相和悬浮相，悬浮微生物的大多数菌属在生物膜中也同样存在，这种共性为微生物在两相之间的转化提供了物质基础。无论是附着相还是悬浮相，都要通过吸附作用将污水中的污染物及DO吸附到微生物表面后才能进行生物降解。生物膜外的DO在向内层转移的过程中不断被膜内的微生物消耗，使内层处于缺氧或厌氧状态。缺氧微环境的存在使兼性菌可以直接利用硝态氮进行呼吸代谢，实现同步反硝化，厌氧微环境的存在使生物膜中聚磷菌的厌氧放磷和好氧吸磷过程同时存在。

在好氧生物反应器的生物膜或悬浮污泥絮体外层中好氧硝化菌和氨化菌占优势，能迅速吸附和降解含氮化合物；内层则栖居着大量的缺氧反硝化菌和氨氧化细菌，它们利用外层优势菌产生的$NO_3^-$、$NH_4^+$等进行反硝化反应。另外，膜生物反应器内的有机负荷和其他微生物的竞争能力均较低，氨化菌、硝化菌、反硝化菌、厌氧氨化菌更容易成为优势菌，从而可取得稳定、高效的脱氮效果。研究表明，硝化菌会优先附着生长在载体上。填料的介入为微生物提供了更有利的生存环境，所构成的新生态系统在纵横两个方向上互相关联。在纵向上微生物构成一个由细菌、真菌、藻类、原生动物、后生动物等多个营养级组成的复杂生态系统，其中每个营养级的生物量都受到环境和其他营养级的制约，最终达到动态平衡；在横向上沿着水流到载体的方向构成了一个悬浮好氧型、附着好氧型、附着兼氧型和附着厌氧型的多种不同活动能力、呼吸类型、营养类型的微生物系统，从而大大提高了反应器的处理能力和稳定性。从系统论的观点看，系统的结构越复杂，其稳定性越强，适应环境变化的能力也越强。同时由于系统本身的结构特点，在特定的微环境中形成特定的优势菌属使复合系统具有脱氮除磷的功效。对于悬浮生长的生物相，根据悬浮污泥絮体大小、反应器的负荷及DO水平的不同，也存在与附着生长生物相类似的结构。由于氧扩散的限制，在微生物絮体内会产生DO梯度。在悬浮污泥絮体的外表面DO浓度较高，以好氧菌和硝化菌为主；在污泥絮体内部则由于氧传递受阻和外部氧的大量消耗而产生缺氧区，反硝化菌占优势。反应器内的缺氧微环境是形成同步反硝化的主要原因。

尤朝阳等[22]（2006）在MBR反应器中加入泡沫填料后，试验发现填料表面和悬浮微生物中附着了大量好氧微生物，如好氧的荧光假单胞菌、亚硝酸细菌、硝酸细菌，其能够氧化分解水中的氮源物质，起到氨化作用和硝化作用；而在泡沫填料的内部，兼性呼吸的变形杆菌和厌氧的腐败梭菌也可起到氨化作用，促进了硝化反应的进行，同时填料内部还存在大量的厌氧反硝化细菌（如反硝化杆菌、荧光假单胞菌等），可把硝酸盐还原成亚硝酸盐和氮气，大大促进了对氨氮的分解。

取填料表面的生物膜用水清洗后在显微镜下观察。结果表明，有部分生物膜是由菌胶团组成的，菌胶团细菌能分泌黏液，经融合后首先黏附于填料表面；另外还有大量的丝状细菌

（如球衣细菌、贝氏硫细菌等）及小球藻等藻类；固着型微生物如钟虫等以填料或菌胶团为载体而附着生长；草履虫、轮虫等游泳型微生物在生物膜表面进行捕食，线虫和大型水蚤等后生动物及微型动物穿行于多孔的填料中或表面的微生物群落中，由此就在填料表面形成了复杂的生物群落。泡沫填料的加入丰富了反应器中的生物种类，提高了反应器的处理能力和稳定性。在填料的表面及内部形成了好氧层、过渡层和厌氧层，填料中特有的后生动物和厌氧细菌强化了对难降解有机物的分解。加入填料后固着生物的生长、增殖使悬浮生物的食料减少，抑制了其生长并导致 MLSS 值降低，缓解了膜组件的污染。

### 3.2.4 MBR 系统中污泥膨胀问题[23～28]

污泥膨胀是活性污泥法在运行管理中最大的难题之一，发生率高，在各种类型的活性污泥法工艺中都存在，其突出问题是污泥沉降性能差，影响出水水质，同时由于污泥的流失，造成回流污泥量的减少，影响曝气池的正常运行。

通常认为活性污泥膨胀分两种类型：一是由于丝状菌的大量繁殖而引起的丝状菌性污泥膨胀；二是由于菌胶团细菌体内大量积累高黏性多糖类物质而引起的非丝状菌性污泥膨胀，实际运行中，前者占 90%，而后者只占 10%。目前在膨胀污泥中已发现的丝状菌有 30 余种，常出现的有 10 余种，常出现的包括微丝菌、0092 型、0961 型、0041 型、0675 型、软发菌、浮游球衣菌、发硫菌等。所有情况下的污泥膨胀现象都不是由一种有机体引起的，而是由多种有机体的过度繁殖而造成的。

MBR 系统中由于膜组件的高效截留作用，使活性污泥中微生物全部截留在反应器内，与传统工艺相比，不存在由于污泥膨胀导致的污泥流失问题，能够避免传统活性污泥工艺由于污泥膨胀造成的不利影响，保持稳定的出水水质。李翠青在污泥膨胀情况下利用膜生物反应器处理小城镇污水的试验研究表明，MBR 系统在污泥膨胀情况下对 COD 的去除效果不但没有受到影响，反而有所提高；对 $NH_3$-N 和 TN 的去除率略有下降；污泥膨胀期间对 TP 的平均去除率下降较明显，由 70%下降到 20%，主要原因是由于碳源缺乏和厌氧环境破坏均抑制了聚磷菌的生长导致去除率显著下降。对于城镇污水中 COD 和 $BOD_5$ 浓度较高、$NH_3$-N 和 TP 较低的情况，在膨胀状态下出水仍能满足达标的要求。张云霞等以 MBR 处理学校洗浴污水，考察了污泥发生膨胀时反应器对污染物的去除效果。结果表明，污泥膨胀对膜生物反应器去除 COD 和 $BOD_5$ 的效果影响不大，膜对出水水质的稳定作用弥补了生物处理效果不稳定的不足。但膜截留对 $NH_3$-N 几乎无去除作用，系统对氨氮的去除率从 95%降至 90%。

但在 MBR 中污泥膨胀会导致膜污染的加剧，使膜操作压力迅速上升。较差的污泥沉降性能会使污泥混合液黏度增加，泡沫增多，丝状菌以网格式结构在凝胶层表面覆盖、捆绑，对膜表面污染物起到支撑和固定作用，最终在膜表面形成厚度大、结构致密、黏着牢固的污染层，缩短了膜过滤周期。可通过调整营养物质的比例，增加污泥的有机负荷，调节泥龄、曝气量和抽停比等因素，以控制污泥膨胀对膜污染带来的不利影响。

## 3.3 浸没式 MBR 平片膜系统预处理技术

### 3.3.1 原水预处理的一般要求

在使用抗污染平片膜元件之前，原水必须达到相应的要求，以沛尔膜为例，其要求如下。

（1）抗污染平片膜元件对原水中的固体颗粒物的要求　进入膜生物反应器的原水必须经过严格的 1mm 以下的精细格栅或 50 目滤网预处理，未经过预处理的原水中的较大固体物质将可能造成膜表面的划伤。

(2) 抗污染平片膜元件对原水pH值的要求　进入膜生物反应器的污水酸碱度应调节在pH值3～12的范围内，超出此范围将引起超滤膜不可恢复的损坏。

(3) 抗污染平片膜元件对原水硬度的要求　当原水中硬度较高时，在长期的使用过程中，钙盐、镁盐等沉淀性物质会在滤膜和曝气管上结垢，严重影响滤膜及整个系统的正常工作。因此，在处理硬度较高的污水时，需要对污水进行软化处理后才能使用膜生物反应器。

(4) 抗污染平片膜元件对原水温度的要求　被处理的污水温度一般应低于35℃，温度过高将影响生物处理效果和滤膜的使用寿命。但在某些耐高温的微生物处理系统应用，滤膜的允许温度可为45℃。

(5) 抗污染平片膜元件对油脂和有机溶剂的要求　抗污染平片膜元件一般情况下不能处理含油废水和含有机溶剂废水。油脂会附着在膜表面造成透水量降低，有机溶剂会在膜表面发生相分离而侵蚀膜的机能层。经过充分应用试验并取得成功的情况例外。抗污染平片膜元件可处理含乳化油的污水。

(6) 抗污染平片膜元件对化学污染物的要求　进水中不得含有高分子絮凝剂、环氧树脂涂料及离子交换树脂的溶出物，这些物质会在膜表面形成化学污染，造成透水量的降低。

浸没式平片膜生物反应器应用之前，需要对原水进行预处理，其主要的预处理技术有微电解、Fenton试剂、水解、UASB等，下面分别对其进行介绍。

### 3.3.2 微电解

微电解法是利用金属腐蚀原理，形成原电池对废水进行处理的工艺，又称内电解法、铁屑过滤法等。该工艺是在20世纪70年代应用到废水治理中的，由于该法具有适用范围广、处理效果好、使用寿命长、成本低廉及操作维护方便等优点，并使用废铁屑为原料，也不需消耗电力资源，具有“以废治废”的意义。该工艺技术自诞生开始，即在美国、日本等国家引起广泛重视，已有很多的专利，并取得了一些实用性的成果。而我国从20世纪80年代开始这一领域的研究，也已有不少文献报道。

#### 3.3.2.1 作用机理

微电解法确切地说为原电池法或腐蚀电池法，在水溶液中铁与碳或其他元素之间形成无数个微小的原电池，在电化学反应中新生态[H]和水中的溶解氧及$Fe^{2+}$能与废水中许多组分发生氧化还原作用，可使大分子物质分解为小分子的中间体，使某些难降解的化学物质变成易生化处理的物质，提高了废水的可生化性。在废水处理中产生大量的$Fe^{2+}$和$Fe^{3+}$，当在碱性并有氧存在的条件下，$Fe(OH)_2$和$Fe(OH)_3$具有絮凝和吸附作用，吸附凝聚废水中微电解产生的不溶解物质，使废水中的硫化物、氰化物等发生沉淀，$Fe(OH)_3$还可能水解生成$Fe(OH)^{2+}$、$Fe(OH)_2^{+}$等络合离子，在较高温度、常压条件下，有足够的硫酸根存在时，铵离子生成非常稳定的、易沉降的黄铵铁矾[$NH_4Fe_3(SO_4)_2(OH)_6$]晶体沉淀。概括起来主要有以下几种作用机理。

(1) 电场作用　微电池产生微电场，废水中分散的胶体颗粒、极性分子、细小污染物受微电场作用后形成电泳而聚集在电极上，形成大颗粒沉淀，而使COD降低。

(2) 电极反应　铸铁是铁和碳的合金，即由纯铁和$Fe_3C$及一些杂质组成。铸铁中的碳化铁为极小的颗粒，分散在铁内。碳化铁比铁的腐蚀趋势低，因此，当铸铁浸入水中时就构成了成千上万个细小的微电池，纯铁成为阳极，碳化铁及杂质则成为阴极，发生电极反应，这便是微观电池。当体系中有活性炭等宏观阴极材料存在时，又可以组成宏观电池，其基本电极反应如下：

$$\text{阳极反应：} Fe - 2e \longrightarrow Fe^{2+} \qquad E_O(Fe^{2+}/Fe) = -0.44V \tag{3-8a}$$

$$\text{阴极反应：} 2H^{+} + 2e \longrightarrow H_2 \qquad E_O(H^{+}/H_2) = 0V \tag{3-8b}$$

当有 $O_2$ 时：

$O_2+4H^++4e \longrightarrow 2H_2O$（酸性溶液）　　$E_O(O_2)=1.23V$

$O_2+2H_2O+4e \longrightarrow 4OH^-$（中性或碱性溶液）　　$E_O(O_2/OH^-)=0.40V$

当然，阴极过程也可以是有机物的还原，电极反应生成的产物具有较高的化学活性，在中性或偏酸性的环境中，铸铁电极本身及其所产生的新生态［H］、$Fe^{2+}$ 等均能与废水中许多组分发生氧化还原反应，能破坏有色废水中发色物质的发色结构，达到脱色的目的。对二硝基氯苯废水，废水中所含物质的硝基可全部转化为胺基，从而使废水的色度降低，可生化性大幅度提高。另外，由于金属离子的不断生成，能有效地克服阳极的极化作用，从而促进金属的电化学腐蚀。

（3）氧化还原反应　铁是活泼金属，在偏酸性水溶液中能够发生如下反应：

$$Fe+2H^+ \longrightarrow Fe^{2+}+H_2\uparrow \qquad (3\text{-}9)$$

当水中存在氧化剂时，$Fe^{2+}$ 可进一步被氧化为 $Fe^{3+}$。

从铁的电极电位可以知道，在金属活动顺序表中排在铁后面的金属有可能被铁置换出来而沉积在铁的表面上。同样，其他氧化性较强的离子或化合物也会被铁或亚铁离子还原成毒性较小的还原态。例如 Cr(Ⅵ) 在酸性条件下，$E_O(Cr_2O_7^{2-}/Cr^{3+})=1.36V$，在碱性条件下，$E_O(CrO_4^{2-}/Cr^{3+})=-0.20V$。因此，在酸性条件下，Cr(Ⅵ) 的氧化能力较强，而在碱性条件下 Cr(Ⅵ) 的氧化能力较弱。在酸性条件下，铁与 Cr（Ⅵ）分别发生如下反应：

$$3Fe+Cr_2O_7^{2-}+14H^+ \longrightarrow 3Fe^{2+}+2Cr^{3+}+7H_2O \qquad (3\text{-}10)$$

$$6Fe^{2+}+Cr_2O_7^{2-}+14H^+ \longrightarrow 6Fe^{3+}+2Cr^{3+}+7H_2O \qquad (3\text{-}11)$$

铬由毒性较强的氧化态 $Cr_2O_7^{2-}$ 转化成毒性较弱的 $Cr^{3+}$ 还原态。

铁的还原能力也可使某些有机物还原成还原态。硝基苯可被活性金属还原成胺基就是其中一例，还原后的胺基有机物色淡，且易被微生物氧化分解，使废水中的色度得以降低，可生化性提高，为进一步的生化处理创造了条件。

Chin-Pao Huang 等[29] 对金属铁还原硝酸盐的机理做了研究，还原硝酸盐所需的电子直接从 $Fe^0$ 或间接的腐蚀产物 $Fe^{2+}$ 和 $H_2$ 中获得，而 Cheng（1997）认为腐蚀作用的发生对硝酸盐的还原反应是必要的，且认为是 $Fe^0$ 的腐蚀产物，而不是 $Fe^0$ 自身对硝酸盐的还原有重要作用，但实验中观察到硝酸盐反应并未因 $Fe^{2+}$ 的大量产生而加快。因此，低 pH 值时 $NO^{3-}$ 快速还原的主要反应机理包括 $H_2$ 或 $Fe^0$。

M.J. 艾伦（1965）等认为铁屑在酸性或中性条件下还原硝基苯时，首先将硝基苯还原成亚硝基苯，然后还原成苯胲，最后还原成为苯胺。

（4）电化学附集[30,31]　当铁与碳化铁或其他杂质之间形成一个小的原电池，将在其周围产生一个电场，许多废水中存在着稳定的胶体，如印染废水，当这些胶体处于电场下时将产生电泳作用而被附集。

在电场的作用下，胶体粒子的电泳速度可由下式求出：

$$v=K\zeta DE4\pi\eta \qquad (3\text{-}12)$$

式中，$v$ 为胶体粒子的电泳速度，cm/s；$\zeta$ 为电位，V；$D$ 为分散介质的介电常数；$E$ 为电场强度，V/cm；$\eta$ 为分散介质的黏度，Pa・S；$K$ 为系数。

例如采用电位差为 1.2V 的废铁屑和焦炭粒，浸泡在电位为 0.30mV 的废水溶液中，粒料间的分离距离为 0.10cm，可以得到 $5\times10^{-3}$ cm/s 的分离速度，从理论上 20s 就可完成电泳沉积过程。

（5）铁的混凝作用[32～35]　在酸性条件下，用铁屑处理废水时，会产生 $Fe^{2+}$ 和 $Fe^{3+}$。$Fe^{2+}$ 和 $Fe^{3+}$ 是很好的絮凝剂，把溶液 pH 调至碱性且有 $O_2$ 存在时，会形成 $Fe(OH)_2$ 和

$Fe(OH)_3$絮凝沉淀。反应式如下：

$$Fe^{2+}+2OH^- \longrightarrow Fe(OH)_2\downarrow \tag{3-13}$$

$$4Fe^{2+}+8OH^-+O_2+2H_2O \longrightarrow 4Fe(OH)_3\downarrow \tag{3-14}$$

生成的$Fe(OH)_3$是胶体絮凝剂，它的吸附能力高于一般药剂水解得到的$Fe(OH)_3$吸附能力。这样，废水中原有的悬浮物、通过微电池反应产生的不溶物和构成色度的不溶性染料均可被其吸附凝聚。

(6) 铁离子的沉淀作用[36,37]　在电池反应的产物中，$Fe^{2+}$和$Fe^{3+}$也将和一些无机物发生反应生成沉淀物而去除这些无机物，以减少其对后续生化工段的毒害性。如$S^{2-}$、$CN^-$等将生成FeS、$Fe_3[Fe(CN)_6]_2$、$Fe_4[Fe(CN)_6]_3$等沉淀而被去除。

(7) 物理吸附　在弱酸性溶液中，铁屑丰富的比表面积显出较高的表面活性，能吸附多种金属离子，能促进金属的去除，同时铁屑中的微碳粒对金属的吸附作用也是不可忽视的。而且铸铁是一种多孔性的物质，其表面具有较强的活性，能吸附废水中的有机污染物，净化废水。

(8) 电子传递作用　铁是生物氧化酶中细胞色素的重要组成部分，通过$Fe^{2+}$、$Fe^{3+}$之间的氧化还原反应进行电子传递。微电解出水中新生态的铁离子能参与这种电子传递，对生化反应有促进作用。

3.3.2.2 影响因素及设计参数

影响铁屑工艺处理废水效果的因素有许多，如pH值、停留时间、负荷、铁屑粒径、铁碳比、通气量等。这些因素的变化都会影响工艺的效果，有些可能还会影响到反应的机理。

(1) pH值[37~43]　通常pH值是一个比较关键的因素，它直接影响了铁屑对废水的处理效果，而且在pH值范围不同时，其反应的机理及产物的形式都大不相同。一般低pH值时，因有大量的$H^+$，而会使反应快速地进行，但也不是pH值越低越好，因为pH值的降低会改变产物的存在形式，如破坏反应后生成的絮体而产生有色的$Fe^{2+}$使处理效果变差。而pH值在中性或碱性条件下，许多实际运行表明进行得不理想或根本不反应。因此一般控制在pH值为偏酸性条件下，当然这也根据实际废水性质而改变，建议设计pH值范围为3~6.5。

(2) 停留时间[44~46]　停留时间也是工艺设计的一个主要影响因素，停留时间的长短决定了氧化还原等作用时间的长短。停留时间越长，氧化还原等作用也进行得越彻底，但由于停留时间过长，会使铁的消耗量增加，从而使溶出的$Fe^{2+}$大量增加，并氧化成为$Fe^{3+}$，造成色度的增加及后续处理的种种问题。所以停留时间并非越长越好，而且对各种不同的废水，因其成分不同，其停留时间也不一样。一般来说，染料废水停留时间为30min；硝基苯废水停留时间为40~60min；制罐废水停留时间为7~10min；制药生产废水停留时间为4h；含油废水停留时间为30~40min。

停留时间还取决于进水的初始pH值，进水的初始pH值低时，则停留时间可以相对取得短一点；相反，进水的初始pH值高时，停留时间相对长一点。停留时间还反映了铁屑用量，停留时间长也就是说单位废水的铁屑用量大。两个参数可以相互校核，共同控制。

(3) Fe/C比[48]　加入碳是为了组成宏观电池，当铁中炭屑量低时，增加炭屑，可使体系中的原电池数量增多，提高对有机物等的去除效果。但当炭屑过量时，反而抑制了原电池的电极反应，更多表现为吸附，所以Fe/C比也应有一个适当值，且加入的炭的种类可以为活性炭或焦炭，炭种类对有机物等去除率影响不大，因此按经济因素考虑应选焦炭为最佳，具体设计参数为Fe/C（体积比）=1~1.5。

(4) 铁屑粒度的影响　铁屑粒度越小，单位质量铁屑中所含的铁屑颗粒越多，使电极反应中絮凝过程增加，利于提高去除率。另一方面铁屑粒度越小，颗粒的比表面积越大，微电池数也增加，颗粒间的接触更加紧密，延长了过柱时间，也提高了去除率。但粒度越小，使单位时间处理的水量太小，且易产生堵塞、结块等不利影响，故一般的粒度以60～80目为佳。

(5) 通气量　对铁屑进行曝气利于氧化某些物质如三价砷等，也增加了对铁屑的搅动，减少了结块的可能性，且进行摩擦后，利于去除铁屑表面沉积的钝化膜，且可以增加出水的絮凝效果，但曝气量过大也影响水与铁屑的接触时间，使去除率降低。

在中性条件下，通过曝气，一方面提供更充足的氧气，促进阳极反应的进行。另一方面也起到搅拌、振荡的作用，减弱浓差极化，加速电极反应的进行，并且通过向体系加入催化剂改进阴极的电极性能，提高其电化学活性来促进电极反应的进行，已取得了显著效果。

(6) 铁屑活化时间　由于铁屑表面存在有氧化膜钝层，因此在使用之前应对铁屑表面进行活化。研究表明，用稀盐酸进行活化时，当进行20min后，反应的$K$值基本已经稳定，故活化时间可以取20min为宜。

(7) 温度　温度的升高可使还原反应加快，但是加快最大的是反应初期，且由于维持一定的温度需要保温等措施，一般的工业应用不予以考虑，均在常温下进行反应。

(8) 铁粉品种　一般使用的铁屑有铸铁屑和钢铁屑两种。铸铁屑含碳量高，处理效果好，但材料来源不易，絮体易破碎，强度低，易压碎结块；钢铁屑含碳量稍低而效果差，但材料易得。在流动水体中，能与废水接触均匀，不易短流或结块，表面钝化物也易被带走，自然更新力强，且增大停留时间，效果也能接近铸铁屑。马业英等研究了磁性铸铁粉处理含铬电镀废水，取得了极佳的净化效果。磁性铸铁粉主要强化了铸铁粉表面的微电池作用，同时也加速了铁粉表面和溶液中的氧化还原速度，也能加速絮体的沉降过程。

#### 3.3.2.3　微电解技术的应用

20世纪80年代微电解技术引入我国以来，在染料、石油化工、重金属、制药、农药等废水的处理中有广泛应用，技术也从单一的微电解技术发展为与其他技术有机组合的联合废水处理技术。

铁碳微电解-Fenton试剂法作为污水预处理技术，已得到广泛的研究。对于染料废水的处理，因其废水色度大、成分复杂、COD高，其处理技术难度大。印染废水中含有多种染料及助剂，且因厂家不同，其成分也大不相同。而染料废水经铁屑过滤后，可去除大量COD，脱色率也可达80%以上，而且废水的$B/C$比也有提高，为后续的生物处理创造了良好的条件。郝瑞霞等[49]采用该工艺预处理难降解染料废水，研究结果表明，在进水pH值为4、水力停留时间（HRT）为8min时，出水$B/C$值较原水提高0.2～0.3，若在铁屑过滤进水中加入8‰$H_2O_2$(30%)，可使废水可生化性得到显著改善。王永广[50]等采用微电解与Fenton组合工艺分别进行了2：3-酸性染料废水、除草醚农药废水的试验，结果表明，进水pH=2.0～2.5时，控制好Fenton进水的Fe浓度，总停留时间6.0～7.0h后，COD去除率分别达到90%和82%左右。

用Pb/Fe二元金属作催化剂，微电解对水中低分子量的氯代烃进行脱氯处理，氯乙烯类和四氯化碳均在数分钟内被迅速降解为相应的烃类和氯离子。微电解处理硝基苯胺系列废水时加入一特定的金属催化剂，COD、色度的去除率分别达70%和90%以上。

石油化学工业主要是以石油为基本原料生产各种石油化工产品，废水中含有相当浓度的油类，这些油类以分散状态甚至以胶体的形式存在于废水中。当把这种废水用铸铁或铁-炭滤料处理时会发生一系列的物理和化学变化，油类最终附聚在滤料的表面，达到去除的目的。而且该工艺也有利于提高$B/C$比，且对废水中苯、甲苯、乙苯、挥发性芳香族碳氢化合物等去除均在99%以上。

制罐废水呈酸性，主要含石油、表面活性剂、磷酸等，可生化性差，经处理后pH值可上升至5左右，COD去除率可达90%以上，且能有效提高$B/C$。

含氰电镀废水也可用铁屑法处理，这种工艺最终将出水pH值调至10左右，以沉淀铁离子和其他金属离子。在该条件下，$CN^-$与$Fe^{2+}$反应生成难溶于水的亚铁氰化铁$Fe_2[Fe(CN)_6]$沉淀，或者在废水中加入钙离子生成亚铁氰化钙，这种络盐稳定无毒，加酸蒸馏也不分解。

砷、氟废水主要来自于工业生产原料中的杂质，比如硫铁矿是生产硫酸的主要原料，其中含有砷、氟等杂质，在$SO_2$气体的净化工序便产生含砷、氟有毒物质的废水。彭根槐[51]等以电石渣和废铁屑为药剂去除砷、氟。通过铁屑电池反应产生$Fe^{2+}$，再用电石渣调pH值，沉降30min，砷、氟的去除率分别达到了93%和99%，出水达到排放标准。

张天胜等[18]对铁屑内电解法处理含酚废水做了研究，讨论了铁屑内电解处理含酚废水的原理及各种因素对脱除效果的影响。用正交试验选取最佳处理条件，对实际废水进行了处理，处理前酚浓度为285.6mg/L，处理后酚浓度为0.625mg/L，去除率为99.8%；COD进水浓度为712mg/L，处理后为88mg/L，去除率为87.5%。

制药生产废水成分复杂，含硝基苯类物质较多，有较大的毒性，属难降解有机化工废水。经微电解-混凝处理后，COD去除率平均达到30%左右，$B/C$比则由0.46上升到0.53，硝基苯转化率平均达到55%，脱色率平均为50%左右，并使全流程COD去除率达到91%，可见微电解预处理效果十分明显。欧阳玉祝[52]等采用铁屑微电解-共沉淀工艺处理含钒废水，结果表明，在常温反应时间为90min的条件下，钒的去除率可达97%以上。柴晓利[53]等采用内电解混凝沉淀-厌氧-好氧工艺处理高浓度医药废水。当进水$NH_4^+$-N、COD、苯胺、$S^{2-}$的浓度分别为23.0mg/L、6960mg/L、20.0mg/L、10.7mg/L时，经上述工艺处理后出水浓度分别为12.6mg/L、61.2mg/L、1.19mg/L、1.0mg/L，达到了排放标准。

陈水平[48]用铁屑内电解法处理船舶机舱含油废水，油污水的SS、油分和COD的去除率分别超过95%、90%和80%。处理后的污水油分浓度低于15mg/L，符合有关国际公约的标准。

吴慧芳等[54]采用该技术预处理农药废水，研究结果表明，对于$COD_{Cr}$大于10000mg/L，$B/C$值小于0.05的综合农药废水，在进水pH值为2～2.5时，经微电解处理后$B/C$值大于0.45，后接Fenton试剂处理后，废水$COD_{Cr}$以去除率为60%左右，色度去除率接近100%。郭鹏等[55]对该法预处理晚期垃圾渗滤液进行了研究，结果表明，当微电解反应器进水pH值为4，HRT为1h，铁碳质量比为3∶1，$H_2O_2$(30%)加入量为1mL/L时，$COD_{Cr}$去除率大于70%、色度去除率大于90%，$B/C$值由0.23提高到0.68。龚跃鹏等[56]对该法预处理苯胺废水进行了研究，结果表明，在微电解反应器进水pH值为3.0，HRT为3h，Fenton氧化$H_2O_2$加入量1.5g/L、HRT为2h时，苯胺去除率达到96%，COD总去除率达到75%。

#### 3.3.2.4 优缺点及发展动向

微电解技术从开始应用到现在已表现出了许多的优点，具体可概述如下：①废水处理中所用的铁一般为刨花或废弃的铁屑（粉），每吨废水的处理费用一般为0.1元左右，符合“以废治废”的方针；②可同时处理多种毒物，占地面积小，系统构造简单，整个装置易于定型化及设备制造工业化；③适用范围广，在多个行业的废水治理中都有应用，如印染废水、电镀废水、石油化工废水、制药废水、化工废水和农药废水等，均取得了较好的效果；④处理效果好，从各个厂的实际运行来看，该工艺对各种毒物的去除效果均较理想。

微电解技术仍然存在一些有待解决的问题，例如：铁碳微电解柱运行一段时间后，填料表面会形成钝化膜，同时填料易结块、出现沟流等现象，从而减少了填料与废水的有效接触面积，导致处理效果逐渐降低。因此预防和解决填料表面钝化、填料板结问题是今后微电解技术发展的关键所在，废水通常是在酸性条件下进入铁碳微电解柱，造成溶出的铁屑量大，加碱中和时产生大量沉淀物，后续处理是主要难题。而且运行过程中调节 pH 也比较繁琐，目前有待于进一步研究在中性条件下应用微电解技术。另外，针对不同性质的废水，如何将微电解技术与其他技术有机组合是今后研究与应用微电解技术的发展方向。

微电解技术以其处理效果显著、投资少、运行费用低、实用性强而被广泛地应用。在研究与应用过程中，微电解技术也得到不断改进与完善，其发展动向有以下几种。

(1) 使用金属催化剂　$Fe^0$ 对有机氯化物的还原脱氯有三种可能的途径：氢解、还原消除和加氢还原[57]；用 Pb/Fe 二元金属作催化剂，微电解对水中低分子量的氯代烃进行脱氯处理，氯乙烯类和四氯化碳均在数分钟内被迅速降解为相应的烃类和氯离子[58]。微电解处理硝基苯胺系列废水时加入一特定的金属催化剂，COD、色度的去除率分别达 70%和 90%以上[59,60]。

(2) 使用紫外光　罗凡等[61]采用还原铁粉/紫外光体系（$Fe^0$/UV）对水溶性染料活性艳红 X-3B 进行了脱色可行性研究。脱色机理主要包括吸附、铁粉对 N═N 键的还原以及光氧化作用。影响因素中，pH 最重要，pH≤2.5 与 pH>2.5 的主要反应机理不同；pH＝3.0～6.0 时，随 pH 值增大，染料溶液脱色速率降低。铁粉投加量在 0.5～4.0g/L 范围内，随铁粉投加量的增大，染料脱色率增加。染料初始浓度在 10～15mg/L 范围内，初始浓度越高，染料脱色率越低。

周丹娜等[62]进行了不同铁盐光解对水溶性染料溶液脱色的研究。紫外光作用下，$Fe^{3+}$-羟基络合物中的 $Fe(OH)^{2+}$ 光解产生的·OH 自由基对染料有脱色作用，不同无机阴离子对 $Fe^{3+}$ 表现出不同络合物离子的趋势，这些络离子的存在可能影响 $Fe(OH)^{2+}$ 光解生成·OH 自由基的速率，进而影响其脱色作用。

(3) 微电解与 Fenton 的组合　Fenton 法的核心是 $Fe^{2+}$ 和 $H_2O_2$，Fenton 反应中产生的·OH自由基和新生态［O］具有很强的活性，能将多种有机物氧化为无机物，COD、色度的去除率可达 80%以上。微电解与 Fenton 相组合时，微电解出水中 $Fe^{2+}$ 作为 Fenton 的铁源，微电解对有机污染物的初级降解也有利于后续 Fenton 反应的进行。白天雄等[63]处理染料废水时，微电解出水中加入 $H_2O_2$ 溶液，在普通阳光辐照下反应 1h，Fenton 反应的 COD 去除率达 71.9%。

(4) 反应动力学方程的建立　在静态、稳态试验的基础上，进一步明确反应的影响因素及反应机理，根据微电解各种作用的反应方程建立定量的反应动力学方程是有可能的，这也为微电解成套设备的设计与定型化提供理论依据。

杨玉杰等[16]建立了微电解处理活性艳红染料（K-2BP）废水的脱色动力学模型，试验研究表明：该脱色反应为一级反应；反应时间为 2～5min 时，COD 去除率随反应时间的增加而提高；铁屑和染料废水接触时间>5min 时，铁屑的溶解符合零级反应动力学。

(5) 微电解预处理对后续生化反应的影响　通过物料衡算法，郝瑞霞等[24]采用“微电解-SBR”工艺处理印染废水的试验结果表明废水经微电解预处理后，生化反应速度常数增大，不可生物降解物质的浓度下降。

微电解是基于 Fe-C 电位差形成的电极反应，通过吸附、凝聚、络合、还原、电子传递等作用，可去除废水中多种污染物，提高废水的可生化性，使废水得到净化。为进一步提高微电解的处理效果，搞清反应机理、明确影响因素，建立反应动力学方程，探讨组合工艺，解决存在问题等是今后研究与应用微电解技术的发展动向。

### 3.3.3 Fenton 试剂

1894 年，H. J. Fenton 首次发现 $H_2O_2$ 与 $Fe^{2+}$ 组成的混合液能迅速氧化苹果酸，并把这种混合体系称为标准 Fenton 试剂[64]。此后半个多世纪中，人们对 Fenton 试剂的应用报道不多，原因是它的氧化性极强，一般的有机物可完全被氧化，所以，Fenton试剂不适合做有机合成所需的选择性氧化剂。1964年，HR. Eisenhouser[65]首次使用试剂处理苯酚及烷基苯废水，从而开创了Fenton试剂应用于工业废水处理领域的先河。进入20世纪70年代，水环境的污染成为世界性难题，而持久性有机污染物的降解问题，是污染控制化学中的研究重点。由于在氧化降解持久性有机污染物方面独特的优势，Fenton试剂用于工业废水处理的报道不断出现，到目前已作为废水的深度氧化法中的主流方法，Fenton试剂的应用范围正在不断扩展。在近十几年的研究中，Fenton试剂已成功运用于多种工业废水的处理，并日益受到国内外的关注。

3.3.3.1 反应机理

Fenton试剂氧化法是一种高级氧化技术，具有操作简便、反应快速等特点。在含有$Fe^{2+}$的酸性溶液中投加$H_2O_2$[66,67]时，会发生如下反应：

$$Fe^{2+} + H_2O_2 \longrightarrow Fe^{3+} + OH^- + \cdot OH \tag{3-15}$$

$$Fe^{3+} + H_2O_2 \longrightarrow Fe^{2+} + H^+ + HO_2 \cdot \tag{3-16}$$

$Fe^{2+}$与$H_2O_2$反应生成的·OH游离基的速度很快，而·OH游离基是水溶液中氧化能力极强的氧化剂，能将废水中的有机物分子氧化分解，例如，破坏染料分子的发色基团，降低废水的$COD_{Cr}$和$BOD_5$，同时，催化剂铁盐与水分离时以氢氧化铁形式析出。絮状氢氧化铁具有絮凝作用，对$COD_{Cr}$有进一步的去除作用[68]。

自Fenton试剂发现以来，其反应机理一直是争论的焦点。众多研究人员提出了多种反应机理：一种是传统的自由基机理，另一种是非·OH作为中间体的反应机理。两种机理相伴相生，直到现在。

(1) 自由基机理 1934年Harber和Weiss提出，在Fenton体系中羟基自由基(·OH)是反应中间体。Fenton试剂的羟基自由基（·OH）机理为：

$$Fe^{2+} + H_2O_2 \longrightarrow Fe^{3+} + OH^- + \cdot OH$$

$$Fe^{3+} + H_2O_2 \longrightarrow Fe^{2+} + HO_2 \cdot + H^+$$

$$Fe^{2+} + \cdot OH \longrightarrow Fe^{3+} + OH^-$$

$$Fe^{3+} + HO_2 \cdot \longrightarrow Fe^{2+} + O_2 + H^+$$

$$\cdot OH + H_2O_2 \longrightarrow H_2O + HO_2 \cdot$$

$$Fe^{2+} + HO_2 \cdot \longrightarrow Fe^{3+} + HO_2^-$$

$$RH + \cdot OH \longrightarrow R \cdot + H_2O$$

$$R \cdot + Fe^{3+} \longrightarrow R^+ + Fe^{2+}$$

$$R \cdot + H_2O_2 \longrightarrow OH^- + \cdot OH + R^+$$

美国犹他州立大学的研究人员使用顺磁共振的方法以电子捕获剂DMPO（dimethyl pyridine *N*-oxide，二甲基吡啶*N*-氧化剂）作为自由基捕获剂研究了Fenton反应中生成的氧化剂碎片，成功地捕获到了羟基自由基（·OH）的信号，提出了可能的自由基和氧化剂碎片的生成机理。这一理论提出的同时，也验证了羟基自由基（·OH）作为反应中间体的存在。由于Fenton试剂在许多体系中确有羟基化作用，所以Harber和Weiss机理得到了普遍承认。

羟基自由基（·OH）的性质如下。

① 不稳定性·OH的生存时间小于1$\mu$s，很难对它进行分析测试。

② 强氧化性·OH的标准电极电位比其他一些常用的强氧化剂具有更高的氧化还原电位，因此，·OH是一种强氧化剂。

③ 高电负性或亲电性·OH的电子亲和能为569.3kJ，容易进攻高电子云密度点，这就

决定了·OH的进攻具有一定的选择性。

Fenton反应的羟基自由基机理争论了很长时间，也提出了一些假设的过渡形式，但是最近研究人员已经提出二价铁离子或者三价铁离子与有机配体生成的络合物可以和过氧化物、分子氧及其他氧化剂反应生成高价氧铁中间物Fe=O，其中铁呈现正四价或正五价，氧铁中间物可以氧化有机物，在氧铁参与的氧原子和许多核酸或者非核酸酶之间的电子转移反应方面达成了共识。

(2) 非·OH反应机理　羟基自由基（·OH）机理被提出的同时，其他非·OH作为中间体的反应机理也被提出。该机理认为，反应中间体是以高价铁形式存在的复合物，而不是·OH，即：

$$Fe^{2+} + H_2O_2 \longrightarrow Fe(\text{Ⅳ}, \text{Ⅴ}, \text{Ⅵ})\text{或}Fe(\text{过氧络合物}) \quad (3\text{-}17)$$

### 3.3.3.2 Fenton的改进

(1) $H_2O_2$/过渡金属　近期研究表明，利用Fe（Ⅲ）[69]、Mn（Ⅱ）[70]、Cu（Ⅱ）[71]、稀土等均相催化剂以及铁粉[72~75]、石墨、铁锰的氧化矿物等非均相催化剂同样可使$H_2O_2$分解产生·OH，达到氧化去除有机污染物的效果。

实验表明，金属离子促进$H_2O_2$分解反应是基于产生活泼性很强的游离基所致。金属离子催化$H_2O_2$分解反应机理过程如下：

$$H_2O_2 + M^{n+} \longrightarrow HO\cdot + HO + M^{(n+1)+} \quad (3\text{-}18)$$

$$H_2O_2 + OH\cdot \longrightarrow HOO\cdot + H_2O \quad (3\text{-}19)$$

$$HOO\cdot + M^{(n+1)+} \longrightarrow O_2 + H + M^{n+} \quad (3\text{-}20)$$

(2) $H_2O_2$/过渡金属/载体　由于金属离子最终进入水体，催化剂难以回收利用，造成二次污染。因此，人们研究将金属离子负载于某些载体上，提高回收利用率。负载的方法是将过渡金属的氢氧化物载于$SiO_2$、$TiO_2$、$Al_2O_3$、活性炭或沸石等载体上[76~79]。

俄罗斯研究人员研究了Cu和Fe氢氧化物载于$SiO_2$、$TiO_2$、$Al_2O_3$或沸石上，用$H_2O_2$可有效地催化氧化水溶液中的偏二甲肼。实验结果表明，在金属氢氧化物催化剂存在下，此过程的机理随pH值不同而异，在中性介质中生成的产物无毒，而在碱性介质中则生成较多的毒性产物。

含钛沸石是近年来发展起来的一种杂原子沸石[80]，它是将钛离子引入沸石骨架的一种新型催化材料。含钛沸石对以低浓度$H_2O_2$参与的各种有机氧化反应具有独特的催化性能，产物选择性高且反应条件温和，不会发生深度氧化，整个过程无污染物排放，是一个环境友好的催化过程。活性炭不仅有吸附性，对$H_2O_2$的氧化作用还有催化性。在活性炭（AC）上负载不同的金属离子（Ni、Cu、Fe、Mn、Cr、Ag），其中用载银活性炭作吸附催化剂与$H_2O_2$一起对焦化废水做深度处理效果较好。

Fenton试剂氧化法的优点在于$H_2O_2$分解速度快、氧化速率高，由于大量$Fe^{2+}$的存在，$H_2O_2$的利用率不高，使有机污染物降解不完全，反应必须在酸性条件下进行。否则因析出$Fe(OH)_3$沉淀而使加入的$Fe^{2+}$或$Fe^{3+}$失效，并且溶液的中和还需消耗大量的酸碱，处理成本高也制约这一方法的广泛应用。其中，最令人瞩目的就是Fenton体系中光的引入。

### 3.3.3.3 Fenton的类型及其特点

(1) 普通Fenton法　普通Fenton法指的是$Fe^{2+}/H_2O_2$体系，其中$Fe^{2+}$主要是作为反应的催化剂，而$H_2O_2$通过反应产生的·OH则起到氧化作用。其反应如下：

$$Fe^{2+} + H_2O_2 \longrightarrow Fe^{3+} + HO^- + \cdot OH \quad (3\text{-}21)$$

$$Fe^{3+} + H_2O_2 \longrightarrow Fe^{2+} + HO_2\cdot + H^+ \quad (3\text{-}22)$$

$$2H_2O_2 \longrightarrow \cdot OH + HO_2\cdot + H_2O \quad (3\text{-}23)$$

反应产生的·OH氧化能力极强，能在短时间内将废水中的有毒有害或难以生物降解的有机物氧化分解或使其发生氧化偶合。

上述反应中，反应（3-21）速度较快，$Fe^{2+}$与$H_2O_2$迅速反应生成·OH，而反应（3-22）速度较慢，$Fe^{3+}$与$H_2O_2$缓慢反应生成$Fe^{2+}$，这样通过$Fe^{2+}$与$Fe^{3+}$的不断转换，使反应得以顺利进行。因此，此反应的控制步骤为反应（3-22），若要提高反应速率，需将$Fe^{3+}$快速还原成$Fe^{2+}$。另外，由于产生的$Fe^{3+}$不能被及时还原成$Fe^{2+}$，从而会造成$Fe^{3+}$的积累，使处理后的水带有颜色。反应（3-21）与反应（3-22）加和得反应（3-23），可见，两个$H_2O_2$才产生一个·OH，说明$H_2O_2$的利用率较低。

该系统的优点是：在黑暗中就能降解有机物，节省了设备投资。主要缺点为：反应速率较慢，$H_2O_2$的利用率低，有机物矿化不充分，处理后的水可能带有颜色。

（2）光Fenton法

① UV/Fenton法。针对普遍Fenton法过氧化氢的利用率低、有机物矿化不充分等缺点，人们把紫外光UV引入Fenton体系，形成了UV/Fenton法。UV/Fenton法实际上是$Fe^{2+}/H_2O_2$与$UV/H_2O_2$两种系统的结合。

该法中UV和$Fe^{2+}$对$H_2O_2$催化分解存在协同效应[81]，即$H_2O_2$的分解速率远大于$Fe^{2+}$或UV催化$H_2O_2$分解速率的简单加和，因此，大大提高了反应速率。其原因主要是铁的某些羟基络合物可发生光敏化反应生成·OH所致，以$Fe(OH)^{2+}$为例，反应如下：

$$Fe(OH)^{2+} + h\lambda \longrightarrow Fe^{2+} + \cdot OH \qquad (3\text{-}24)$$

由反应（3-24）可见，$Fe(OH)^{2+}$分解既可产生$Fe^{2+}$又可产生·OH，可见在提高反应速率的同时又可进一步提高$H_2O_2$的利用率，并降低了$Fe^{2+}$的用量。

此外，有机物在UV作用下可部分降解，同时$Fe^{3+}$与有机物降解过程中产生的中间产物形成的络合物是光活性物质，也可在UV照射下继续降解，因此，可使有机物矿化程度更充分。

该方法存在的主要问题是太阳能利用率不高，能耗较大，处理设备费用较高。另外，当有机物浓度高时，被$Fe^{3+}$络合物所吸收的光量子数很少，且需较长的辐照时间，$H_2O_2$的投加量也随之增加，·OH易被高浓度的$H_2O_2$所清除。因而，UV/Fenton法一般只适宜于处理中低浓度的有机废水。

② UV-Vis/草酸铁络合物/$H_2O_2$法。随着对Fenton法的进一步研究，人们把草酸盐引入UV/Fenton体系中，并发现草酸盐的加入可有效提高体系对紫外线和可见光的利用效果。原因如下：$Fe^{3+}$与$C_2O_4^{2-}$可形成3种稳定的草酸铁络合物$Fe(C_2O_4)^+$、$Fe(C_2O_4)_2^-$、$Fe(C_2O_4)_3^{3-}$，它们都具有光化学活性，其中以$Fe(C_2O_4)_3^{3-}$的光化学活性最强[82]，在水处理中发挥主要作用。$Fe(C_2O_4)_3{}^{3-}$具有其他铁（Ⅲ）羧化物或聚羧化物所不具备的光谱特性，同$Fe(C_2O_4)_3^{3-}$相比，它们通常只产生较低的并且同波长有关的活性物质。而$Fe(C_2O_4)_3^{3-}$对高于200nm的波长有一较高的摩尔吸收系数，甚至能吸收500nm的可见光产生·OH。

$$Fe(C_2O_4)_3{}^{3-} + h\lambda \longrightarrow Fe^{2+} + 2C_2O_4^{2-} + \cdot C_2O_4^- \qquad (3\text{-}25)$$

$$\cdot C_2O_4^- + Fe(C_2O_4)_3^{3-} \longrightarrow Fe^{2+} + 3C_2O_4^{2-} + 2CO_2 \qquad (3\text{-}26)$$

$$\cdot C_2O_4^- \longrightarrow CO_2 + \cdot CO_2^- \qquad (3\text{-}27)$$

$$\cdot C_2O_4{}^- / \cdot CO_2^- + O_2 \longrightarrow 2CO_2/CO_2 + \cdot O_2^- \qquad (3\text{-}28)$$

$$2\cdot O_2{}^- + 2H^+ \longrightarrow H_2O_2 + O_2 \qquad (3\text{-}29)$$

由反应（3-25）到式（3-29）可以看出，$Fe(C_2O_4)_3^{3-}$可光解生成$Fe^{2+}$和$H_2O_2$，为

Fenton 试剂提供了持续来源。从而减少了 $H_2O_2$ 用量，并加快了反应速度。

该系统的优点为提高了对太阳能的利用率、节约了 $H_2O_2$ 用量、加快了反应速度，并可用于处理高浓度有机废水[83]。

③ 可见光/Fenton 法。由于自然光中可见光占绝大部分，紫外光仅占 3%～5%，因此设法将可见光应用于 Fenton 体系就显得意义尤为重大。在弱酸性环境中 $Fe(OH)_x^{(3-x)+}$ ($x=0\sim3$) 在可见光区的光反应量子产率很低，所以一般有机物对可见光的吸收很弱，因而可见光的作用很小。以染料作为目标污染物，可成功利用可见光，极大地加速了染料污染物的降解反应[84,85]。刘琼玉等[86]在利用可见光/Fenton 法降解苯酚的实验中发现：一定程度的可见光/Fenton 预处理，不仅可使废水的 $COD_{Cr}$ 显著降低，而且可显著提高废水的可生化降解性，使废水由不易生化变为可以生化，为后续生化处理创造了条件。因此，可将可见光/Fenton 法作为高浓度含酚废水的生化预处理技术，该法与深度氧化相比，可大大减少 $H_2O_2$ 的用量，从而降低成本。

由于紫外线仅占太阳光总能量的 3%～5%，使 UV-Vis/草酸铁络合物/$H_2O_2$ 法对可见光的利用能力并不是很强，所以光 Fenton 法下一步的发展方向应是加强对聚光式反应器的研制，以便提高照射到体系中的紫外线总量，达到降低运行成本的目的，并对可见光/Fenton 法进行进一步的研究。

(3) 电 Fenton 法　电 Fenton 法的实质是把用电化学法产生的 $Fe^{2+}$ 和（或）$H_2O_2$ 作为 Fenton 试剂的持续来源。它与光 Fenton 法相比有以下优点：自动产生 $H_2O_2$ 的机制较完善；导致有机物降解的因素较多，除羟基自由基·OH 的氧化作用外，还有阳极氧化、电吸附等。由于 $H_2O_2$ 的成本远高于 $Fe^{2+}$，所以研究把自动产生 $H_2O_2$ 的机制引入 Fenton 体系更具有实际应用意义。

① 阴极电 Fenton 法（EF-$H_2O_2$）。阴极电 Fenton 的基本原理是把氧气喷到电解池的阴极上，使之还原为 $H_2O_2$，$H_2O_2$ 与加入的 $Fe^{2+}$ 发生 Fenton 反应。电 Fenton 体系中的氧气可通过曝气的方式加入，也可通过 $H_2O$ 在阳极的氧化产生。阴极材料通常为石墨[87]、网状玻璃炭[88]或炭-聚四氟乙烯[89]等。

阴极电 Fenton 法的主要优点是不用加 $H_2O_2$，有机物降解得很彻底，不易产生中间毒害物。但该法电流效率低、$H_2O_2$ 产量低，不适合处理高浓度有机废水。另外，此反应受到 pH 值的严重影响，pH 值控制不当会引发多种副反应。这是因为碱性条件下 $O_2$ 还原成 $H_2O_2$ 的产率较高，但碱性条件不利于 Fenton 反应的发生；而酸性条件下 $O_2$ 可反应生成 $H_2O_2$，也可以生成 $H_2O$，另外阴极还可能会发生析 $H_2$ 反应，$H_2$ 可与 $O_2$ 结合成 $H_2O$，降低了 $H_2O_2$ 的产量。

② 牺牲阳极法（EF-$FeO_x$）。该法通过铁阳极氧化产生 $Fe^{2+}$ 与外加的 $H_2O_2$ 构成 Fenton 试剂[90]。该法可处理高浓度有机废水，但产泥量相当大，阴极未充分发挥作用，另外需外加 $H_2O_2$，能耗大，成本较高。

③ Fenton 铁泥循环法（FSR）、$Fe^{3+}$ 阴极电还原法（EF-FeRe）。FSR 是通过阴极还原作用将 $Fe^{3+}$ 还原为 $Fe^{2+}$，提高 $H_2O_2$ 利用率和·OH 产率。该系统包括一个 Fenton 反应器和一个将氢氧化铁污泥转化成二价铁离子的电池，可用于处理高浓度有机废水。

EF-FeRe 是对 FSR 的改进，只是去掉了 Fenton 反应器而使 $Fe^{3+}$ 的电还原反应与 Fenton 反应都在电池装置中进行，从而提高了 $H_2O_2$ 利用率和电流效率[91]。

电 Fenton 法的发展方向应该是：合理设计电解池结构，加强对三维电极的研究，以利于提高电流效率、降低能耗；并加强对 EF-$H_2O_2$ 体系中阴极材料的研制，新阴极材料应具有与氧气接触面积大、对氧气生成 $H_2O_2$ 的反应起催化作用等特点。

(4) 超声-Fenton法　超声（US）降解水体中的化学污染物是近年兴起的一个研究领域，目前尚处于探索阶段，但它已显示出良好的前景。对于快速降解水体中的污染物，尤其是针对难降解有机污染物的深度处理，超声降解是一种很有效的方法。通过超声降解水体中一系列有毒有机物的研究表明，超声降解在技术上可行，但要使其走向工业化，仍存在能耗大、费用高、降解不彻底等问题。为此，最近的研究热点纷纷转向超声与其他水处理技术联用的方向上来，以产生高浓度的羟基自由基来加速有机污染物的分解反应。

① US/Fenton在废水处理领域的应用。1998年，Alex De Vssehe等研究了在Fenton（$Cu^{2+}/H_2O_2$）体系中超声波对三氯乙烯、邻氯酚和1,3-二氯-2-丙醇降解的影响。动力学分析表明，超声波不增加体系的反应活性，只是将其降解加到化学降解中去，因此，联合技术的降解速率是单独声降解与静态化学降解速率之和，其中邻氯酚在无催化剂的情况下是个例外。$Cu^{2+}$单独存在时，不会提高声化学降解率，这与M. N. Ingale等的研究结果相反。2002年，Carmen Stavaraehe等研究了氯苯在Fenton体系中的超声降解，鉴别了声解的中间产物，阐述了氯苯声解的可能机理，解释了苯、苯酚、多酚和氯酚的形成。中国学者[92~94]采用US/Fen-ton用于各类含酚废水处理，考察了声强值、酚初始浓度和自由基清除剂等因素对降解效果的影响。

② US/Fenton机理。超声降解水体中的化学污染物是一种物理化学降解过程，其原理主要基于超声空化效应以及由此引发的物理和化学变化。所谓超声空化是指存在于液体中的微气核（空化核）在超声场作用下振动、生长、崩溃闭和的动力学过程，该过程是集中声场能量并迅速释放的绝热过程。在空化气泡崩溃的极短时间内，空化气泡及周围极小空间范围内出现热点（hotspot），产生出1900～5200K的高温和超过50.66MPa的高压，这些极端条件可以直接或间接地作用于水体中化学污染物的降解。

水溶液中发生超声空化时，物系可划分为空化气泡、空化气泡表面层和液相主体3个区域：一为空化气泡，由空化气体、水蒸气及易挥发溶质的蒸汽组成，其处于空化时的极端条件。在空化气泡崩溃的极短时间内，气泡内的水蒸气可发生热分解反应，产生·OH和H·，且非极性、易挥发溶质的蒸汽也会进行直接热分解。二为空化气泡表面层，它是围绕气相的一层很薄的超热相液层，它处于空化时的中间条件。此处存在着高浓度的·OH且水呈超临界状态。极性、难挥发溶质可在该区域内进行·OH氧化和超临界氧化反应。三为液相主体基本处于环境条件。在前两个区域中未被消耗掉的氧化剂如·OH会在该区域内继续与溶质进行反应，但反应量很小。如果在超声处理时加入无害环境的强氧化剂（如Fenton试剂），本体液相中会有较多的自由基或单电子氧化剂，使有机废物继续在此相中降解。

进入空化泡中的水蒸气在高温和高压下发生分裂及链式反应，产生氢氧自由基（·OH），·OH又可结合生成$H_2O_2$，反应式如下：

$$H_2O + US \longrightarrow \cdot OH + H\cdot \tag{3-30}$$

$$\cdot OH + \cdot OH \longrightarrow H_2O_2 \tag{3-31}$$

同时，空化泡崩溃产生冲击波和射流，使·OH和$H_2O_2$进入整个溶液中。对于溶液中的有机物，声化学反应包含热解反应和氧化反应两种类型：疏水性、易挥发的有机物可进入空化泡内进行类似燃烧化学反应的热解反应；亲水性、难挥发的有机物在空化泡气液界面上或进入本体溶液中同空化产生的$H_2O_2$和·OH进行氧化反应。

(5) 磁场-Fenton法　磁现象是一种普遍存在的物理现象。早在20世纪20年代就曾有人研究过磁场对化学反应的影响，人们发现磁场对自由基反应最为明显，并逐渐形成了相应的以“自由基对理论”为基础的磁动力化学（简称磁化学）。采用磁场和Fenton试剂结合对工业和生活废水的处理具有非常好的效果，对废水中有机物、含磷化合物和污水臭味都能有效地去除。将磁场引入Fenton试剂加速了反应速率，并显著降低氧化剂的投加量。由于

Fenton氧化过程以自由基反应为主，因此推测磁场-Fenton联用技术亦可提高污染物的氧化分解速率，而且无须像超声和紫外光一样额外消耗电能（可由永久磁铁产生磁场），便于推广使用。

#### 3.3.3.4 Fenton试剂的应用

Fenton试剂在废水处理中的应用可分为两个方面：①单独作为一种处理方法氧化有机废水；②与其他方法联用，比如与微电解技术、混凝沉淀法、活性炭法、生物处理法等联用，利用Fenton试剂对某些难治理的或对生物处理有毒性的废水处理可以使有机物分子氧化降解，形成完全的或部分的氧化物。即使这些污染物只被部分氧化，它们的产物如乙醇、酸等同最初的有机物质相比毒性降低且更利于生物降解，这使得含这些污染物的废水能更好地被后续生化处理。大量试验研究表明，Fenton试剂能不同程度地去除水体中的有机污染物，如硝基苯、稠环芳烃、二氯酚、除草剂、甲基叔丁基醚、三氯乙烯、偶氮染料（$AO_7$，直接红和分散黄）、硝基苯、垃圾渗滤液等。影响该系统的主要因素为pH值、停留时间、温度、$Fe^{2+}$与$H_2O_2$的投加量之比、$H_2O_2$的投加量与有机物的浓度之比。研究结果表明：反应系统最佳的pH值范围为3～5，该pH值范围与有机物种类的关系不大。其原因是催化$H_2O_2$分解的铁的有效形式是$Fe(OH)^{2+}$、$Fe(OH)_2$，其在pH值为3～5的范围内浓度很高。$Fe^{2+}$的投加量的最佳值和$H_2O_2$的投加量的最佳值与有机物的浓度等因素有关。研究结果表明，当$Fe^{2+}$的浓度满足条件$0.3<[Fe^{2+}]/[H_2O_2]<1$时效果较好。

Fenton试剂反应是一个复杂的过程，之所以具有较强的氧化能力，主要是因为过氧化氢在铁离子催化作用下生成氧化能力很强的羟基自由基（·OH），其氧化电位仅次于氟，高达2.80V。羟基自由基具有很高的电负性或亲电性，其电子亲和能力达569.3kJ，具有很强的加成反应特性。因而，Fenton试剂可无选择地氧化水中的大多数有机物，特别适用于生物难降解或一般化学氧化难以奏效的有机废水的氧化处理。因此，Fenton试剂在废水处理中的应用具有特殊意义，在国内外受到普遍重视。

综上所述，Fenton试剂作为一种强氧化剂用于去除废水中的有机污染物具有明显优点，是一种很有应用潜力的废水处理技术。目前存在的主要问题是处理成本较高，但对于毒性大、一般氧化剂难氧化或生物难降解的有机废水处理仍是一种较好的方法。目前一些研究已表明，采用Fenton试剂作为一种预处理的方法，并与其他处理方法相结合，可以有效降低处理成本，并进一步拓宽Fenton试剂在废水处理中的应用范围。

### 3.3.4 水解

#### 3.3.4.1 水解酸化的定义

水解在化学上指的是化合物与水进行的一类反应的总称。在废水生物处理中，水解是指有机物（基质）进入细胞前，在胞外进行的生物化学反应。这一阶段最典型的特征是生物反应的场所发生在细胞外，微生物通过释放胞外自由酶和连接在细胞外壁上的固定酶来完成生物催化氧化反应（主要包括大分子物质的断链和水溶）。

酸化则是一类典型的发酵过程。这一阶段的基本特征是微生物的代谢产物主要为各种有机酸（如乙酸、丙酸、丁酸等）。水解和酸化无法截然分开，是因为水解菌实际上是一种具有水解能力的发酵细菌，水解是耗能过程，发酵细菌付出能量进行水解的目的，是为了获取能进行发酵的水溶性基质，通过胞内的生化反应取得能源，同时排放代谢产物（各种有机酸醇）。如果废水中同时存在不溶性和溶解性有机物时，水解和酸化更是同时进行而不可分割。

水解酸化过程即把悬浮的固体物质降解为溶解性物质，把大分子物质降解为小分子物质。当有机物进入水体环境时，首先发生的重要反应就是水解，其反应过程往往比较缓慢，因此这个阶段被认为是含高分子有机物或悬浮物废液厌氧降解的阶段。水解酸化主要过程如下。

① 水解性发酵细菌将有机聚合物（如多糖类、脂肪、蛋白质等）分解成有机单体（如单糖、有机酸、氨基酸等）。

② 发酵细菌将有机单体转化为 $H_2$、$HCO_3^-$、$CH_3COOH$、$CH_3CH_2COOH$、$CH_3CH_2CH_2COOH$、$CH_3CH_2OH$。

③ 专性产氢产乙酸细菌对还原性有机产物的氧化作用，生成 $HCO_3^-$、$H_2$ 和 $CH_3COOH$。同型产乙酸细菌将 $H_2$ 和 $HCO^{3-}$ 转化为 $CH_3COOH$。

④ 硫酸盐还原菌（SRB）和硝酸盐还原菌（NRB）对还原性有机物的氧化作用，生成 $HCO^{3-}$ 和 $CH_3COOH$，同时生成 $H_2S$、$NH_3$。

⑤ SRB和NRB对 $CH_3COOH$ 的氧化作用，生成 $HCO_3^-$。

3.3.4.2 水解酸化的反应方程

水解反应发生后，有机物本身的许多性质都会改变，如极性、溶解度等。而水解速度的快慢、水解程度的大小会受到很多因素的影响，如水解温度、pH值、有机质成分（如木素、蛋白质与脂肪的质量比例、碳水化合物等）、有机质颗粒的大小、氨的浓度、停留时间及水解产物的浓度等。此外，厌氧微生物还可以利用胞外酶进行催化水解反应，而决定水解反应能否进行的关键就在于胞外酶能否与底物直接接触。通常水解反应过程可用下式表示：

$$R-X+H_2O \longrightarrow R-OH+X^-+H^+ \tag{3-32}$$

式中，R为有机物分子的主体碳链；X为分子中的极性基团。

水解反应用动力学方程为

$$\frac{dc}{dt}=kc \tag{3-33}$$

式中，$c$ 为可降解的非溶解性底物浓度，g/L；$t$ 为反应时间，d；$k$ 为水解常数，$d^{-1}$。此式也是水解速度的表示方程。而水解常数与影响水解速度的因素的关系复杂，还有许多未知的东西存在，因而无法将它们的关系直接表示，只能知道某种有机物在特定条件下的反应速率。研究表明在低温条件下，脂肪是极难水解的，而蛋白质的实际水解常数也非常低。另外，对于间歇反应器和连续搅拌槽反应器，水解过程有所不同，将上式积分可得：

对间歇反应器
$$c=c_0\times e^{-kct} \tag{3-34}$$

对连续搅拌槽反应器
$$c=\frac{c_0}{1-kt} \tag{3-35}$$

式中，$c_0$ 为非溶解性底物的初始浓度，g/L。

通过连续搅拌槽反应器对活性污泥的厌氧消化进行研究，得出蛋白质的水解过程在污泥消化过程中为限速阶段。微生物是活性污泥的主要构成部分，在污泥消化过程中，活性污泥中细胞的死亡和自溶比水解过程更快，并在污泥消化中起到重要作用。由此可见，将能使细胞壁水解的酶类加入反应器内，不但能促进消化过程，还可以增加产气量，这是符合逻辑结果的。

3.3.4.3 水解酸化与厌氧消化的区别

从原理上讲，水解酸化是厌氧消化全过程的前段。但水解酸化-好氧处理工艺中的水解酸化段和厌氧消化中的水解酸化过程追求的目标不同，因此，有着不同的处理方法和工艺条件。

水解酸化-好氧处理系统中水解酸化阶段的目的主要是将原水中的非溶解态有机物转变成溶解态有机物，将难降解的大分子物质转变成易降解的小分子物质，进而提高废水的可生化性，以利于后续的好氧生物处理。在混合厌氧消化系统中，水解酸化是和整个厌氧消化过程有机结合在一起，共处于一个系统中，水解酸化的目的是将混合厌氧消化中的产酸段和产甲烷段分开，以便形成微生物各自的最佳环境，同时产酸阶段对产生的酸的形态也有要求（主要为乙酸）。此外，废水中如含有高浓度的硝酸盐、亚硝酸盐、硫酸盐时，这些物质及其转化产物不仅对甲烷有毒，而且影响沼气的质量。

因此，尽管水解酸化-好氧处理工艺中的水解酸化段、两相法厌氧消化工艺中的产酸相和混合厌氧消化工艺中的产酸过程均产生有机酸，但由于三者的处理目的不同，各自的运行环境和条件存在着明显的差异，主要表现在以下几个方面。

（1）氧化还原电位 ORP 不同　在混合厌氧消化系统中，由于完成水解、酸化的微生物和产甲烷微生物在同一反应器中，整个反应器的氧化还原电位 ORP 的控制必须首先满足对 ORP 要求严格的甲烷菌，一般为－300mV 以下，因此，系统中的水解酸化微生物也是在这一电位值下工作的。而两相厌氧消化系统中，产酸相的氧化还原电位一般控制在－100mV 到－300mV 之间。而水解酸化-好氧处理工艺中的水解酸化段为一典型的兼性过程，只要控制在＋50mV 以下，该过程即可顺利进行。

（2）pH 值不同　在混合厌氧消化系统中，消化液的 pH 值控制在产甲烷菌的最佳 pH 范围，一般为 6.8～7.2 之间。而在两相厌氧消化系统中，产酸相的 pH 值一般控制在 6.0～6.5 之间，pH 值降低时，尽管产酸的速率增大，但产生有机酸的形态将发生变化，丙酸的相对浓度增大，而丙酸对后续的产甲烷菌产生强烈的抑制作用。对于水解酸化-好氧处理系统来说，由于后续好氧氧化，不存在丙酸的抑制问题，因此控制的 pH 范围也较宽，可在 3.5～10 的范围内获得较高的水解酸化速率，一般实际 pH 维持在 5.5～6.5 之间。

（3）温度不同　通常混合厌氧消化系统以及两相厌氧消化系统的温度均要严格控制，要么中温消化（一般为 30～35℃），要么高温消化（50～55℃）。而水解酸化-好氧处理工艺中的水解酸化段对工作温度无特殊要求，通常在常温、中温、高温下均可较好地运行，获得满意的水解酸化效果。

（4）微生物种群的差异　由于控制的运行条件不同，致使三种工艺系统中优势菌群以及完成水解酸化的微生物种群也不同。在混合厌氧消化系统中，严格地控制在厌氧的条件下，系统中的优势菌群为专性厌氧菌。因此，完成水解酸化的微生物主要为厌氧微生物。在水解酸化-好氧处理系统中的水解酸化段控制在兼性条件下，因此，系统中的优势菌群为兼性微生物，完成水解酸化过程的微生物相应的主要为兼性菌。对于两相厌氧消化系统中的产酸相，微生物的优势菌群随控制的氧化还原电位不同而变化。当控制电位较低时，完成水解产酸的微生物主要为厌氧菌；当控制电位较高时，完成水解产酸菌的微生物主要为兼性菌。

微生物种群的差异使得三种工艺系统的最终产物也完全不同。在混合厌氧消化系统中，水解酸化产生的有机酸立即转化为甲烷和二氧化碳沼气等。水解酸化-好氧处理系统中的水解酸化段的最终产物为溶解性有机物、各种形态的有机酸和醇类以及二氧化碳等，个别情况下，还有少量的甲烷。而两相厌氧消化中的产酸相的产物主要为有机酸（主要为乙酸）、少量甲烷和二氧化碳。

（5）水解酸化反应器较厌氧消化反应器不同　水解酸化反应器较厌氧反应器的不同主要体现在以下几个方面。

① 水解酸化反应器可对固体有机物进行降解，从而减少了污泥量，降低了污泥的 VSS，其功能与厌氧消化反应器类似。水解酸化反应器一般不需要加热，产生剩余污泥量少，故可在常温下，使固体物质迅速水解，实现污水、污泥一次处理。

② 水解酸化反应器不需要严格的密闭，不需要复杂的搅拌机构，不需要水、气、固三相分离器，降低了造价，便于维护，适应大中小型污水厂。

③ 当反应控制在水解酸化阶段时，出水的不良气味较厌氧发酵少很多。

④ 水解酸化反应迅速，水力停留时间短，故水解反应器的体积小，节省基建投资。

3.3.4.4 水解酸化-好氧与单独好氧的比较

水解酸化工艺与单独的好氧工艺相比，具有以下特点。

① 由于在水解酸化阶段可大幅度地去除废水中悬浮物或有机物，其后续好氧处理工艺的污泥量可得到有效地减少，从而设备容积也可缩小。有报道，在实践中，水解酸化-好氧工艺的总容积不到单独好氧工艺的一半。

② 水解酸化-好氧工艺的产泥量远低于好氧工艺（仅为好氧工艺的1/10～1/6），并已高度矿化，易于处理。同时，其后续的好氧处理所产生的剩余污泥必要时可回流至水解酸化段，以增加水解酸化段的污泥浓度，同时减少污泥的处理量。

③ 水解酸化-好氧工艺可对进水负荷的变化起缓冲作用，从而为好氧处理创造较为稳定的进水条件。

④ 水解酸化处理运行费用低，且其对废水中有机物的去除亦可节省好氧段的需氧量，从而节省整体工艺的运行费用。

⑤ 重要的是当将厌氧控制在水解酸化阶段时，可为好氧工艺提供优良的进水水质（即提高废水的可生化性）条件，提高好氧处理的效能，同时可利用产酸菌种类多、生长快及对环境条件适应性强的特点，以利于运行条件的控制和缩小处理设施的容积。

3.3.4.5 水解酸化过程的影响因素

水解酸化反应器将厌氧消化控制在反应时间较短的水解酸化段，原污水中不溶的有机污染物溶解，可溶的部分复杂污染物得到降解，使其易于穿越细胞膜。水解主要发生在细胞外，在兼性厌氧微生物胞外酶作用下进行。水解形成的小分子有机物被细菌用作进行发酵的碳源和能源。这些发酵作用的氧化最终产物主要是短链的挥发性脂肪酸，如乙酸、丙酸、戊酸和己酸等。水解是复杂的非溶解性聚合物被转化为简单的溶解性单体和二聚体的过程。水解过程通常较缓慢，因此被认为是含高分子有机物或悬浮物废水厌氧降解的限速阶段。

众多研究[95～98]表明水解单元的水力底物的种类和形态、污泥生物固体停留时间、水力停留时间、pH值、温度等都直接影响水解酸化的最终产物，影响水解酸化的出水水质。

(1) 底物的种类和形态　底物的种类和形态对水解酸化过程的速度有很大影响。就多糖、蛋白质和脂肪三类物质来说，在相同的操作条件下，水解酸化速度依次减小。比如，就同类有机物来说，低聚糖比高聚糖容易水解。就分子结构而言，直链比支链容易水解；支链比环状链易于水解；单环化合物比多环化合物易于水解。颗粒状有机物，粒径越大，单位质量的有机物的比表面积越小，水解速度也就越小。粒径越小，水解液中溶解性$COD_{Cr}$浓度越高，水解速度越大。

(2) 污泥生物固体停留时间　在常规的厌氧条件下，混合消化系统中，水解酸化微生物的比增殖速度高于甲烷菌。因此，当系统的生物固体停留时间较小时，甲烷菌的数量将逐渐减少，直至完全淘汰。如果甲烷菌的比增殖速度为$\mu$，则水解酸化反应器的污泥生物固体停留时间$\theta_c$应满足的条件为：$\theta_c \leqslant 1/\mu$，水解酸化池污泥生物固体停留时间，根据定义$\theta_c = VX/\Delta X$，剩余活性污泥量$\Delta X$由排泥量和排泥浓度决定，即$\Delta X = Q_W X_W$，在酸化池内，原废水中可生物降解固体有机物组分被水解为溶解性有机物，微生物自身得以增殖。不可生物降解的有机物和无机固体在水解池内积累，会大大降低水解速度，干扰水解池的正常运行。为了保持水解微生物的活性，水解池内水解微生物浓度应保持在一个合适的浓度，这都是靠控制水解池内的生物固体停留时间来完成的。也就是说，水解池内污泥的生物固体停留时间决定污泥的浓度和性质。生物固体停留时间由排出剩余污泥来控制。

(3) 水力停留时间　水力停留时间是水解反应器运行控制的重要参数之一。在一定范围内，水力停留时间愈长，COD去除率愈大；但是水力停留时间超过一定时间以后，出水中SS开始升高。这说明停留时间并非越长效果越好，这是因为随着停留时间的增加，污水上升流速减小，污泥易发生堆积，系统的传质效率降低，系统中的优势微生物由水解酸化菌（兼性微生物）向产酸、产氢菌（厌氧微生物）转化，因此系统的水解酸化效果反而降低，且延长水力停留时间还会导致水解反应器容积加大。

（4）温度　温度变化对水解反应的影响符合一般生物反应规律，即在一定范围内，温度越高，水解反应速率越大。但水解微生物对温度的适应性较强，温度在 10～20℃之间变化时，水解反应速率变化不大，而且水解微生物在低温下也能较快地适应环境。

（5）pH 值　pH 值主要影响水解的速率、水解酸化的产物以及污泥的形态和结构。大量的研究结果表明，水解酸化微生物对 pH 值变化的适应性较强，水解过程可在 pH 值 3.5～6.5 进行。当 pH 值偏着酸性或者碱性移动的时候，水解的速率都会降低。

（6）碱度　水中碱度是中和酸能力的一个指标，主要源于弱酸盐。水解酸化反应器液相中的 $CO_2(aq)$ 与气相中的 $CO_2(q)$ 处于两相平衡状态，并构成碳酸盐缓冲系统，

$$CO_2 \overset{k}{\rightleftharpoons} CO_2(aq) + H_2O \overset{K}{\rightleftharpoons} H_2CO_3 \overset{K_a}{\rightleftharpoons} HCO_3^- + H^+ \tag{3-36}$$

根据亨利定律，$CO_2(aq)$ 与 $CO_2(q)$ 之间的汽-液相平衡由下式给定

$$[CO_2(aq)] = kP_{CO_2} \tag{3-37}$$

式中，$k$ 为亨利常数；$P_{CO_2}$ 为相平衡时 $CO_2$ 分压。

反应器中的分子态碳酸以 $CO_2$（aq）形式存在，液相碳酸平衡如下：

$$CO_2(aq) + H_2O \rightleftharpoons HCO_3^- + H^+ \tag{3-38}$$

$$K'_a = KK_a = \frac{[H^+][HCO_3^-]}{CO_2(aq)} \tag{3-39}$$

由上两式可得：

$$kK'_a = \frac{[H^+][HCO_3^-]}{P_{CO_2}} \tag{3-40}$$

根据亨德森-黑赛巴公切式，缓冲溶液的 pH 值为：

$$pH = pkK'_a + \lg\frac{[HCO_3^-]}{P_{CO_2}} \tag{3-41}$$

总碱度除碳酸氢盐碱度外，还有挥发性脂肪酸盐碱度，乙酸盐碱度常发生于 pH 为 4.7 左右的厌氧环境

$$HAc \rightleftharpoons H^+ + Ac^-$$

$$K_{Ac} = \frac{[H^+][Ac^-]}{[HAc]} \tag{3-42}$$

式中，$K_{Ac}$ 为 HAc 与 $Ac^-$ 之间的平衡常数。

蛋白质等含氮有机废水厌氧代谢通过氨化作用可产生大量的氨，氨与铵离子也可构成碱度。此外，硫酸盐和亚硫酸盐的还原过程也可产生碱度。

#### 3.3.4.6 水解酸化过程判断指标

水解酸化过程进行的程度如何，可用 VSS、VFA（有机酸）、pH 值、溶解态 $BOD_5$ 和耗氧速率、$BOD_5/COD_{Cr}$ 值、有机物构成、溶解性有机物的比例等一系列指标的变化来进行判断。

（1）VSS 变化　以颗粒态有机物为基质的水解酸化反应器，随着水解酸化反应的进行，颗粒态有机物被转变为溶解态有机物，导致 VSS 的减少。因而，对于接触式反应器，以吸附-水解过程为主，因此，稳态下出水 VSS 的浓度通常小于进水 VSS 的浓度，两者的差值越大，表明水解酸化进行的程度越好。但是对于污泥床反应器，由于污泥层对颗粒污泥的截留作用，出水 VSS 的减少，有可能是由于污泥层的过滤作用，而非水解酸化反应器的水解

状态。

(2) VFA（有机酸）的变化　废水中的有机物被水解酸化的产物一般为有机酸(VFA)。因而，测定反应器进、出水挥发性有机酸的变化，可直接反映水解酸化反应器的工作状况。进出水的差异越大，说明反应器内水解酸化程度越好，这种方法是最常用、最方便、最准确的一种方法。

(3) pH值变化　废水中的糖类、蛋白质及脂肪等大分子物质被水解、酸化为各种脂肪酸后，将引起水解液pH值下降。因此测定反应器进、出水pH值的变化可间接反映水解酸化进行的程度，是目前实际工程中最为简便的方法之一。但当进水基质浓度较低或含有大量缓冲物质时，这一指标将不适用。此时，水解程度可能进行得很好，而pH值下降并不明显。

(4) 溶解态$BOD_5$和耗氧速率的变化　废水经过水解酸化后，非溶解性有机物和难生物降解的有机物质被转变为溶解性的易生物降解的物质，致使水解反应器出水溶解态$BOD_5$值有增高趋势。此外，水解酸化后，废水的耗氧速率明显提高。因此，测定反应器进、出水溶解态$BOD_5$及好氧速率的变化，可直接反映水解反应器内的工作状态。

(5) $BOD_5/COD_{Cr}$值的变化　$BOD_5/COD_{Cr}$可用来表示废水的可生化性。水解酸化池可以把悬浮态的有机物转化为溶解态有机物，难降解的大分子有机物转化为易降解的小分子有机物，进而提高废水的可生化性，因而水解酸化效果表现在出水的$BOD_5/COD_{Cr}$值比进水的$BOD_5/COD_{Cr}$值增高，两者之差值越大，表明水解酸化效果越好。

(6) 有机物构成的变化　水解酸化过程可使大分子环状结构及长链结构的有机物转变为小分子、支链及短链结构的有机物。因而，通过测定有机物种类可知水解酸化的效果。

(7) 溶解性有机物比例的变化　经水解处理以后，废水中溶解性有机物的比例显著增加，而一般初沉池溶解性有机物变化较小。微生物对有机物的摄取，只有溶解性的小分子物质才能直接进入细胞体内，经水解处理后溶解性有机物增加，有利后续好氧生物处理。

#### 3.3.4.7　提高废水的可生化性

水解酸化过程中，进出水中的$COD_{Cr}$和$BOD_5$浓度的变化可能有以下三种情况。

① 降低，但最大不超过20%～30%。

② 与原水持平，如以葡萄糖为水解酸化底物时即出现此情形。

③ $BOD_5$略有升高，难降解的高分子复杂有机物水解酸化时，$BOD_5/COD_{Cr}$比值增大，可生化性提高。

但基于实际废水中基质的复杂性、参与水解酸化过程的微生物的多样性及环境条件的多变性，上述三种情形亦可能同时兼而有之[70]。

#### 3.3.4.8　水解预处理的应用

(1) 中高浓度有机废水处理　水解可以使废水中不溶性有机物经厌氧菌吸附、水解和酸化后转化为可溶性易生物降解有机物，大大提高了$B/C$比，使废水的可生化性得到明显改善。余宗莲[71]采用厌氧-好氧序批间歇式反应器对生物制药废水进行处理，水解出水的$B/C$比是进水$B/C$比的两倍；李亚静[72]等利用水解酸化工艺提高维生素$B_1$生产废水，处理后$BOD_5/COD_{Cr}$由原来的0.14提高到0.43；众多研究都表明，水解酸化的出水$COD_{Cr}$值并没有降低，而是pH值降低，挥发性有机酸升高，缩小了pH值的变化范围，稳定了水质，$BOD_5/COD_{Cr}$升高，由此可见水解酸化的引入，使废水中难降解的有机物变为易降解的有机物，为后续好氧生物降解提供了保证，改善了废水的可生化性。国外[73]对渗滤液与城市污水的混合废水（VSH：VCH＝0.5：9.5）的水解酸化预处理研究亦表明，水解酸化处理对不溶性$COD_{Cr}$的去除率较高（56%），而对$BOD_5$的去除率较低，而水解不仅提高了出水的可生化性，而且可减少后续好氧处理系统中的污泥量、需氧量，从而利于整个系统的稳定、有效和低耗运行。

(2) 城市污水处理　刘军[74]等采用水解酸化生物处理城市污水，在常温下，水解停留时间为 3.5～4.0h 时，水解池 COD、$BOD_5$、SS 去除率分别在 60%、60%、70%以上，水解池出水水质明显优于初沉池。因此，认为当经费短缺无力修建二级处理时，厌氧水解可代替初沉池对废水进行一级处理。

(3) 有毒有害物质去除　王凯军[75]对水解池去除卤代烃类化合物的研究结果表明，污水在水解池停留 3h，$CHCl_3$、$C_2H_4Cl_2$ 和 $CCl_4$ 的去除率分别达 75.8%、63.1%和 45%，分别比初沉池高 51.6%、42.9%和 5%，为后续处理中微生物酶的适应性和酶对底物的利用创造了有利条件。

水解酸化工艺在处理含有高分子复杂有机物的废水中对提高其可生化性作用明显，并具有一系列的优点。通过水解酸化工艺的处理，废水中的多种复杂有机物可得到有效的降解，其 $BOD_5/COD_{Cr}$ 值明显提高，可为废水的进一步好氧处理创造良好的条件。由此可见，该工艺有着良好的应用前景，有必要做深入的研究。

### 3.3.5 UASB

UASB 是升流式厌氧污泥床反应器的简称，是由荷兰 Wageningen 农业大学教授 lettinga 等于 1972～1978 年间开发研制的一项厌氧生物处理技术。国内对 UASB 反应器的研究是从 20 世纪 80 年代开始的，由于 UASB 反应器具有工艺结构紧凑、处理能力大、无机械搅拌装置、处理效果好及投资省等特点，UASB 反应器是目前研究最多、应用日趋广泛的新型污水厌氧处理工艺。具体的工艺流程见图 3-16。

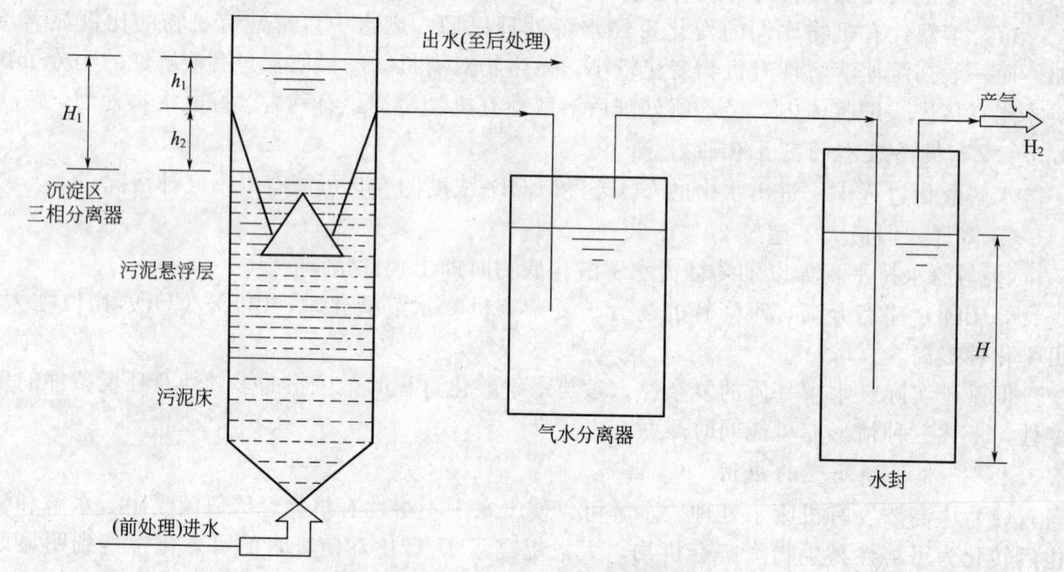


图 3-16　UASB 工艺流程简图

UASB 工艺中，废水由反应器的底部进入后，由于废水以一定的流速自下而上流动，以及厌氧过程产生的大量沼气的搅拌作用，废水与污泥充分混合，有机质被吸附分解，所产沼气经由反应器上部三相分离器的集气室排出，含有悬浮污泥的废水进入三相分离器的沉降区。由于沼气已从废水中分离，沉降区不再受沼气搅拌作用的影响，废水在平稳上升过程中，其中沉淀性能良好的污泥经沉降面返回反应器主体部分，从而保证了反应器内高的污泥浓度。含有少量较轻污泥的废水从反应器上方排出。UASB 反应器中可以形成沉淀性能非常好的颗粒污泥，能够允许较大的上流速度和很高的容积负荷。UASB 反应器运行的三个重要的前提是：①反应器内形成沉降性能良好的颗粒污泥或絮状污泥；②产气和进水的均匀分布形成良好的自然搅拌作用；③设计合理的三相分离器，能使沉淀性能良好的污泥保留在反应期内。

3.3.5.1 UASB反应器的主要结构

USAB反应器主要由以下结构组成。

（1）污泥床　污泥床位于整个UASB反应器的底部，污泥床内具有很高的污泥生物量，其污泥浓度（MLSS）一般为40000～80000mg/L。污泥床中的污泥由活性生物量（或细菌）占70%～80%以上的高度发展的颗粒污泥组成。正常运行的UASB中的颗粒污泥的粒径一般在0.5～5.0mm之间，具有优良的沉降性能。其沉降速率一般为1.2～1.4cm/s，其典型的污泥容积指数（SVI）为10～20mL/g。颗粒污泥中的生物相组成比较复杂，主要是杆菌、球菌和丝状菌等。污泥床的容积一般占整个UASB反应容器的30%左右，但它对UASB反应器的整体处理效率起着极为重要的作用。对反应器中的有机物的降解量占到整个反应器全部降解量的70%～90%

（2）污泥悬浮层　污泥悬浮层位于污泥床的上部，它占据整个UASB反应器容积的70%左右。其中的污泥浓度要低于污泥床，通常为15000～30000mg/L，由高度絮凝的污泥组成，一般为非颗粒状污泥，其沉降要明显小于颗粒状污泥的沉速，污泥容积指数一般在30～40mL/g之间，靠来自于污泥床中的上升的气泡使此层污泥得到良好的混合。污泥悬浮层中絮凝污泥的浓度呈自下而上逐渐减小的分布状态，这一层污泥担负着整个UASB反应器有机物降解量的10%～30%。

（3）沉淀区　沉淀区位于UASB反应器的顶部，其作用是使由于水流的夹带作用而随上升水流进入出水区的固体颗粒（主要是污泥悬浮层中的絮凝性污泥）在沉淀区沉淀下来，并沿沉淀区底部的斜壁滑下而重新回到反应区内（包括污泥床和污泥悬浮层），以保证反应器中污泥不致流失而同时保证污泥床中污泥的浓度。沉淀区的另一个作用是可以通过合理调整沉淀区的水位高度来保证整个反应器集气室的有效空间高度，防止集气空间的破坏。

（4）三相分离器　三相分离器一般设在沉淀区的下部，但有时也可将其设在反应器的顶部。三相分离器的主要作用是将气体（反应过程中产生的沼气）、固体（反应器中的污泥）和液体（被处理的废水）三相加以分离，将沼气引入集气室，将处理出水引入出水区，将固体颗粒导入反应区。它由气体收集器和折流挡板组成，只有三相分离器是UASB反应器污水厌氧处理工艺的主要特征之一，它相当于传统污水处理工艺中的二沉池，同时具有污泥回流的功能，因而三相分离器的合理设计是保证其正常运行的一个重要内容。

3.3.5.2 UASB的主要控制点

UASB反应器和其他厌氧处理装置一样，在实际运行中必须对相关的操作和运转条件加以严格控制。UASB反应器的运行过程中，影响污泥颗粒化及处理效能的因素很多。总体来讲，UASB反应器的工艺运行主要受接种污泥的性质及数量、进水水质（有机基质浓度及种类、营养比、悬浮固体浓度、有毒有害物质浓度）、反应器的工艺条件（水力负荷、污泥负荷、有机负荷、反应器温度、pH值与碱度、挥发性有机酸浓度）等的影响。下面对几个主要的因素加以介绍。

（1）进水基质的类型及营养比的控制　为满足厌氧微生物的营养要求，运行过程中需保证一定比例的营养物数量。运行中主要控制厌氧反应器中的C∶N∶P比例。一般应控制C∶N∶P在（200～300）∶5∶1为宜。在反应器启动时，稍加一些氮素有利于微生物的生长繁殖。

（2）进水中悬浮固定浓度的控制　对进水中悬浮固体（SS）浓度的严格控制要求是UASB反应器处理工艺与其他厌氧处理工艺的明显不同之处。对低浓度废水而言，其废水中的SS/COD的典型值为0.5，对于高浓度有机废水而言，一般应将SS/COD的比值控制在0.5以下。

（3）有害有毒物质的控制　主要包括以下几个方面。

① 氨氮（$NH_3$-N）浓度的控制。氨氮浓度的高低对厌氧微生物产生两种不同的影响。当其浓度在50～200mg/L时，对反应器中的厌氧微生物有刺激作用；浓度在1500～3000mg/L时，将对微生物产生明显的抑制作用。一般宜将氨氮浓度控制在1000mg/L以下。

② 硫酸盐（$SO_4^{2-}$）浓度的控制。UASB反应器中的$SO_4^{2-}$浓度不应大于5000mg/L，在运行过程中UASB的COD/$SO_4^{2-}$比值应大于10。

③ 其他有毒物质。导致UASB反应器处理工艺失败的原因，除上述几种以外，其他的有毒物质的存在也必须加以十分注意，这些物质主要是重金属、碱土金属、三氯甲烷、氰化物、酚类、硝酸盐和氯气等。

（4）活性污泥的颗粒化　颗粒污泥的形成受污泥接种物的性质、底物成分、反应器的工艺条件、微生物的性质以及微生物菌种间、微生物与底物间的相互所用等影响，是生物、化学及物理因素等多种作用的结果。

① 接种污泥。Lettinga提出稠密型厌氧污泥（约为60kg/$m^3$）比稀薄型的污泥要好。前者的单位生物量产甲烷能力（比产甲烷活性）虽然低于后者，但前者的沉淀性能好，不易产生过度膨胀而流失。

② 废水的性质。废水的性质包括有机组分、浓度、悬浮物浓度及可生物降解性能等，这些对污泥颗粒化（颗粒化）都有影响。

底物种类对污泥颗粒化影响较大，含碳水化合物和易降解物质的废水易形成颗粒污泥。对于生物降解性差的化工等废水，在启动时适当加入碳源等易生物降解物质是有利的。

COD浓度对污泥的颗粒化有一定影响，在低浓度的废水里颗粒化会更快，其原因尚不清楚。启动时，COD浓度以4000～5000mg/L为宜，对浓度过高的废水最好采用稀释的方法。

进水悬浮物的浓度应控制在一定范围，成功地培养形成颗粒污泥一般应控制在2g/L以下。一般来说，高浓度的惰性分散固体（如黏土等）不利于颗粒污泥的形成。

③ 反应器的工艺条件。在培养颗粒污泥的过程中，各种条件都应控制在有利于细菌生长的范围内，主要控制参数有温度、挥发酸、固体停留时间（SRT）以及有机负荷等。

到目前为止，中试及生产性装置成功地培养出颗粒污泥的研究报道均是在中温范围（33～35℃），高温下污泥颗粒化过程与中温类似，但颗粒较小，易流失。UASB反应器排泥量很少，特别是在启动和运行最初的100～200d几乎不需排泥，因此，污泥龄（SRT）很长。反应器在启动和运行期间的有机负荷影响较大，前已述及。

控制反应器出水的挥发酸浓度可选择污泥的优势菌种。由于甲烷八叠球菌属的底物亲和力低、比产甲烷速率高，因而可以用维持高的出水乙酸浓度的方法选择甲烷八叠球菌。为了培养以丝状菌为主的颗粒污泥，利用甲烷丝状菌属对底物亲和力较高的特点，维持低的出水乙酸浓度来达到使甲烷丝菌成为主要降解乙酸的产甲烷优势菌的目的。

#### 3.3.5.3　UASB高效处理的关键因素

UASB反应器是目前各种厌氧处理工艺中所能达到的处理负荷最高的高浓度有机废水处理装置。它之所以有如此高的处理能力，是因为在反应期内以产甲烷菌为主体的厌氧微生物形成了粒径为1～5mm的颗粒污泥，即污泥的颗粒化是UASB的典型特征。颗粒污泥能够长期保持其稳定性和良好的沉降性能，下面对其进行一些简要的介绍。

（1）颗粒污泥的形成过程　UASB反应器颗粒污泥的形成过程一般有三个阶段。第一阶段为启动与污泥活性提高阶段。在此阶段内，反应器的有机负荷一般控制在2.0kgCOD/($m^3$·d)以下，运行时间需1～1.5个月。第二阶段为颗粒污泥形成阶段，在此阶段内，有机负荷一般控制在2.0～5.0kgCOD/($m^3$·d)。由于产气及其搅拌作用，截留在反应器内的污泥将为重质污泥颗粒状污泥，此阶段也需要1～1.5个月。第三阶段为污泥床形成阶段，在此阶段内，反应器的有机负荷大于5kg COD/($m^3$·d)，随着有机负荷的不断提高，反应器内的污泥浓度逐步提高，颗粒污泥床的高度也相应地不断提高。正常运行时，此阶段内的有机负荷可逐渐增加至30～50kgCOD/($m^3$·d)或更高。通常，当接种污泥充足且操作条件控制得当时，形成具有一定高度的颗粒污泥床需要3～4个月的时间。

(2) 颗粒污泥的类型　在UASB污泥颗粒化过程中，根据接种污泥的性质、底物的成分及启动条件可能形成以下三种类型的颗粒污泥。①杆菌颗粒。紧密球形颗粒，主要由杆状菌、丝状菌组成，颗粒直径1～3mm。②丝状颗粒。颗粒大致呈球形，主要由松散互卷的丝状菌组成，丝状菌附着在惰性粒子上，颗粒直径1～5mm。③球菌颗粒。紧密球状颗粒，主要由甲烷八叠球菌属组成，颗粒直径0.1～0.5mm。根据目前的研究成果，尚不明确培养这三种类型的颗粒污泥所需的各自工艺条件及相互关系。对这三种颗粒污泥来说，杆菌颗粒和丝状颗粒的沉淀性能好，虽然球菌颗粒的产甲烷活性较高，但因所形成的颗粒小，故使反应器所能承受的有机负荷不如前两种颗粒污泥的高。

Lettinga等研究认为，细菌很容易在惰性材料表面附着并颗粒化（絮凝），污泥颗粒化的主要核心是较重的污泥及颗粒，细菌以某种程度附着在上面，通过新生成细菌的附着、残留使这些较重的“基本核心”增长成较密实的污泥絮体。当反应器有利于微生物生长时，这一过程进行得很快。在启动后期污泥絮体及附着其上不断繁殖的细菌，在重力（压力）、水流及逸出的气泡剪切力的扰动和影响下发生生物团聚作用。

近期的研究结果表明，颗粒污泥中存在着大量的丝状甲烷细菌（*Methanothrix*），如索氏丝状甲烷菌（*Mt. soehngenii*），这些丝状菌具有极强的附着能力，可速进颗粒的形成，研究表明，丝状甲烷菌属可以通过控制适当的工艺条件进行筛选使之成为优势菌种，这对污泥颗粒化的理论研究与应用具有很大的意义。电子显微镜观察可见颗粒内部丝体发达，几乎没有黏质物和无机物，菌体间保持一定空隙，丝体具有竹节状，端部呈圆盘状。在颗粒污泥表面覆盖着薄层黏质层，在这些黏质层中繁殖着大量短杆菌，一般为产酸细菌。

(3) 颗粒污泥的性质

① 颗粒污泥的物理性质。一般呈椭球形，其颜色呈灰黑或褐黑色，肉眼可观察到的颗粒的表面包裹着灰白色的生物膜，颗粒污泥的相对密度一般为1.01～1.05，粒径为0.5～3.0mm（最大可达5mm），沉降速率多在5～10mm/s之间，成熟的颗粒污泥其VSS/SS值一般为70%～80%。颗粒污泥一般含有碳酸钙这样的无机盐晶体以及纤维、砂粒等，还含有多种金属离子。颗粒污泥中的碳、氢、氮的浓度大致分为40%～50%、7%和10%左右。

② 颗粒污泥的成分。颗粒污泥除含有微生物及分泌物外，一般都含有惰性物质，如碳酸钙一类无机盐晶体、纤维、砂粒、碎屑等，还含有多种金属离子。成熟的颗粒污泥，VSS/SS一般为70%～80%，但根据废水性质其范围可在30%～90%。VSS/SS上限是小试培养的颗粒污泥，而下限则是由于废水中含有$CaCO_3$或其他无机颗粒所致。

③ 颗粒污泥的活性。活性可采用最大比底物利用速率（$k_{max}$）来表示，不同底物培养的颗粒污泥的活性不同，如葡萄糖的为1.2gCOD/(gVSS·d)，啤酒废水的为1.9gCOD/(gVSS·d)，挥发酸混合底物培养的为2.2～2.5gCOD/(gVSS·d)，酒精糟滤出液的为0.8～1.2gCOD/(g TS·d)，而高温条件下甲烷丝菌属（以乙酸、丁酸为底物）的颗粒污泥的$k_{max}$为4.2～7.3g COD/(g VSS·d)。

④ 颗粒污泥的微生物组成。每一个颗粒污泥相当于一个微小的生态系统，其上有各类

产酸细菌和产甲烷细菌，在反应器的不同区域形成不同的微生物群落。一般来说，反应器沿高度的群落演替是一个稳态的体系，而单一颗粒的生物构成遵循生物代谢规律，即产酸细菌主要在颗粒表面，产甲烷细菌主要在颗粒内部，污泥颗粒生物菌群的这一分布有利于种间物质转移，但由于颗粒本身密度较大，颗粒内传质将成为限速步骤。有资料表面，破碎后的颗粒污泥，其代谢速率可提高2～3倍，但由于形成颗粒污泥后厌氧反应器的总生物量比絮体污泥的高10～20倍，所以总的处理能力仍十分显著。

3.3.5.4 UASB反应器的结构设计原理

根据目前运行的生产性处理装置来看，反应器高度一般为3.5～6.5m，最高10m。对于形成絮凝污泥层的UASB反应器来说，在有机负荷为5～6kg COD/($m^3$·d)的情况下，表面水力负荷为0.5$m^3$/($m^2$·h)，最高达1.5$m^3$/($m^2$·h)，在这种情况下，反应器高度以6m为宜。对于颗粒污泥层的反应器来说，表面水力负荷相当高，有时可达10$m^3$/($m^2$·h)以上，所以，原则上说，反应器的高度可以更高。

UASB反应器设计中需要考虑的主要因素为：①废水组成成分和固体浓度；②有机容积负荷和反应器容积；③上升流速和反应器截面面积；④三相分离系统；⑤布水系统和水封高度等物理特性。

（1）废水水质特征　设计中应考虑废水是否影响污泥的颗粒化、形成泡沫和浮渣、降解速率等。一般，含有较高的蛋白质或脂肪的废水需考虑前两个问题。溶解性COD（简称sCOD）浓度越高，设计中可选择的容积负荷越高。当废水中含有的悬浮固体越多，所形成的颗粒密度越小，进水悬浮固体浓度不应大于6g TSS/L。

（2）有机容积负荷　Lettinga等（1991）推荐的典型有机容积负荷如表3-15和表3-16所示。有机容积负荷的选择与处理废水的水质、预期达到的处理效率以及不同废水水质下所形成的颗粒污泥大小和特性有关。根据设定的有机容积负荷以及进水流量和进水COD，可确定反应器的有效容积。由表3-15可见，经产酸发酵后的废水，UASB可在较高的负荷下运行。

**表3-15　废水在30℃下85%～90%COD被去除时推荐的COD容积负荷**

| 废水COD/(mg/L) | 絮凝状污泥 | 容积负荷/[kg COD/($m^3$·d)] | |
|---|---|---|---|
| | | 较高TSS去除率的颗粒污泥 | 高TSS去除率的颗粒污泥 |
| 1000～2000 | 2～4 | 2～4 | 8～12 |
| 2000～6000 | 3～5 | 3～5 | 12～18 |
| 6000～9000 | 4～6 | 4～6 | 15～20 |
| 9000～18000 | 5～8 | 4～6 | 15～24 |

**表3-16　平均污泥浓度25g/L，85%～90%COD被去除时不同温度下推荐的sCOD容积负荷**

| 温度/℃ | 容积负荷/[kg COD/($m^3$·d)] | | | |
|---|---|---|---|---|
| | VFA废水 | | 非VFA废水 | |
| | 范围 | 典型值 | 范围 | 典型值 |
| 15 | 2～4 | 3 | 2～3 | 2 |
| 20 | 4～6 | 5 | 2～4 | 3 |
| 25 | 6～12 | 6 | 4～8 | 4 |
| 30 | 10～18 | 12 | 8～12 | 10 |
| 35 | 15～24 | 18 | 12～18 | 14 |
| 40 | 20～32 | 25 | 15～24 | 18 |

(3) 上升流速　上升流速亦称表面水力负荷 $u_c$ [$m^3/(m^2 \cdot h)$]，与进水流量和反应器横截面积相关，是重要的设计参数。上升流速的设计主要考虑颗粒污泥的沉降速率，与废水种类和反应器高度有直接关系。废水种类可决定颗粒的大小和密实程度，而反应器高度可决定污泥携带量。Lettinga 等（1991）推荐的典型上升流速和反应器高度见表 3-17。已知反应器的有效容积和上升流速，即可计算出反应器的截面面积以及核算出反应器反应区高度。

**表 3-17　所推荐的上升流速和反应器高度**

| 废水种类 | 上升流速/(m/h) | | 反应器高度/m | |
|---|---|---|---|---|
| | 范围 | 典型值 | 范围 | 典型值 |
| sCOD 接近 100% | 1.0～3.0 | 1.5 | 6～10 | 8 |
| 部分 sCOD | 1.0～1.25 | 1.0 | 3～7 | 6 |
| 城市污水 | 0.8～1.0 | 0.9 | 3～5 | 5 |

3.3.5.5　三相分离系统

UASB 反应器的三相分离器结构与反应器的进水系统设计是难点，特别是对于实际规模大的构筑物。到目前为止，反应器的三相分离系统与进水系统大多属于专利技术。

由于需分离的混合物是由气体、液体和固体（污泥）组成，所以这一系统要具有气、液、固三相分离的功能，这必须满足以下条件：①在水和污泥的混合物进入沉淀区前，必须首先将气泡分离出来；②为避免在沉淀区里产气，污泥在沉淀器里的滞留实际必须是短的；③由于厌氧污泥形成积聚的特征，沉淀器内存在的污泥层对液体通过它向上流动影响不大。

一般来说，分离器的设计应考虑以下几方面因素。①由于厌氧污泥较黏，沉淀器底部倾角应较大，可选择 $\alpha=45°\sim60°$；②沉淀器内最大截面的表面水力负荷应保持在 $u_s=0.7m^3/(m^2 \cdot h)$ 以下，水流通过液-固分离空隙（$a$ 值）的平均流速应保持在 $u_0=2m^3/(m^2 \cdot h)$ 以下；③气体收集器间缝隙的截面面积不小于总面积的 15%～20%；④对于反应器高为 5～7m，气体收集器的高度应为 1.5～2m；⑤气室与液-固分离的交叉板应重叠 $b=100\sim200$mm，以免气泡进入沉淀区；⑥应减少气室内产生大量泡沫和浮渣，通过水封系统（见后）控制气室的液-气界面上形成的气囊，压破泡沫并减少浮渣的形成，此外，应考虑气室上部排气管直径足够大，避免泡沫挟带污泥堵塞排水系统。

欲满足上述设计因素，小型 UASB 反应器的三相分离器较容易设计，而大型的设计难度较大。小型设备常采用圆柱形钢结构，而大型设备均采用矩形钢结构或钢筋混凝土结构，三相分离器的设计机构有差异，但上述设计原则是一致的。在设计中，考虑到三相分离器的结构与环境条件要求，反应器池顶可以是密闭的，也可以是敞开的，池顶敞开式结构便于操作管理与维修，但可能有少量臭气溢出，会影响周边的空气环境，必要时应采取相应的技术措施。

3.3.5.6　布水系统

为使底物与污泥能充分接触，布水应尽量均匀，避免沟流或股流，布水点的设置是很重要，这也是提高反应器处理能力的重要因素之一。原则上，UASB 反应器的进水可参考滤池大阻尼布水系统的形式，在反应器底部均匀设置布水点，布水的不均匀系数为 0.95，可以达到布水均匀的目的。但对于大型 UASB 构筑物来说，应采取在反应器底部多点进水。布水点的服务面积与有机负荷和颗粒污泥特性有关，一般每个进水点服务 1～2m² 底面积，并应考虑每个布水点的阻力相等，即出流量相等。布水点过少，装置长期停运后再启动，底物与污泥不能充分接触，在反应器底部形成死区，并形成沟流，需要很长时间才能达到设计负荷，从而影响装置的快速启动和处理能力。

目前，在生产运行装置中所采取的进水方式大致可分为间歇式进水、脉冲式进水、连续均匀流进水、连续与间隙回流相结合的进水等几种。

3.3.5.7 水封高度

对于 UASB 反应器，气室中气囊高度的控制是十分重要的。控制一定的气囊高度可压破泡沫，并可避免泡沫和浮泥进入排气系统而使浮泥流失或堵塞排气系统。气室中气囊的高度是由水封的有效高度来控制和调节的。

设计水封高度的其计算式为

$$H=H_1-H_2=(h_1+h_2)-H_2 \tag{3-43}$$

式中，$H$ 为水封有效高度；$H_1$ 为气室液面至出水（反应器最高水面）的高度；$H_2$ 为水封后面的阻力，包括计量设备、管道系统的水头损失和沼气用户所要求的贮气柜压力；$h_1$ 为气室顶部到出水水面的高度，由沉淀器尺寸决定；$h_2$ 为气室高度。

气室的高度的选择应保证气室出气管在反应器运行中不被淹没，能畅通地将沼气排除池体，防止浮渣堵塞。从实践来看，气室水面上将会有一层浮渣，浮渣层的厚度与水质（形成泡）有关。

3.3.5.8 UASB 反应器的应用

UASB 反应器处理工艺是目前研究较多、应用日趋广泛的新型污水厌氧处理工艺，它除了具有厌氧处理的优点，如工艺结构紧凑、处理能力大、无机械搅拌装置、处理效果好、投资省等外，还具有其他厌氧处理工艺（厌氧流化床、厌氧滤池等）难以比拟的优点：①可实现污泥的颗粒化；②生物固体的停留时间可长达 100d；③气、固、液的分离实现了一体化；④通常情况下不发生堵塞，因而他具有很高的处理能力和处理效率，尤其适用于各种高浓度的有机废水的处理，现已被列为国家重点推广技术。

就目前的应用水平而言，以 UASB 反应器为代表的高速度厌氧反应器可以处理废水的浓度范围在 0.6～60.0kg COD/($m^3$ · d) 之间，通常最多使用的温度范围在 28～38℃，容积负荷多在 5～25kg COD/($m^3$ · d)，其所处理的废水污染物以碳水化合物及其降解产物为主，同时，毒性物质浓度不足以严重抑制细菌的生长。但是最新的发展正在突破以上界限，表现在：①低温下 UASB 反应器的运行；②高温厌氧处理；③用于处理不积累或不产生新的颗粒污泥的 UASB 反应器；④处理含有高浓度毒性物质的废水；⑤低浓度废水厌氧处理。

曲阜三孔啤酒厂的高浓度废水水量为 500$m^3$/d，$COD_{Cr}$ 为 5000mg/L，$BOD_5$ 为 3000mg/L，其中 UASB 处理段的设计参数为：COD 去除率为 85%，水力停留时间 19h，容积负荷 5.6kgCOD/($m^3$ · d)，混合液上升流速 1.0m/h，污泥床活性污泥浓度 MLSS＝50～60kgVSS/$m^3$。每去除 1kgCOD 污泥产率为 0.1kgVSS，沼气产率 0.45$m^3$。

华中医药集团二分厂乙酰螺旋霉素废水水量为 600$m^3$/d，$COD_{Cr}$ 为 13162mg/L，$BOD_5$ 为 6412mg/L，其中 UASB 处理段的设计参数为：COD 去除率为 80%，水力停留时间 47.38h，有效容积负荷 1185$m^3$。

UASB 反应器研究与应用不断深入，运行操作管理水平也大大提高，UASB 反应器的前景十分广阔。

## 3.4 生化处理原理

### 3.4.1 污染物分类

按照化学性质分，污染物在水中存在形态如图 3-17 所示。

其中有机性污染物质分类如图 3-18 所示。

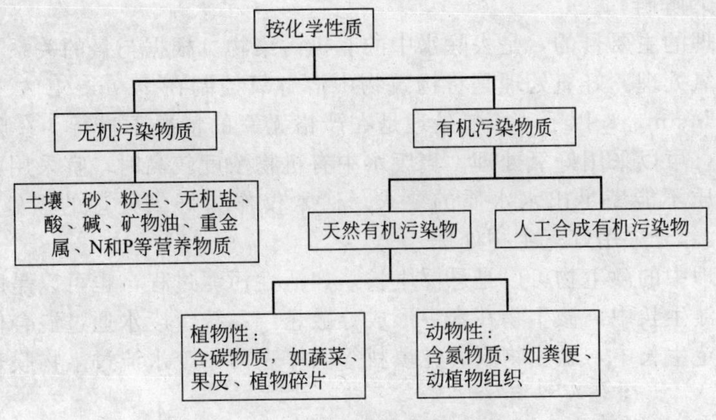


图 3-17　污染物在水中存在形态

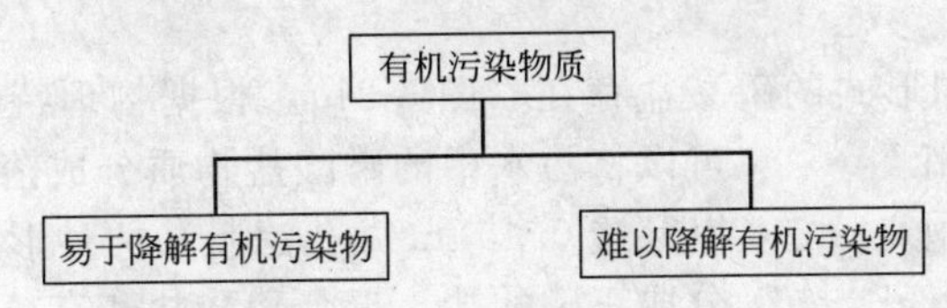


图 3-18　有机污染物质分类

无机性污染物质分类见图 3-19。

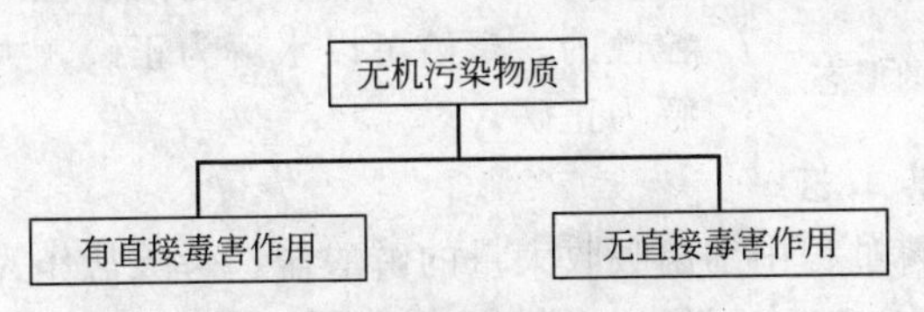


图 3-19　无机污染物质分类

根据水中污染物，污水处理可采取处理方法见图 3-20。

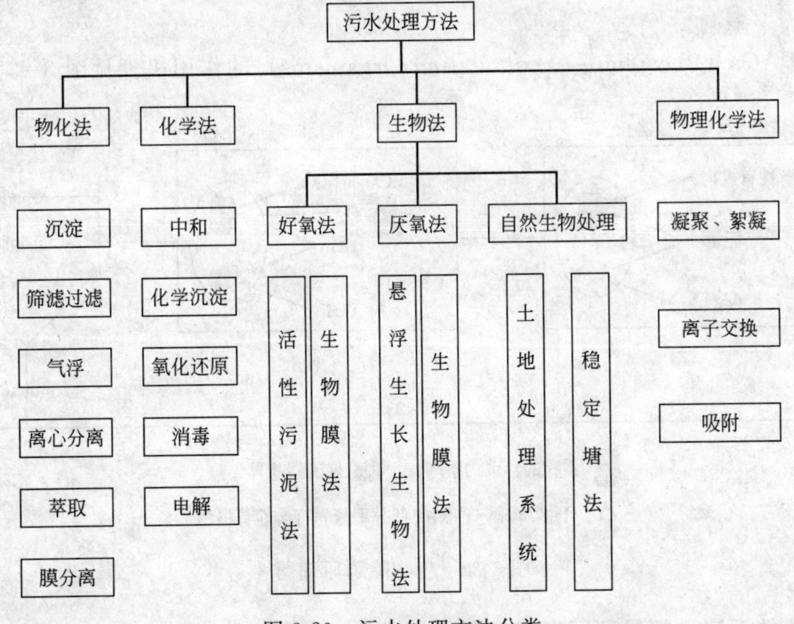


图 3-20　污水处理方法分类

### 3.4.2 有机物的降解

废水生物处理的主要目的，是去除水中的有机污染物。根据与氧的关系，生物处理分为好氧、缺氧与厌氧处理。好氧处理是将构筑物中溶解氧控制在2.0mg/L左右，缺氧处理是将溶解氧控制在0.5mg/L以下，厌氧处理是在严格无氧的情况下进行。在废水中有机物的浓度相对较低时，可以采用好氧处理。当废水中有机物浓度较高时，宜采用厌氧处理，由于厌氧处理出水水质不能满足出水水质的要求，通常仅作为好氧处理的预处理措施。目前，MBR反应器绝大部分采用好氧生物处理。

好氧生物处理中的微生物可以是悬浮生长，如活性污泥过程，也可以是固定生长，如生物膜过程。在悬浮生长中，微生物在水中形成分散悬浮系统，废水通过混合作用与悬浮的微生物接触。在固定生长中，微生物附着在填料等固体表面，废水流过生物膜表面时即与微生物进行接触。

### 3.4.3 除磷原理与工艺

#### 3.4.3.1 磷在污水中的形态

磷在污水中是以不同形式的磷酸盐存在（图3-21），根据物理特性（0.45μm微孔滤膜）可以将污水中的磷酸盐物质分成溶解性、颗粒性（粒径可以穿透0.45μm微孔滤膜）两种形态。按化学特性则可以分成正磷酸盐、聚合磷酸盐和有机磷酸盐，分别简称为正磷、聚磷和有机磷。

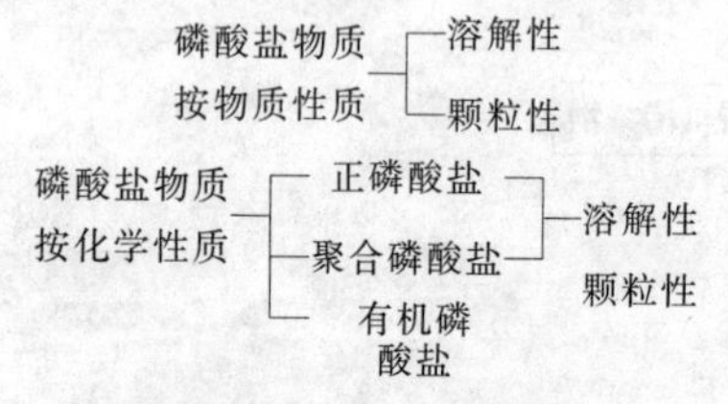


图3-21 磷在污水中的形态

其中正磷、聚磷均为溶解性的，大部分的有机磷是颗粒性的。聚磷可以水解为正磷，大部分溶解性有机磷也降解为正磷。

#### 3.4.3.2 生物除磷及其工艺

一般认为，生物除磷过程中细菌吸收大量的磷酸盐，磷酸盐作为能量的贮备，在厌氧状态下用于吸收基质，释放磷；在好氧以及缺氧条件下，吸收磷，形成磷酸盐贮存物（图3-22)。这是一个循环的过程，细菌交替释放和吸收磷酸盐。其中细菌在好氧条件下吸收的磷远大于厌氧条件下释放的磷，吸收大量磷的污泥及时排出系统外，从而使磷得以有效去除。该细菌统称为聚磷菌。

聚磷菌PAOs（Phosphate Accumulating Organisms）的作用机理见图3-23。

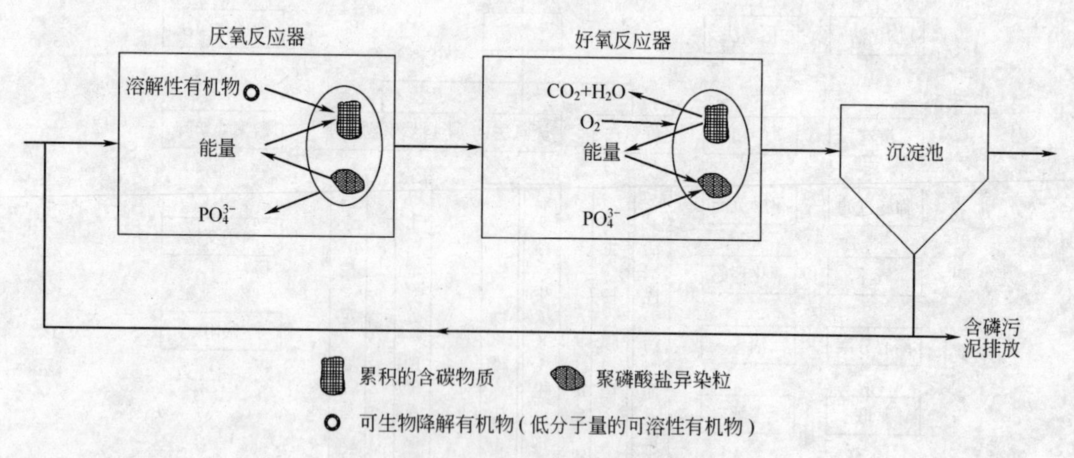


图3-22 生物除磷原理图

在好氧条件下聚磷的累积可以按简化的方式描述如下：

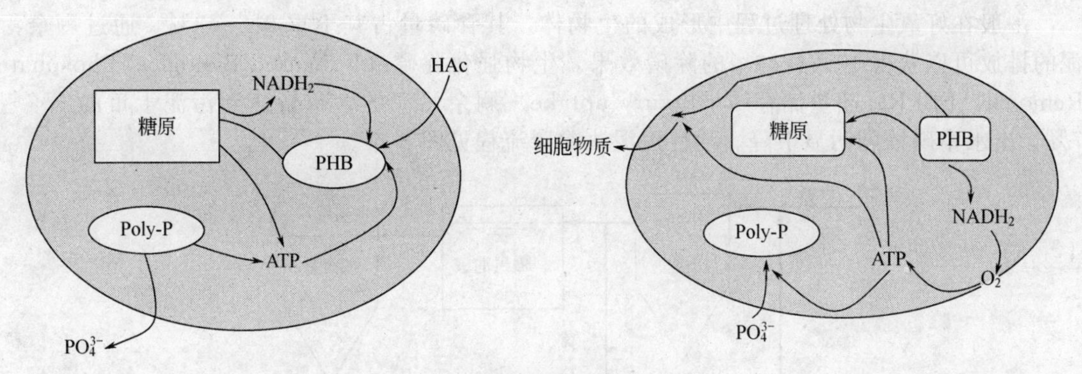


图 3-23 聚磷菌除磷机理示意图

$$C_2H_4O_2 + 0.16NH_4^+ + 1.2O_2 + 0.2PO_4^{3-} \longrightarrow$$

$$0.16C_5H_7NO_2 + 1.2CO_2 + 0.2(HPO_3)(\text{聚磷}) + 0.44OH^- + 1.44H_2O \quad (3\text{-}44)$$

在缺氧的条件下，根据同样的假设，表达式如下：

$$C_2H_4O_2 + 0.16NH_4^+ + 0.96NO_3^- + 0.2PO_4^{3-} \longrightarrow$$

$$0.16C_5H_7NO_2 + 1.2CO_2 + 0.2(HPO_3)(\text{聚磷}) + 1.4OH^- + 0.96H_2O + 0.48N_2 \quad (3\text{-}45)$$

通过调整活性污泥法的工艺，可使微生物细胞对磷的摄取量超过其正常新陈代谢所需的磷量。在传统活性污泥法中，细胞含磷率占干重的1.5%～2.0%，而经过调整活性污泥法的工艺，细胞含磷率可上升至3%～6%。

磷的强化吸收可通过使混合液经历厌氧/好氧（A/O）过程来实现。在厌氧阶段，微生物摄取有机碳的发酵产物，如乙酸、丙酸等挥发性脂肪酸（VFAs），并贮存在微生物细胞内。微生物在摄取VFAs的同时，释放出磷。在好氧阶段，储存在细胞内的VFAs等有机碳被氧化，同时水中的磷以聚磷酸盐形式被细胞强化吸收。

活性污泥法中磷的强化去除主要来自聚磷菌的作用。5～20℃时聚磷菌对磷的吸收总量受温度的影响不大。

厌氧反应器中VFA与磷（P）的质量比值，以及好氧反应器中微生物停留时间，VFA的利用率与有机碳基质的厌氧发酵条件和碳基质的生物可降解性（$BOD_5$），是影响生物除磷效果的主要因素。有报道认为当泥龄由4.3d上升至8d时，$BOD_5$与P的去除比从19上升至26，同时活性污泥中的含磷量从5.4%下降至3.7%。

以除磷为目的的生活污水厌氧反应器的容积可根据进水流量设计，使水力停留时间为1～2h。若废水$BOD_5$与TP的比值高，停留时间可以较短；若废水含难溶颗粒和难以生物降解的有机物，则停留时间须较长，使颗粒BOD有时间分解成易降解的BOD。硝酸盐应尽可能在厌氧反应器前去除，因为硝酸盐会阻碍VFAs的生成。

好氧反应器的设计与传统活性污泥法相同，并根据有无硝化作用来确定泥龄。一般而言，当好氧反应器中包含有硝化作用时，应同时设置缺氧区进行反硝化，以防止硝酸盐进入厌氧反应器。通常，活性污泥对磷的固定作用与产泥量一样会随泥龄的增加而下降。因此，对于给定的残余磷浓度，废水的BOD：P比值须随好氧反应器的泥龄上升而加大。

为使活性污泥过程出水的磷浓度尽可能低，须确保二沉池固液分离效果，使出水中悬浮固体浓度尽可能低，因为悬浮固体中磷浓度较高。同时剩余污泥必须维持在好氧状态，以防止磷在厌氧状态下释磷发生流失。

图3-23为生物除磷工艺流程示意图，流程中包含投加石灰进行化学去除工序。图中，微生物细胞中的磷经厌氧过程释放进入水中，随后含磷废水与石灰反应生成磷酸钙沉淀。因此，此流程是利用微生物将废水中的磷进行浓缩，然后用石灰沉淀。

一般在好氧生物处理过程中形成的生物体，其含磷量占其干重2%～3%，通过剩余污泥的排放可以获得10%～30%的除磷效果。生物强化除磷（Enhanced Biological Phosphate Removal，EBPR）超量储存磷（luxury uptake）剩余污泥的含磷量达到污泥干重的3%～7%，出水中磷浓度明显下降。活性污泥法除磷流程见图3-24。

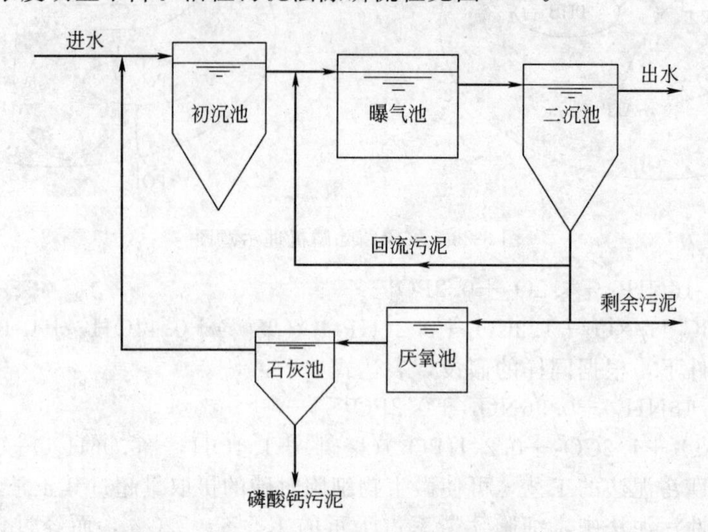


图3-24 活性污泥法除磷流程图

图3-25为同步生物脱氮除磷工艺流程示意图，其中包含磷在流程开始处厌氧反应器内的生物沉淀。流程中设置好氧区的目的是为了实现彻底的硝化。在第一好氧区和第一缺氧区之间有内回流，采用高回流比。第一缺氧区硝酸盐去除率高于80%，剩余的硝酸盐在第二个缺氧区被去除。混合液在进入二沉池分离污泥前还需通过第二好氧区做进一步硝化。

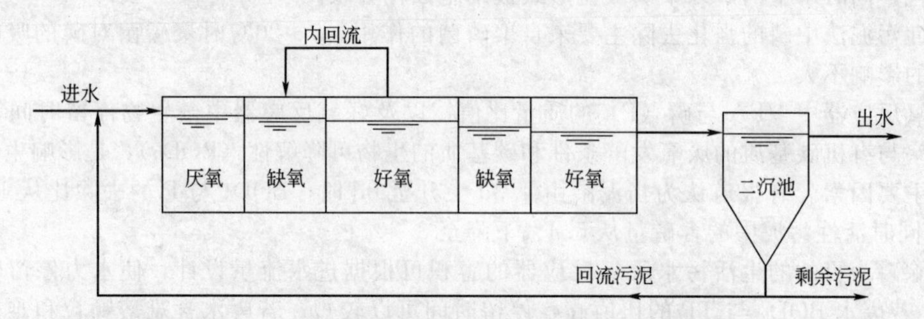


图3-25 同步除磷脱氮流程图

3.4.3.3 辅助化学除磷

当污水经生物处理后，其出水总磷不能达到排放要求时，可以辅以化学除磷法进行强化。辅助化学除磷采用生化曝气池的前置投加、后置投加和同步投加，也可以采用多点投加。

辅助化学除磷的基本原理是通过投加化学药剂形成不溶性磷酸盐沉淀物，然后通过固液分离将磷从污水中除去。可用于辅助化学除磷的金属盐药剂有3种，钙盐、铁盐和铝盐。最常用的是石灰［$Ca(OH)_2$］、硫酸铝［$Al_2(SO_4)_3 \cdot 8H_2O$］、铝酸钠（$NaAlO_2$）、三氯化铁（$FeCl_3$）、硫酸铁［$Fe_2(SO_4)_3$］、硫酸亚铁（$FeSO_4$）和氯化亚铁（$FeCl_2$）。

① 二价钙除磷　通过投加$Ca(OH)_2$或CaO来形成磷酸钙类沉淀物除磷。磷酸钙类沉淀物多种多样，如羟基磷灰石、磷酸二钙、碳酸钙、β-磷酸三钙等。二价钙除磷的主反应如下：

$$5Ca^{2+} + 7OH^- + 3H_2PO_4^- \longrightarrow Ca_5OH(PO_4)_3 + 6H_2O \qquad (3\text{-}46)$$

$$Ca^{2+} + CO_3^{2-} \longrightarrow CaCO_3 \quad (3\text{-}47)$$

二价钙除磷须将 pH 调到 10.5 左右，才能使残留的溶解磷浓度降低到较低值。但在这个 pH 条件下，水中的碱度和二价钙发生副反应。污水碱度所消耗的二价钙通常比形成磷酸钙类沉淀物所需的二价钙量要大好几个数量级。

因此，二价钙除磷所需投加的药剂量基本取决于污水的碱度，而不是污水的含磷量，满足除磷要求的二价钙投加量大致为总碳酸钙碱度的 1.5 倍。由于二价钙除磷需控制 pH，过高的 pH 会抑制和破坏微生物的增殖和活性。因此二价钙法不能用于协同沉淀，只能用于前置沉淀或后置沉淀除磷。

② 三价铁盐和铝盐除磷。就沉淀而言，$Fe^{3+}$ 和 $Al^{3+}$ 的特点相同，下面以 $Me^{3+}$ 表示。

主反应

$$Me^{3+} + H_2PO_4^- \longrightarrow MePO_4 + 2H^+ \quad (3\text{-}48)$$

副反应

$$Me^{3+} + 3HCO_3^- \longrightarrow Me(OH)_3 + 3CO_2 \quad (3\text{-}49)$$

这两种沉淀反应都伴随着碱度的减少，因而导致 pH 值的下降。沉淀过程的本质是使大量的金属离子以磷酸盐的形式沉淀。虽然氢氧化物沉淀是一个缺点，但其在絮凝方面发挥了作用，胶体粒子为絮凝体吸附而去除，而这一过程中磷化合物也得到去除。

③ 二价铁盐除磷。亚铁离子 $Fe^{2+}$，由于它的价格低于三价铁离子而经常用作沉淀剂。亚铁离子有效去除磷有两条途径：将亚铁离子氧化为铁离子或与钙联合沉淀。

将亚铁离子氧化为铁离子：在实践中，把 $Fe^{2+}$ 加到污水生物处理厂的 MBR 曝气池中：

$$Fe^{2+} + 0.25O_2 + H^+ \longrightarrow Fe^{3+} + 0.5H_2O \quad (3\text{-}50)$$

反应过程消耗氧和酸度，因而产生碱度，改善运行条件。与氧化有机物的需氧量相比，曝气系统增加的额外负荷并不明显。

④ 二价铁与钙联合沉淀。通过 $Fe^{2+}$ 和 $Ca^{2+}$ 的结合，能够有效地沉淀除磷，沉淀产生的主要是磷酸钙铁复合物，碳酸亚铁为副产物。磷的化学沉淀过程分为 4 个步骤：混合、凝聚、絮凝、固液分离。沉淀和凝聚可瞬间完成，这两个过程是同时发生的，在一个混合单元内完成。

### 3.4.4 脱氮原理与工艺

#### 3.4.4.1 氮在水体中的形态

氮在水体中的形态见图 3-26。水中的总氮为凯氏氮和硝态氮之和，凯氏氮为有机氮和氨氮之和，无机氮为硝态氮和氨氮之和。

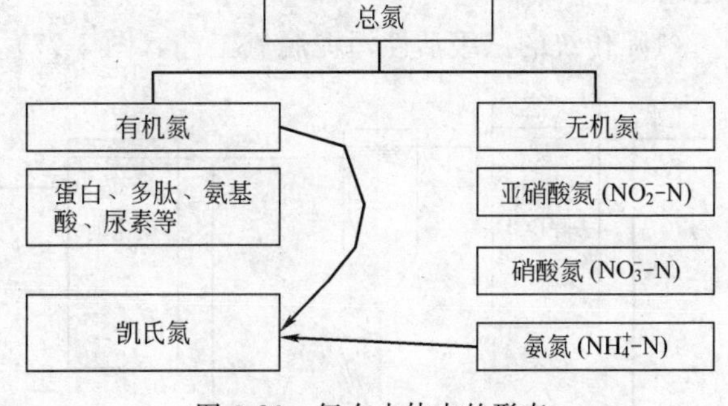


图 3-26 氮在水体中的形态

#### 3.4.4.2 生物脱氮原理

生物脱氮通常由氨化、硝化和反硝化三个阶段完成。

氨化：在厌氧或好氧条件下，有机氮化合物在氨化菌的作用下，分解转化为氨态氮。

$$RCHNH_2 + O_2 \longrightarrow RCOOH + CO_2 + NH_3 \quad (3\text{-}51)$$

硝化：在亚硝化菌和硝化菌的作用下转化为亚硝酸盐、硝酸盐。

$$NH_4{}^+ + 1.5O_2 \longrightarrow NO_2^- + H_2O + 2H^+ \quad (3\text{-}52)$$

$$NO_2^- + 0.5O_2 \longrightarrow NO_3^- \quad (3\text{-}53)$$

$$NH_4^+ + 2O_2 \longrightarrow NO_3^- + H_2O + 2H^+ \quad (3\text{-}54)$$

反硝化：在缺氧条件下进行。

$$NO_3^- \longrightarrow NO_2^- \longrightarrow NH_2OH^- \longrightarrow \text{有机体（同化反硝化）} \quad (3\text{-}55)$$

$$NO_3^- \longrightarrow NO_2^- \longrightarrow N_2O \longrightarrow N_2\uparrow \quad \text{（异化反硝化）} \quad (3\text{-}56)$$

硝化微生物包括如下几种。

a. 亚硝化菌：氧化氨的细菌，专性好氧，化能自养，革兰阴性菌，最适温度 25～30℃，最适 pH 值7.5～8.0，世代时间 8h～1d。

b. 硝化菌：氧化 $NO_2^-$ 的细菌，专性好氧，化能自养，以二氧化碳为碳源，最适 pH 7.5～8.0，最适温度 25～30℃，世代时间 8h 或几天。

反硝化微生物包括以下几种。

a. 反硝化细菌：所有能以 $NO_3^-$ 为最终电子受体，将 $HNO_3$ 还原为 $N_2$ 的细菌总称，化能异养菌。

b. 兼性厌氧菌：在厌氧条件下以硝酸氮为电子受体，以有机底物为电子供体；在好氧条件下以氧气为电子受体进行好氧呼吸。

反硝化菌的种类很多，主要有脱氮微球菌（*Micrococcus denitrificans*）、脱氮假单胞菌（*Pscudomonas denitrificans*）、脱氮色杆菌（*Chromobacterium denitrificans*）、荧光假单胞菌（*Pscudomonas fluorescens*）等。

硝化的控制条件如下。

① 充足的溶解氧不能低于 1mg/L。

② 足够的曝气时间。

③ pH 值为 7.5～8.0，适当补充碱度，最好是 $HCO_3^-$ 碱度。

④ 生物固体停留时间（污泥龄）：硝化菌增殖速度慢，污泥龄至少应为硝化菌最小世代时间的 2 倍以上。

反硝化的控制条件：pH 值 7～8；溶解氧 0.5mg/L 以下；温度 20～40℃。有适量的碳源外源反硝化，利用废水中的有机物或外加碳源（如甲醇）作为电子供体。

内源反硝化以机体内的有机物为碳源。

$$C_5H_7NO_2 + 4.6NO_3^- \longrightarrow 2.8N_2\uparrow + 1.2H_2O + 5CO_2 + 4.6OH^- \quad (3\text{-}57)$$

#### 3.4.4.3　脱氮工艺

(1) 传统的三级活性污泥脱氮工艺（图 3-27）

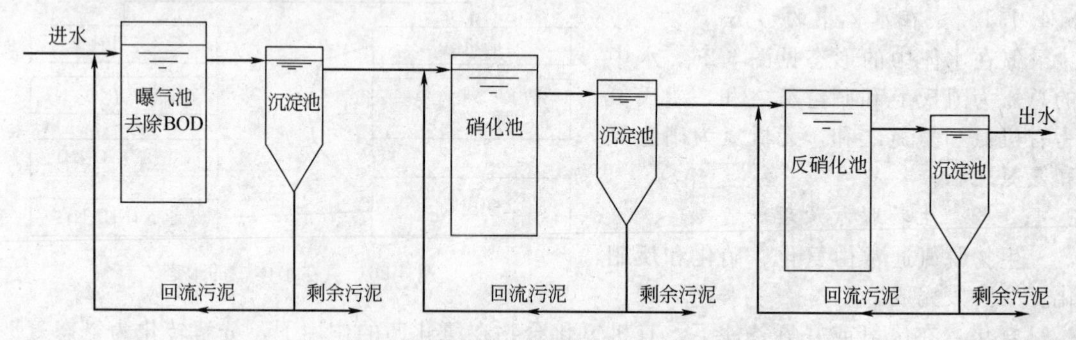


图 3-27　传统的三级活性污泥脱氮工艺

(2) A/O 脱氮工艺（图 3-28）

## 3.5 污泥处理

### 3.5.1　污泥处理目的

在污水处理过程中，产生的污泥占处理水量的 0.3%～0.5%。污泥中含有大量的有害

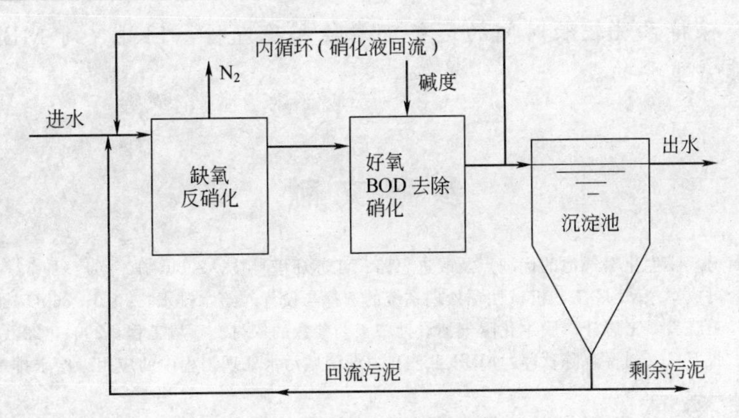


图 3-28　A/O 脱氮工艺

有毒物质，如寄生虫的卵、病原微生物、细菌、合成有机物及重金属离子等以及植物营养原素（氮、磷）、其他物质及水分等。

污泥处理与处置的目的如下。

① 减量化，减小污泥的含水率，缩减污泥的体积。

② 稳定化，使容易腐化发臭的有机物得到稳定处理。

③ 无害化，使有害有毒物质得到妥善处理或利用。

④ 资源化，使有用物质能够得到综合利用，变害为利。

总之，污泥处理的目的是使污泥减量、稳定、无害化及综合利用。污水处理厂的全部建设费用中，用于处理污泥的费用占污水处理厂总费用的 20%～50%。所以污泥处理是污水处理系统的重要组成部分，必须予以充分重视。

### 3.5.2　剩余污泥量的计算

反应器剩余污泥量可按下列公式计算：

$$\Delta X = YQS_r - K_d VX \tag{3-58}$$

式中，$\Delta X$ 为剩余污泥量，kg/d；$Y$ 为氧化每公斤 BOD 所产生的污泥量，可取 0.4～0.8kg；$K_d$ 为污泥自氧化速率，L/d，可取 0.04～0.075L/d。

### 3.5.3　污泥处理方案

污泥处理可供选择的方案大致有：①生污泥—浓缩—消化—自然干化—最终处置；②生污泥—浓缩—自然干化—堆肥—最终处置；③生污泥—浓缩—消化—机械脱水—最终处置；④生污泥—浓缩—机械脱水—干燥焚烧—最终处置；⑤生污泥—湿污泥池—最终处置；⑥生污泥—浓缩—消化—最终处置。

上述生污泥指未经消化处理的污泥。

### 3.5.4　污泥最终处置

污泥最终处置方法包括作为肥料施用农田、森林、草地或沙漠改良；填地或投海；作为能源或建材、焚烧等。污泥处理方案的选择，应根据污泥的性质与数量、投资情况与运行管理费用、环境保护要求及有关法律与法规、城市农业发展情况及当地气候条件等情况综合考虑后选定。

## 本 章 小 结

膜生化曝气池的设计与工艺参数的确定，直接关系到 MBR 运行及处理效果。在设计时，要兼顾进出水水质要求和系统造价、运行能耗等各方面因素综合考虑，同时有利于减轻膜污染，保持系统较长时间的运行可靠性和稳定性。因此，对MBR系统进行整体优化设计是非常重要的。

## 参考文献


［1］ 谭译，李勇，黄勇．膜生化曝气池的优缺点及改进思路．江苏环境科技，2006，19（6）：49-53.
［2］ 蒋岚岚，胡邦，冯成军．MBR工艺机械性预处理系统的选择与设计．给水排水，2010，36（5）：37-40.
［3］ 曹斌，袁宏林，王晓昌，王恩让．膜生化曝气池设计中工艺参数的探讨．环境工程，2004，22（5）：24-26.
［4］ 蒋岚岚，胡邦，张万里，刘晋，陈秋萍．MBR工艺在太湖流域污水处理工程中的应用．给水排水，2011，37（1）：14-18.
［5］ Mogens Henze著．污水生物与化学处理技术．国家城市给水排水工程技术研究中心译．北京：中国建筑工业出版社，2000.
［6］ 邢传红，文湘华，钱易．管式膜生化曝气池处理城市污水的工艺设计．中国给水排水，1999．15（1）：1-4.
［7］ 罗志腾．水污染控制微生物学．北京：科学技术出版社，1988.
［8］ 王家玲等．环境微生物学．北京：高等教育出版社，2004.
［9］ 沈韫芬，章宗涉．微型生物监测新技术．北京：中国建筑工业出版社，1990.
［10］ Leslie Grady Jr C P，Glen T Daigger，Henry C Lim编著．废水生物处理（第二版 改编和扩充）．张锡辉，刘勇弟译．北京：化学工业出版社，2003.
［11］ 李军，杨秀山，彭永臻．微生物与水处理工程．北京：化学工业出版社，2002.
［12］ ［英］Simon Judd，Claire Judd编著．膜生物反应器—水和污水处理的原理与应用．陈福泰，黄霞译．北京：科学出版社，2009.
［13］ 沈韫芬．微型生物在污水处理中的原理、作用和应用．生物学通报，1999，34（7）：1-4.
［14］ 李探微，彭永臻，朱晓．活性污泥中原生动物的特征和作用．给水排水，2001，27（4）：24-27.
［15］ 陈声贵，许木启．原生动物在活性污泥中的作用．生态学杂志，2002，21（3）：47-51.
［16］ 顾国维，何义亮．膜生物反应器——在污水处理中的研究和应用．北京：化学工业出版社，2002.
［17］ 朱彤，谢元华，韩进等．膜生物反应器中微生物特征与膜污染的相关性．化学工程，2008，11（36）：43-46，54.
［18］ 刘江锋，王志伟，吴志超．一体式膜-生物反应器同步硝化反硝化中试试验．环境工程，2007，25（1）：13-15.
［19］ 王勇，孙寓姣，黄霞．膜-生物反应器中微型动物变化与活性污泥状态相关性研究．环境科学研究，2004，17（5）：48-51.
［20］ 张斌，孙宝盛，季民等．MBR中微生物群落结构的演变与分析．环境科学学报，2008，28（11）：2192-2199.
［21］ 张军，聂梅生，王宝贞．复合膜生物反应器的生物学研究．中国给水排水，2002，18（2）：53-55.
［22］ 尤朝阳，王世和，张军等．膜生物反应器填料上微生物特性及其处理效果．中国给水排水，2006，22（7）89-92.
［23］ 黄翠芳，孙宝盛，张海丰．膜生物反应器与传统活性污泥工艺的比较研究．工业用水与废水，2007，38（2）：9-11，29.
［24］ 王嵘，王华，万金保．膜生物反应器污泥培养过程中丝状菌污泥膨胀的控制．中国给水排水，2009，25（3）：46-49.
［25］ 刘超，吴红娟．活性污泥膨胀及其影响因素．西南给排水，2007，29（2）：11-13.
［26］ 李翠青，王增长．在污泥膨胀情况下利用膜生物反应器处理小城镇污水的探讨．科技情报开发与经济，2008，18（36）：102-103.
［27］ 张云霞，郭淑琴，季民．膜生物反应器发生污泥膨胀后的控制措施研究．中国给水排水，2007，23（9）64-66.
［28］ 李亚峰，金亚斌，陈涛．MBR中低pH值与低有机负荷引起的污泥膨胀及其恢复．沈阳建筑大学学报，2007，23（6）：994-998.
［29］ Chin-Pao Huang，Huang-Wen Wang，Pei-Chun Chin．Nitrate reduction by metallic iron Wat Res，1998，32（8）：2257-2264.
［30］ 韩洪军，刘彦忠，杜冰．铁屑-碳粒法处理纺织印染废水．工业水处理，1989，9（6）：15-17.
［31］ 韩洪军．铁屑-碳粒法处理工业废水．环境保护，1991，1：17-18.
［32］ 汤心虎，甘复兴，乔淑玉．铁屑腐蚀电池在工业废水治理中的应用．工业水处理，1998，18（6）：4-6.
［33］ 熊英健，何伟光．一种新型水处理技术——絮凝床法现状及展望．工业水处理，1996，16（3）：4-7.
［34］ 祁梦兰，张晶，刘华成．铁屑电化学反应-絮凝沉淀-砂滤组合工艺处理经编染色废水．化工环保，1994，14（1）：20-23，51.

[35] 肖羽堂，王继徽．二硝基氯苯废水预处理技术研究．化工环保，1997，17（5）：264-267.
[36] 全燮，杨凤林．铁屑（粉）在处理工业废水中的应用．化工环保，1996，16（3）：7-10.
[37] 李凤仙，张成禄，李善评等．电化腐蚀-还原降解-混凝吸附法处理印染废水的研究．中国环境科学，1995，15（5）：378-382.
[38] 杨玉杰，孙剑辉．铁屑法处理活性艳红废水动力学模型．化工环保，1996，16（3）：137-141.
[39] 樊冠球．利用废铁屑的微电池腐蚀原理处理电镀含铬废水．环境工程，1984，13（2）：1-7.
[40] 张天胜，陆海燕，陈欣等．铁屑内电解法处理含酚废水．环境保护，1997，8：17-20.
[41] 赵永才，孙又山，王玉树．电解法脱除水溶性染料废水色度的研究．环境污染与防治，1994，16（1）：18-21.
[42] 徐根良．分散染料生产废水治理工艺的研究．环境污染与防治，1998，20（5）：22-25，41.
[43] 杨凤林，全燮，杜慧玲．利用铁碳粒料脱除染料废水中的色度．环境工程，1992，10（6）：1-5.
[44] 王小文，王伯铎，侯润卯．铁屑/炭电化学反应-混凝沉淀法处理制罐废水．化工环保，1998，18（4）：220-223.
[45] 杨凤林，全燮，高桂英等．铁屑过滤法处理染料废水的研究．化工环保，1988，（6）：330-333.
[46] 郝瑞霞，程水源，黄群贤．铁屑过滤法预处理可生化性差的印染废水．化工环保，1999，19（3）：135-139.
[47] 徐根良．微电解处理分散染料废水的研究．水处理技术，1999，25（4）：235-238.
[48] 陈水平．铁屑内电解法处理船舶含油废水的研究．水处理技术，1999，25（5）：303-306.
[49] 郝瑞霞，程水源．铁屑过滤＋ $H_2O_2$ 预处理难降解染料废水的研究．环境污染治理技术与设备，2003，4（4）：15-17，49.
[50] 王永广等．微电解技术在工业废水处理中的研究与应用．环境污染治理技术与设备，2002，3（4）：69-73.
[51] 彭根槐等．电石渣-铁屑法去除硫酸废水中的氟和砷．化工环保，1995，15（4）：280-284.
[52] 欧阳玉祝等．铁屑微电解共沉淀处理含钒废水．化工环保．2002，22（3）：165-168.
[53] 柴晓利等．内电解混凝沉淀-厌氧-好氧工艺处理医药废水．环境科学与技术，2000，3：33-34.
[54] 吴慧芳，孔火良，王世和等．微电解与 Fenton 试剂预处理农药废水的试验研究．环境污染治理技术与设备，2003，4（2）：18-21.
[55] 郭鹏，黄理辉，高宝玉等．铁碳微电解-$H_2O_2$ 法预处理晚期垃圾渗滤液．水处理技术，2008，34（12）：57-61.
[56] 龚跃鹏，徐鑫煤，王峰等．微电解-Fenton 氧化组合预处理苯胺废水的研究．工业水处理，2008，28（9）：51-53.
[57] 吴丽，王仁桃，任云霞等．微电解-Fenton 氧化法预处理 Fischer-Tropsch 合成废水试验研究．太原理工大学学报，40（6）：566-567.
[58] Arnold W A，et al. Pathways and kinetics of chlorinated ethylene and chlorinated acetylene reaction with Fe（0）particles. Environ Sci & Technol，2000，34（9）：1794-1801.
[59] 陈郁等．零价铁处理污水的机理及应用．环境科学研究，2000，13（5）：24-26.
[60] 姚杏明等．微电解催化氧化处理对硝基苯胺系列废水．环境工程，2001，19（3）：26-27.
[61] 罗凡等．还原铁粉/紫外光体系对活性艳红 X-3B 溶液的脱色．环境污染与防治，1999，21（5）：1-4.
[62] 周丹娜等．不同铁盐的光解对水溶性染料溶液的脱色研究．水处理技术，1998，24（3）：157-161.
[63] 白天雄等．碱性和弱酸性染料混合废水处理方法．化工环保，2000，20（3）：21-23.
[64] 包文滁，夏巨敏．丛津生．工业“三废”的治理．石家庄：河北人民出版社，1979.
[65] HR Eisenhouser. Dark and pholoasisited $Fe^{3+}$——Catalyzed Degradation of Chlorophenoxy Herbicides by Hydrogen Peroxide Enviro. Sc i Technol，1999. 26（5）. 94.
[66] 罗旌生，曾抗美，左晶莹等．铁碳微电解法处理染料生产废水．水处理技术，2005，31（11）：67-71.
[67] 李德生，谭磊，王宝山等．Fenton 试剂强化铁炭微电解预处理高浓度有机废水．中国给水排水，2006，22（17）：81-84.
[68] 欧阳秀允，陈国华．Fenton 试剂处理褐藻胶生产废水．水处理技术，2005，31（4）：56-59.
[69] F. JavierTivas，FernandoBeltrn，OlgaGimeno，Fatima Carvalho. Fenton-like Oxidation of Landfill Leaehate. Journal of environmental science and health，2003，38（2）：371-379.
[70] 谢光炎，肖锦．不同金属离子存在下双氧水对难降解有机物的催化氧化．化工环保，1999，19（4）：243-244.
[71] 刘德启，魏敏，张颖等．稀土催化双氧水氧化耦合处理染料中间体废水研究（I）．环境污染与防治，2002，24（3）：135-137.
[72] 张乃东，郑威，彭永臻．铁屑-Fenton 法处理焦化含酚废水的研究．哈尔滨建筑大学学报，2002，35（2）：57-60.
[73] 肖羽堂，许建华．利用芬顿试剂预处理难降解的二硝基氯化苯废水，重庆环境科学，1997，19（6）：33-36.
[74] 姚方，徐天有，吕延文等．含硝基苯及其衍生物染料废水的处理．工业水处理，2003，23（6）：18-20.
[75] 张伟，孙金蓉，赵立新等．废铁屑-$H_2O_2$ 法处理炼油厂含酚废水．化工环保，1997，17（6）：342-345.
[76] Barbusinski K，Majewski J. Diseoloration of azo dye aeidred by Fenton reagent inthepresence of Ironpwder. Polish Journalof Environmental Studies，2003，12（2）：151-155.

[77] 张信芳，张敬畅，曹维良. 铁基复合氧化物催化氧化处理低浓度含酚水溶液的研究. 复旦学报（自然科学版），2003，42（3）：306-309.

[78] 何茹，徐科峰，奚红霞等. 均相和非均相Fenton型催化剂催化氧化含酚废水. 华南理工大学学报（自然科学版），2003，31（5）：51-55.

[79] 刁何药，奚红霞，张娇等. 沸石和活性炭为载体的$Fe^{2+}$和$Cu^{2+}$型催化剂催化氧化苯酚的比较. 离子交换与吸附，2003，19（4）：289-296.

[80] 万颖卢，冠忠，王幸宜. 含钛沸石催化氧化性能研究的新进展. 化工进展，1999，1：29-31.

[81] 刘勇弟，徐寿昌. 紫外-Fenton试剂的作用机理及在废水处理中的应用. 环境化学，1994，13（4）：302-306.

[82] Huston P L，Pignatello J J. Reduction of prechloroalkanes by ferrioxalate-generated carboxylate radical preceding mineralization by the photo-Fenton reaction. Environment Science and Technology，1996，30（12）：3457-3463.

[83] 张乃东，郑威，黄君礼. UV-Vis/$H_2O_2$/草酸铁络合物法在水处理中的应用. 感光科学与光化学，2003，21（1）：72-78.

[84] 谢银德，陈锋，何建军等. Photo-Fenton反应研究进展. 感光科学与光化学，2002，18（4）：357-365.

[85] Wu K Q，Zhang T Y，Zhao J C，et al. Photodegradation of malachite green in the presence of $Fe^{3+}$/$H_2O_2$ under visible irradiation. Chenistry Letter，1998（8）：857-858.

[86] 刘琼玉，李太友，李华禄等. 太阳光助Fenton体系氧化降解苯酚废水的研究. 重庆环境科学，2003，25（4）：23-25.

[87] Qiang Z M，Chang J H，Huang C P. Electrochemical generation of hydrogen peroxide from dissolved oxygen in acidic solutions. Water Research，2002，36（1）：85-94.

[88] Alberto A G，Derek P. The removal of low lever organics via hydrogen peroxide formed in a reticulated vitreous carbon cathodecell，Part 1. The elctrosynthesis of hydrogen peroxide in aqueous acidic solutions. Electrochimica Acta，1998，44（5）：853-861.

[89] Enric B，et al. Mineralization of herbicide 3，6-dichloro-2-methoxybenzoic acid in aqueous medium by anodic oxidation，electro-Fenton and photoelectro-Fenton. Electrochimica Acta，2003，48（12）：1697-1705.

[90] Wang Q Q，Ann T L. Oxidation of diazinon by anodic Fenton treatment. Water Research，2002，36（13）：3237-3244.

[91] Chou S S，Huang Y H，Lee S N，et al. Treatment of high strength hexamine-containing wastewater by electro-Fenton method. Water Research，1999，33（3）：751-759.

[92] 赵朝成，陆晓华，张英等. 超声-双氧水和亚铁离子体系处理含酚废水研究压. 四川环境，2004，23（1）：14-21.

[93] 陈伟，范瑾初，陈玲等. 超声-过氧化氢技术降解水中4-氯酚. 中国给水排水，2000，16（2）：1-4.

[94] 赵德明，史惠祥，雷乐成等. US/$H_2O_2$组合工艺催化降解苯酚水溶液的研究. 浙江大学学报（工学版），2004，38（2）：240-243.

[95] 杨健. 水解酸化-好氧工艺处理丙醇工业废水. 重庆环境科学，1999，21（4）：26-29.

[96] 周律. 厌氧生物反应器的启动及其影响因素. 工业水处理，1996，16（5）：1-3.

[97] 何辰庆. 微生物生理学. 沈阳：辽宁大学出版社. 1994：28-30.

[98] 沈耀良，王宝贞. 水解酸化工艺及其应用研究. 哈尔滨建筑大学学报，1999，32（6）：35-38.

[99] 余宗莲. 厌氧-好氧序列间歇式反应处理生物制药废水的研究. 环境科学研究，1998，18（1）：49-52.

[100] 李亚静，孙力平. 水解酸化提高维生素$B_1$生产废水可生化性试验研究. 天津城市建设学院学报，2005，11（1）：56-58.

[101] Kupferle M J，et al. Anaerobic pretreatment of hazardous waste leachates in public owned treatment works. Water Environ Res，1995，（6）：910-920.

[102] 刘军，郭茜，瞿永彬. 厌氧水解生物法处理城市污水的研究，给水排水，2000，26（7）：10-13.

[103] 王凯军. 低浓度污水厌氧-水解处理工艺. 北京：中国环境科学出版社，1991：41-42.

[104] 时钢等主编. 膜技术手册. 北京：化学工业出版社，2001.

[105] 李圭白. 水质工程学. 北京：中国建筑工业出版社，2005.

# 第4章 MBR处理系统电器仪表设计与应用

## 4.1 供配电系统

众所周知，电能是现代工业生产的主要能源和动力。电能有许多优点，它可以方便地转换为其他形式的能量，例如机械能、热能、光能、化学能等；它的输送和分配易于实现；它的应用规模很灵活。现在的水处理系统，无一例外都采用了电能这一能源形式，大型的污水处理系统内部都要设置供配电系统。为保证污水处理系统的正常运行和监控管理，需及时掌握电气设备的布局和用电量的大小等情况。

### 4.1.1 电力系统基本概念

#### 4.1.1.1 电力系统

电能是现代社会中最重要且方便的能源，以电能代替其他形式的能量是节约总能源消耗的一个重要途径。发电厂把其他形式的能量转换成电能，电能经过变压器和不同等级的输电线路输送并分配给用户，再通过各种用电设备转换成适合用户所需要的能量。这些生产、输送、分配和消费电能的各种电气设备连接在一起组成的整体称作电力系统。

电力系统是由发电厂、电力网和用电设备组成的统一整体。电力网是电力系统的一部分，包括变电所、配电所和各种电压等级的电力线路。

(1) 发电厂　发电厂是将各种一次能源转换成电能的工厂。根据利用的一次能源不同分为火力发电厂、水力发电厂、核能发电厂、风力发电厂、地热发电厂、太阳能发电厂等。目前我国接入电力系统的发电厂主要由火力和水力发电厂组成。

(2) 变电所及配电所　为实现电能的经济输送和满足用户需求，需要对发电机发出的电压进行多次变换。接受电能变换电压的场所称为变电所；单纯接受和分配电能不改变电压的场所称为配电所。变电所一般分为升压变电所和降压变电所。升压变电所一般建在发电厂厂区内，降压变电所一般建立在靠近电能用户的中心地点。另外，配电所和变电所一般建在同一地点。

(3) 电力线路　电力线路是输送电能的通道，一般分为输电线路和配电线路。通常，把发电厂生产的电能直接分配给用户，或由降压变电所分配给用户的10kV及以下的电力线路称为配电线路，把电压在35kV及以上的高电压电力线路称为输电线路。

(4) 电能用户　在电力系统中，一切消耗电能的用电设备均称为电能用户。

(5) 电力系统　将各种类型发电厂的发电机、变电所的变压器以及输电线、配电设备和用电设备联系起来组成整体能提高供电的可靠性、经济性以及合理调配电力，提高设备利用率。

#### 4.1.1.2 供电系统

(1) 供电系统的基本方式　对于100kW以下的用电负荷，一般不必要单独设置变压器，可采用380/220V低压电网直接供电，只需设置低压配电装置。

对于用电负荷较大的用电设备，一般采用 10kV 高压供电，经过高压配电所分别送到各变压器，降为 380/220V 低压后再配电给用电设备。

特别大型的用电场所，供电电源进线可为 35kV，经过两次降压，分别降为 10kV 和 380/220V。

(2) 变、配电所　变电所从设置的地点可分为户外变电所、附设变电所、户内变电所、独立变电所和杆台式变电所。

配电所一般可分为附设配电所、独立配电所、配变电所。

在设计中，要合理确定变、配电所的位置和数量，需注意几个方面：接近负荷中心；避免多尘和有腐蚀气体的环境；避免剧烈震动和低洼积水的地区；结合土建工程规划设计。

4.1.1.3　负荷分级及要求

负荷等级用来衡量用电设备对供电的重要程度。用电设备的电力负荷根据重要性分为三级。

(1) 一级负荷　中断供电将造成人身伤亡、在政治上造成重大影响、经济上造成重大损失、使公共场所秩序严重混乱以及某些特定建筑如交通枢纽、国家级及承担重大国事活动的会堂、宾馆、国家级大型体育中心、经常用于重要国际活动有大量人员集中的公共场所等为一级负荷。

(2) 二级负荷　中断供电将造成较大政治影响、较大经济损失、公共场所秩序混乱者为二级负荷。

(3) 三级负荷　不属于一级、二级负荷的统称为三级负荷。

一般来说，污水处理系统属于二级负荷。

4.1.1.4　电源电压

用电设备群电源的电压等级应根据当地城市电网的电压等级、用电负荷大小、用户距离电源距离、供电线路的回路数、用电单位的远景规划、当地公共电网现状和其发展规划等因素，经过综合技术经济分析比较后确定，可参考表 4-1。

表 4-1　各种额定电压等级线路的输送功率与传输距离

| 额定电压/kV | 线路结构 | 输送功率/kW | 输送距离/km |
|---|---|---|---|
| 0.22 | 架空线 | 50 以下 | 0.15 以下 |
| 0.22 | 电缆 | 100 以下 | 0.20 以下 |
| 0.38 | 架空线 | 100 以下 | 0.25 以下 |
| 0.38 | 电缆 | 175 以下 | 0.35 以下 |
| 6 | 架空线 | 2000 以下 | 10-5 |
| 6 | 电缆 | 3000 以下 | 8 以下 |
| 10 | 架空线 | 3000 以下 | 15-8 |
| 10 | 电缆 | 5000 以下 | 10 以下 |
| 35 | 架空线 | 2000～10000 | 50～20 |
| 110 | 架空线 | 10000～50000 | 150～20 |
| 120 | 架空线 | 100000～150000 | 300～200 |

用电设备负荷量较小（6.6kW 以下），而且均为单相低压用电设备时，可由城市电网的 10/0.38/0.22kW 柱上变压器直接架空引入单相 220V 的电源。若用电设备负荷量较大（250kW 及以下），或者有三相低压用电设备时，可由城市电网的 10/0.38/0.22kW 柱上变压器，直接架空引入三相四线 0.38/0.22kV 的电源。若用电设备负荷量很大（250kW 或供电变压器在 160kV・A 以上）或者有 10kV 高压用电设备时，则电源供电电压应采取高压供电。

### 4.1.2 负荷计算

在进行供配电设计时，设计人员根据计算负荷，按照允许发热条件选择供配电系统的导线截面，确定变压器容量，制定提高功率因数的措施，选择及整定保护设备。根据设计图纸、用电设备的额定电压等原始资料及设备的工作特性，选择适当的计算方法，通过一系列的计算将设计中的设备安装负荷转换成计算负荷。这个过程是一个较为复杂的过程。

#### 4.1.2.1 一般规定

（1）负荷计算内容

① 计算负荷。计算负荷是作为按发热条件选择配电变压器、导体及电器的依据，可用来计算电压损失和功率损耗。在工程上，为方便计算，亦可作为电能消耗及无功功率补偿的计算依据。

② 尖峰电流。尖峰电流用来校验电压波动和选择保护电器。

③ 一级、二级负荷。一级、二级负荷是用于确定备用电源或应急电源。

④ 季节性负荷。从经济运行条件出发，季节性负荷用以考虑变压器的台数和容量。

（2）负荷计算方法　负荷计算的方法常用的有需要系数法、单位面积功率法、单位产品耗电量法、二项式法和利用系数法。

① 在方案设计阶段可采用单位指标法；在初步设计及施工设计阶段，宜采用需要系数法。

② 用电设备台数较多，各台设备容量不悬殊时宜采用需要系数法，其一般用于干线及配、变电所的负荷计算。

③ 用电设备台数较少，各台设备容量悬殊时宜采用二项式法。

#### 4.1.2.2 计算方法

（1）需要系数法

① 用电设备组的计算负荷

有功功率计算负荷

$$P_c = K_d P_N \tag{4-1}$$

无功功率计算负荷

$$Q_c = P_c \tan\varphi \tag{4-2}$$

视在计算功率

$$S_c = \sqrt{P_c^2 + Q_c^2} \tag{4-3}$$

计算电流

$$I_c = \frac{S_c}{\sqrt{3}U_{N.L}} \tag{4-4}$$

式中，$P_N$为用电设备组的设备容量，kW；$K_d$为需要系数；$\tan\varphi$为用电设备功率因数角的正切值；$U_{N.L}$为标称线电压，kV。

② 配电干线或车间变电所的计算负荷

$$\sum P_c = K_\Sigma \sum (K_d P_N) \tag{4-5}$$

$$\sum Q_c = K_\Sigma \sum (P_c \tan\varphi) \tag{4-6}$$

$$S_c = \sqrt{(\sum P_c)^2 + (\sum Q_c)^2} \tag{4-7}$$

式中，$K_\Sigma$为最大负荷同时系数（有功和无功同时系数可取相同值）。

（2）单位面积功率法　当为建筑配电时，可用单位面积功率法。建筑物单位面积功率法（负荷密度）乘以建筑物面积，即可求得该建筑的负荷。计算公式如下：

$$P_c = \frac{P_N A}{1000} \tag{4-8}$$

式中，$P_c$为有功计算负荷，kW；$P_N$为单位面积功率，W；$A$为建筑面积，$m^2$。

### 4.1.3 常用供配电系统设备

#### 4.1.3.1 导线和电缆

导线和电缆是传送电能的基本通路，应按低压配电系统的额定电压、电力负荷、敷设环境及电磁干扰等要求，选择合适的型号和截面。

① 选型是指选择导线的材料和外部绝缘材料的类型及绝缘方式，常用导线的型号和用途见表 4-2，BX 和 BLX 分别代表铜芯和铝芯橡皮绝缘线，BV 和 BLV 分别代表铜芯和铝芯聚氯乙烯绝缘线。

**表 4-2　导线的材料和外部绝缘材料及用途**

| 型　号 | 名　称 | 用　途 |
| --- | --- | --- |
| BLXF(BXF) | 铝(铜)芯氯丁橡皮线 | 固定敷设,用于户外敷设 |
| BLX(BX) | 铝(铜)橡皮线 | 固定敷设 |
| BXR | 铜芯橡皮线 | 室内安装,要求电线柔软时用 |
| BV(BLV) | 铜(铝)芯聚氯乙烯绝缘线 | 适应低压,可明、暗敷设 |
| BVV(BLVV) | 铜(铝)芯聚氯乙烯绝缘、护套线 | 室内、电缆沟、隧道、管道埋地 |
| BVR | 铜芯聚氯乙烯软电线 | 同 BV 型,要求导线柔软时用 |
| BV(BLV)-105 | 铜(铝)芯耐热聚氯乙烯绝缘线 | 同 BV 型,用于高温场所 |
| RV | 铜芯聚氯乙烯绝缘软线 | 供 250V 以下移动交流电器接线 |
| RV-105 | 铜芯耐热聚氯乙烯软线 | 同 RV 型,用于高温场所 |
| RFB | RFB(平型)、RFS(绞型)丁腈 | 用于交流 250V 以下、直流 500V 以下各种移动电器、照明灯具的接线,耐寒、耐热、不延燃和低温柔软 |
| BFS | 聚氯乙烯复合物绝缘软线 | |

② 按照发热条件选择导线和电缆截面。导线根数和截面通常写在型号后面，如 BLX-3×4+1×2.5 表示 3 根 $4mm^2$和 1 根 2.5mm 的铝芯橡皮线。

③ 按允许电压损失选择导线的电缆截面。这是考虑端子电压对用电设备的工作特性和使用寿命有很大影响，为保证用电设备的高效性，对用电设备接线端子电压作了具体规定。表 4-3 为部分用电设备端子电压偏移允许值。

**表 4-3　导线的材料和外部绝缘材料及用途**

| 设备名称 | 电压偏移允许值/% | 设备名称 | 电压偏移允许值/% |
| --- | --- | --- | --- |
| 电动机 | | 照明灯视觉要求较高的场所 | −2.5～5 |
| 正常情况 | −5～5 | 一般工作场所 | −5～5 |
| 特殊情况下 | −10～5 | 事故、道路警卫照明 | −10～5 |
| | | 其他 | −5～5 |

④ 按经济电流密度校核导线和电缆的截面。导线和电缆的截面积越大，电能损耗就越小，但有色金属消耗量却增加，所以从经济方面考虑，应该选择一个合理的截面，既使电能损耗小，又节约有色金属的消耗量。

⑤ 按机械强度确定导线允许的最好截面。导线允许的最好截面与导线型号、敷设方式和应用场所因素有关。

#### 4.1.3.2 高压电气设备

通常 1kV 以上的电气设备称为高压电气设备。

① 高压熔断器。高压熔断器是一种利用熔化作用而切断电路的保护电器，主要由熔体

和熔断管组成。熔体是主要部分，既是敏感元件又是执行元件。当它的电流达到或超过一定值时，熔体本身产生的热量使其温度升高到金属的熔点而自行熔断，从而切断电路。

② 高压断路器。高压断路器是变电所作为闭合和开断电器的主要设备。它有熄灭电弧的机构，正常供电的时候利用它通断负荷电流，当供电系统发生短路故障时，它与继电保护及自动装置配合快速切断故障电流，防止事故扩大，保证系统安全运行。

高压断路器根据灭弧介质及作用原理可分为油断路器、压缩空气断路器、$SF_6$断路器、真空断路器、自产气断路器、磁吹断路器 6 个类型。在污水处理系统中广泛采用 $SF_6$断路器，虽然这种断路器价格偏高，维护要求严格，但动作快，断流容量大，寿命长，无火灾和爆炸的危险，可频繁通断，体积小，一直被广泛使用。

③ 隔离开关。隔离开关是与高压断路器配合使用的设备，主要用途是保证电气设备检修时的安全工作，起到电压隔离作用。隔离开关没有灭弧装置，不能切断负荷电流和短路电流，必须先将与之联结的断路器断开后才能进行操作。为了检修时的工作安全，隔离开关常装有接地刀闸。隔离开关的操作机构有手动操作机构、电动机操作机构、气动操作等多种。

④ 负荷开关。负荷开关是介于断路器与隔离开关之间的电器。就其结构而言，它与隔离开关相似，价格较便宜。由于它具有特殊的灭弧结构，能断开相应的负荷电流，而不能切断短路电流，一般它与高压熔断器配合使用，多用于 10kV 及以下的额定电压等级，均为手动操作。

⑤ 避雷器。避雷器是保护电力系统和电气设备使其不受过电压侵袭的电器。应尽量靠近变压器安装，其接地线应与变压器低压侧接地中性点及金属外壳连在一起接地。

⑥ 电压、电流互感器。电压互感器与电流互感器是电能变换元件。用电压、电流互感器可将测量仪表、继电器和自动调整装置接入高压线路。

⑦ 电抗器。电抗器的主要功能是限制短路电流，以减轻开关电器的工作。当短路发生以后，由于电抗器的使用可以维持电厂或变电所母线上的电压在一定的水平，可以保证其他没有短路分支上的用户能继续用电。

#### 4.1.3.3 低压电气设备

通常指工作在交直流电压 1.2kV 以下的电路中的电气设备。从应用角度可分为配电电器与控制电器两大类。

(1) 低压断路器　低压断路器又叫自动开关或自动空气断路器，相当于刀闸开关、熔断器、热继电器和欠压继电器的组合，是一种自动切断电路故障的保护电器。其特点是分段能力高，具有多重保护，保护特性较完善。

低压断路器主要由触头系统、灭弧系统、各种脱扣器、开关机构以及将以上各部分联结在一起的金属框架或塑料外壳等部分组成。与高压断路器相比，低压断路器结构较为简单。

(2) 控制电器　主要用于电力拖动控制系统和用电设备中（主要是指电动机的启动与制动、改变运转方向与调节速度等），对控制电器的要求是工作准确可靠、操作效率高、寿命长等。这类电器如接触器、继电器、控制器、主令电器、启动器、电阻器、变阻器、电磁铁、刀开关等。

### 4.1.4 电气设备操作

以污水处理系统配变电所为例说明电气设备的应用情况。污水处理系统内各种设备用电电压等级要求不同，如鼓风机这样的设备需要单独供电（高压进线 10kV），低压只考虑其他设备（如离心泵、格栅除污机等）及办公、照明的配电。

图 4-1 为低压配电系统图，图中的配电线路可分为三部分：供电变压器至中央母线称主电路；中央配电母线下设分支线路到各动力配电柜；动力配电柜到负载（各污水处理池动力设备）为馈电线路。在这三个区域各装设了一些低压电器，通常前两个区域装置的低压电器

大多属于配电电器，如图中的断路器（又叫自动空气开关）ZK、刀开关 P 等。后面一个区域的低压电器如接触器 C、热继电器 RJ 都属于控制电器，但这个区间也装有配电电器，如熔断器 RD。

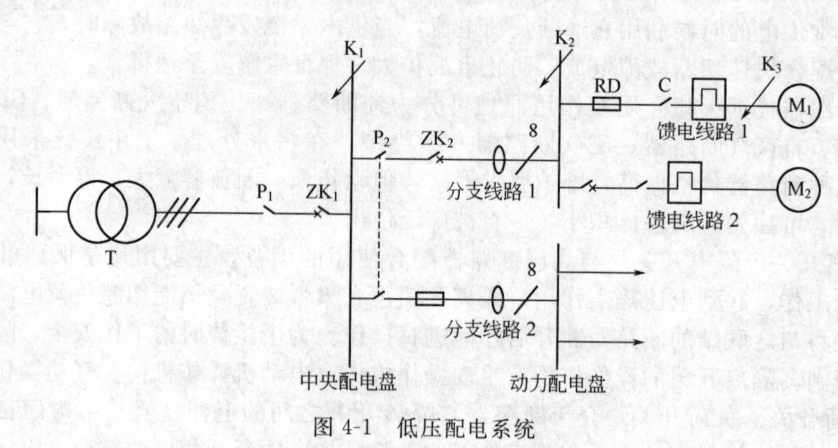


图 4-1 低压配电系统

# 4.2 自动控制系统

MBR 污水处理系统的自动控制不仅根据工艺要求控制各个用电设备的启停，同时对最终参数，如 COD、BOD、SS、pH 值等进行控制。因此，MBR 平面膜水处理系统的自动控制涉及多路开关量和模拟量，有很多时间和逻辑的关系，是关键参数需要精确控制的复杂系统。

## 4.2.1 水处理自动控制系统功能

在 MBR 水处理系统中，自动控制主要是对水处理运行过程进行自动控制和自动调节，使处理后的水质指标达到预期要求。水处理自控系统通常具有如下的功能。

① 控制操作。在操作站、中心控制室或者远程对被控设备进行实时控制，如启停设备、在线设定参数等。

② 显示功能。用流程图实时显示现场被控设备的运行工况以及各现场的状态参数。

③ 数据管理。利用实时数据库和历史数据库中的数据进行比较和分析，可得到一些有用的经验参数，有利于优化处理过程和参数控制。

④ 报警功能。当某一模拟量的测量值超过设定范围或者开关量发生非正常变化时，可以根据不同的需要发出不同等级的报警。

⑤ 打印功能。可以实现报表和图形打印以及各种事件和报警实时打印。

## 4.2.2 可编程控制器（PLC）[6,7]

可编程控制器（PLC）是在继电器控制和计算机控制的基础上开发的产品，并逐渐发展成以微处理器为核心，集自动化技术、计算机技术、通信技术为一体的新型工业自动控制装置。

### 4.2.2.1 PLC 的发展

自 20 世纪 60 年代美国推出的 PLC 成功取代传统继电器控制装置，其主要功能只是执行原先由继电器完成的顺序控制、定时控制等。它在硬件上以准计算机的形式出现，在 I/O 接口电路上做了改进以适应工业控制现场的要求。装置中的器件主要采用分立元件和中小规模集成电路，存储器采用磁芯存储器。在软件编程上，采用广大电气工程技术人员所熟悉的继电器控制线路的方式——梯形图。因此，早期的 PLC 的性能要优于继电器控制装置，其优点包括简单易懂、便于安装、体积小、能耗低、有故障指示、能重复使用等。

20世纪70年代，微处理器的出现使PLC发生了巨大的变化。美国、日本、德国等一些厂家先后开始采用微处理器作为PLC的中央处理单元（CPU）。这样，使PLC的功能大大增强。在软件方面，除了保持其原有的逻辑运算、计时、计数等功能以外，还增加了算术运算、数据处理和传送、通信、自诊断等功能。在硬件方面，除了保持其原有的开关模块以外，还增加了模拟量模块、远程I/O模块、各种特殊功能模块，并扩大了存储器的容量，使各种逻辑线圈的数量增加，还提供了一定数量的数据寄存器，使PLC的应用范围得以扩大。

进入20世纪80年代中后期，由于超大规模集成电路技术的迅速发展，微处理器的市场价格大幅度下跌，使得各种类型的PLC所采用的微处理器的档次普遍提高。而且，为了进一步提高PLC的处理速度，各制造厂还纷纷研制开发了专用逻辑处理芯片。这样使得PLC软、硬件功能发生了巨大变化。

4.2.2.2 PLC的分类

PLC产品种类繁多，其规格和性能也各不相同。对PLC的分类，通常根据其HT5T1结构形式的不同、I/O点数的多少进行大致分类。

① 根据PLC的结构形式，可将PLC分为整体式和模块式两类。整体式PLC是将电源、CPU、I/O接口等部件都集中装在一个机箱内，具有结构紧凑、体积小、价格低的特点。整体式PLC由不同I/O点数的基本单元（又称主机）和扩展单元组成。基本单元和扩展单元之间一般用扁平电缆连接。模块式PLC是将PLC各组成部分分别做成若干个单独的模块，如CPU模块、I/O模块、电源模块（有的含在CPU模块中）以及各种功能模块。这种模块式PLC的特点是配置灵活，可根据需要选配不同规模的系统，而且装配方便，便于扩展和维修。

② 根据PLC的I/O点数的多少，可将PLC分为小型、中型和大型三类。小型PLC的I/O点数低于256点，一般采用整体式结构。整个硬件融为一体，具有结构紧凑、体积小、价格低的特点。典型的小型机有西门子公司的S7-200系列、欧姆龙公司的CPM2A系列。中型PLC的I/O点数通常在256～2048点之间，采用模块化结构，I/O的处理方式除了采用一般PLC通用的扫描处理方式外，还能采用直接处理方式。典型的中型机有西门子公司的S7-300系列、欧姆龙公司的C200H系列。大型PLC的I/O点数大于2048点，也采用模块化结构，软、硬件功能非常强，具有极强的自诊断功能。典型的大型PLC有西门子公司的S7-400系列、欧姆龙公司的CVM1和CS1系列。

4.2.2.3 PLC的组成

PLC是以中央处理器作为核心，其硬件结构的组成部分也与一般微机系统十分相似。主要由中央处理器（CPU）、存储器、输入输出模块（I/O）、电源和编程器等几部分组成。PLC的基本结构框图见图4-2。

(1) 中央处理器（CPU） CPU是具有运算和控制功能的大规模集成电路，是控制其他部件操作的核心，起到控制中心的作用。通常用来实现各种逻辑运算、算术运算，并对整个系统进行总线控制。

(2) 存储器 存储器是具有记忆功能的半导体集成电路，用于存放系统程序、用户程序、逻辑变量和其他信息。系统程序是控制和完成PLC多种功能的程序，由制造厂家编写；用户程序则是用户根据生产过程和工艺要求编写的控制程序。

PLC常用的存储器类型有ROM、RAM和EPROM等。

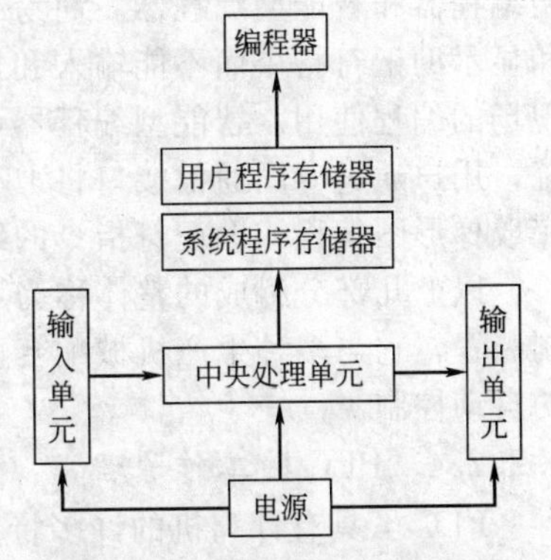

图4-2 PLC的基本结构框图

① 只读存储器ROM。ROM一般存放系统程序，系统程序具有开机自检、工作方式选择、键盘输入处理、信息传递和对用户程序的翻译解释等功能。系统程序在出厂时已固化在ROM芯片中，它的内容只能读，不能写。PLC去电后，ROM中的内容不受影响。

② 随机存储器RAM。RAM又称读/写存储器。CPU可以随时对它进行读出和写入，读出时，RAM中的内容保持不变；写入时，新写入的内容覆盖了原来的内容。RAM一般用来存放用户程序、逻辑变量和其他一些信息。为了防止PLC去电后RAM中的内容丢失，PLC为RAM提供了锂电池作备用电源。

③ 可擦除只读存储器EPROM。EPROM是一种非易失性的存储器，仅在紫外线连续照射下可擦除存储器内容。采用专用的EPROM写入器把程序固化在EPROM芯片中，再把该芯片插在PLC上的EPROM专用插座上，就可以长期使用了。在断电的情况下，存储器内的所有内容仍保持不变。

(3) 输入输出模块（I/O） 输入输出模块是PLC与现场I/O设备或其他外设之间的连接部件，它起着PLC和外围设备之间传递输入、输出信号的作用。

输入接口模块接受来自按钮、选择开关、行程开关等送来的开关量信号或者由电位器、热电偶、测速发电机等送来的模拟量信号，然后送入PLC的CPU执行。输入接口模块一般由光电耦合、输入电路和微处理器输入接口电路组成。光电耦合输入电路隔离输入信号，防止现场的强电干扰。输入接口模块根据使用电源类型可分为直流输入接口模块和交流输入接口模块。

输出接口模块的作用是将PLC的输出信号进行功率放大和隔离，经过输出接线端子向现场输出相应的控制信号，以驱动接触器、电磁阀、指示灯等执行元件。输出接口电路一般由微电脑输出接口、隔离电路、功率放大电路组成。按输出开关器件的不同，输出接口模块可以分为继电器输出、晶体管输出和双向晶闸管输出。

(4) 电源 PLC的电源包括系统用电源和备用电池。系统电源一般接220V交流电源，电源模块的作用就是将外部交流电压信号转换成微处理器、存储器及输入输出等模块正常工作所需要的直流电源。由于PLC直接处于工业干扰的影响之中，为了保证PLC主机可靠工作，电源模块采用了较多的滤波环节，还用集成电压调整器进行调节以适应交流电网的电压波动，对过电压和欠电压都有一定程度的保护作用。另外，由于采用了一些屏蔽措施，有效地防止了工业环境中的空间电磁干扰。常用的电源电路有串联稳压电路、开关式稳压电路和设有变压器的逆变式电路。备用电池的作用主要用来保护和防止掉电后RAM中的用户程序丢失。

(5) 编程器 编程器用于用户程序的编制、编辑、调试和监视，并可对用户程序的运行进行监视和故障诊断，是人与PLC的对话窗口，是重要的外设部件。编程器一般分为简易型编程器和智能型编程器。简易编程器的显示器一般采用LED或液晶点阵显示，只能输入和显示助记符指令而不能输入和显示梯形图。简易编程器体积小、使用方便，特别适合生产现场的编程使用。智能型编程器可以看成由个人计算机和编程应用软件组成的智能型编程系统，用户通过专用通信接口将PLC和功能强大的个人计算机连接起来，利用计算机就可以完成梯形图编程或助记符指令的编程、彩色显示、指令注释、监控、仿真和打印等功能。

以上几部分组成的整体称为PLC，是一种可根据生产需要人为灵活变更控制规律的控制装置，它与多种生产机械配套可组成多种工业控制设备，实现对生产过程或某些工艺参数的自动控制。

#### 4.2.2.4 PLC的工作原理

PLC虽具有计算机的许多特点，但它的工作方式却与计算机有很大不同。计算机一般采用等待命令的工作方式，如常见的键盘扫描方式或I/O扫描方式，有键按下或I/O动作，则转入相应的子程序。无键按下，则继续扫描。PLC 则采用巡回扫描的工作方式。

PLC 按巡回扫描方式的工作过程如图 4-3 所示。一个扫描周期内大致有内部处理、通信操作、程序输入处理、程序执行和输出处理等几个阶段。

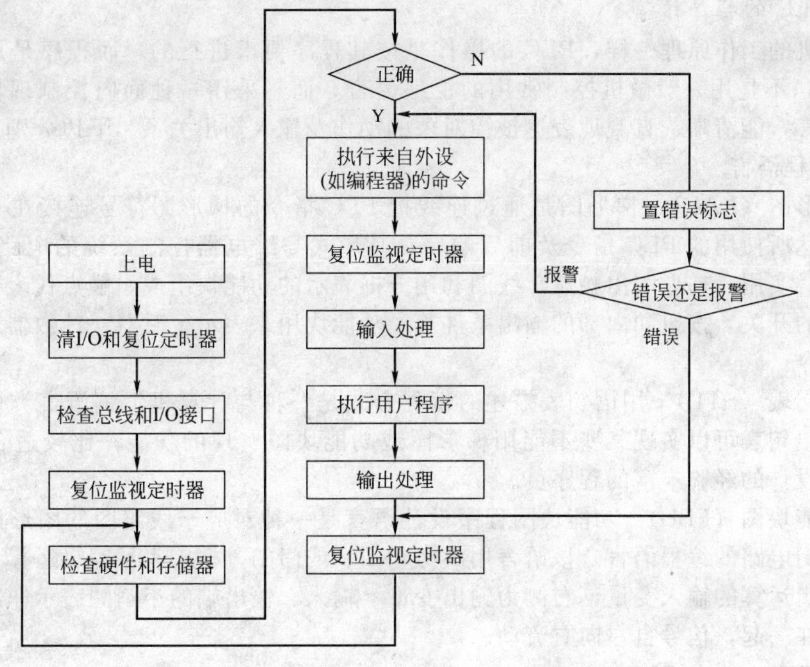


图 4-3　PLC 巡回扫描方式的工作过程

PLC 运行时，用户程序中有众多的操作需要去执行，但 CPU 不能同时去执行多个操作，只能按分时操作原理每一时刻执行一个操作。由于 CPU 的运算速度很高，使得外部出现的结果从宏观来看似乎是同时完成的，这种分时操作的过程称为 CPU 对程序的扫描。

PLC 对一个用户程序的扫描从程序的第一条指令开始，在无中断或跳转控制的情况下，按顺序逐条执行用户程序，直到程序结束。每扫描完一次程序就构成一个扫描周期，然后再从头开始扫描，并周而复始地重复。如此周而复始地循环执行过程称为“巡回扫描”。

① 内部处理。一般包括输入/输出部分、存储器、CPU 等部分的故障诊断，复位监视定时器，对通信区域、外部设备检查等。PLC 在执行自诊断程序时，一旦发现有异常，即启动关机程序并保留现行工作状态，发出报警信号和显示出错信息，如自诊断正常，则继续扫描。

② 通信操作。在自诊断程序结束后，如果没有发现故障，PLC 立即与编程器交换信息，并通过通信模块与其他职能装置进行通信。

③ 程序输入处理。在此过程中，控制器首先以扫描方式顺序读入所有的输入端的信号状态（ON 或 OFF、1 或 0），并逐一存入输入状态寄存器。输入状态寄存器的位数与输入端子的数目相对应，因而输入状态寄存器又可称为输入映像寄存器。输入处理结束后转入程序执行阶段。在程序执行期间，即使输入状态变化，输入状态寄存器的内容也不会改变，这些变化只能在下一工作用期的输入处理阶段才被读入。

④ 程序执行。PLC 执行用户程序一般是从存储器的最低地址所存放的第一条指令开始，在没有中断或跳转指令控制的情况下，按存储器地址递增的方向依次扫描用户程序，按照输入状态表中的数据和程序要求解算出相应的结果，按照该结果更新输出缓冲区的内容，直到执行用户程序结束为止。

⑤ 输出处理。在所有的指令执行完毕后，进入输出处理过程，输出状态寄存器中的状态（ON 或 OFF，1 或 0）在输出刷新阶段由输出映像寄存区转存到输出锁存器，再经输出接口驱动外部用户负载，形成 PLC 的实际输出。

4.2.2.5　PLC 的程序语言

与计算机的工作原理一样，PLC 的操作是按其程序要求进行的，而程序是用程序语言表达的。PLC 不是用一般微机控制常用的汇编语言，而是采用一种面向控制现场、面向问题的自然语言，能清晰、直观地表达被控对象的动作及输入输出关系。下边分别介绍几种常见的 PLC 编程语言。

(1) 梯形图（LAD）　梯形图是通过连线把 PLC 指令的梯形图符号连接在一起的连通图，用以表达所使用的 PLC 指令及前后顺序，其形式与继电器控制系统的电路图很相似，直观、形象、实用。梯形图由触点、线圈和用方框表示的功能块组成。触点代表逻辑输入条件，如外部的开关、按钮和内部的输出条件等。功能块用来表示定时器、计数器或者数学运算等附加指令。

(2) 语句表（STL）　用语句表描述的编程方式是一种与计算机汇编语言类似的助记符编程方式。语句表可以实现某些不能用梯形图或功能块图实现的功能，比较适合熟悉 PLC 和逻辑程序设计的经验丰富的程序员。

(3) 功能块图（FBD）　功能块图程序设计语言是一种对应于线路图的图形语言，类似于数字逻辑门电路的编程语言。该语言用类似与门、或门的方框来表示逻辑运算关系，方框的左侧为逻辑运算的输入变量，右侧为输出变量，输入、输出端的小圆圈表示非运算，方框被导线连接在一起，信号自左向右流动。

4.2.2.6　S7-200 系列 PLC

西门子公司生产的 S7-200 系列 PLC 可以满足多种多样的自动化控制的需要，由于具有紧凑的设计、良好的扩展性、低廉的价格以及强大的指令系统，使得 S7-200 可以近乎完美地满足小规模控制的要求。同时具有功能齐全的编程和工业控制组态软件，使得在采用 S7-200 系列 PLC 来完成控制系统的设计时更加简单，系统的集成非常方便，几乎可以完成任何功能的控制任务。

(1) S7-200 系列 PLC 的特点　S7-200 系列 PLC 体积小、重量轻、结构紧凑、可直接接线，也可采用端子排作为固定的接线配件。S7-200CPU 中配有 EEPROM，可永久保存用户程序和一些重要参数。集成 24V 负载电源，可直接连接到传感器和变送器（执行器）。具有灵活的中断输入功能，允许以极快的速度对过程信号的上升沿做出响应。S7-200 可方便地用数字量和模拟量扩展模块进行扩展，具有实时时钟，可以为信息加注时间标记，记录机器运行时间或对过程进行时间控制。

(2) S7-200 系列 PLC 系统结构　S7-200 系列 PLC 的硬件系统配置方式采用整体式加积木式，即主机中包含一定数量的 I/O 端口，同时还可以扩展各种功能模块，一个完整的 S7-200 系列 PLC 系统如图 4-4 所示。

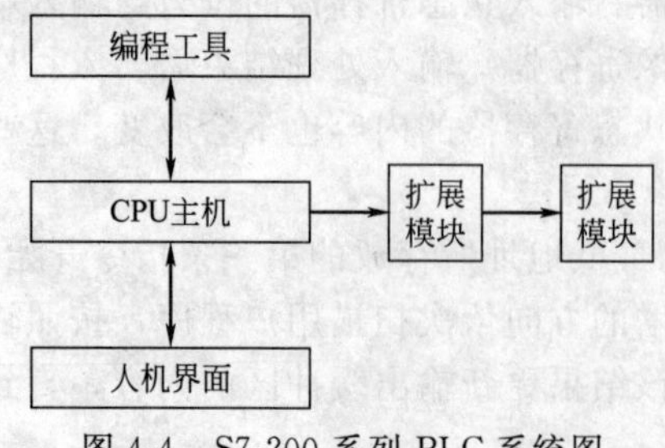

图 4-4　S7-200 系列 PLC 系统图

S7-200CPU 模块包括一个中央处理单元、电源以及数字 I/O 点，这些都被集成在一个紧凑、独立的设备中。CPU 负责执行程序，以便对工业自动化控制任务或过程进行控制。输入部分输入从现场设备中采集的信号，输出部分则输出控制信号，控制工业过程的设备。S7-200 系列 PLC 的存储系统由 RAM 和 EEPROM 两种类型的存储器构成。

适用于 S7-200 的人机接口有很多种，如 OP 系列操作面板、TP系列触摸屏等，TD200文本显示器是所有S7-200人机界面的最佳解决方案。其用途主要有：显示文本信息；设定CPU上的时钟；提供强制I/O点诊断功能和密码保护功能；显示和修改过程参数；设定输入和输出；选择通信速率和显示信息刷新时间。

# 4.3 在线监测系统

水质在线自动监测系统是一套以在线自动分析仪器为核心，运用现代传感器技术、自动测量技术、自动控制技术、计算机应用技术以及相关的专用分析软件和通信网络所组成的一个综合性的在线自动监测系统[8]。可在线自动监测数据，统计、处理数据，可打印输出日、周、月、季、年数据以及日、周、月、季、年最大值、最小值等各种监测、统计报告及图表(棒状图、曲线图、多轨迹图、对比图等)，并可输入中心数据库或上网。在现代MBR水处理系统中，选择具有连续检测、越限报警等功能的仪器仪表，配备能对水处理过程中的误差进行自动控制和调节的自动控制仪器和技术，使处理后的水质指标达到预期要求，进而确保水处理质量，为国家经济稳定运行、环境保护起保驾护航的作用。[9]

## 4.3.1 流量测量

在污水处理系统的运营管理中，水量是一个重要的指标。准确和及时地掌握进出水量，对工艺控制和提高抵抗水力负荷冲击有重要意义。与传统的流量计相比，超声波流量计、电磁流量计、涡轮式流量计具有实时监测、显示等优点。

### 4.3.1.1 超声波流量计

超声波流量计（USF）是近十几年来随着集成电路技术迅速发展才开始应用的一种新型流量计。USF是通过检测液体流动对超声束的作用以测量流量的仪表。超声波在流动的流体中传播时就载上流体流速的信息，通过接收到的超声波就可以检测出流体的流速，从而换算成流量。根据检测的方式，可分为传播速度差法、多普勒法、波束偏移法、噪声法及相关法等不同类型的超声波流量计。

USF由超声波换能器、电子线路及流量显示和累积系统三部分组成。USF的电子线路包括发射、接收、信号处理和显示电路。测得的瞬时流量和累积流量值用数字量或模拟量显示。超声波发射换能器将电能转换为超声波能量，并将其发射到被测流体中，接收器接收到的超声波信号，经电子线路放大并转换为代表流量的电信号供给显示和计算仪表进行显示和计算。这样就实现了流量的检测和显示。

### 4.3.1.2 电磁流量计

电磁流量计（EMF）是20世纪50～60年代随着电子技术的发展而迅速发展起来的新型流量测量仪表。电磁流量计是根据法拉第电磁感应定律制成的，电磁流量计是用来测量导电液体体积流量的仪表。由于其独特的优点，电磁流量计目前已广泛地被应用于工业过程中各种导电液体的流量测量，如各种酸、碱、盐等腐蚀性介质。

在结构上，电磁流量计由电磁流量传感器和转换器两部分组成。传感器安装在工业过程管道上，它的作用是将流进管道内的液体体积流量值线性地变换成感生电势信号，并通过传输线将此信号送到转换器。转换器安装在离传感器不太远的地方，它将传感器送来的流量信号进行放大，并转换成与流量信号成正比的标准电信号输出，以进行显示、累积和调节控制。

### 4.3.1.3 涡轮流量计

涡轮流量计利用流体流经传感器壳体，由于叶轮的叶片与流向有一定的角度，流体的冲力使叶片具有转动力矩，克服摩擦力矩和流体阻力之后叶片旋转，在力矩平衡后转速稳定，在一定的条件下，转速与流速成正比，由于叶片有导磁性，它处于信号检测器的磁场中，旋转的叶片切割磁力线，周期性地改变着线圈的磁通量，从而使线圈两端感应出电脉冲信号，此信号经过放大器的放大整形，形成有一定幅度的连续的矩形脉冲波，可远传至显示仪表，显示出流体的瞬时流量和累计量。

### 4.3.2 pH 值检测

氢离子浓度指数的数值俗称“pH 值”。表示溶液酸性或碱性程度的数值，即所含氢离子浓度的常用对数的负值。氢离子浓度指数一般在 0～14 之间，当它为 7 时溶液呈中性，小于 7 时呈酸性，值越小，酸性越强；大于 7 时呈碱性，值越大，碱性越强。

测定 pH 的方法主要有指示剂法、氢电极法、氢醌电极法、锑电极法、玻璃电极法等。

pH 值检测仪可测量 pH 值，有自动读数功能，当测量达到稳定值时，自动锁定读数，自动温度补偿，自动校准，自动识别缓冲液，自动评估，提示电极状态。

### 4.3.3 COD 检测（化学需氧量）

经过多年的发展，COD 测定方法已有多种，从经典的重铬酸钾法发展到各种快速法和比色法，现行化学法 COD 测定方法主要有重铬酸钾法经典法、库仑法、催化快速法、密封催化消解法、节能加热法、比色法和紫外吸收法（UV 法）等。目前国内广泛应用测 COD 的方法主要是重铬酸钾法和高锰酸钾法。这两种方法都属于化学法，有耗时和耗费量大、分析时间长、批量测定难以及产生重金属二次污染的缺点，难以适应于水质调查中大批量样品的测定与现代化污水处理厂的实时在线监控与管理。

### 4.3.4 溶解氧检测

溶解氧（Dissolved Oxygen）是指溶解于水中分子状态的氧，即水中的 $O_2$，用 DO 表示。溶解氧是水生生物生存不可缺少的条件。溶解氧的一个来源是水中溶解氧未饱和时，大气中的氧气向水体渗入；另一个来源是水中植物通过光合作用释放出的氧。溶解氧随着温度、气压、盐分的变化而变化，一般说来，温度越高，溶解的盐分越大，水中的溶解氧越低；气压越高，水中的溶解氧越高。溶解氧除了被通常水中硫化物、亚硝酸根、亚铁离子等还原性物质所消耗外，也被水中微生物的呼吸作用以及水中有机物质被好氧微生物的氧化分解所消耗，所以说溶解氧是水体的资本，是水体自净能力的表示。随着当今世界工业、农业的迅猛发展，大量的工业废水、农田排水向江河湖海排放，同时，我国城市生活污水大约 80％未经处理直接排放，小城镇及广大农村生活污水大多处于无序排放状态，使得许多地方的水质日益恶化，水污染和水资源短缺日益严重，所以迫切需要对污水进行及时监控和有效处理。其中，水中溶解氧含量是进行水质监测时的一项重要指标。

传统检测方法有碘量法、电流测定法、荧光猝灭法等，这些方法都不宜用于自动连续测定，后来研制成功了溶解液传感器，极大地促进了水质检测的发展。目前采用光学检测方法，这种方法采用特殊的测量探头，利用光学原理可以有效地消除样品中 pH 波动、硫化氢、水中的化学物质或重金属的干扰，从而在更长的时间内提供更稳定、准确的测量结果。

### 4.3.5 TN 和 TP 在线检测

水中总氮量是有机氮量和无机氮量之和，总氮含量表明了水体的营养化状态及污染程度，此部分的测试要经过将有机氮转化为无机氮的消解过程。当前总氮在线自动分析仪主要采用硫酸盐消解-光度法、密闭燃烧氧化-化学发光分析法。

总磷包括溶解态的磷、颗粒状的磷、有机磷和无机磷。我国规定总磷的环境标准值范围为：地表水 0.002～0.2mg/L；污水 0.1～0.2g/L。目前总磷的分析方法主要有硫酸盐消解-光度法、紫外线照射-钼催化加热消解法、FIA-光度法等。

# 4.4 MBR处理系统电仪实例分析

江苏某污水处理厂是太湖地区污水处理的重点工程，工程设计总规模$10\times10^4m^3/d$，远期根据水量增长情况逐步扩建。

污水处理厂工程采用优化MBR工艺，新建构筑物为：粗格栅及进水泵房、曝气沉砂池及精细格栅池、MBR池、鼓风机房及分变电所、污泥浓缩池、脱水机房、综合业务楼等。新增设备的总装机容量为2075.01kW，计算负荷约为1036kW。

## 4.4.1 供配电设计

### 4.4.1.1 供电电源

本污水处理厂属二级用电负荷，需由二路高压电源供电，计量方式为高供高计。全厂最终采用二回路10kV电源供电，且此二回路10kV电源取自不同变电所（满足二级负荷要求），每路10kV线路的装机负荷约为5650kV・A。

### 4.4.1.2 功率因数补偿

在各变电所低压侧设置集中无功补偿装置，使补偿后的功率因数大于0.9。

### 4.4.1.3 电缆敷设

厂区电缆集中处采用电缆沟敷设，部分采用直埋敷设。

### 4.4.1.4 防雷接地保护

① 对主要建筑物按三类防雷建筑物设防直击雷保护，根据规范要求设置相应的浪涌保护器防感应雷。

② 0.4kV低压用电设备接地系统采用TN-C-S方式；各单体建筑物低压电源进户处中性线重复接地。

## 4.4.2 自控系统设计

本污水处理系统采用了分布式集散型计算机控制管理系统和智能化测量仪表组合的方案。全厂的自控系统由PLC、计算机控制管理系统和仪表检测系统两大部分组成。前者遵循“集中管理、分散控制、资源共享”的原则，后者遵循“工艺必需、先进实用、维护简便”的原则。设计方案力求满足本工程改造后污水处理厂工艺的特性，保证污水处理生产的稳定和高效，减轻劳动强度。

### 4.4.2.1 计算机监控系统

按照控制对象的区域、设备量，设1个中央控制站及5个PLC现场控制站。中央站设于综合业务楼，1号PLC现场站设于进水泵房PLC间，2号PLC现场站设于脱水机房值班室，3号PLC现场站设于MBR膜车间PLC控制室，4号PLC站设于鼓风机房控制室，5号PLC站设于热源泵房值班室。

通信采用二级网络形式，第一级为中央控制系统与管理系统（MIS）之间构成星形结构的局域网，通信介质采用5类8芯双绞线，通信速率10/100Mb/s；第二级为中央控制系统与现场控制站之间构成实时以太网系统，通信介质采用多模光纤，通信速率10～100Mb/s。

### 4.4.2.2 膜反应器的控制技术

本污水处理系统采用的是江苏蓝天沛尔膜业有限公司MBR膜技术，它是一种将高效膜分离技术与传统活性污泥法相结合的新型高效污水处理工艺，它用具有独特结构的MBR平片膜组件置于曝气池中，经过好氧曝气和生物处理后的水，由泵通过滤膜过滤后抽出。MBR组件是间歇工作的，常规是工作9min（抽吸泵抽吸），停3min（抽吸泵不抽吸），PLC

根据预先设定的一小时循环五次对抽吸泵进行自动控制。

4.4.2.3　系统的控制方式

① 手动方式：通过就地控制箱上的按钮实现对设备的启停操作。

② 远程手动方式：操作人员通过操作站的监控画面用鼠标或键盘来控制现场设备。

③ 自动方式：设备的运行完全由各现场控制器根据预先编制的程序和现场的工况以及工艺参数来完成对设备的启停控制而不需人工干预。

4.4.2.4　系统功能

① 实时采集全厂生产过程的工艺参数、电气设备运行状态，同时对厂区各生产和管理区设置报警监控装置，加强厂区管理。

② 在彩色监视器（TFT）显示总工艺流程图、分段工艺流程图、工艺参数、电气设备运行状态。

③ 从操作站以“人-机”对话方式指导操作，远程设定工艺参数，控制电气设备。

④ 根据采集到的信息，自动建立数据库，保存工艺参数、电气设备运行状态、报警数据、故障数据，并自动生成工艺参数的趋势曲线。管理人员通过对工艺曲线进行分析、研究，进一步改进工艺运行方案，提高生产效率。

⑤ 按生产管理要求打印年、月、日、班运行报表，报警报表，故障报表及工艺流程图（彩色硬拷贝）。实时报警打印和故障打印。

⑥ 可使用投影仪放大显示总工艺流程图，在流程图上动态显示主要的工艺参数，主要设备的状态、电气系统状态。

⑦ 通过通信总线与分控制室的现场控制系统进行通信。

⑧ 设不间断电源，保证在发生停电故障时该系统仍能安全可靠地运行。

4.4.2.5　远程控制

本系统采用的是江苏蓝天沛尔膜业有限公司的远程控制软件，该系统是一种基于 Web 的远程控制系统，可以实现遥测、遥控。在本地网采用了近几年兴起的 ZigBee 技术，实现了低功耗、扩展性强的无线传感网的构建。为实现基于 Internet 的低成本接入，本系统采用普通 PC 作服务器拨号连入 Internet，利用动态域名解析技术实现动态 IP 的解析。以 ASP. NET 及 SQL Server2000 数据库为平台，开发了服务器端软件系统。任何接入 Internet 的授权用户都可以通过浏览器获取当前及历史的各种参数。经调试，系统可有效地实现污水处理系统各种参数的远程采集与控制。

### 4.4.3　在线检测系统设计

根据工艺对控制及管理的要求，对新增单体及设备的工艺参数进行连续检测，采集的工艺参数有粗格栅前后液位差、进水泵房液位、pH、SS、COD、流量；MBR 反应池氧化还原电位、溶解氧、污泥浓度、pH、液位、总磷、压力、浊度、流量；污泥池进泥量。仪表检测值除供现场显示外，所有信息经 PLC 同时送入中心控制室计算机。

## 本章小结

本章重点介绍 MBR 膜处理系统电气仪表的配电基本知识、控制装置、监测设备等。主要内容包括供配电系统的基本知识和理论、计算方法、运行和管理，反映供配电领域的常规知识和产品；介绍了 PLC 的工作原理、硬件结构、指令系统、控制系统；污水处理中常用的在线检测仪器及其基本原理，包括测量仪表的基本知识、污水处理在线检测的指标、污水处理在线检测仪器、数据采集与通信、测量仪表的日常维护与管理和水质在线监测仪器的应用及实例。

# 参考文献

[1] 唐志平. 供配电技术. 北京：电子工业出版社，2005.
[2] 熊信银，张步涵. 电气工程基础. 武汉：华中科技大学出版社，2005.
[3] 闫和平. 低压配电线路与电气照明技术问答. 武汉：机械工业出版社，2007.
[4] 熊信银，张步涵. 电气工程基础. 武汉：华中科技大学出版社，2005.
[5] 何仰赞，温增银. 电力系统分析. 武汉：华中科技大学出版社，2001.
[6] 胡寿松. 自动控制原理. 北京：国防工业出版社，1994.
[7] 廖常初. PLC编程及应用. 北京：机械工业出版社，2002.
[8] 施汉昌，柯细勇，刘辉. 污水处理在线监测仪器原理与应用. 北京：化学工业出版社，2008.
[9] 胡文翔. 城市污水处理设施监测监控的实践与探索. 北京：中国环境科学出版社，2004.

# 第5章 MBR反应器施工（安装）、调试

## 5.1 施工（安装）技术

浸没式平片膜生物反应器（MBR）典型污水处理工艺流程见图5-1。其核心是MBR生化处理系统，包括前端处理池（缺氧池、预曝气池等）和MBR反应池（膜池），其中前端处理池可根据进水水质和出水要求决定是否需要设置。MBR反应池内装浸没式平片膜以及曝气系统，构成MBR-好氧的运行模式。

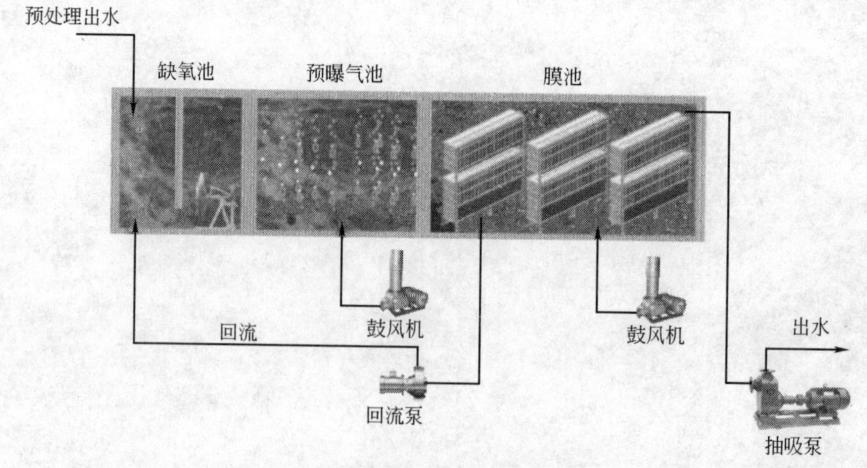


图5-1　典型浸没式平片膜生物反应器（MBR）工艺流程（参照久保田膜）

MBR污水处理设备分通用设备和专用设备。通用设备通常包括拦污设备、加药装置、搅拌机、排泥装置、污泥浓缩装置、排污泵、计量泵、抽吸泵、鼓风机、管材和配件等。专用设备主要为膜组件系统以及与之相配的曝气系统等。

### 5.1.1　通用安装技术要求

#### 5.1.1.1　施工顺序

设备安装原则为先主要后次要、先大型后小型、先上后下、先里后外、先特殊后一般，并优先考虑位置特殊、安装工作量大的设备。

安装一般按照以下流程：施工准备→设备运输及开箱检查→基础验收、复核→放线→地脚螺栓、垫铁→吊装就位、找正找平→拆洗组装→附属系统安装→电器仪表接线调试→试运行。

#### 5.1.1.2　施工准备

（1）技术准备

① 图纸会审，完善施工方案。施工图纸是施工的主要依据，施工前应认真组织图纸会

审工作，并形成文字记录，在此基础上做好施工方案的深化设计，编制各工序、工种的作业设计并落实到作业队伍。

② 建立测量控制网。根据业主提供给的水平坐标和水准点，建立适合本工程的测量定位轴线网络和标高控制网络，其中重要的控制坐标要做成相对永久性的坐标点。

③ 做好原材料检验工作和混凝土的试配工作。对工程主要原材料应严格按规范要求进行取样、检验，把好原材料质量关。针对本工程所用的混凝土、砂浆强度进行配合比优化设计，使之具有较好的性能，满足本工程的施工需要。

④ 做好前期各类技术交底工作。为了确保本工程的优质、高速、安全、低耗，应充分做好各类技术交底工作，交底的内容包括工程的结构和构造情况，场内水平和竖向坐标的控制情况，工程的总体部署和各施工工艺方案的主要内容，各工种各工序的作业设计交底。

(2) 施工现场准备　备好施工用水源、电源，并备有必要的消防及夜间照明器材。做好场地平整工作，保证现场整洁，具备大型机械作业条件，确保道路运输畅通。

布置好储存库房，按供应计划组织施工项目所需的材料进场，并根据施工平面布置图安排的地点进行储存和堆放。

备齐施工机具、计量检测器具等，按计划组织进场、检验和试运转；根据施工需要和设备安装特点，准备好设备运输及吊装机具，其中设备需先进行安装，以便于各厂房内设备的安装。

(3) 施工劳动力的准备　保证供应符合施工需要的人力资源，对施工中所需的稀缺工种、特殊技术工种和新技术工种，要按计划组织培训，合格后上岗。施工项目开工前，组织好针对工人的技术交底工作，落实施工计划和施工技术等要求，健全岗位责任制和保证措施。

#### 5.1.1.3 设备装卸及开箱检验

设备运抵现场后，大型设备可直接运至厂房或设备安装位置附近，以减少周转环节，降低在搬运过程中受损的可能性。设备运输及吊装中要注意设备保护，捆绑要有必要的保护措施，避免划伤设备，以保证设备运输及装卸安全。根据设备的重量、体积和安装的空间，选择液压叉车、电动葫芦、龙门架、人字架等相应吊装机具和方法就位。

设备运至安装位置后，应开箱逐台检查设备的外观和保护包装情况，按照各类设备装箱清单、技术资料文件及规范要求进行开箱验收，清点零件、部件、工具、附件和合格证等，复核是否与设计相符，并做出记录。对暂时不安装的设备和零部件要放入临时库房，并封闭管口及开口部位，以防掉入杂物等，做好防尘、防潮措施，妥善保管。

#### 5.1.1.4 基础检查、放线及垫铁布置

(1) 基础检查　基础质量的好坏，直接影响设备的安装质量及正常运转和使用。安装前对基础进行外观检查，基础的外表面不应有裂缝、蜂窝、孔洞、露筋及剥落等现象，基础的外形尺寸、基础面的水平度、中心线、标高、地脚螺栓孔的预留、混凝土内的埋设件等，应符合设计图纸或施工验收规范的要求，基础上要明显标出标高基准线及纵横中心线。基础的混凝土强度等级、基面位置与高程应符合图纸和技术文件规定。设备基础的强度检验，一般由基础施工专业提供检验数据，也可在现场进行测定，对中、小型设备基础，可采用钢球撞击法，对大型设备基础，可用压力（预压）试验法进行测定。有关参数应符合规定要求，以保证安装后设备的稳固性。

(2) 放线　基础验收合格，办理中间交接验收手续后，再进行放线工作，根据设备平面布置图和基础图，按建筑物（厂家）的定位轴线来测定并画出机械设备的纵横中心线和其他基线，对相互有关联或衔接的设备，按其关联或衔接的要求确定共同的基准。设备基础允许偏差见表 5-1。

**表 5-1 设备基础允许偏差表**（引自肖绪文等，2009）

| 项次 | 偏差名称 | | 允许偏差值/mm |
|---|---|---|---|
| 1 | 基础坐标位置(纵、横轴线) | | ±20 |
| 2 | 基础各不同平面标高 | | +0～−20 |
| 3 | 基础上平面外形尺寸 | | ±20 |
| | 凸台上平面外形尺寸 | | −20 |
| | 凹穴尺寸 | | +20 |
| 4 | 基础上平面的不水平度 | 每米 | 5 |
| | | 全长 | 10 |
| 5 | 竖向偏差 | 每米 | 5 |
| | | 全长 | 20 |
| 6 | 预埋地脚螺栓孔 | 中心位置 | ±10 |
| | | 深度 | +20～0 |
| | | 孔壁的垂直度 | 10 |

（3）地脚螺栓、垫铁的设置与安装　地脚螺栓至基础预留孔壁距离应不少于15mm，下端到孔底至少要留30mm的空隙。丝扣应露出螺母外2～3个螺距。地脚螺栓上的油脂和污垢应清除干净，螺纹部分应涂油脂。灌浆处的基础或地坪表面应凿毛，被油沾污的混凝土应凿除。地脚螺栓灌浆一般采用细石混凝土或水泥砂浆，其标号至少比基础混凝土标号高一级，并不低于150号。灌浆前应使螺栓孔内保持清洁，油污、泥土等杂物必须除去，同时要用水清洗干净，以保证新浇混凝土（或砂浆）与原混浆土结合牢固。每个孔的灌浆工作要连续进行，一次灌完，不能中断。

垫铁的目的主要在于调整设备的水平度，垫铁应符合各类机械设备安装规范、设计或设备技术档的要求；设备常用的斜垫铁和平垫铁可按规范选择。当设备的负荷由垫铁组承受时，垫铁组的位置和数量应符合下列要求：每个地脚螺栓旁边至少应有一组垫铁；垫铁组在能放稳和不影响灌浆的情况下，应放在靠近地脚螺栓和底座主要受力部位下方；相邻两垫铁组间的距离宜为500～1000mm；设备底座有接缝处的两侧应各垫一组垫铁；安装在金属结构上的设备调平后，其垫铁均应与金属结构用定位焊焊牢。

#### 5.1.1.5　设备清洗

清洗的目的是清除和洗净设备各零、部件加工表面上的油脂、污垢和其他杂质，并使各零、部件的表面具有防锈能力。一台设备不能一次都全部清理干净，而是在安装过程中配合各工序的需要分别进行清洗。但对设备技术档中规定不得拆卸的机件，不能擅自拆开清洗，拆洗前必须取得有关单位同意。

#### 5.1.1.6　设备精平

设备精平目的是在初平的基础上对设备的水平度进一步调整，使它完全达到合格的程度。当浇灌的地脚螺栓孔的混凝土强度达到70%以上时，即可开始精平。在一般情况下，设备总是要求调整成水平状态，即设备上主要工作面与水平面平行，有时要求设备成垂直状态，即设备上主要工作面呈垂直方向。

#### 5.1.1.7　零部件装配

（1）过盈配合零件装配　装配前应测量孔和轴配合部分两端和中间直径，每处在同一径向平面上互成90°位置上各测一次，得实测过盈值。压紧前，在配合表面均加合适的润滑剂。压紧时，必须与相关限位轴肩等靠紧，不准有窜动现象发生。实心轴与不通孔压装时，允许在配合轴颈表面上磨制深度不大于0.5mm的弧形排气槽。

（2）螺纹与销连接装配　螺纹连接件装配时，螺栓头、螺母与连接件接触紧密后，螺栓应露出螺母2～4个螺距。不锈钢螺纹连接的螺纹部分应加涂润滑剂。用双螺母且不使用粘接剂防松时，应将薄螺母装在厚螺母下。设备上装配的定位销，销与销孔间的接触面积不应小于65%，销装入孔的深度应符合规定，并能顺利取出。销装入后，不应使销受剪切力。

(3) 滑动轴承装配　同一传动中心上所有轴承中心应在一直线上，即具有同轴性。轴承座必须牢靠地固定在机体上，当机械运转时，轴承座不得与机体发生相对位移。轴瓦合缝处放置的垫片不应与轴接触，离轴瓦内径边缘一般不宜超过1mm。

(4) 滚动轴承装配　滚动轴承安装在对开式轴承座内时，轴承盖和轴承座的结合面间应无空隙，但轴承外圈两侧的瓦口外应留有一定的间隙。凡稀油润滑的轴承不准加润滑脂，采用润滑脂润滑的轴承，装配后在轴承空腔内应注入相当于空腔容积65%～80%的清洁润滑脂。滚动轴承允许采用机油加热进行热装，油的温度不得超过100℃。

(5) 联轴器装配　各类联轴器的装配要求应符合各类联轴器标准的规定，其轴向、径向、角向的偏差应小于标准中规定的许用补偿量。

(6) 传动皮带、链条和齿轮的装配　链轮必须牢固地装在轴上，并且轴肩与链轮端面的间隙不大于0.1mm，链轮与链轮啮合时，工作边必须拉紧。当链条与水平线夹角小于45°时，从动边的松弛度应为两链轮中心距的2%，大于45°时，松弛度应为两链轮中心距离的1%～1.5%。主动链轮和被动链轮中心线应重合，其偏差不得大于两链轮中心距2/1000。

安装好的齿轮副蜗杆传动的啮合间隙应符合相应的标准或技术档的规定。可逆传动的齿轮，两面均应检查。

(7) 密封件装配　各种密封毡圈、毡垫、石棉绳等密封件装配前必须浸油。O形橡胶密封圈，用于固定密封预压量为橡胶圆条直径的25%，用于运动密封预压量为橡胶圆条直径的15%。装配V形、Y形、U形密封圈，其唇边应对应着被密封介质的方向。压装油浸石棉盘根，第一圈和最后一圈宜压装干石棉盘根，防止油渗出。盘根圈的切口宜切成45°的剖口，相邻两剖口应错开90°以上。

#### 5.1.1.8　试运转

试运转是设备安装中最后一道工序。它的目的在于检查设备是否符合设计和使用的要求，能否正常投入生产。试运转前，设备应该安装齐备，处于随时可投入运转的良好状态下。对螺丝之类的紧固件，应逐个检查一遍，看有无松动现象。对减速机、齿轮箱及滑动面等，所有应润滑的润滑点，都要按产品说明书上的规定，保质保量地加上润滑油。对自动润滑系统，在设备运转前，应先开动润滑油泵将润滑油循环一次，以确定润滑系统是否良好，只有确认设备完好无疑时，才允许进行试运转。机械设备启动前，要求做好紧急停车准备以及试运转中的安全措施。试运转时，电动机应单独试验，以判断电力拖动部分是否良好，并确定其正确的回转方向；各种电气设备如电磁制动器、电磁阀限位开关等，都必须提前做好试验调整工作；能手动的部件，要先手动后再机动，能盘车的先盘车，在没有卡阻和异常现象时，才可通电运转；速度可以变换的机械，应先低速后高速；要分部分项逐台地进行运转，然后才能联合运转。

### 5.1.2　设备安装技术

#### 5.1.2.1　曝气器安装技术

曝气设备由鼓风机、曝气管、清洗用管道及阀门等组成。MBR生物反应池内的曝气管路分为两路：一路对周边活性污泥进行曝气，另一路对膜组件的膜片进行曝气。由于膜组件上曝气管一般与膜组件一体化装配，故本节主要介绍反应池底曝气设备的安装。

目前，常用的曝气器有管式曝气器和盘式曝气器，材料有陶瓷、橡胶、热塑性材料和金属材料等，根据MBR生化反应系统设计要求，一般分布在膜组件下方的曝气池底部。

（1）安装技术要求

① 曝气设备的平面位置和标高应符合技术要求，设备平面位置偏差在±10mm，设备标高偏差±10mm。

② 主支管水平落差±10mm。

③ 设备固定应牢固，采用不锈钢膨胀螺栓或化学膨胀螺栓固定。

④ 曝气设备和升降调节设备装置灵敏可靠，锁紧装置可靠。

⑤ 微孔曝气器与曝气支管连接紧密可靠，保证气密性。

（2）安装注意事项

① 微孔曝气器安装前，曝气主管必须吹扫干净，不能有灰尘及杂物，以免堵塞出气孔。

② 微孔曝气器安装前端头保护盖板保存完好，不能脱落，以免杂物进入内部。

5.1.2.2 膜组件安装技术

浸没式平板膜组件安装于MBR生化反应池内。膜组件由外壳、壳体上附有的产水集合管、内部排列的一定数量的膜元件、膜元件插入导轨以及曝气管组成，每支膜元件又由平板膜、隔网、支撑板和框架组成（图5-2）。其构造与工作原理为：膜组件内排列有一定数量的膜元件，膜元件上有曝气管路与风机相连并有出水软管与集水管相连，两块多孔支撑板叠压在一起形成的料液流动空间组成一个膜单元；外部鼓风机的空气通过管道首先送至曝气管的主管（下部较粗的管道），再通过主管分配至曝气支管。曝气支管上有散气孔，空气通过曝气孔，经过曝气框架吹入膜框架的空隙之间，防止膜堵塞；污水通过控制合理的HRT，经过MBR反应池内的活性污泥降解后，通过抗污染平板膜组件由抽吸泵吸出进入清水池。

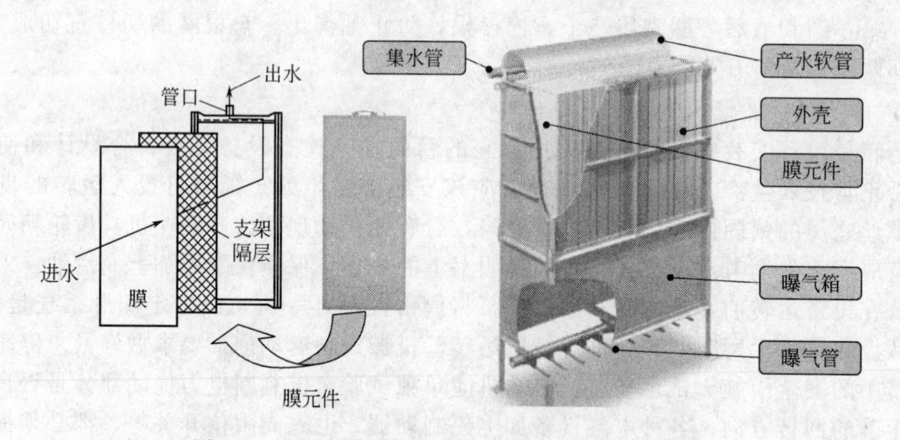


图5-2 平板式膜组件构造与装配（久保田膜组件）

由于膜的保湿要求，MBR系统安装过程中膜组件的安装通常应安排在最后实施，以利于膜组件安装工作结束后，直接进行膜系统的调试与试运行。

（1）安装技术要求

① 安装流程。施工准备→基础检查→测量放线→设备开箱检查→膜组件安装→膜元件安装→管道连接→曝气、试漏。

② 施工准备

a. 组织安装班组熟悉施工图纸、维护手册等随机文件及相关规范，掌握运输、安装、试车要领，并进行技术、安全交底。平整道路及场地，备好施工用电源、水源，并备有必要的照明和消防器材，备齐施工机具、计量检测器具等。准备好安全橡胶靴、橡皮手套以及甘油等安装辅助材料，并根据现场施工需要和设备安装特点，准备好设备运输及吊装机具。

b. 检查管道仪表、连接处是否安装完毕；清水引入管是否接入 MBR 反应池。

c. 安装基础复测。膜组件可在反应池底部直接设置，也可在反应池底部的支撑台上设置。安装前需对基础进行外观检查，对其位置、标高及外形尺寸、预留孔洞、强度等进行全面的复测、检查，防止有超差现象。在支撑台上设置膜组件时，曝气管和反应器底部的距离应控制在 400mm 以下，此外，浸没式膜组件上缘与反应器中液面的最低水平位置之间的距离必须控制在 500mm 以上，注意复核并调整支撑台的高度。

d. 放线。根据 MBR 反应池内膜组件布置平面设计图，按建筑物（厂家）的定位轴线来测定并画出膜组件安装位置的纵横中心线和四角基线，确定组件的平面安装位置，同时注意按照设计要求控制膜组件之间以及膜组件与墙壁之间的距离。

③ 材料、设备验收与保管。会同建设单位、监理单位及生产厂商进行设备进场验收。先进行外观检查，检查外包装是否符合《一般货物运输包装通用技术条件》（GB/T 9174—2008）的规定，检查外包装上产品商标标识和产品名称、型号、规格、数量是否正确，检查包装箱的外表是否有压、挤、碰过的损伤，并做好检查记录。仔细阅读《设备装箱清单》，依次打开各包装箱，检查各箱内容是否与《设备装箱清单》一致，并检查各设备部件有无损伤，但膜元件开箱检查时注意不能捅破膜元件的内包装塑料袋。做好开箱验收报告，报告中记录参加人、开箱日期、验收地点、开箱过程及详细记录。

对暂时不安装的膜元件和膜组件应放入临时库房做好保管工作。膜元件纸板箱堆积于库房时，堆积层数不能太多，以防倒塌致使膜元件受损；同时切勿使包装纸板箱受潮，禁止站立于纸板箱上或将重物置于纸板箱上面。保存温度勿超过 30℃，避免阳光直射，选择通风良好的场所，温度为 0℃以下时需做好防冻保温措施，避免膜元件冻结发生物理破损。

从运输到安装的整个过程，严禁焊接、熔断、剪切等作业产生的火花与膜组件接触。

④ 膜组件外壳安装

a. 膜组件外壳一般用不锈钢材料制成，需将其吊入生物反应池中预定位置，安装时，应选用合适的吊装工具，并应使用与膜组件重量相匹配的吊钩或者吊链。

b. 在吊装时，应确认吊钩或者吊链是否与壳体相连接，慢慢地向正上方起吊防止膜组件壳体摇晃，严禁任何人位于膜组件下方。吊装时若膜箱体内装有膜元件，注意倾角不得大于 3°。

c. 吊装定位后，检查膜组件外壳的平整、倾斜程度，用垫铁找平后，用地脚螺栓将其四角支架固定在基础上。

曝气箱与膜组件箱设计为分置式时，应先安装曝气箱，并在曝气箱固定后再将膜箱安置于曝气箱上部，用螺栓拧紧、固定。

若设计几台并行的膜组件时，重复以上步骤安装。

⑤ 膜元件安装

a. 装填前的准备。将供水配管内的垃圾、油、金属粉清除，除去膜组件壳体内部的垃圾或异物，用干净水冲洗，并可根据需要进行配管系统内的药品清洗或注水清洗。确认膜片供给水是否符合要求。从纸板箱内的附件盒里将零部件取出，核实确认膜元件的附属零部件及数量（图 5-3）。

b. 膜元件装填。从纸板箱中取出膜元件，拆去塑料包装袋。在膜元件上安装密封圈，

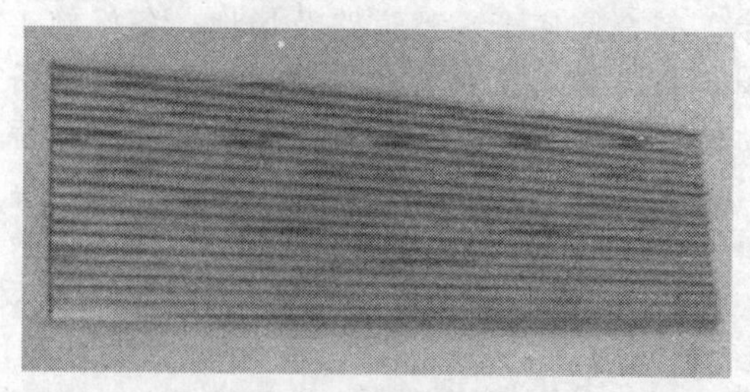

(a) 导轨板

(b) 橡胶压条

(c) 集水管

图 5-3　膜元件安装配套部件（斯纳普膜）

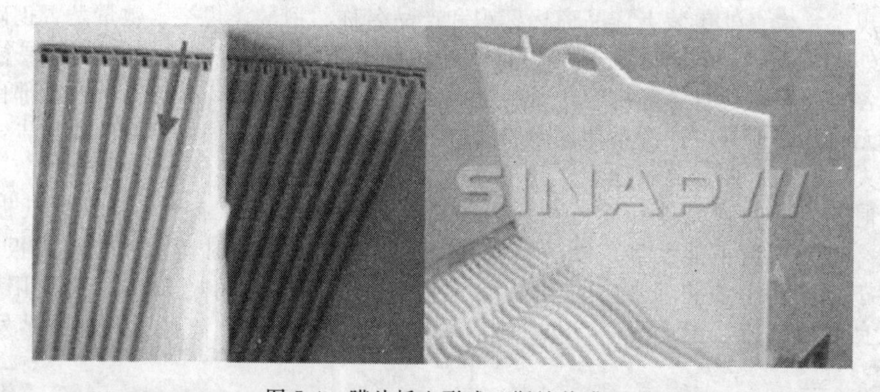


图 5-4　膜片插入形式（斯纳普膜）

然后将膜元件不带密封圈的一端从膜元件插入导轨插入（图 5-4），将元件慢慢推入。注意每张膜元件的出水口方向是否与主抽吸管相对应，以免装错方向再重新拔出。重复步骤直到所有元件都装入膜组件内，安装完毕后核对每个单元的膜元件数量，以防漏装。膜元件全部放入组件后，用橡胶压条将膜元件分开压牢，然后用固定钢板将橡皮压条固定，并拧紧固定钢板上的螺丝。

⑥ 接管。将膜元件上的抽吸口与组件上的抽吸总管的抽吸口用软管连接，注意尽可能将软管与两端抽吸口紧密相连，且小心勿将抽吸口折断。将组件的曝气管和抽吸管与外部曝气总管和抽吸总管连通。膜组件管道连接示意见图 5-5。

⑦ 曝气、试漏。仔细检查管配件接续是否正确、螺丝是否拧紧。把反应池打扫干净，并确认配管内已被清洗干净后再开始进行通水试验，按照以下步骤操作。

a. 向反应池中放入清水之前打开排气阀，要注意膜组件内会残留空气，为防止由于水锤所导致的膜元件破损，通水时要注意缓慢进水，以充分排除空气，进完水后再关闭排气阀。

b. 急剧的流量、压力的上升会导致膜元件发生变形和损伤，在未达到设备的运转条件（水量、压力、回收率等设计值）前，要缓缓地提升流量、压力，尽量让水压慢慢上升达到满水状态。

c. 打开鼓风机，调节鼓风机流量，以水面布满气泡为宜。

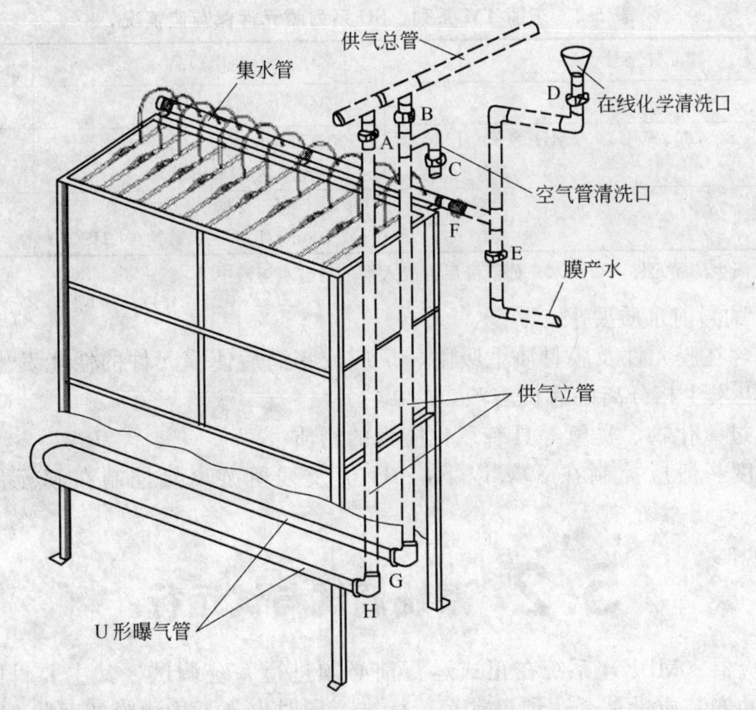


图 5-5 膜组件管道连接示意图（斯纳普膜组件）

注：A、B、C、D、E 为阀门；F 为集水管油拧；G、H 为 U 形曝气管快接法兰

d. 检查反应池内曝气是否均匀、各连接处是否漏气，检验抽吸管路是否漏水，出现以上问题，必要时进行调整，局部重新安装。

（2）安装注意事项

① 膜元件安装过程注意事项

a. 注意膜片保湿，防止膜片受损。新膜元件必须一直保持在湿润状态，膜片不能划伤受损。安装人员应戴上棉布手套，防止指甲刮伤膜片。安装前对膜片逐一检查，检查膜元件内包装塑料袋是否破损，用肉眼直接观察膜表面是否平整有光泽，是否有皱痕、破损，接缝处是否有破损，并用肉眼在检光箱上检查膜表面是否有针孔、气泡等；刚从塑料袋中取出的新膜元件比较黏，临近的两片平板膜元件的滤膜表面可能会黏合在一起，分开时务必缓慢小心；新取出的膜元件在搬运中不能造成膜面很大的弯曲，禁止直接放置在无任何保护措施的地面或物体上，禁止将任何物体压在膜元件上；施工前对在安装过程中有可能触碰到滤膜表面的尖锐钝器注意包扎好，避免安装过程中触碰到滤膜表面；安装过程中若安装人员需站在组件上时，禁止踩在已安装好的平板膜元件上，特别注意不能踩踏膜元件出水口；安装过程动作轻柔、慢速，禁止用力强行推入；安装过程中还应注意避免阳光暴晒膜片。保证快速、高质量地完成施工，为此要选用技术熟练的工人进行操作。

b. 膜片施工安全注意事项。膜元件保存液中如有 $NaHSO_3$、福尔马林等溶液（东丽膜元件保存液情况见表 5-2），在操作时须小心谨慎，作业前必须参照药品安全使用标准。此外还需注意以下事项：装填膜元件的操作要在换气较好的场所，保证良好的通风条件，要使用防护眼镜和防护手套、穿防护衣等，在换气状态不太好的场所作业时要使用呼吸保护器；当保存液溅入眼中时至少要用清水缓缓冲洗 15min，并要尽快到医院就诊并采取医疗措施；当沾到皮肤上时，要尽快脱去受污的衣类、鞋帽，触及部分要边用温水淋洗，边用肥皂洗净。

表5-2 东丽TM系列、SU系列膜元件保存液情况

| 膜元件型号 | 使用药品 | pH范围 |
|---|---|---|
| SU-20 | 0.2%～0.3%福尔马林 | 6～8 |
| SU-500、SU-600、SU-700、SUL-G、TMH系列、TMG系列、TM7系列 | 500～1000mg/L 重亚硫酸钠（$NaHSO_3$） | 3～6 |
| SU-800、TM8系列 | 0.2%～0.3%福尔马林① 或500mg/L重亚硫酸钠（$NaHSO_3$） | 3～6 |

① 对于使用时间少的膜元件，要用水充分清洗后再浸入福尔马林水溶液中。

② 曝气、试漏前水质要求

a. 确认不含在膜元件及膜材质上吸附、反应或膨润后使膜元件的性能发生变化的物质，不含有在膜面上发生相分离的有机溶液。

b. 不含有过氧化物、臭氧等具有氧化能力的物质。

c. 给水温度一般应控制在30℃以下，pH值及残留游离氯控制在膜元件产品规定的范围。

## 5.2 系统调试与试运行

膜生物反应器（MBR）系统在正式运行前必须进行系统调试。其主要目的在于检查各构筑物与设备的安装质量是否达到正常运行标准，同时也为了检测膜处理装置运行的各项指标能否达到设计要求，并为后续的正常运行、科学管理、建立操作规程打下基础。

### 5.2.1 调试准备与工艺步骤

#### 5.2.1.1 调试工作准备

（1）技术准备

① 各类土建、工艺、机、电、仪设备图纸资料到位，各类设备操作规程和维护保养手册编写完成，各类设备说明书已齐全。

② 调试方案与调试计划已完善，并做好技术交底。

③ 有完善的安全操作规程，调试所需工具、材料、辅料、安全防护设施齐全。

（2）现场检查与清理 调试前应做好以下检查工作。

① 土建工程检查：构筑物注水试验及记录、沉降情况记录、防腐处理等，并办理中间交工验收签证。

② 管道、各类井室检查：对其安装位置、高程、防腐处理等检查记录，并办理好签证；各连接部位已紧固，临时固定装置已拆除。

③ 设备检查：膜组件、泵类、电机、阀门类等设备的完好程度，其型号、材质、性能是否与设计一致，转动部分润滑油及其他工作完善；对引进设备部分还应满足外方专家提出的要求。

④ 电气、自控仪表：检查装置安装、接线是否完毕，试验正确、记录齐全。

此外，对安装工作已经结束的现场，应做好调试现场的清理工作，如对构筑物、厂内管道、各类井室进行检查、清扫、整理，彻底清除堆积泥沙、杂物等，对设备清洁除尘，对传动部分加油养护等。

（3）人员组织与管理 调试工作开始前应对参与调试的有关工作人员岗位进行合理配置，按进度计划安排上岗，明确职责范围。

① 调试在总承包商的组织和协调下进行，配置相应的组织和技术负责人。

② 主要调试人员应由具有调试经验的技术人员担任，由机电工程师、工艺工程师带领

数名有经验的技工组成，并配置相关辅助工种。

③ 操作人员熟悉现场设施设备情况，上岗操作人员熟悉图纸资料、操作规程。

④ 各调试阶段应有业主安排的操作人员共同参与，同时进行培训。

5.2.1.2　调试工艺步骤

调试过程包括以下阶段：设备单机调试→清水联动调试→工艺运行调试→稳定运行。

### 5.2.2　设备单机调试

膜生物反应器系统单机调试的目的，一是检查设备安装质量是否符合设计要求的安装标准的规定，二是检验设备单机运行质量的可靠性。

系统空车调试包括以下内容和步骤。

（1）外观检查　检查设备的外观有无生锈、落漆，有无划痕和撞痕，注意有无漏油和密封失效等情况。

（2）实测检查　检查各种设备的安装是否符合设计要求，设备安装位置与施工图是否相同以及安装的公差尺寸等是否满足规范要求。特别注意检查曝气池中的膜组件安装是否符合设计要求以及曝气管是否在同一高程上，其误差均不得超过设计规定值。

（3）资料检查　检查各项隐蔽工程资料是否齐全，各类设备、管道的规格、型号、材料材质是否有记录，防腐工程验收记录和膜组件等主体设备验收的表格、记录等。

（4）空载调试　根据设备操作规程和说明书的规定，在没有负荷加在设备之前进行。电气控制系统进入手动操作模式，分别按下设备的控制开关，验证设备具有正确的功能、正确的运行温度和无不正常的振动或应力，检查单机设备运行是否稳定，是否有不规则的杂音，是否达到设计的性能参数。但膜组件不允许空载调试，运行中如发现异常或不正常振动，应立即停电检查。确认各单机设备运转正常后，关闭所有的单机设备。

### 5.2.3　清水联动试车

（1）准备工作　膜生物反应器系统进行清水联动运行时，应满足以下条件。

① 各构筑物出水管道畅通，具备向外排水的能力，厂外管道及泵站具备输水的条件。

② 单体调试完成，所有设备通过初步验收，有问题的设备经过检修和更换并已检验合格。

③ 供电能力满足联动试车的负荷条件，电气和自控系统通过单体试车，能达到控制用电设备的条件，操作前应在设备开关处悬挂指示牌。

④ 工作人员已掌握设备的性能及联动调试方法，操作人员启闭电器开关，应按操作规程执行。

⑤ 清水运行前，应针对膜组件进行以下检查准备工作：再次确认空气管、污水管的正确连接；确认膜元件箱体在曝气箱上已固定好；确认放置膜组件的反应池内已清洗完毕。

⑥ 确认运行前曝气清洗管道阀门处于关闭状态。

（2）操作步骤　按以下步骤进行清水联动运行。

① 将清水放至膜生物反应池。放水之前，打开空气排放阀，采取通入干净的压力水（清洁水）的方式以排除膜元件中的空气，放至设计运行水位后，将空气排放阀关闭。清水联动试车时，注意水温应大于4℃。

② 启动曝气鼓风机，确认曝气量和曝气的均匀性。启动鼓风机时应将所有曝气管路系统打开，调节曝气管路上的调节阀门，调节曝气量以避免长时间强曝气量造成膜丝撕断。一台鼓风机对多台膜组件送风时，应保证供给每个膜组件的空气量相同，如果有严重的不同，须检查管道构造（接口管粗细等）和各送气管情况，使送气量达到一致。

清水运行时可能会有泡沫产生，这种现象可能是由于膜中含有的不溶性的可生化的亲水性物质导致的，可以不管这一现象而继续运行。

③ 膜组件出水手动试运行。关闭清洗口阀门，手动启动抽吸泵并调节出水阀门，观察抽吸泵进口处压力和出水口流量的变化，检查膜组件出水是否稳定并达到设计参数。逐渐调节出水量至膜片清水最大出水量，并记录此时膜组件出水管道系统中的真空压力、膜压差、水温等参数。应避免抽吸泵在无曝气的情况下运行。

④ 启动自动操作模式。观察各灵敏设备元件是否能按预定要求进行动作，整套系统中是否按已设定程序平稳运行。

⑤ 清水调试时，应同步进行设备及运行性能测试。检查控制设备性能，测定设计过滤水量（通常时及最大、最小流量时）下的膜间压差、水温，并进行记录。各流量、压力、压差、液位等物理量测量仪表应在联动调试阶段完成调试，并使其能准确反映各物流的物理变化。调试检查PLC电气控制系统的运行是否稳定并符合设计要求。

⑥ 清水运行时间不宜过长，性能测试结束后，马上停止抽吸和曝气。

⑦ 清水操作后应一直保持膜元件浸放于水中，膜干燥后会破坏膜的性能，导致透水量的下降。

### 5.2.4 工艺运行调试

（1）准备工作　在清水联动调试完成的基础上，可以进行工艺运行调试，进行本项调试的前提条件如下。

① 系统联动调试基本完成，需维修和调试的设备、自控系统各PLC的调试和通信联络、控制分析仪表的调试已完成；上一阶段调试中存在的问题已解决，需整改的工作已完成。

② 检查工艺运行软件能否满足各种运行状况的要求。

③ 建立调试工程的水质分析室，建立各种与水质、工艺有关的分析方法，下列分析化验项目设备已备齐：pH、SS、COD、$BOD_5$、TKN、$NH_3$-N、$PO_4^{3-}$-P、SV、MLSS、DO、MLVSS、微生物镜等。

④ 采用分专业、分岗位及利用进水的时间差按工序进行调试，各岗位、工序在操作时要有人监护（不少于2人），各岗位及巡检员应及时使用无线联络互通情况。

⑤ 能提供和确保调试所需药剂，能确保在调试过程中及以后污水水源采取的工艺用量，能保证调试中所需的电源负荷。

⑥ 若污泥培养采用接种培养方式，已联系好接种所需的污泥提供生产厂家和运输方式。

（2）操作步骤

① MBR反应池活性污泥培养。活性污泥培养是MBR处理工艺的关键环节，直接关系到工艺调试的成败。

MBR反应池内活性污泥培养包括自然培养和接种培养两种方法。自然培养也称直接培养法，是直接利用废水中原有的少量微生物逐步繁殖的培养过程，其培菌过程即微生物逐步适应废水性质并获得驯化的过程，自然培养时间相对较长。根据进水方式不同，自然培养又可分为间歇培养和连续培养。接种培养是指利用污水处理厂的接种污泥作菌种来培养的方法，接种培养法的培养时间较短，MBR反应池内活性污泥培养大多采用这种方法。根据种泥的不同，又分为浓缩污泥接种培养和干污泥接种培养两种方式。

a. 浓缩污泥接种培养。采用附近污水处理厂的浓缩污泥作菌种（种泥或种污泥）来培养。城市污水和营养齐全、毒性低的工业废水处理系统的活性污泥培养，可直接在所要处理的废水中加入种泥进行曝气，直至污泥转棕黄色时就可连续进污水（进水量应逐渐增加）。为了加快培养进程，可在培养过程中投加未发酵过的大粪水或其他营养物。活性污泥浓度达到工艺要求值即完成了培养过程。从经济上讲，种泥的量应尽可能少，一般情况下控制在稀释后使混合液污泥浓度在 0.5g/L 以上。对有毒工业废水进行培菌时，可先向曝气池引入河水，也可用自来水（需先曝气一段时间以脱去其中的余氯），然后投入种污泥和未经发酵的大粪水进行曝气，直至污泥呈棕黄色后停止曝气，让污泥沉降并排掉一部分上清液，再次补充一定量的大粪水继续曝气，待污泥量明显增加后，逐步提高废水流量。在培菌的后期，污泥中微生物已能较好地适应待处理污水水质。

活性污泥的培养和驯化可分为间歇式和连续式两阶段进行。间歇培养为在反应器内接种一定量的活性污泥，开启鼓风机曝气，控制溶解氧在适当范围内，随时检测溶解氧、pH 值、MLSS 和用显微镜观察微生物相变化。间歇培养数日，当反应池内活性污泥达到一定量时可连续培养，连续进水并逐步提高进水量；连续培养数日，当活性污泥浓度到一定浓度后可转入正常运行。

b. 干污泥接种培养。“干污泥”通常是指经过脱水机脱水后的泥饼，其含水率为 70%～80%，适用于边远地区和取种污泥运输距离较远的情况。干污泥接种培养的过程与浓缩污泥培养法基本相同。接种污泥要先用刚脱水不久的新鲜泥饼，投加至反应池前需加少量水并捣成泥浆。干污泥的投加量一般为池容积的 2%～5%。干污泥中可能含有一定浓度的化学药剂（用于污泥调理），如药剂含量过高、毒性较大，则不宜用作为培菌的种泥。

② 稳定进行。经连续驯化，MLSS 达到 3g/L 后，即进入稳定进行阶段。视污泥浓度、状态和出水水质逐步规律性地提高出水量，直到达到设计水量后，参照膜产品设计运行方式，保持不间断的曝气和周期性抽吸进行正常运行调试。浸没式平板膜组件通常设计成恒流量间歇出水方式运行。主要是由于连续出水会加快混合污泥在膜表面堆积，形成滤饼层（污泥层），在膜过滤时，尽管有曝气冲刷，但是在连续出水的引流下反应池中的混合污泥仍在膜表面堆积，形成浓差极化，覆盖滤膜表面。采用间歇出水方式能大大改善这种状况：当暂停抽吸时，膜两侧的压差减少以致降低为零，堆积在膜表面的污染物容易在气泡和向上涌动的液流的干扰下脱落，达到清洗的效果。故恒定通量的操作方式可较为有效地控制膜污染较快速度地增长，使膜通量可以长期保持较高水平。

如沛尔膜产品建议使用膜生物反应器处理污水时，根据原水水质情况按照以下方式运行：抽吸出水时间 7min，空曝时间 3min；抽吸出水时间 8min，空曝时间 2min；抽吸出水时间 9min，空曝时间 1min；上述抽、停时间循环往复。

斯纳普膜产品在使用膜生物反应器处理污水时，建议按照以下方式运行：抽吸出水时间 8min，空曝时间 2min，上述抽、停时间循环往复。

在这一阶段中，同步开展运行检测，主要是确定进、出水水质、污泥负荷等工艺参数是否能稳定达到设计要求，满足出水需要，同时，根据实际情况调整各种工艺参数，启用自控系统控制参数，并力求达到优化运行。

(3) 调试过程关键参数控制　采用膜生物反应器法污水处理过程应建立完善的检测控制系统，膜处理工艺中，主要控制因素有进水水质、膜面流速、温度、操作压力、pH 值、MLSS 等。为保证设施正常运行和处理效果，及时发现异常现象，应按照污水处理系统运行操作规程规定的检测频率和取样点等进行操作和管理。

① 温度。膜生物反应器系统曝气池内温度宜在 15～35℃范围。由于抗污染膜生物反应器中存在内部缺氧状态，即系统在好氧反应阶段同时存在硝化和反硝化作用；硝酸盐细菌比亚硝酸盐细菌对温度的冲击更敏感，温度会影响出水 $NO_2^-$-N 的累积。此外，过高的温度易降低活性污泥混合液的黏度，从而降低渗透阻力，导致膜通量增大，影响出水效果。

② 操作压力。在控制活性污泥混合液特性基本不变的情况下，膜通量随着压力的增加而增加；但当压力达到一定值，即浓差极化使膜表面溶质浓度达到极限浓度时，继续增大压力几乎不能提高膜通量，反而使膜污堵加剧，因此运行中须控制合适的操作压力，浸没式膜

生物反应器跨膜压差不宜超过0.05MPa。运行中同时应注意检查跨膜压差的稳定性，跨膜压差的突然上升表明膜堵塞的发生。

③ DO。DO是影响有机物去除效果的重要因素，特别是在以除磷脱氮为目的的情况下，溶解氧的浓度控制显得尤为重要。在不同的膜生物反应器工艺类型中，混合液以各种形式在生物反应池内形成好氧、缺氧及厌氧段。反应池各段DO的控制范围为：厌氧段在0.2mg/L以下，缺氧段在0.2～0.5mg/L之间，好氧段浓度不宜小于2mg/L。

④ 膜面流速。膜面流速与压力对膜通量的影响是相互关联的。压力较低时膜面流速对膜通量影响不大，压力较高时膜面流速对膜通量影响很大。随着膜面流速的增加，膜通量也增加，尤其是当压力比较高的时候。这是因为膜面流速的提高一方面可以增加水流的剪切力，减少污染物在膜表面的沉积；另一方面流速增大可以提高对流传质系数，减少边界层的厚度，减小浓差极化的影响。另外，膜面流速对膜面沉积层的影响程度还与料液中污泥浓度有关，在污泥浓度较低时，膜渗透速率与膜面流速呈线性增加。但当污泥浓度较高时，膜面流速增加到一定的数值后，对沉积层的影响减弱，膜通量增加的速度减小。对于分置式MBR，运行条件尽可能控制在低压、高流速，膜面流速宜保持在3～5m/s，这样做不仅有利于保持较高的水通量，而且有利于膜的保养和维护，减少膜的清洗和更换。

⑤ MLSS。浸没式MBR好氧区（池）污泥浓度应控制在3～20g/L，但不同膜产品运行时最佳浓度范围不同，如沛尔膜要求控制在6～10g/L，不能超过12g/L。一般来说，在一定的膜面流速下，当料液中污泥浓度增加时，由于污泥浓度过高，污泥易在膜表面沉积形成厚的污泥层，导致过滤阻力增加，使膜通量下降。但是，料液中污泥浓度也不能太低，否则污染物质降解速率低，同时活性污泥对溶解性有机物的吸附和降解能力减弱，使得混合液上清液中溶解性有机物浓度增加，易被膜表面吸附，导致过滤阻力增加，膜通量下降。因此，应当维持料液中适中的污泥浓度，过高或过低都会使水通量减小。

⑥ 污泥形态。除MLSS外，运行过程应周期性地观测活性污泥的颜色、气味、SVI、污泥中微生物的形态。运行中有时会出现污泥膨胀、解体、腐化等异常现象，污泥状态恶化时，将加快膜组件抽吸压力的上升速度，此时需要对污泥状态进行调理。正常活性污泥的颜色及气味为茶褐色及有凝集性、无令人不快的气味。SVI值能较好地反映活性污泥的凝聚和沉降性能，一般应控制在50～150之间（但废水性质不同，这个指标也有差异）。活性污泥良好时出现的生物主要有钟虫属的褶累枝虫、锐利盾纤虫、盖成虫/聚缩虫/独缩虫等，各种微小后生动物和吸管虫类生物是固着性或匍匐类，通常这些生物在混合液中存在的个体数占总数比例较大时（80%以上），就可认为是净化效率高的活性污泥。

⑦ pH值。膜生物反应池进水pH值范围宜为6～9。

⑧ 水位。系统运行时，膜组件上方应始终保持500mm左右水深。

⑨ 曝气状态。在浸没式MBR工艺中，曝气有两个作用：一是提供微生物代谢所需的氧气；二是产生错流，去除或减少膜表面的污泥层，减缓膜的污染速率。在一定曝气强度范围内，随着气水比的提高，膜通量增大；但曝气强度过高时，细小污泥颗粒和胶体类物质增多，反而更容易引起膜孔的吸附和堵塞，使膜污染加剧。因此膜组件均设计有正常运行时的曝气量控制条件（沛尔膜元件曝气量控制条件见表5-3）。调试过程须检查曝气空气量是否为产品控制标准量，是否为均一曝气。发现曝气空气量异常、有明显的曝气不均一时，须采取必要的措施，如除去曝气管的结垢，检查安装情况，检查鼓风机以及调整曝气等。

现行的膜产品一般都制定了相应的运行条件（东丽膜、斯纳普膜运行条件分别见表5-4、表5-5），不同膜产品标准运行条件有所差异，同时运行环境（如原水水质、污泥性状）不同，也会对运行参数造成影响。调试过程应根据所选用的膜产品以及运行环境确定最优运行参数。

表 5-3 沛尔膜元件曝气量控制条件

| 型号 | 单片膜元件曝气量控制条件 | |
|---|---|---|
| | 标准运行/(L/min) | 最大值/(L/min) |
| PEER25 | 8～10 | <16 |
| PEER100 | 10～12 | |
| PEER150 | 12～14 | |

表 5-4 东丽膜组件标准运行条件

| 项次 | 单位 | 运行条件 |
|---|---|---|
| MLSS | mg/L | 7～18 |
| 污泥黏度 | MPa·s | 250 以下 |
| DO | mg/L | 1.0 以上 |
| pH | — | 6～8 |
| 水温 | ℃ | 15～40 |
| 膜过滤流速 | $m^3/(m^2 \cdot d)$ | 0.75 以下 |

表 5-5 斯纳普膜组件运行条件

| 项次 | 单位 | 运行条件 |
|---|---|---|
| MLSS | mg/L | 7～18 |
| 最高运行负荷 | MPa | −0.025 |
| 最大运行透膜压差 | MPa | 0.025 |
| 正常运行负压 | MPa | −0.01～−0.025 |
| pH | — | 5～11 |
| 水温 | ℃ | 15～40 |
| 进水 SS | mg/L | <9000 |
| 曝气量 | L/min | 12～13(单片膜) |

(4) 系统调试注意事项

① 原水适用与预处理。平片膜生物反应器的主要功能是将膜分离技术与传统活性污泥法相结合，生化降解处理原水并对处理后的水进行泥水分离。因此除适用于能够利用活性污泥法处理的排水外，还应考虑原水中是否含有对膜元件有损害的物质以及这些物质的可降解性。适用于处理工业废水时，应对原水水质进行分析并进行小试试验，不同类型的污水进入膜池前需采取针对性的预处理措施。

a. 有机溶剂及化学污染物。有机溶剂会在膜表面发生相分离而侵蚀膜的机能层，高分子絮凝剂、环氧树脂及离子交换树脂的溶出物等易在膜表面形成化学污染，加快膜堵塞，妨碍稳定运转。

b. 油分。过滤膜上附有油脂成分（动植物油）时，油脂成分会覆盖膜表面，从而有可能堵塞微细孔，因此原水最好不要含有过多油脂成分。高丽膜控制的原水油分条件如下：动植物油<80mg/L、矿物油 <3mg/L；当原水超过控制条件的情况下，需进行加压气浮、隔油等预处理，再使用膜分离活性污泥法。

c. 硬度。水中硬度较高时，在长期使用过程中，钙、镁盐等沉淀性物质会在滤膜和曝气管上结垢而影响滤膜及整个系统正常工作，因此在处理硬度较高的污水时，需要对污水进行软化处理后才能使用膜生物反应器法。

d. 固体颗粒。原水中较大的固体物质可能造成膜表面的损伤，因此膜处理系统须设置预处理措施以除去可能给膜带来损伤的大的固态物。如沛尔膜规定进入膜生物反应器的原水必须经过严格的 1mm 以下的细格栅或 50 目滤网预处理；斯纳普膜也规定原水须经严格的

3mm以下的细格栅或7目以上滤网预处理后才能进入膜生物反应器。

此外，还需调节原水的pH值、水温等水质条件以满足膜装置的进水要求。

② 活性污泥的培养驯化

a. 接种污泥的置入。为避免接种污泥中的大颗粒物对膜元件造成损伤，因此接种污泥置入时也应满足膜产品关于进水的预处理要求。如沛尔膜规定接种污泥必须经过1mm格栅或50目筛网过滤后方可置入反应池中。

b. 反应器排泥。在活性污泥培养阶段，应根据污泥SV值等监测情况适时打开膜生物反应器设备底部的排泥管，视具体情况分多次少量排出无机底泥，以免无机泥渣黏附膜组件，导致正常运行后的膜通量降低。

c. 低污泥浓度条件运行方式控制。过低的污泥浓度会加快水中污染物对膜元件的污染速度；反应池活性污泥浓度小于3g/L时，可利用下列方法运行：在较低的抽吸流量下运行，一般为正常运行的30%～40%；停止抽吸，对污水进行间歇曝气，连续性少量进水，逐步提高污泥浓度；实行闷曝，对泥水混合液进行曝气，停止进出水，补充营养液。

## 本章小结

本章主要介绍了两方面内容：①MBR反应器的现场安装技术。包括通用安装技术要求和设备安装技术，通用安装技术要求包括施工顺序等八个方面的内容与注意事项，设备安装技术主要针对曝气器和膜组件两个主要设备的安装（施工）过程与技术要求做了说明。②MBR反应器系统的调试与试运行。包括调试准备与工艺步骤、设备单机调试、清水联动试车和工艺运行调试四个部分，在介绍了调试准备事项与工艺步骤基础上，对设备单机调试以及清水联动试车的内容和步骤做了说明，最后对工艺运行调试过程的准备工作、调试运行步骤、调试过程关键参数控制以及调试过程的重要注意事项做了进一步的阐述。

## 参考文献

[1] 肖绪文等编著．污水处理系统成套施工新技术．北京：中国建筑工业出版社，2009.

[2] 李荣．一体式膜生物反应器（MBR）设备调试总结．广东化工，2009，36（8）：260，286.

[3] 郑祥，樊耀波．膜生物反应器运行条件的优化及膜污染的控制．给水排水，2001，27（4）：41-44.

# 第6章 浸没式平片膜生物反应器运行与维护

浸没式平片膜生物反应器（MBR）利用微生物的新陈代谢作用对反应基质进行生物转化，利用膜组件分离反应产物并截留生物体，从而使它具有出水水质好、分离效率高、活性污泥浓度高、剩余污泥产量少、易于实现自动化控制等一系列优点；但同时也存在膜分离技术的一些缺点，主要是能耗高、易堵塞、寿命短和费用高等，这些问题实质上都是由膜污染引起的。膜污染严重制约和影响了 MBR 在废水处理中的推广应用。因此，分析膜污染的形成机理、影响因素、膜清洗及膜污染的防治措施就显得十分必要，膜污染已成为 MBR 研究中的一个热点问题。

## 6.1 膜污染的基本理论

膜污染是指由于在膜表面上形成了附着层或膜孔堵塞等外部因素导致膜性能的变化。膜污染的产生主要有两个原因：①浓差极化，由于膜能截留某些溶质，被截留的组分在膜面处积累起来，使得靠近膜面处形成高浓层，这就是浓差极化层。该浓差极化层使水的渗透性降低，且因较高的渗透压进一步降低了渗透通量。②溶质吸附和粒子沉积，即液体中高浓度的溶质会在膜面沉降，形成一层凝胶滤饼层；悬浮态的粒子迁移到膜表面而形成沉积物，造成膜孔堵塞。这种凝胶滤饼层降低了水力渗透性和渗透通量，并可形成长期而不可逆的污染。膜污染一般是用膜过滤过程中污染阻力来表征，根据达西（Darcy law）方程：

$$J=\Delta P/(\mu R) \tag{6-1}$$

式中，$J$ 为膜通量，$L/(m^2 \cdot h)$；$\Delta P$ 为膜两侧压力，Pa；$R$ 为过滤总阻力，$m^{-1}$；$\mu$ 为透过液黏度，Pa·s。

其中，污染阻力是总阻力的一部分。从理论上讲，过滤阻力 $R$ 包括清洁膜的固有阻力 $R_m$、过滤过程中的浓差极化阻力 $R_{cp}$、凝胶层阻力 $R_g$、堵塞阻力 $R_b$ 和吸附阻力 $R_a$。

然而在实际研究中，由于所选用膜和所过滤的料液特征不同，为了建立相应的模型，不同的研究者对除了膜固有阻力以外的其他各项有不同的理解和划分，并由此产生了对膜污染阻力的不同理解。通常过滤阻力可以分为 4 项。

$$R=R_m+R_p+R_{ef}+R_{if} \tag{6-2}$$

式中，$R$ 为过滤总阻力，$m^{-1}$；$R_m$ 为清洁膜的固有阻力，$m^{-1}$；$R_p$ 为凝胶极化阻力，$m^{-1}$；$R_{ef}$为外部污染阻力，$m^{-1}$；$R_{if}$为内部污染阻力，$m^{-1}$。

膜内部污染是指固体物质在膜孔中堵塞和吸附；膜外部污染指固体物质通过物化作用与膜紧密结合所形成的沉积层；凝胶极化阻力只有在膜过滤过程进行中才得以体现。

膜污染后其渗透通量严重下降，过膜压力增大，截留效率下降。膜污染的类型主要有三种：无机污染、有机污染、微生物污染。膜污染的影响因子纷繁复杂，MBR 中膜污染因子主要来自三个方面，即膜的性质、操作条件和活性污泥混合液性质。

# 6.2 膜性质及其污染物的种类

## 6.2.1 膜性质

### 6.2.1.1 亲水性和疏水性

亲水性的膜表面与水分子之间的氢键作用使水优先吸附，水呈有序结构，疏水物质若接近膜表面，需消耗能量破坏此有序结构，故亲水膜通量大，且不易污染。

膜的亲水性和疏水性由膜与水的接触角$\theta$表征。当$\theta \approx 0°$时，膜高度亲水，水滴接触到膜表面上，迅即铺展开；当$0° < \theta < 90°$时，膜较亲水；$\theta > 90°$时膜疏水，水滴接触到膜表面，水被排斥，与膜接触面积变小，使接触角$\theta$变大。

膜分离蛋白质的实验发现，疏水性膜对蛋白质的吸附小于亲水性膜，因此能获得相对较高的膜通透量。但在浓差极化效果强烈时，这种作用不显著。Choi等[1]的研究表明，亲水性膜比疏水性膜具有更优良的抗污染特性，其渗透通量的下降速度较为缓慢。

### 6.2.1.2 膜的表面性能

双电层（Electrochemical Double Layer，EDL）存在于固体和液体的交界处，它取决于固体材料的电化学性质。几种理论解释了膜表面的电化学性能，包括表面官能团的解吸，从溶液中吸附离子。

在固液交界处的电荷分布不同于溶液本体。目前广泛接受的GCSG模型描述了电荷分布。在毛细管系统或平板表面，电解质溶液被某种外力驱动。膜在与溶液相接触时，由于离子吸附、偶极取向、氢键等作用会使膜表面带上电荷，表面电荷能够影响表面附近溶液中的离子分布：带异性电荷的离子受到表面电荷的吸引而趋向膜的表面；带同性电荷的离子被表面电荷所排斥而远离膜的表面，使得膜表面附近溶液中的正负离子发生相互分离的趋势；同时，热运动又使得正负离子有恢复到均匀混合的趋势，在这两种相反趋势的综合之下，过剩的异号离子以扩散的方式分布在带电膜表面附近的介质中，就形成了双电层。当膜所带电性与溶液电性相同时，污染吸附较小；反之，则吸附较大。膜面污染吸附量取决于上述两种作用力的综合结果。

膜污染吸附模型可用吉布斯吸附方程和弗雷德里希吸附方程表示。其中吉布斯吸附方程重点表征等温条件下的吸附关系：

$$\Gamma = [C/(RT)][\mathrm{d}(\gamma\cos\theta)/\mathrm{d}C] R = R_m + R_p + R_{ef} + R_{if} \tag{6-3}$$

式中，$\Gamma$为单位面积膜的污染吸附量，$mol/m^2$；$C$为溶液浓度；$T$为溶液体系温度，K；$R$为气体常数，8.314J/(mol·K)；$\gamma$为溶液表面张力，N/m；$\theta$为润湿角度。而在吸附热与表面覆盖程度有关的情况下，采用弗雷德里希方程：

$$\Gamma = k \times c^{1/n} \tag{6-4}$$

式中，$\Gamma$为单位面积膜的污染吸附量，$mol/m^2$；$k$，$n$为相关常数；$c$为溶液的平衡浓度，mol/L。

### 6.2.1.3 通量

在浸没式膜生物反应器中，多种因素会影响出水通量，例如透膜压力、曝气速率、气体引发的两相流错流过滤的速率、膜的特性、生物相的过滤特性等。这些因素错综复杂并且互相影响，到目前为止，它们对膜过滤过程的影响还没有透彻的解释。膜连续过滤的持久性以及一些防治污染的清洗技术，包括水反洗、气体反冲、间歇抽吸和化学彻底清洗都会影响膜的操作通量。浸没式的膜生物反应器操作通量一般在$5 \sim 35 L/(m^2 \cdot h)$。在这种通量水平下，通过每小时4次，每次30s的频繁反洗，每周一次15min的大规模反洗，化学清洗的周期可以延长到5个月以上。在通量$25 L/(m^2 \cdot h)$以下，通过每小时12次，每次30s频繁反洗，每周一次15min的低浓度的次氯酸盐反洗，化学清洗的周期可以延长到一年以上。膜出水通量及透膜压力表现的汇总数据见表6-1。

表6-1 膜通量表现汇总

| 参数 | 通量/[L/(m²·h)] | 跨膜压差/kPa | 化学清洗周期/d |
|---|---|---|---|
| 浸没式 | 5～35 | 13～42 | 140 |

### 6.2.2 膜污染物质的种类

#### 6.2.2.1 无机污染

膜的无机污染主要是指碳酸钙与钙、钡、锶等硫酸盐及硅酸等结垢物质的污染，其中碳酸钙和硫酸钙最常见。在膜反应器中保持水的紊流态对防止膜的污染是重要的。碳酸钙垢主要是由化学沉降作用引起的。二氧化硅胶体颗粒主要是由胶体富集作用形成的。

#### 6.2.2.2 有机污染

膜的特性，如表面电荷、憎水性、粗糙度，对膜的有机吸附污染及阻塞有重大影响。国外学者研究了细胞外聚合物的变化、溶解性有机物质的积累、上清液对膜分离的影响，发现细胞外聚合物、溶解性有机物及细微胶体对形成凝胶层、导致通量下降有重要影响。无机膜生物反应器处理啤酒废水时出现的膜污染现象，也主要是由于微生物代谢产生的多糖类黏性物质和一些胶体在膜内表面形成一层凝胶层，增加了过滤阻力。

#### 6.2.2.3 微生物污染

微生物污染主要是由微生物及其代谢产物污染组成的黏泥。膜表面易吸附腐殖质、聚糖脂、微生物进行新陈代谢活动的产物等大分子物质，具备了微生物生存的条件，极易形成一层生物膜，因此造成膜的不可逆阻塞，使水通量下降。

## 6.3 膜污染的影响因素

### 6.3.1 运行条件的影响

MBR的操作条件主要包括进水水质、污泥龄、污泥负荷、曝气量、反应器结构、操作压力、温度、抽吸时间等。

反应器温度的变化会影响活性污泥过滤性能。Magara等的实验结果表明，温度升高1℃可引起膜通量增加2%。他们认为这是由于温度变化引起料液黏度的变化所致。张寿通研究不锈钢金属膜生物反应器处理高温酒厂废水的反应器性能、污泥性质、膜污染等的实验过程中发现：实验温度从30℃开始，以5℃或10℃为梯度逐渐升温，最后到80℃，随着温度的升高，污泥活性降低，微生物多样性减小；同时，随着温度的升高，污泥沉降性变差，溶解性胞外聚合物EPS（Extra-cellular Polymeric Substances）或溶解性有机物SMP（Soluble Microbial Product）、上清液悬浮固体颗粒浓度增大，污泥粒径减小，导致污泥混合液过滤性能变差，最终引起严重的膜污染。

有机负荷对MBR运行情况影响的研究发现，高负荷反应器［1.5gTOC/(L·d)］在运行40天后其抽吸压力迅速上升、膜通量迅速下降，即使清洗也无法使其恢复；而低负荷反应器［0.5gTOC/(L·d)］运行120天后抽吸压力变化不大。

大量研究表明污泥龄SRT是影响膜生物反应器膜污染的重要操作参数之一。Zhang等[2]研究了SRT分别在10d和30d的膜污染情况，结果表明：在SRT为10d时，稳定MLSS浓度为5000～6000mg/L；SRT为30d时，稳定MLSS浓度为8500～10000mg/L。在SRT为10d时，污泥混合液中小颗粒物以及上清液中SMP和多糖类EPS高于其在SRT为30d时的数值。同时，SRT为10d时的可持续通量或临界通量要低于SRT为30d时的数值。Lee 等研究了污泥龄（SRT＝20d、40d 和 60d）对膜污染的影响，发现 SRT 增加时，膜污染总阻力也随之增大，而且当 SRT＝20d 时污泥中溶解性有机物和胶体颗粒对膜污染的贡献很大。即在 SRT 较小时，膜生物反应器中的污泥上清液对膜污染阻力的影响很大。然而，Chang 等[3]的研究结果却截然相反，随着 SRT（SRT＝3d、8d、33d）的增大，膜污染阻力减小。他们认为 SRT 增大时，污泥混合液中 EPS 的含量增加，使得膜表面的滤饼阻力增加，从而加剧膜污染。

膜面流速的增加可以增大膜表面水流扰动程度，改善污染物在膜表面的积累，提高膜通透量。其影响程度根据膜面流速的大小、水流状态（层流或紊流）而异。然而，膜面流速并非越高越好，膜面流速的增加使得膜表面污染层变薄，有可能会造成不可逆的污染。

Ueda 等研究考察了一体式 MBR 曝气对膜表面滤饼层去除和膜抽吸压力的影响，并得出曝气量是影响膜过滤性能的关键因素。曝气对滤饼的去除效果由流体湍动程度决定。Gui[4]等用正交实验法研究了曝气强度、膜初始通量、抽吸时间、停抽时间等操作参数对膜污染的影响，并用过膜压力的上升速率表示膜污染程度。研究结果表明，膜初始通量对过膜压力的影响最为明显，且存在一临界通量；在高污泥浓度时，曝气强度对过膜压力有较大影响；抽停时间对过膜压力也有一定程度的影响。此外，曝气量对活性污泥中溶解性 EPS、结合态 EPS 和絮体总聚合物的浓度和组成有一定的影响。研究发现，随着曝气量的增加，溶解性 EPS 的浓度增大而其蛋白质/多糖比例减小，但对于结合态 EPS 和絮体总聚合物来说，其浓度和蛋白质/多糖比例都随曝气量的增大而减小。而随着曝气强度的增大，气、水两相的紊动性增大，进而使得临界通量也不断增大，这是延长微滤膜稳定运行的方法。

另外，反应器进水水质、进水组成、进水浓度等也会在一定程度上影响 MBR 膜污染趋势。反应器进水不但直接影响污泥上清液中溶解性有机物的浓度，而且会影响污泥性质，进而影响膜污染。目前，已有研究表明，反应器进水的高含盐量会导致严重的膜污染，需要频繁的膜清洗。大连理工大学纪磊[5]等采用平行实验方法研究了进水限氮、进水限磷和进水正常 3 种进水对 MBR 膜污染的影响，发现进水限氮时，污泥混合液中溶解态 EPS 和结合态 EPS 的多糖要明显高于进水正常和进水限磷时的多糖数量。同时，3 个 MBR 污泥中的丝状菌相对数量和污泥的相对疏水性的大小顺序为进水限氮＞进水限磷＞进水正常。

初始通量或抽吸压差是决定膜污染的重要因素，由此将 MBR 通量划分为 3 个水动力学操作区：超临界区、临界区和次临界区。在临界区以下，膜污染较为缓慢。MBR 在低于临界通量下操作时，较低的操作压力可以避免不可逆的膜污染，有利于保持稳定的膜通量，减少膜的清洗频率，从而降低操作费用。超过临界通量就会发生严重的膜污染，过膜压力 TMP 迅速增大；通量降低后，过膜压力会发生滞后现象。即如果初始通量高于临界通量，膜会发生不可逆污染现象。降低起始压力或初始膜通量可以减缓膜通量下降的速率；膜组件在固定膜通量下运行要优于在固定操作压力下运行。[6]

#### 6.3.1.1　控制临界通量对膜污染影响

在膜生物反应器的设计中，一个主要问题是如何选择合适的操作通量。操作通量的选择会关系到投资成本以及运行中的膜污染问题，较高的设计通量虽能够降低膜组件的投资成本，但是会造成严重的膜污染问题，从而提高了膜清洗频率和运行成本。同时，频繁的膜清洗操作也会影响膜组件的使用寿命。因此，膜通量的选择必须考虑膜生物反应器的可持续操作性与投资成本的关系，从中找到平衡。Field 等在 1995 年首次提出了临界通量的概念，它的定义是在该通量以下，透膜压力不会随过滤时间的延长而增加，透膜压力和通量保持良好的线性关系。超过临界通量，污染就会发生，透膜压力随过滤时间的延长而增加。通量降低后，透膜压力的滞后现象也会发生。临界通量依赖于错流速度、颗粒粒径和其他流体力学条件和被过滤介质的特性。

临界通量有两种类型：强读式（strong form）和弱读式（weak form）。强读式临界通量是指（strong form）低于该通量时，在不同通量下过滤混合液的透膜压力与该通量下过滤清水的透膜压力相同。弱读式（weak form）临界通量是指低于该通量时，在不同通量下，过滤混合液的透膜压力高于该通量下过滤清水的透膜压力，但是透膜压力和通量还能保持良好的线性关系。在低于临界通量时，透膜压力在升高和降低通量时保持稳定。

Kwon 等[7]研究了 10～100mg/L 高岭土悬浮液的临界通量情况。临界通量随着高岭土浓度的提高而降低，而加入了 1～4mg/L 的棕黄酸有机物对于临界通量没有影响。在对 1.0μm、0.1μm 和混合的乳胶胶体颗粒（latex）悬浮液的临界通量进行研究时发现，其相对应的临界通量分别是 120L/($m^2$·h)、105L/($m^2$·h) 和 88L/($m^2$·h)。对 1.0μm 的 latex颗粒悬浮液表现出了临界通量的强读式特征。在高错流速度和低浓度的情况下，临界通量会提高。对于混合液来说，临界通量低于混合前单一溶质的临界通量。应用扫描电镜，发现了对于单一颗粒的悬浮液，低于临界通量，颗粒没有发生沉积。对于混合物来说，在开始的 2h 内没有发生沉积现象，但在 10h 以后，发现了有滤饼层的出现。对此可能的解释是混合颗粒提高了在膜表面动态流动层的堆积密度。

Kwon 和 Vigneswaran[7]研究了 latex 颗粒粒径和表面电荷对临界通量的影响。临界通量随颗粒粒径的增大而增大。在应用聚醚砜膜对胶体、BsA、酵母悬浮液和氢氧化镁悬浮液的研究发现，临界通量在错流速度提高和悬浮颗粒浓度下降时会升高。

Mallttari 和 Nystrom 研究了对于造纸废水和高浓度多糖类废水的纳滤过程。临界通量随着进水浓度的降低而升高并与错流速度成正比。可逆的和不可逆的膜污染都会随着错流速度的上升而降低。大部分的膜污染都是可逆的。Metsamuuronen[8]等研究了肌血球素溶液和酵母悬浮液的临界通量，应用亲水的 $C_{30}$G 膜发现临界通量随错流速度的升高而升高并与溶质浓度成对数的反比关系，应用疏水的 $GR_{51}$膜，观察不到临界通量。

膜的孔径对临界通量似乎没有很大的影响。Vyas 等在过滤乳白蛋白悬浮液的实验中发现，应用膜孔径 0.2μm 和 1.0μm，临界通量几乎相同。Madaeni 等报道了亲水性膜过滤活性污泥，临界通量较高，但是在 0.22～0.65μm 范围内，和孔径几乎无关。Kwon 等研究了膜孔径 0.1～0.65μm 的微滤膜的临界通量。应用了 0.8μm 的 latex 作为被过滤介质，发现膜孔径对于临界通量没有重要影响，低于临界通量，大孔膜的透膜压力比较低，超过临界通量，大孔膜透膜压力的上升速率更快。与此相反，Chen 研究发现对于过滤小牛血清蛋白 BsA 溶液，膜孔径在 0.1～0.4μm 之间时，临界通量随着膜孔径的增大而增大，但是截留率随着孔径的增加而降低。在此过程中，浓差极化并不明显。

近来一些新的技术可以用来探索临界通量的机理，例如，在过滤过程中，通过光学显微镜对膜表面进行实时的直接观察（DOTM）等。DOTM 技术是由 Li 等[9]设计的用来观察膜表面的新技术。在过滤 latex 的过程中，低于临界通量时，可以观察到膜表面没有沉积。超过临界通量时，膜表面发生了沉积。进一步的工作中，Li 等研究了在不同错流速度下的 3～12μm 范围内 latex、酵母和藻类颗粒的临界通量，也发现了临界通量随错流速率和颗粒粒径的升高而升高，同时和被过滤介质的浓度呈负相关。

Vigneswaran 等[10]研究了基于 3 种不同的定义下的微滤过程中的临界通量问题。①物料平衡：通过检测液相中颗粒的浓度，可以推测沉积是否发生。临界通量是不发生沉积的最高通量。②提高透膜压力：临界通量是能够使透膜压力保持稳定的最高通量。③直接观察（DOTM）：临界通量是发生沉积的最小通量。

对于分别单一分散的 latex 颗粒来说，在 0.3～0.9μm 范围内，最小粒径的颗粒最易于沉积。基于物料平衡和压力保持不变的方式得到的临界通量，一般比较高，不够精确，通过直接观察（DOTM）所获得的临界通量通常较低，但比较精确。

基于透膜压力改变所判断的临界通量，在颗粒粒径0.1～0.46μm范围内，会随着粒径的增大而降低。而在0.46～0.9μm范围内会随着粒径的增大而增大。最小的临界通量会发生在0.46μm的颗粒上。低于0.46μm的颗粒时，可能比较强的布朗运动对临界通量有帮助，膜孔径似乎对临界通量没有任何影响。而改变介质的浓度，在30～400mg/L范围内，临界通量会随着介质浓度的提高而略下降。

很多工作者也研究了在污水处理中临界通量的应用。对比陶瓷膜生物反应器中，对活性污泥的恒压过滤或恒流过滤过程中，临界通量会随错流速度的上升而上升。对可逆的膜污染进行的研究中发现，在临界通量以下，膜污染是可逆的。超过临界通量，一部分的膜污染变成不可逆的。在过滤活性污泥的过程中，临界通量随错流速度提高和污泥浓度的降低而升高。亲水膜的临界通量较高，并与膜孔径无关。在膜生物反应器中，因为过滤介质是活性污泥混合物，透膜压力只能在短周期试验中保持稳定。在临界通量以下，长期实验中，穿膜压力会经历慢速上升阶段，在稳定一段时间后，会发生快速上升。Cho和Fane[11]提出了溶解性的大分子有机物沉积会造成透膜压力渐进地升高。膜孔道的堵塞减少了膜的有效面积，导致了局部通量超过临界通量，并最终导致透膜压力的快速上升，或称为透膜压力的跃升(TMP jump)。一般情况下，浸没式膜生物反应器的临界通量在20L/（$m^2$·h）。

6.3.1.2 间歇出水对控制膜污染影响

间歇出水（Intermittent permeation）作为一种控制膜污染的有效技术已在商业膜生物反应器中被广泛应用。最早在浸没式膜生物反应器中长期应用了间歇出水操作方式的是Yamamot。间歇出水是一种通过错流速度实现自我清洗的过程，在保持错流速度的情况下，有规律地停止出水，释放透膜压力，以减轻膜表面的污泥沉积现象。沉积的颗粒在没有透膜压力的作用时，可以被气液两相流带走。间歇出水一般应用于平板膜或是比较精细的膜，组件无法耐受反洗压力。间歇出水的好处就是操作简单、无需额外的设备、可以节能等。对于连续出水膜分离过程来说，出水的水量与使用的膜面积和操作通量相关。在相同操作通量下，应用间歇出水，实际上比连续过滤出水的出水量低，为达到和连续出水相同的出水流量，间歇出水操作需要更大的膜面积而增加了膜生物反应器的投资成本。因此，采用间歇出水操作方式，必须考虑投资成本的因素。

Kuberkar[12]等在酵母悬浮液、小牛血清蛋白溶液和两者的混合物的过滤过程中，对连续过滤和间歇出水进行了比较。结果发现，间歇出水只对过滤酵母悬浮液时形成的膜表面滤饼层有效，对于小牛血清蛋白溶液的过滤中造成的膜内部堵塞则完全没有帮助。一般来说，在间歇出水的循环中，连续过滤段一般是0.5～10min，暂停过滤段一般是0.2～240s。连续与暂停的比例一般为1500∶1到10∶4。研究表明，间歇出水对减轻滤饼造成的膜污染有效，但是对内部孔道污染没有明显作用。

在污水处理过程中，在气液两相流中，暂停过滤，保持曝气和错流速度对于降低透膜压力有帮助。在浸没式的中空纤维膜生物反应器中，停止过滤7天以消除沉积的滤饼层，透膜压力可以恢复到过滤前水平。

很多研究者应用了1～9min过滤，30s～2min停止的间歇过滤的循环；也有人应用了8h过滤，4h停止的循环。比较常用的循环比例为8～13min过滤，2min停止。久保田的平板膜生物反应器一般应用8min过滤，2min暂停的过滤循环。Ahn和Song[13]研究了间歇过滤的循环：过滤10min停2min、过滤10min停0.5min和过滤30min停2min。结果表明过滤10min停2min的方式可持续的操作时间最长。

据报道在高错流速度下，停止过滤时，膜通量能得到很好的恢复。错流速度存在一个优化，过高或过低，通量都无法达到最佳。应用连续过滤10min停止过滤4min的循环方式过滤3h，最终的通量是连续过滤3h的3倍。连续过滤10min停止过滤1min的循环方式过滤，通量下降很明显。Kuruzovich 等研究了间歇出水的循环：过滤 0.5～6min，停止 5～90s。在一个循环中，对于较长的连续过滤时间来说，较长的停止过滤时间是必要的。停止的时间越长，通量降低的程度越轻。

在间歇出水控制膜污染的研究中，合理地比较膜污染必须建立在相同出水水量的基础上。对于连续出水操作来说，膜的通量即是其出水流量除以膜面积；而对于间歇出水，膜的净通量（net flux）应该是单位时间的出水量除以膜面积。膜的净通量与瞬时操作通量的关系用下式表示：

$$\text{净通量(net flus)}=\text{瞬时操作通量(flux)}\times\frac{\text{出水时间}}{\text{出水时间}+\text{停留时间}} \tag{6-5}$$

在文献中，很多的膜污染比较并非在净通量上进行比较，而是在相同的净通量下，通过透膜压力的变化过程来考察间歇出水操作对控制膜污染的作用机理。

在相同的净通量下，间歇出水的透膜压力上升速率高于连续出水的原因是在间歇出水操作条件下，为保证净通量与连续出水相同，必须提高其瞬时操作通量，因此，在过滤过程中，间歇出水操作的膜组件出水期间的透膜压力高于连续出水的膜组件。由于通量阶梯实验室短周期试验，每个通量阶梯只保持几个小时，因此造成短时间内间歇出水操作的膜组件出水期间的透膜压力上升快，在通量阶梯实验中表现为临界通量低于连续出水的膜组件。由以上讨论可知，保持相同净通量，短时间的过滤试验显示间歇出水操作没有优势，但是由于其在高透膜压力下的良好表现，有必要进行长周期的过滤试验以观察其表现。

在高于临界通量时，间歇出水操作膜组件的透膜压力高于连续出水膜组件透膜压力的时间较短。当透膜压力值达到 6kPa 以上时，连续出水的膜组件透膜压力表现为跃升，并高于间歇出水操作膜组件的透膜压力。因此，高于临界通量时，间歇出水操作透膜压力上升速率低于连续出水的操作。

间歇出水操作控制膜污染的主要作用机理在于通过规律性地释放作用在膜上的透膜压力，以帮助膜表面附着的活性污泥发生脱附，以避免在膜表面形成较厚的或较密实的滤饼层。不同的操作通量下，活性污泥的膜污染机理不同。可持续通量是上清液有机高聚物污染与滤饼层污染的分界点。低于可持续通量时，EPS 或 SMP 通量在膜表面和内部的积累是污染的主因，活性污泥的不可逆附着并非造成膜污染的主因。短时间的通量阶梯试验结果显示，净通量下，间歇出水污染速率高于连续出水。在净通量 20L/（$m^2$·h）时，在过滤操作的大部分时间里（初始的 20 天以内，初始 2/3 的过滤时间），间歇出水操作条件下透膜压力始终高于连续出水操作，其透膜压力上升速率也高于连续出水操作。然而，连续出水操作中膜污染会累积并自我加速，当膜阻力上升到一定高度，透膜压力达到较高值时，也会打破活性污泥的可逆附着，使附着过程向不可逆转化，形成滤饼层。在此条件下，间歇出水对滤饼层污染的控制作用就会显现，有规律地释放透膜压力，能够提高污泥颗粒反向传质，防止形成厚密的滤饼层，透膜压力不会发生大幅跃升。因此，在低通量操作的后半段，连续出水会使膜污染发生积累，使透膜压力大幅跃升。间歇出水操作则能在高透膜压力时，通过规律性地释放压力，使饼层厚度和密度得到控制，防止或推迟透膜压力跃升的出现。

在高于可持续通量时，膜污染的主要机理是滤饼层的污染，由于间歇出水的瞬时操作通量高于连续出水，因此，开始的一小段时间内，间歇出水操作膜组件的透膜压力依然高于连续出水的膜组件透膜压力，原因是间歇出水的瞬时通量高于连续出水，间歇出水污泥颗粒的附着速度高于连续出水。当透膜压力值达到一定值（6kPa）时，连续出水的膜污染会形成污染自我加速的循环，即膜污染-TMP 升高-更严重的膜污染，导致连续出水的膜组件透膜压力会迅速升高，高于间歇出水操作的膜组件的透膜压力并发生跃升。而间歇出水操作则通过规律性地释放压力，破坏了滤饼层连续积累的过程，切断了长时间连续出水的膜污染自我加速的循环，使膜污染的积累只发生在出水-停止出水的小循环内，即短时间出水造成膜污染积累-停止出水释放大部分的膜污染，使间歇出水的膜压力稳定在较低水平，有效地防止连续积累的膜污染造成透膜压力的跃升。

6.3.1.3　曝气和气泡刮擦对控制膜污染的影响

在膜生物反应器中，曝气的作用有：①向污泥提供氧气，以满足其在代谢过程中所需的氧量；②搅拌，使活性污泥在曝气池内处于搅动的悬浮状态，使泥水充分混合；③形成气-液两相流，去除泥饼层，消除浓差极化。曝气量影响混合液在膜面的循环剪切力的大小，曝气量越大，无论是抽吸过程还是停抽过程都将有利于悬浮物从膜面脱落，以减缓悬浮固体对膜面的污染，但过大的曝气可能会引起膜断裂、影响膜寿命和使污泥形态恶化、泥水混合液可过滤性变差，且从经济角度考虑，曝气量过大将由于能耗过高而无法投入实际应用且会使膜表面的泥饼层变薄，影响出水水质。相关研究表明曝气量的增加加快了反应器内混合液的循环速率，使污染物质不容易在膜表面积累，而且可以加速污染物从膜表面的脱离，减缓膜的污染。但曝气量增加到一定程度，这种改善作用就不再明显了。因此，从经济的因素来讲，曝气量以满足恢复膜污染的最小值为妥。

在浸没式膜生物反应器中，上升气泡会引发水相的错流以延迟污染，提高膜通量。气液两相流可以分为气泡分散流（bubble flow）、活塞流（slug flow）、搅动流（churn flow），环流（annular flow）和雾流（mist flow）。在汽水比较低的时候，形成气泡分散流，活塞流发生在高气水比情况下，气泡发生碰撞和结合，形成活塞气泡，这种流型最有利于提高通量。在大口径的管式反应器中，射流因子的公式为

$$\varepsilon=\frac{U_{GS}}{(U_{GS}+U_{LS})} \tag{6-6}$$

式中，$U_{GS}$和$U_{LS}$分别是表面气速和表面液速。

如果$\varepsilon<0.2$，会形成气泡分散流；$0.2<\varepsilon<0.9$，会形成活塞流；如果$\varepsilon>0.9$，会形成中央是气体、周围是液体的环形流。当$\varepsilon$的值在0～0.83范围内，在气泡分散流和活塞流的情况下，渗透通量提高可达320%。气体流速、液体流速、透膜压力和进水浓度对气液两相流中膜通量的影响会在以下讨论。

渗透通量随着曝气量的提高而提高。应用光学显微镜，观察气泡对于控制颗粒沉降方面的影响。在气泡的作用下，可逆的和不可逆的颗粒沉积现象都减轻了。因此人们提出两相流可以疏松滤饼层，达到减轻滤饼层的比阻力和增大孔隙率的作用。渗透通量随着气体速率的增大而增大，而最大通量还可以通过进一步提高气体流速而继续增大。崔占锋[14]等提出了在活塞气泡大于临界尺寸时，初始尾流的尺寸和强度保持不变。增大表面气速会增大活塞气泡的尺寸和频率。最大通量的增强发生在活塞气泡间被液体尾流完全占据的情况下，进一步增强表面气速会影响尾流或导致气泡合并。

在较低的气体或液体表面气速下，液柱中的颗粒会发生沉积。提高气体或液体的表面流速，会减少沉积并增加通量。在气液两相流中，膜通量会得到提高，但是，继续提高液体流速，膜通量的提高速度会下降。液体雷诺数上升并达到最高值时，膜通量一直增强，同时，在湍流中，膜通量增强得并不明显。而当液体流速达到0.2m/s时，通量的增加达到220%，之后呈下降趋势。Chang 和 Fane[15]也报道了增加液体流速会在初始阶段提高通量，随后通量会下降。在高液体流速下，通量增加并不明显。对有气体喷射辅助的右旋糖苷的超滤操作中，液体流速对通量影响很小，最大的膜通量一般是在中等液体流速0.5m/s左右，在高液体错流速度下，通量降低。

有报道称膜通量随透膜压力的升高，在超滤和微滤操作中，会分别升高和降低。这可能是在较高的穿透压力下，膜孔道的堵塞情况不同。微滤膜较容易发生膜孔道的堵塞问题。在

0.055MPa 压力下，曝气作用下，在超滤和微滤中，通量的增加分别是 150%和 160%。在 0.2MPa 压力下，超滤操作中，通量的增强大约 290%，但是在微滤中，压力在 0.25MPa 时，通量的增强只有 120%。Lee 等研究了平板微滤膜对细菌悬浮液的过滤操作，实验表明活塞流增加了渗透通量。应用曝气的活塞流，对 30 万截留相对分子质量的超滤膜和 0.2μm 的微滤膜来说，膜阻力可以下降大约 50%。

对污水处理来说，有文献报道了加强曝气对通量增加有积极影响。Vera 等报道了在对活性污泥的微滤操作中，增加曝气量可以提高膜通量。在透膜压力 0.1MPa，液体流速 1m/s 时，膜的总阻力可以降低一半。

Ueda 等研究了曝气对浸没式中空纤维膜的影响。抽吸压力随着曝气速率的提高而降低，达到一个临界值后，抽吸压力不会进一步降低。暂停出水 7 天以消除滤饼层，压力可以恢复到滤饼层形成前的压力。Davies 等[16]应用久保田的平板膜，在重力自流的情况下，降低曝气量，出水通量也下降了。表 6-2 给出了气液两相流中操作条件和通量增强的汇总。

**表 6-2　气液两相流中操作条件和通量增强的汇总**

| 膜及被过滤介质 | 操作条件 | 通量提高率/% |
| --- | --- | --- |
| 陶瓷平板膜，酵母悬浮液（5～20g/L） | $u_l=0.3\sim1.4$m/s，<br>$u_g=0\sim0.8$m/s，<br>$\varepsilon=0\sim0.73$ | 280 |
| 中空纤维膜，黏土悬浮液（0.9～5.2g/L） | $u_l=0.5\sim0.9$m/s，<br>$u_g=0\sim1$m/s，<br>$\varepsilon=0\sim0.67$ | 20～200 |
| 中空纤维膜，酵母悬浮液（5g/L） | $u_l=0\sim0.42$m/s，<br>$u_g=0\sim0.68$m/s | 50～94 |
| 平板膜，蛋白质溶液 | | 7～50 |
| 管式膜、右旋糖苷（1.9g/L） | $u_l=0\sim0.42$m/s，<br>$u_g=0.001\sim0.009$m/s | 30 |
| 管式无机膜，酵母悬浮液（20g/L） | $u_l=0\sim0.5$m/s，<br>$u_g=0\sim0.68$m/s | 300 |
| 管式膜，BSA 和右旋糖苷溶液 | | 60 右旋糖苷 91（BSA） |
| 管式膜，BSA 和右旋糖苷溶液（1～10g/L） | $u_l=0.141\sim0.778$m/s，<br>$u_g=0\sim0.68$m/s，<br>$\varepsilon=0\sim0.83$ | 320 |
| 中空纤维膜，右旋糖苷溶液和白蛋白溶液 | | 20～50 右旋糖苷，<br>10～60 白蛋白 |
| 中空纤维膜，黏土悬浮液（0.9～5.2g/L） | $u_l=0.5$m/s，<br>$u_g=0\sim1$m/s，<br>$\varepsilon=0\sim0.67$ | 110 |
| 管式膜，MLSS（3.2g/L） | $\varepsilon=0\sim0.5$ | 43 |

6.3.1.4　污泥停留时间对膜污染的影响

EPS、SMP、颗粒粒径、活度、污泥浓度和污泥的组成对膜污染都有很大影响。操作因素例如污泥停留时间和有机物负荷对以上因素又有很大影响。因此，对污泥停留时间和负荷的讨论，对于膜生物反应器污染机理认识和反应器的设计和操作都有很大意义。

关于膜生物反应器的报道中，污泥停留时间一般在 5 天到完全不排泥的无限大。较长的污泥停留时间可以获得较高的污泥浓度，进而可以降低污泥的产率和减小反应器的占地面积。但是由于污泥龄过长，可能污泥的菌体细胞活性会降低，同时会释放出更多的 EPS。在污泥停留时间 15d 和 44d 情况下，采用合成污水，活跃细胞的比例分别是 55%和 32%，同时在对比膜生物反应器中活性污泥的脱氢酶活性和比耗氧速率（SOUR）后，发现了细胞的比活性随着污泥停留时间的延长而降低。然而，以上研究中，虽然污泥的活性有所不同，但是对有机物的去除效率并未受到影响，COD 的去除率都在 90%以上。

污泥停留时间对 EPS 产率的影响报道不一，有报道说提高污泥停留时间会减少 EPS 的分泌，也有报道说，污泥停留时间对 EPS 没有影响。Chang 等[3] 报道了污泥停留时间在 3d、8d 和 33d 时，污泥颗粒附着的 EPS 呈增加趋势。Lee 报道了在污泥停留时间 20d、40d 和 60d 情况下，污泥中的 EPS 浓度是一定的，不受污泥停留时间的影响。但是蛋白质对多糖类的比例随污泥停留时间的增加而增加，同时过滤阻力也相应增加。蛋白质对多糖类的比例似乎作为一个重要参数对膜污染有很大影响，但对其中的机理并无解释。

SMP 被认为会随着污泥停留时间的增加而增加，原因可能是因为细胞的新陈代谢中老细胞的死亡，会释放出较多的胞内物质。Nagaoka 等报道了在膜生物反应器中，经过 140 天的连续操作，SMP 会有很大的积累并导致污泥黏度和过滤阻力的增加。相反的，Yamamoto 等报道了上清液的 COD 和 TOC 并不随污泥浓度的提高而增加。细胞代谢的产物似乎并未对膜的污染造成很大的影响。Lee 的模型解释了在 $F/M$ 较低水平（低于 1.2 时），较高的污泥浓度可以消耗掉部分的细胞破碎的释放物。而污泥停留时间 20d、40d 和 60d 的污泥上清液过滤阻力和污泥停留时间无关。另外有研究发现，污泥停留时间控制在 30d 时，经过 30d 的运行，上清液的过滤阻力有下降的趋势，而在污泥停留时间 10d 和 20d 时则没有这种现象，可能的解释是在较长的污泥停留时间情况下，部分上清液内的有机物被降解。

很多的研究者都报道了膜生物反应器中的有机物积累和降解情况。在运用膜生物反应器处理市政污水过程中，上清液 TOC 发生了累积现象并在 160d 的运行后被降解。对这些现象的解释大多与有机物积累相关，经过稳定运行后，积累的大分子有机物被降解。这些解释都只是描述了这一现象，对于被降解的大分子有机物缺乏必要的分析，也没有被降解的直接证据。同时对于大分子有机物的来源也没有直接的证据支持。由于污水的条件不同，不同的污泥停留时间所需的达到稳态的时间也有所不同，初期的生物相不稳定可能会引起相对较高的有机物浓度。不同时间丝状菌的膨胀，也会引起上清液中有机物浓度的变化。上清液的实验准备方法例如沉降性会影响离心效率，过滤效率也会对其测定带来干扰。

对于污泥颗粒粒径的影响，在运用膜生物反应器处理市政污水时，污泥停留时间分别为 5d、20d 和 40d 时，相应的平均颗粒粒径分别是 14.82μm、48.24μm 和 30.61μm。并未标明该粒径所占体积百分数或占污泥总量百分数，从分布看似乎存在一个优化值。一般来说，在同等体积负荷下，较小的污泥停留时间对应较低的污泥浓度，在同样的曝气强度下，混合液的扰动会加剧，颗粒间的剪切力增大，并导致大颗粒破碎，形成较小的粒径分布。污泥浓度升高时，趋势相反。而在膜生物反应器处理合成污水时，污泥停留时间为 20d、40d、60d，颗粒粒径有相似的分布，平均粒径分别是 5.2μm、6μm 和 6.6μm。在不同的反应器中，颗粒的粒径似乎有很大的不同，作者没有给出粒径是体积分布或是数量分布，不同反应器中的流体力学条件差异也会造成这些不同。

对于体积负荷对膜污染的影响也有报道。Nagaoka[17] 等报道了在不同的体积负荷下，膜可持续过滤时间不同，较高的体积负荷会导致更快的膜污染。可能的原因是，在一定的污泥停留时间下，较高的体积负荷会导致较高的污泥浓度并产生较高的 EPS，这可能是造成不同情况膜污染的原因。

总之，对于污泥停留时间和 $F/M$ 来说，似乎存在一个优化的问题。因为不同的污泥停留时间会改变污泥浓度，进而影响 $F/M$，导致生物相发生一系列的变化，例如菌的种类、颗粒的粒径、EPS 的产率、SMP 的浓度等。具体的污泥浓度和停留时间会因进水体积负荷和处理水的种类而有所不同，保持适度较高的污泥浓度似乎是适当的，但是，过高的污泥浓度也会带来过高的黏度并影响到传质和反应器的流体力学，导致更严重的膜污染。

### 6.3.2 活性污泥混合液性质的影响

MBR中的膜污染物质的来源是活性污泥混合液。而混合液的性质包括污泥浓度、污泥颗粒大小、污泥表面电荷、混合液所含胶体粒子及溶解性有机物等。这些性质之间相互交叉、相互影响，因此，污泥混合液对膜的污染极为复杂。

有关污泥性质方面的研究报道很多，特别是混合液中固体物质和溶解性有机物浓度影响的报道。Defrance等[18]研究了混合液中各组分对膜污染的影响。实验结果表明，溶解性物质、胶体和悬浮固体在总过滤阻力中所占的比例分别为5%、30%和65%，即认为混合液中的胶体和溶解性物质对膜污染起主要作用。Harada等认为膜表面滤饼层的形成不是反应器内悬浮固体造成的，而是混合液中溶解性有机物造成的。Choo等利用厌氧MBR研究了消化液成分对膜渗透性能的影响，结果表明胶体是形成膜阻力导致膜通量下降的主要因素。表6-3为活性污泥的不同组分对膜污染的贡献。

**表6-3 活性污泥的不同组分对膜污染的贡献**

| 组分 | Bouhabila/% | Defrance/% | Wisniewski/% |
| --- | --- | --- | --- |
| 悬浮固体 | 26 | 65 | 23 |
| 胶体 | 50 | 30 | 25 |
| 溶质 | 24 | 5 | 52 |

污泥颗粒的粒径会影响其在膜表面的沉积，进而影响膜污染。如果混合液中的污泥颗粒粒径比较大，相应的膜过滤性能较好。在膜过滤时，小的污泥颗粒会优先吸附到膜表面并造成膜污染；同时，由小颗粒污泥形成的滤饼层会比较密实，比阻大。在两种不同粒径分布的活性污泥对一体式MBR膜污染的实验中，发现大粒径的颗粒污泥对膜的污染程度远低于小粒径污泥。而混合液中无机污染物$MgNH_4PO_4 \cdot 6H_2O$和微生物细菌一并沉积并吸附在膜表面，形成黏附性很强、限制膜通量的滤饼层。

#### 6.3.2.1 胞外聚合物EPS对膜污染的影响

(1) EPS的组成及特点　微生物所产生的胞外聚合物（Extra-cellular Polymeric Substances，EPS）是在一定环境条件下由微生物（主要是细菌）分泌于体外的一些高分子聚合物，它们位于细胞壁外侧，对维持细胞的生命活动并无直接作用，但具有一定程度上的保护作用，如保护细胞免受干燥的影响、使某些病原细菌抵御吞噬作用、抵御杀虫剂和有害物质的不利影响以及在营养物质缺乏时作为细胞的营养物质等。EPS在污水及污泥处理中发挥重要作用，它很大程度上影响着污泥絮体的结构、污泥絮凝沉降和脱水性能以及水中某些污染物质的去除，并且是膜污染的重要影响因素。

根据EPS在空间位置上的不同，将其分为两部分：溶解性EPS（$EPS_S$）和固着性EPS（$EPS_B$）。图6-1为EPS的组成，$EPS_S$与$EPS_B$都是微生物代谢及自溶等产生的大分子物质，区别在于$EPS_S$游离存在于溶液中，是MBR出水中溶解性耗氧有机物的主要成分；而$EPS_B$吸附在细胞膜表面，为污泥的重要组成部分。如果将混合液用0.45μm的滤膜过滤，则$EPS_S$存在于液相，$EPS_B$存在于剩余的污泥固相。$EPS_B$在细胞外的分布呈现为具有流变性的双层结构，内层具有一定外形，与细胞表面结合较紧密，相对稳定地附着于细胞壁外，称为紧密黏附的EPS（TB），如荚膜、鞘等均属于此类；外层则是比内层疏松、可向周围环境扩散、无明显边缘的黏液层，该层为松散附着的EPS（LB），通常所说的EPS是指$EPS_B$。EPS的成分为多糖、蛋白质、核酸、腐殖酸等，但普遍认为多糖和蛋白质是EPS的主要有机成分。当然，它亦包含一些未聚合的低分子量的取代基团，这些取代基团对EPS的结构和物化性质影响很大。

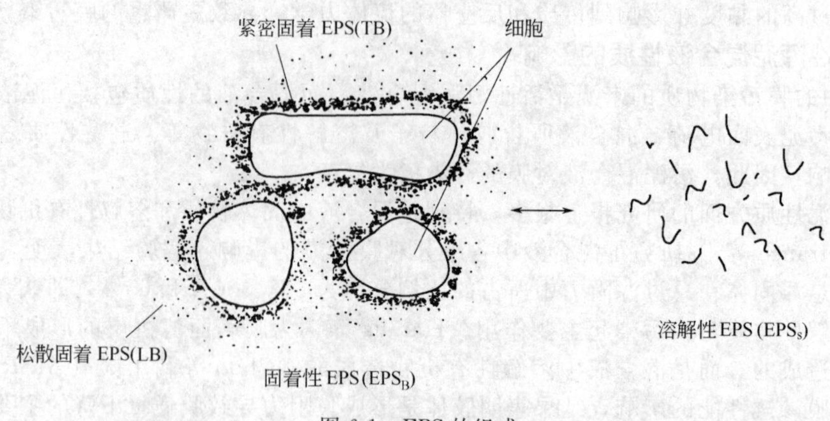


图 6-1　EPS 的组成

（2）EPS 对膜污染的影响　Chang 等定量分析了各种污泥中 EPS 的含量，结果表明，不论污泥处于何种生理状态，污泥中 EPS 的含量越高，膜污染就越重。EPS 会黏附在膜表面上，与膜相互渗入，并与膜以化学键的形式紧密地交联在一起，从而改变膜的渗透特性，这样的交互作用严重阻碍了主体相向膜面的对流传递，既导致了膜通量的下降，又遏制了水力剪切力对污染层的脱除作用；EPS 的积累还增加了膜表面附近溶液的黏度，黏度的上升会直接影响膜面液体的流动状况，减弱了湍流传质效果，进而加剧了膜表面的浓差极化，引起传质推动力下降，从而造成膜通量的下降。

① $EPS_S$ 的含量与膜污染的关系。污泥混合液中的 $EPS_S$ 会和污水中的溶解性高分子有机物通过浓差极化现象在膜表面形成凝胶层，使膜污染加剧。Fawehinmi F 等[19]在恒温下运行厌氧 MBR 时发现，$EPS_B$ 浓度越大则沉积在膜面的细胞越多，膜污染速率越快；$EPS_S$ 的增加引起跨膜压差（TMP）的线性增加，但污染速率相对较慢。Jinwoo 采用亲水性聚乙烯平板膜考察 MBR 中 EPS 对膜污染的影响时发现，$EPS_B$ 与膜污染关系密切，它影响污泥絮体的特性，使絮体变得大而密实，进而使滤饼层特性发生变化，导致膜过滤阻力的增大，但 $EPS_S$ 对膜污染的贡献不大。

② $EPS_B$ 的含量与膜污染的关系。$EPS_B$ 使微生物在膜表面相互粘接形成菌胶团，在过滤过程中显示出较强的压密性，使过滤阻力不断提高。许多学者认为，随着混合液污泥中 $EPS_B$ 浓度的增加膜污染会加剧。

Nagaoka 等研究了混合液污泥中的 $EPS_B$、膜面污泥中的 $EPS_B$ 和膜通量三者的关系，他们认为：单位膜面上的 $EPS_B$ 含量随着混合液污泥中 $EPS_B$ 含量的增加而增加，$EPS_B$ 量的增加导致膜通量下降。混合液污泥中的 $EPS_B$ 与膜阻力之间存在以下关系 $R=7\times10^5\times P_v^{3.3385}$，其中，$P_v$ 为混合液 $EPS_B$ 浓度（mg/g），$R$ 为膜阻力（$m^{-1}$）。而单位膜表面上的 $EPS_B$ 含量与膜阻力的回归方程为 $R=3.1525\times10^{13}\times P_v-2.201\times10^{12}$，其中，$P_v$ 为膜表面上 $EPS_B$ 浓度（$g/m^2$），$R$ 为膜阻力（$m^{-1}$）。

王雪梅等研究了 $EPS_B$ 的组成部分（LB 和 TB）与膜污染的关系，他们认为：LB 对膜污染的影响比较大，因为随着 LB 含量的增多，EPS 的流动性增强，更容易进入膜孔，降低膜的过滤性能；而 TB 对膜污染几乎没有影响。

③ 蛋白质、多糖的含量与膜污染的关系。EPS 中蛋白质和多糖的含量不同，对于膜污染的贡献程度也不同。Lesjean 平行运行了前置反硝化和后置反硝化处理城市污水的两套 MBR 装置，他发现，EPS 中的多糖、蛋白质及有机胶体是引起膜污染的主要物质。Thuy 利用 MBR 处理含酚废水时发现，随着运行时间的延长，污泥混合液 $EPS_S$ 中的蛋白质和多糖的含量增加，且多糖的增长速率大于蛋白质，由于多糖比蛋白质易于降解，因此 $EPS_S$ 中

的蛋白质也是影响膜污染的重要物质。有研究发现 EPS 中蛋白质和多糖的比例不同，超滤膜的通量也不同，膜通量随着蛋白质比例的减少而增加。但也有学者持不同观点：多糖与膜污染之间线性关系较好，蛋白质对膜污染的贡献比多糖少得多。

目前大量研究一致认为，胞外聚合物 EPS 是影响膜污染的关键因素。EPS 的成分与 SMP 相似，它包括不同类型的大分子，如多糖、蛋白质、核酸、脂类等。它们可以产生黏结力，使污泥微生物结合到一起，并形成污泥絮体颗粒。EPS 是决定污泥性质的关键因素。Lee 等[20]的研究表明在活性污泥 MBR 中，由微生物、无机物、有机物包括 EPS 组成的滤饼层阻力是主要的污染阻力。生物细胞产生的 EPS 也是引起膜污染的关键物质。微生物细胞分泌的 EPS 将滤饼层颗粒之间的空隙填满，使膜通量大大降低。在 MBR 中 EPS 既在曝气池中积累，也在膜表面上积累，会引起混合液黏度和膜过滤阻力的增加。随着混合液中 EPS 的增加，膜污染速度加快，EPS 会引发严重的膜表面生物污染。另外，Lee 等的实验结果表明，污泥的疏水性、表面电荷和微生物活性都和污泥中 EPS 的组成和性质有关，从而将进一步影响膜污染阻力。Chang 等定量分析了各种污泥中 EPS 的含量，结果表明，不论污泥处于何种生理状态，污泥中的 EPS 含量越高，膜污染越严重，并得出结论：在 MBR 中，活性污泥中 EPS 的含量可以作为评估膜污染程度的参数。

#### 6.3.2.2 溶解性有机物 SMP 对膜污染的影响

膜的高效截留作用使生物反应器成为一个对微生物来说相对封闭的系统。伴随着污水生物处理过程而产生的部分溶解性有机物 SMP（Soluble Microbial Product，SMP）有可能被膜所截留，在生物反应器中积累，从而对系统的运行特性和微生物代谢特性产生影响。SMP 是生物处理出水中溶解性 TOC 或 COD 的主要组成部分。

SMP 主要产生于微生物的基质分解过程和内源呼吸过程。SMP 组成非常复杂，是腐殖质、多糖、蛋白质、核酸、有机酸、抗生素和硫醇等多种物质的混合体。许多学者发现，分置式 MBR 中循环泵产生的剪切力对污泥絮体有较强的破坏作用，致使污泥絮体释放出大量的 SMP 等溶解性物质，从而增加了膜污染，形成了很大的膜过滤阻力。研究发现，高分子量的溶解性有机物大部分是微生物的代谢产物，它们容易在反应器内累积，对 MBR 的运行造成负面影响，当 SMP 发生 50mgTOC/L 的累积会造成 70%的通量下降。而在 MBR 中，经过长时间的运行，SMP 发生大量的累积并导致污泥黏度和过滤阻力的增加。

溶解性有机物是造成膜污染的主要物质之一。成分分析表明，造成膜污染的溶解性有机物主要可分为两大类：一是数千分子量的肽类；二是数百万分子量的多糖、蛋白质类，均主要来源于微生物的代谢过程。肽类有机物主要吸附于膜孔内，造成膜孔堵塞；多糖、蛋白质类主要吸附于膜表面，形成凝胶层。

在膜污染发生的过程中，虽然污泥混合液中的中 SMP（尤其是大分子物质）和微小颗粒物体会造成部分膜孔的堵塞，但是沉积层的形成是膜污染的主要控制因素。在过滤的过程中微生物絮体会很快在膜表面形成沉积层，随着沉积层的不断发展，膜通量随之下降。在沉积层的形成和发展过程中，SMP 会不断填充微生物絮体的间隙，使沉积层更加致密，造成沉积层空隙率的减小，从而导致其透过性的降低，使沉积层的比阻上升。污泥混合液中 SMP 浓度越高，沉积层的结构就会越致密，空隙率越小，从而使膜污染加剧。

许多学者发现，分置式膜-生物反应器中循环泵产生的剪切力对污泥絮体有较强的破坏作用，致使污泥絮体释放出大量的 SMP 等溶解性物质，从而增加了膜污染，形成了很大的膜过滤阻力。Sato 和 Ishil 对分置式膜-生物反应器处理粪便污水过程中产生的活性污泥进行了小型过滤试验，指出溶解性有机物浓度是造成膜污染的重要因素之一，其对膜过滤阻力的影响可用下式表示：

$$R=842.7\Delta P(\mathrm{SS})^{0.926}(\mathrm{COD})^{1.36\mathrm{R}}\mu^{0.326}$$

式中，$R$ 为膜过滤阻力，1/m；$\Delta P$ 为操作压力，Pa；SS 为混合液悬浮固体浓度，mg/L；COD 为溶解性 COD 浓度，mg/L；$\mu$ 为活性污泥混合液黏度，Pa·s。

Wisniewski 和 Grasmick 用微滤膜过滤城市污水处理厂的污泥，考察不同膜面流速下污泥粒径分布和溶解性物质浓度对膜污染的影响时得出了相似的结论。他们发现，溶解性物质引起的膜污染几乎构成了 50% 的膜过滤阻力。循环泵对污泥絮体的剪切作用破坏了污泥絮体中微生物、无机颗粒和胞外多聚物之间的相互联系，促使菌胶团解体，释放出 ECP 到上清液中，增加了溶解性物质的浓度，从而引起了膜污染。

一体式膜生物反应器中由于膜面错流流速很小，剪切作用对污泥絮体的破坏作用不大，因此 SMP 对膜污染的影响往往不如分置式膜-生物反应器明显。但是当 SMP 在生物反应器中因积累而达到较高的浓度时，也有可能造成比较严重的膜污染。其中，污泥内源呼吸和细胞解体过程中产生的 SMP 中高分子物质的含量较高，在反应器内更容易蓄积，因而更有可能成为膜污染的来源。

以一体式 MBR 对人工配置的模拟生活废水进行的试验中，研究者发现 SMP 浓度对膜过滤压差的上升速率有比较明显的影响。用多元相关分析法总结了 SMP 浓度和 MLSS 与膜传质阻力 $R_{10}$ 之间的关系式为：

$$R_{10}=4.5412\times10^{10}\,\mathrm{TOC}^{0.06507}\,\mathrm{MLSS}^{0.28824} \tag{6-7}$$

此式表明 $R_{10}$ 与 MLSS 和 SMP 浓度成正比例变动。

在传统的污水生物处理工艺中，研究者普遍认为，SMP 浓度主要与进水浓度和污泥龄有关。一些学者认为，进水浓度对 SMP 的影响更重要些。比如，Eckhoff 和 Jenkins 指出，SMP 的生成量可以下式进行描述：

$$S_{\mathrm{R}}=\alpha S_0+\beta\mu \tag{6-8}$$

式中，$S_{\mathrm{R}}$ 为 SMP 浓度，mg COD/L；$S_0$ 为进水 COD 浓度，mg COD/L；$\alpha$，$\beta$ 为回归系数；$\mu$ 为稳态比生长速率，1/d，$\mu=1/\mathrm{SRT}+b$；$b$ 为微生物的衰亡系数，1/d。

另外一些学者则在进水浓度差不多的情况下，研究了污泥龄对 SMP 生成特性的影响。Rittmannl 的研究结果表明 SMP 生成量随污泥龄的变化是一条 U 形曲线。SMP 浓度与进水基质浓度的比值 SMP/$S_0$ 在污泥龄 $<$1d 时，随污泥龄的延长而降低；在污泥龄 $>$2d 时，随污泥龄的延长而增高。

还有一些学者以污泥负荷为指标，综合考察了进水浓度和污泥龄对 SMP 生成特性的影响，但这种情况多见于半连续培养的污泥系统。

膜生物反应器中，由于膜对高分子物质的截留作用，SMP 浓度不仅与其生成速度有关，还与膜的截留率有关；另外，伴随着污泥浓度的提高以及污泥的驯化，污泥对 SMP 的降解能力增强。因此，膜生物反应器中 SMP 浓度的影响因素可能与传统工艺有所不同，需要在传统工艺研究的基础上进行专门考察。

#### 6.3.2.3　MLSS 对膜污染的影响

在膜生物反应器的应用中，混合液污泥浓度（Mixed Liquor Suspended Solids，MLSS）作为一个重要的工艺参数，直接影响着它的生物处理效果。因为污泥浓度对于动态层厚度和黏度都有作用，所以一般认为污泥浓度对 MBR 的特性有很大影响。MLSS 不仅与进水水质浓度相关，而且与实验操作条件也有关系。MBR 中由于膜的高效截留作用，使得 MBR 工艺污泥浓度得以富集，从而大大提高生物反应器中的 MLSS，提高膜生物反应器容积负荷，提高处理效果。但 MLSS 的提高意味着反应器采用了较长的 SRT，要求有更高的氧传递速率，因为对于每一种曝气设备，超出了它合理的氧传递范围，其充氧动力效率将明显降低，同时 MLSS 值的提高还会增大混合液黏滞度，造成膜过滤阻力增大，从而降低膜通量，进而影响出水水质；而溶解性代谢产物（SMP）的积累也会影响出水水质，高浓度的悬浮固体表现出与纯水不同的特性，SS增加了溶液主体的密度和黏度，会影响膜表面的流体体系，因此倾向于结垢。更重要的是，固体通过形成的滤饼和膜孔的堵塞直接导致结垢。

MLSS是影响膜污染的主要因素，存在一临界MLSS，根据膜过滤凝胶模型，当过滤达到稳态时，膜表面污泥浓度达到临界值而不再变化，即

$$J=k\lg(X_g/X) \tag{6-9}$$

式中，$J$ 为膜通量，$m^3/(m^2 \cdot d)$；$X_g$ 为膜表面污泥浓度，mg/L；$X$ 为混合液污泥浓度，mg/L；$k$ 为传质系数，$m^3/(m^2 \cdot d)$。

超过此浓度，膜通量急剧下降，在临界MLSS以下的某个范围，通量的衰减几乎不发生。尽管较高的MLSS能有效减小MBR的体积，但过高的污泥浓度对于MBR正常运行是不利的。污泥浓度太低时，进水中的有机物分解不完全，致使生物反应器上清液中有许多未降解的溶解性有机物存在。这些有机物易引起膜面堵塞，导致膜过滤阻力很快上升。文乐元等认为大多数MBR的MLSS值在5～20g/L，研究表明，在一体式膜生物反应器中，MLSS质量浓度超过40000mg/L时，膜通量就会急剧下降。所以在运行时根据具体水质、膜组件及膜生物反应器处理能力探求合理的MLSS值。

有些学者认为，污泥浓度本事并不影响料液的过滤性，而真正的影响因素是污泥的特性，如颗粒大小、表面电荷和所含微小颗粒。通过逐次稀释污泥来改变污泥浓度，然后再向反应器中投加不同量的污泥并排除等体积的上清液将污泥浓度浓缩至最初水平，并对每一污泥浓度进行膜过滤试验，结果表明膜通量并未发生变化，因而分析污泥特性参数对膜污染的影响更有意义。

关于污泥浓度对膜过滤过程的影响，许多研究者认为污泥浓度过高对膜分离会产生不利影响。研究表明临界污泥浓度是30～40gMLSS/L，污泥浓度在0.8～1.5gMLSS/L时，膜通量随污泥浓度的升高急剧降低；污泥浓度在1.5～5.0gMLSS/L之间时，膜通量保持稳定，不随污泥浓度变化；当污泥浓度在5.0～10.0 gMLSS/L时，膜通量又随污泥浓度的升高而降低。另外，污泥浓度的增大会使得污泥混合液黏度增加，进而影响反应器内气液两相流速。有报道说在污泥浓度超过18000mg/L和40000 mg/L时，污泥黏度会急剧上升，污泥黏度会随污泥浓度的增加而呈指数增加。然而，有人却认为，较高的污泥浓度有利于减小膜污染。他们认为：在高污泥浓度时，在膜表面形成的滤饼层起到动态膜的作用，其可以有效吸附和降解沉积到膜表面的溶解性有机物和胶体颗粒，减少污染物与膜表面直接接触的机会，从而减缓膜污染速率。

### 6.3.3 膜的孔径与材质对有机物截留及膜污染的影响

与膜污染有关的膜性质主要有膜材质、膜孔径大小、孔隙率、电荷性质、粗糙度和亲/疏水性质等。研究[21]发现厌氧MBR中聚丙烯膜、氧化锆陶瓷膜在过滤过程中，大量的无机盐 $MgNH_4PO_4 \cdot 6H_2O$（struvite）在氧化锆膜表面沉积导致膜通量下降，而聚丙烯膜受无机盐沉积的影响较小。这种现象类似于化学上的“相似相溶”原理，同时用表面带电特性解释了氧化锆膜的污染机理。研究人员一致认为，无机膜的通量远高于有机膜，但是高的造价限制了无机膜在MBR中的推广应用。

在对厌氧MBR中不同膜材料的污染情况研究中，人们发现膜污染以外部污染为主，即有机物在膜面的吸附、无机物在膜面的沉积以及微生物在膜面的黏附。研究结果表明，在同样运行条件下，聚偏氟乙烯膜的污染趋势明显小于聚砜膜、纤维素膜，而且膜孔径在0.1μm附近时消化液对膜的污染趋势最小[22]。

随着膜孔径的增加，膜的通透量增加，膜表面的污染也呈现上升趋势，由此可见，存在一个最佳孔径。Shimizu等[23]研究了MBR中膜孔分布在0.01～1.6μm的一系列膜的过滤性能，结果表明孔径分布在0.05～0.2μm的膜具有最大的通量。不同截留分子量的膜对过

滤水质也有影响，当膜的截留分子量低于20000时，随着膜的截留分子量增加，出水COD增加；当截留分子量高于20000时，出水COD浓度不再随截留分子量变化。

在膜生物反应器中，活性污泥混合液中不同粒径的活性污泥颗粒、上清液中的大分子有机聚合物是造成膜污染的主要物质。活性污泥絮体颗粒是各种微生物在EPS的黏结作用下集合而成。EPS包含了多糖类物质、蛋白质、核酸和其他大分子有机聚合物。活性污泥颗粒在膜表面的附着与活性污泥颗粒大小、颗粒表面电荷以及操作通量有关，同时，膜表面的特性，例如孔径、膜材料、膜表面的粗糙度、膜表面的亲水疏水特性也会影响污泥颗粒在膜表面的附着。活性污泥颗粒造成的膜污染是活性污泥颗粒与膜表面之间物理化学的交互作用。

活性污泥混合液的上清液中，含有溶解性的大分子有机聚合物，例如溶解态的EPS等。因此在膜过滤过程中，上清液通过膜，会造成部分有机物的截留，同时会使膜表面和内部的表面特性发生改变，从而改变了膜的过滤特性。EPS的表面截留和内部堵塞都会造成膜污染。

如前所述，在进行对活性污泥混合液的过滤操作中，全新的膜会出现初始透膜压力升高的现象，膜孔径和材质对膜污染的影响在膜污染前期中表现最为突出，在膜生物反应器中，应用不同材料和孔径的膜时，透膜压力的初始上升幅度不同。通过对不同材料膜的过滤过程的考察，能够更深刻地认识膜污染的机理，对控制膜污染和膜组件的选择有所帮助。

相同膜材料，微滤和超滤膜比较见表6-4，实验所用有机膜，由Millipore公司生产。膜材料均为聚醚砜（Polyether Sulfone），孔径分属MF和UF，均为亲水膜。

**表6-4 Millipore快速过滤微滤和超滤膜规格**

| 项目 | MF | | UF | |
|---|---|---|---|---|
| 商品名 | GPWP | PBHK | PBMK | PBVK |
| 商品系列 | Millipore Express | Millipore Biomax | Millipore Biomax | Millipore Biomax |
| 过滤材质 | 聚醚砜 | 聚醚砜 | 聚醚砜 | 聚醚砜 |
| 孔径 | 0.22μm | 100KDa NMWL | 300kDa NMWL | 500kDa NMWL |
| 亲水性 | 亲水 | 亲水 | 亲水 | 亲水 |

图6-2给出了聚醚砜微滤和超滤膜在膜生物反应器中的通量和透膜压力上升情况，该实验中，膜组件浸没在膜生物反应器反应池中，设定通量为30L/（$m^2$·h）。

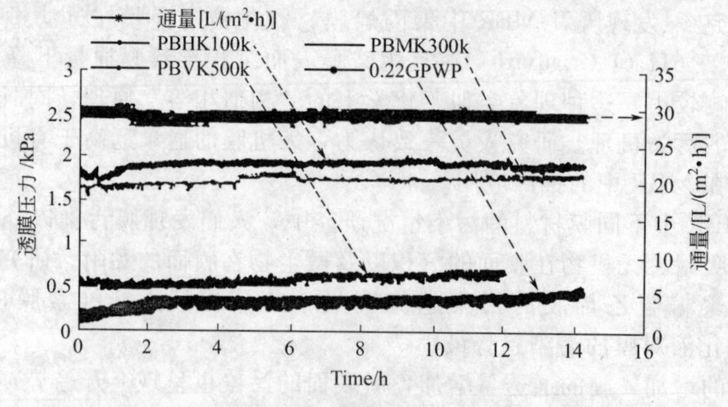


图6-2 聚醚砜微滤和超滤膜在膜生物反应器中的通量和透膜压力上升情况

# 6.4 膜阻的形成及其测定

## 6.4.1 膜表面滤饼层的形成

（1）污染物吸附、沉积机理　悬浮固体、胶体颗粒、溶解性有机物是膜表面污染物和污泥混合液的主要成分。在恒压膜过滤过程中，过滤可分为两个阶段：第一阶段滤饼层不断沉积，第二阶段滤饼层沉积和脱落达到动态平衡。膜表面滤饼层的形成与反向扩散现象有关，而大颗粒物、胶体颗粒、大分子物质、小分子物质的反向扩散机理各不相同。反向扩散主要被分为三类：布朗运动、剪切诱导和惯性提升。惯性提升适用于大颗粒物和高剪切力的场合，而布朗运动适用于小颗粒物、分子态物质和低剪切力的场合，剪切诱导适用于中等尺寸颗粒和中等大小剪切力的场合。

曝气强度越大，污泥混合液中胶体颗粒和溶解性有机物的浓度越高，从而这部分小颗粒物和溶解性有机物有更多的机会沉积到膜表面；膜表面沉积小颗粒物和溶解性有机物的反向扩散与布朗运动密切相关，但曝气强度的增大，只能强化惯性提升和剪切力诱导作用，而不能有效增强布朗运动，即曝气量的增大不能有效减缓胶体颗粒和溶解性有机物在膜表面的沉积吸附。

增大反应器水力学特性并不能有效控制溶解性有机物和小颗粒物在膜表面的沉积。因而，应该从污泥混合液改性（如投加絮凝剂或吸附剂）入手，降低污泥混合液中胶体颗粒和溶解性有机物的浓度，从而有效控制其在膜表面的沉积。

Bai 等[24]针对短期恒压膜过滤过程，据膜通量衰减情况，把整个膜污染过程分为 3 个阶段。

第 1 阶段：表现为在最初的很短时间内膜通量的急剧下降。刚开始过滤时，由于膜面存在压差，污泥混合液中的污泥颗粒、胶体颗粒和溶解性有机物开始向膜表面沉积，污泥颗粒尺寸较大，因而较容易被曝气和搅拌所形成的膜面剪切力带走，胶体颗粒虽然尺寸较小，部分沉积的胶体颗粒也较易被膜面剪切力带走，而溶解性有机物却较容易沉积在膜表面，并进入膜孔进而吸附在膜孔内壁，造成不可逆的膜污染。这 3 种组分都对膜通量的急剧下降起到一定作用，其中溶解性有机物所引起不可逆污染是主要因素。这很好地解释了最初的膜污染受标准堵塞模型控制的现象。

第 2 阶段：表现为膜通量下降速度减缓。在这一阶段中，污泥颗粒和胶体颗粒持续向膜表面和已形成的污泥层表面沉积，造成膜过滤阻力不断增加。而这时溶解性有机物在膜表面被截留积聚，浓度升高，远高于反应器内溶解性有机物浓度，从而造成溶解性有机物的反向扩散，在这一阶段溶解性有机物的沉积和反向扩散慢慢达到一种平衡状态，因而溶解性有机物对膜阻力增加的贡献较小。这一阶段形成的膜污染多为可逆污染，通过水力清洗可以恢复。

第 3 阶段：膜污染速度大幅下降，膜通量逐渐稳定。这一阶段中沉积的污泥多为较大颗粒的污泥絮体，由于抽吸力对污泥颗粒的拖曳作用明显减小，沉积的量相对前 2 个阶段较少。另一个对膜通量有重要影响的因素是污泥沉积层的压密作用，这一作用存在于整个过滤过程，在第 3 阶段这一作用更加明显。压密过程取决于外部压力，压力越大压密速度越快。当污泥颗粒向污泥表面沉降的速度和膜表面污泥向溶液中扩散的速度达到平衡时，膜通量达到稳定状态。

MBR 系统长期运行中的膜污染其实是一个非常复杂的过程，这一过程不仅涉及物理作用，还涉及生物化学作用。在短期过滤的几小时内，物理作用起主要作用，生物化学的作用可被忽略。然而，对于长期运行的 MBR 来说，生物化学作用应该被考虑，膜过滤在达到第

3 阶段后，污泥沉积层在膜表面逐渐形成一层生物膜，其不仅能够截留溶解性有机污染物，还能够分泌大量的胞外聚合物并影响膜污染。尽管 Bae 等提出的 3 阶段模式不能完整地解释长期运行过程中的膜污染机理，但它给出了一个重要信息，溶解性有机物和部分胶体颗粒在第 1 阶段起重要作用，它们是引起膜孔堵塞污染或不可逆污染的重要原因。

(2) 抗污染动态膜形成机理　自膜污染发生之始滤饼层一直起着“动态膜”的作用。即膜表面污染物的沉积和反向扩散达到了动态平衡。在膜过滤的开始阶段，大量的污泥絮体颗粒、小颗粒物、溶解性有机物被沉积到膜表面。大颗粒物很容易地被冲刷掉，而胶体颗粒和溶解性有机物仍然沉积在膜表面或膜孔，产生不可逆膜污染。当膜过滤过程达到稳定状态时，在膜表面形成了动态膜，这层动态膜主要由大颗粒污泥絮体组成。动态膜中的污泥絮体可以有效地截留或降解小颗粒物和溶解性有机物，防止这部分污染物进入滤饼层内部，起到了减缓膜污染的作用。因此，一旦形成动态膜，污染物很难有机会沉积到膜表面。

过大的曝气强度会破坏膜表面的动态膜，溶解性物质和胶体颗粒物会直接沉积到膜孔或膜表面，恶化膜过滤过程。当反应器在过大的曝气强度下运行时，溶解性物质和胶体颗粒将会是膜污染的主要贡献者，因而会在膜表面形成密实无孔的污染滤饼层。但是，当曝气强度较低时，曝气产生的剪切作用不能有效防止污泥的沉积，所以形成较厚的滤饼层，使得过滤阻力增大。因此，过高或过低的曝气强度均会给 MBR 运行带来负面影响。

(3) 膜污染滤饼层　滤饼层主要是指水透过膜时被截留下来的部分活性污泥和胶体物质，在滤压差和透过水流的作用下堆积在膜表面而形成的膜面污染。其中有无机污染物，也有有机污染物。无机污染物主要是钙、镁、硅、铁等的碳酸盐、硫酸盐和硅酸盐的结垢物，最常见的是 $CaCO_3$ 和 $CaSO_4$。有机污染物主要是蛋白质、絮凝剂、天然高分子等有机胶体和容易在膜表面附着的溶解性有机物，它们在氢键、色散力和憎水作用下被吸附在膜上[25]。滤饼层是一种可逆污染，一般可以通过水力清洗等定期清洗消除污染，快速恢复部分膜通量。

### 6.4.2 膜阻力的测定

#### 6.4.2.1 膜阻力的测定方法一

封莉、张立秋等[26]对膜污染堵塞机理进行了深入的研究，对膜阻力进行了测定，得出实验所用超滤膜组件的自身阻力 $R_m$ 为 $5.44\times10^{12}m^{-1}$，膜污染产生的总阻力 $R_z$ 为 $1.988\times10^{13}m^{-1}$，$R_z$ 约是 $R_m$ 的 3.6 倍，是导致膜通量下降的主要因素。

根据 Darcy 定律过滤模型，膜通量可用下式表示：

$$J_V=\frac{\Delta P}{\mu(R_m+R_z)} \tag{6-10}$$

式中，$J_V$ 为膜通量，$m^3/(m^2\cdot s)$；$\Delta P$ 为膜两侧的压力差，Pa；$\mu$ 为溶液的黏度，$Pa\cdot s$；$R_m$ 为膜组件本身的阻力，$m^{-1}$；$R_z$ 为膜污染产生的总阻力，包括浓差极化、膜表面和膜孔内污染、内腔的生物堵塞等产生的阻力，$m^{-1}$。

上式表明，在温度一定，即溶液黏度 $\mu$ 为定值的条件下，膜通量 $J_V$ 与膜两侧的压力差 $\Delta P$ 成正比，与膜总阻力 $(R_m+R_z)$ 成反比。为了求得 $R_m$ 与 $R_z$ 的大小，组装了一体式膜生物反应器实验装置，膜组件置于反应器之中，生活污水贮存在高位水箱中，通过平衡水箱向反应器内进水。膜组件的出水由水射器引水后，依靠反应器液面与出水管的位置高差自流出水，改变出水管的高度，相当于改变了膜两侧的压力差 $\Delta P$，即可调整膜通量。

装置安装完成后，首先在温度为 24℃的清水中对新膜进行了实验，考察了新膜在不同压力差 $\Delta P$ 条件下膜通量的变化情况，此时，可认为膜污染产生的总阻力 $R_z$ 为 0。

在温度为 24℃时，$\mu_水=9.186\times10^{-4}Pa\cdot s$，为一常数，膜组件自身的阻力 $R_m$ 也为一常数，根据式 (6-10) 知，膜通量 $J_V$ 与压力差 $\Delta P$ 呈线性相关。将清水实验数据进行线性回归，得到如下形式方程：

$$J_V=2\times10^{-10}\Delta P \tag{6-11}$$

方程斜率 $1/(\mu R_m)=2\times10^{-10}$，将 $\mu=9.186\times10^{-4}$ Pa·s代入，即可求得膜自身的阻力 $R_m$ 为 $5.44\times10^{12}m^{-1}$。

为了进一步求得膜污染产生的总阻力 $R_z$，利用上面的装置来进行处理生活污水的实验。首先在生物反应器内接种活性污泥，然后连续进出水，进行污泥的培养驯化。当反应器内的污泥培养成熟之后（此时反应器内的污泥浓度 MLSS 为 3600mg/L），将前述清水实验所用的新膜放入反应器中，连续运行。发现膜组件连续工作 15d 后，便受到了较为严重的污染，膜通量下降近 80%。此时，仍在水温 24℃条件下，改变膜两侧的压力差 $\Delta P$，测定膜通量的变化情况。同样，将污水实验数据线性回归，得到如下方程：

$$J_V=4.3\times10^{-11}\Delta P \tag{6-12}$$

方程斜率 $1/[\mu(R_m+R_z)]=4.3\times10^{-11}$，将 $\mu=9.186\times10^{-4}$ Pa·s代入，得膜的总阻力（$R_m+R_z$）为 $2.532\times10^{13}m^{-1}$，从而得出由于膜污染产生的总阻力 $R_z$ 为 $1.988\times10^{13}m^{-1}$。对比膜自身的阻力 $R_m$ 与膜污染总阻力 $R_z$ 得出，$R_z$ 是 $R_m$ 的 3.6 倍，是影响膜通量的主要因素。

6.4.2.2 膜阻力的测定方法二

孙振龙、陈绍伟、吴志超等[27]以抗生素发酵废水为处理对象，对一体式平片膜生物反应器在运行过程中膜的性能进行了研究。该试验装置由生物反应器、一体式膜组件、膜抽吸系统及自动控制等系统组成，其中生物反应器为活性污泥鼓风曝气反应池，有效容积为 47L，反应器中间有一隔板，一侧放膜组件，组件下方设有穿孔管曝气，在供给微生物分解废水中有机物所需氧气的同时，在平片膜表面形成循环流速以减轻膜面污染。抽吸系统采用型号 BT01-100 兰格蠕动泵，对浸没于反应器的膜组件进行抽吸。自动控制部分采用时间控制器对抽吸泵及进水泵进行控制。一体式 MBR 中的处理水经蠕动泵抽吸进入净水池，净水池的水作为膜冲洗备用。试验用水为上海某制药厂抗生素废水，稀释后的废水，进水经 100 目筛网过滤后进入反应器。试验用膜为平片膜，由中科院上海原子核研究所膜分离技术研究开发中心提供，膜组件自行研制，平片膜材质为 PVDF（聚偏氟乙烯），截留分子量为 14 万，膜有效面积为 $0.05m^2$。

（1）水通量的测定 水通量的测定由下式得出：

$$J_\theta=\frac{V_\theta}{A\times t} \tag{6-13}$$

式中，$J_\theta$ 为 $\theta$℃下所测定的实际膜通量；$V_\theta$ 为 $\theta$℃下在 $t$ 时间内实际过滤液体积；$A$ 为平片膜有效面积。

在测定膜水通量时，为了便于比较试验的不同阶段水温所带来的差异，该试验将不同温度测得的数据换算成 20℃下的通量值，换算公式为：

$$J_{20}=J_\theta\times\left(\frac{\eta_{W\theta}}{\eta_{W20}}\right) \tag{6-14}$$

式中，$J_{20}$ 为换算成 20℃时的通量；$\eta_{W20}$ 为 20℃下纯水的黏度；$\eta_{W\theta}$ 为 $\theta$℃时纯水的黏度。

（2）阻力分析方法 膜污染可以分为物理污染、化学污染及生物污染，对于不同的反应器形式、生物的不同生长阶段、不同的组件形式及不同的运行方式，占主导地位的污染形式不同。

为了有效地测定膜污染阻力，膜阻力可以分为三部分：一部分为膜固有的阻力 $R_m$；一部分为泥饼阻力 $R_c$，包括浓差极化、膜表面的吸附及沉积等形成的阻力，可以采用水冲洗、海绵擦洗等方法将其除去；另一部分为膜孔的吸附及堵塞阻力 $R_f$，这部分阻力可以采用化学清洗等方法全部或部分去除。通过试验测定的有关通量数据，用 RIS（resistance-in-series）阻力模型计算出各部分阻力及其所占比例。表达式如下：

$$R_t=\frac{\Delta P}{(\mu_1 J_1)}=R_m+R_c+R_f \tag{6-15}$$

$$R_m=\frac{\Delta P}{(\mu_0 J_0)} \tag{6-16}$$

$$R_f=\frac{\Delta P}{(\mu_0 J_0)}-R_m \tag{6-17}$$

$$R_c=\frac{\Delta P}{(\mu_1 J_1)}-R_m-R_f \tag{6-18}$$

式中，$\mu_0$ 为纯水在 20℃时的黏度（$\mu_0=1.0050\times10^{-3}$ Pa·s）。

（3）测定过程

① 在不同的抽吸压力下，用新膜对纯水过滤，通过公式（6-16）计算出膜固有阻力。

② 用该膜对反应器混合液进行过滤，利用公式（6-15）可以得出运行过程中膜总阻力的瞬时值。

③ 一定时间后，把膜组件从反应器中取出，清水无压力清洗，并用柔软的海绵擦去膜面吸附物，然后对纯水过滤，由公式（6-17）得到膜孔吸附及堵塞阻力。

④ 由公式（6-18）可得膜表面的泥饼阻力。

用前述工艺流程和试验方法，使用该制药厂的废水处理站的污泥接种半个月后，直接把 PVDF 平片膜浸没于反应器中以 4＋6 的周期运行，即抽吸 4min 停抽 6min。

在此运行过程中反应器中 MLSS 的质量浓度经过一段时间后基本维持在 15g/L 左右，出水 $COD_{Cr}$去除率为 86%。可见，水中悬浮和溶解的 $COD_{Cr}$并没有在 MBR 中累积。但运行至 1 月中旬膜出水 $COD_{Cr}$与上清液 $COD_{Cr}$相比，并没有多大差别，由此可知，PVDF 膜所起的作用主要是截留水中悬浮物，使 MLSS 维持在较高浓度，从而达到高效降解水中有机物的目的。

（4）过滤过程中的阻力分析

① 膜固有阻力的测定。新膜黏结后，放入纯水中浸泡 24h 以消除环境对膜性能的影响，调节抽吸压力，连续测定 5 次对应压力下的通量，取其平均值，由公式（6-16）可以得出，膜固有阻力 $R_m$ 为 $1.082\times10^{12}\text{m}^{-1}$。

② PVDF 膜放入反应器后总阻力的变化。为了考察 PVDF 膜在尽量长时间内运行中阻力的变化，把膜组件在设定压力 30kPa、MLSS 密度为 13.8g/L、曝气量为 $1.45\text{m}^3/\text{h}$ 的条件下放入反应器中进行连续抽吸运行，总阻力经大约 25min 渐趋稳定，从开始 $2.81\times10^{12}\text{m}^{-1}$逐渐上升至 $5.29\times10^{12}\text{m}^{-1}$。也就是，膜固有的阻力从开始占总阻力的 98.6%逐渐降低至 52.4%。可见，尽管反应器曝气冲刷对减弱悬浮固体向膜面吸附迁移有一定作用，由于很高的悬浮固体浓度，导致较高的黏度（实测黏度高达 $6.3\times10^{-3}$ Pa·s），膜污染随时间加剧。

同时，也考察了 PVDF 膜在设定周期，抽吸 4min 停抽 6min 下运行，其间不进行任何清洗。间歇运行 27d，阻力达到 $5.34\times10^{12}\text{m}^{-1}$。把连续抽吸的 25min 内阻力变化延长至 27d，充分体现了一体式膜生物反应器中间歇运行中曝气冲刷膜面的效果。

③ 膜水力清洗及海绵擦洗后的阻力比较。长期运行过程中，泥饼阻力是导致膜通量下降的主要因素。在 1d 的连续运行过程中，泥饼阻力占总阻力的比例从开始的 35.87%上升至 94.01%。新开发的 PVDF 平片膜组件其优点在于能够通过简单便捷的在线海绵擦洗的方法，消除泥饼阻力，从而使水通量迅速恢复接近初始通量。

在一体式 MBR 中，泥水混合液处于循环流动状态，在运行过程中，膜表面泥饼层处于一种动态的相对稳定状态，形成膜过滤的主要阻力，并且由于膜的长期使用，形成阻力的因素也具有累积效应；而且，由于化学清洗价格昂贵、操作复杂且不可能完全恢复膜通量。因此，海绵定期在线擦洗对于膜通量的增强非常有利。从长期运行的角度来看，在线擦洗至少可以减弱各种阻力因素的累积，从而具有积极的实践意义。

王志伟等[28]采用正交试验法分析评价浸没式平板膜-生物反应器操作运行条件对膜污染的影响，测定了各部分膜阻力的分布情况，膜污染是由于小于膜孔的物质在膜孔中的堵塞与吸附和浓差极化以及固体物质通过物化作用与膜紧密结合形成沉积层引起的。

膜阻力的测定表明，外部阻力，主要是泥饼层或凝胶层形成的阻力是膜污染的重要组成部分[29]。第一组膜生物反应器污泥浓度较低，膜生物反应器内部累积的有机物质较多，膜表面主要形成了一层致密的凝胶层而使外部阻力占较大部分，而由于凝胶层孔隙较小，小分子物质在凝胶层形成后难以进入膜内部，所以其内部阻力较小。第二组膜生物反应器污泥浓度有所提高，在膜表面形成了一定厚度的泥饼层，但仍然小于凝胶层的污染阻力，泥饼层的孔隙相对于第一组膜生物反应器凝胶层的孔隙大，小分子物质可以通过泥饼层进入膜内部，内部阻力有所上升。第三组膜生物反应器由于污泥浓度很高，形成的泥饼层较厚，外部阻力也较大，使小分子物质通过泥饼层进入膜内部较为困难，内部阻力比第二组膜生物反应器有所降低。

试验选择的曝气强度的三个水平，均满足去除泥饼所需要的剪切冲刷力，因而再增大曝气强度对膜污染的改善作用不大。随着抽停比的减少，即停抽时间的增加，在停抽阶段，由于曝气存在的冲刷力可以使泥饼得以去除，因而减轻了膜污染。

同时存在一个最佳污泥浓度，污泥浓度过低，膜生物反应器中单位体积的活性污泥中含有较多的有机物质，在膜表面会形成一层致密的凝胶层，不易通过曝气产生的剪切冲刷而去除，使膜阻力上升较快。污泥浓度高，可以在膜表面形成泥饼层，可有效地阻止细小颗粒（有机物或胶体物质）等的进入，一定程度上缓解了膜污染。在停抽阶段，泥饼层可以通过曝气冲刷而较好地去除，但是污泥浓度提高过多，会形成较厚的泥饼层而使阻力显著增加，结果表明，外部阻力是膜阻力的主要组成部分，因而设法减轻泥饼层或凝胶层的沉积是减轻膜污染的重要手段。膜性能指标有压力与通量两个变量，运用 RIS 阻力模型可以统一两者，因此，在研究膜生物反应器中膜性能时，用阻力这个指标分析是可行的。

# 6.5 膜清洗周期及膜堵的防治

## 6.5.1 膜的清洗周期

膜分离工艺中，膜污染的发生是必然现象，尤其是 MBR 工艺中，膜分离的对象为大量的含有有机物、无机物及微生物的污泥混合液体，因而更易发生膜污染。在运行过程中，膜通量随运行时间的下降也是必然的。但在实际运行和操作过程中，可通过一定的措施，延缓污染发生的时间和污染程度，以尽可能地提高其处理能力。目前，防止膜污染的途径除选用抗污染能力较强的膜和适宜的运行条件外，尚需进行必要的定期冲洗或清洗。

如前所述，膜污染可分为由浓差极化引起的凝胶层形成可逆污染和由不可逆吸附及堵塞形成的不可逆污染两类，两类污染的共同作用导致膜通量的衰减。

根据污染类型的不同，控制方法相应亦有所不同。其中可逆污染一般可通过物理方法进行控制。而反冲洗水作为一种常用的防止和减轻膜污染的有效措施，已得到广泛应用。该法是利用高速水流对膜进行水力冲洗，或将膜组件提升至水面以上用喷嘴喷水冲洗，同时用海绵球机械擦洗和反洗。其特点是简单易行，费用低。近年来出现的抽吸式冲洗方法具有不需添加设备和冲洗效果好的特点，已受到重视并在实际工程中得到应用。通过反冲洗可有效地去除膜表面的泥饼及其他污染物，维持较为稳定的膜通量。

在进行水力反冲洗时，应注意选择合适的冲洗速度、压力和冲洗周期。一般认为，采用高流速利于膜通量的恢复，但流速越高，其能耗也就越高。一般宜将冲洗流速控制在2.0m/s左右。此外，宜采用低压操作方式，以防止膜（丝）的损坏。

反冲洗周期（$T$）的确定和控制对处理系统的处理能力有重要的影响。在工艺运行过程中，膜通量随着膜截留的污染物的增多呈现出时间的单调函数性质，同时过短的反冲洗周期将增大其用水量而降低通水效率，过长的反冲洗周期又将影响膜的通水能力，并易引起膜污染问题。因而，合理控制反冲洗周期是非常必要的。樊耀波等通过分析提出了确定最佳反冲洗周期的理论计算公式：

$$t_f=\frac{Q_f-Q_w}{J(t)-t_w} \tag{6-19}$$

$$J(t_f)=\frac{Q_f-Q_w}{t_f+t_w} \tag{6-20}$$

式中，$t_f$ 为处理工艺的反冲洗周期（即其两次反冲洗间的通水时间），h；$t_w$ 为反冲洗持续时间（一般情况是相对固定的已知值），h；$Q_f$ 为反冲洗周期内膜的通水量［随 $J$（$t_f$）而变化］，L；$Q_w$ 为反冲洗用水量（一般情况下是相对固定的已知值），L；$J(t_f)$ 为膜通量随时间变化的单调函数，随膜阻而变化，与分离混合液的温度、污泥浓度及其性质、工作压力和膜面流速等有关。

最佳反冲洗周期是使MBR工艺具有最大有效通水效率的反冲洗周期。由式（6-20）可知，获得上述目标的条件是使 $J$（$t_f$）与$\frac{Q_f-Q_w}{t_f+t_w}$相等，此时的反冲洗持续时间即为最佳反冲洗周期。设 $t_f=T$，则有：

$$T=\frac{Q_f-Q_w}{J(T)-t_w} \tag{6-21}$$

水力反冲洗一般对可逆污染具有良好的效果，但对于不可逆污染则需要进行化学清洗的清洗方法。下一节将做详细的介绍。通常使用0.01～0.1mol/L的稀酸和稀碱以及酶、表面活性剂、络合物和氧化剂（次氯酸钠）等作为清洗剂，通过化学反应而破坏膜面凝胶层和膜孔内的污染物，将其中吸附的金属离子和有机物等氧化、溶出。

当膜运行一段时间以后，污染物开始附着在膜的微孔内，如果污染加剧，膜很容易堵塞。继续在该条件下操作，泥饼层开始沉积在膜表面，抽吸仍然进行，泥饼就被压实，无法去除，这样只得采用化学法清洗。污染物主要是由有机物质组成的，氧化分解是除去这些物质的有效方法。

最有效的方法是根据污染的程度，把膜组件浸在化学清洗剂中2～24h。通常采用的化学试剂有次氯酸钠、稀碱、稀酸、酶、表面活性剂、络合剂和氧化剂等。对于不同种类的膜，应选择其合适的化学清洗剂，以防止化学清洗剂对膜的损害。选用酸类清洗剂，可以溶解除去矿物质及DNA，而采用NaOH水溶液可有效地脱除蛋白质污染。如用柠檬酸加氨水清洗液可去除碳酸盐垢及金属胶体，EDTA加NaOH清洗液可去除二氧化硅、有机物及微生物污染物。

由于受时间、空间或其他因素的限制，不能采用化学法清洗，可采用物理方法，如高流速水冲洗、海绵球机械擦洗、反冲洗和反向脉冲等。空曝气是指停止进出水，加大曝气强度连续曝气2～3d，以冲脱沉积在膜表面上污泥层的方法。空曝气并不是在任何情况下都有效，由于空曝气实际上是通过强化水流循环作用的物理清洗方法，因此，只有当膜面附着的污泥层对膜的过滤阻力造成的影响很大时，这种方法的效果才比较显著。

水力反冲洗和化学清洗的对象是不同的，其效果也是不同的。同时，所使用的化学药剂不同，其化学清洗的效果也不尽相同，因此它们对膜通量恢复的作用程度也是不同的。在实际应用中，为同时获得对可逆和不可逆污染的综合消除效果，一般将水力反冲洗和化学药剂清洗结合使用。

经过清洗后的膜通量的恢复程度通常用纯水透水率恢复系数表示：

$$R=\frac{J}{J_0}\times 100\% \tag{6-22}$$

式中，$R$ 为恢复系数，%；$J$ 为清洗后膜在纯水中的膜通量，$m^3/(m^2\cdot h)$；$J_0$ 为新膜在纯水中的膜通量，$m^3/(m^2\cdot h)$。

### 6.5.2 膜孔堵塞的防治

根据 MBR 膜分离的特点，从工艺流程设计、膜材料性能、设备操作运行到污染后清洗等各个环节加以考虑，使浓差极化和膜污染减小到最低程度。目前，国内外膜污染防治技术主要集中在对料液的预处理、膜材料的改性、操作条件优化、膜污染后的清洗几个方面。

#### 6.5.2.1 对料液的预处理

预处理是指在原料液过滤前向其中加入适当的药剂，以改变料液或溶质的性质，或对其进行絮凝、过滤，以去除一些较大的悬浮颗粒或胶状物质，或者调整料液的 pH 值以去除给膜带来污染的物质，减轻膜过程的负荷和污染，从而降低膜的阻力。如张洪宇等用 $FeCl_3$ 作絮凝剂以改善污泥的过滤性能，在加入 500mg/（L·d）后，膜通量增加了 120%，但加入量不能过多，否则会影响污泥的活性[30,31]。

由于无机盐 $Ca^{2+}$ 和 $Mg^{2+}$ 等对膜也存在堵塞作用，所以对进水进行化学沉淀处理，即调 pH 使成碱性，从而使 $Ca^{2+}$ 和 $Mg^{2+}$ 以氢氧化物的形式去除[32]。

#### 6.5.2.2 提高颗粒平均粒径

颗粒粒径的大小是产生膜堵塞的直接原因，为增加颗粒平均粒径，提高膜面对污染物质的截流效率，减少膜堵塞，目前采用较多的是添加粉末活性炭（PAC）、絮凝剂。王顺义[33]将两个反应器进行对比，其中一个反应器是投加粉末活性炭 MBR 系统，活性炭投加量是 1100mg/L，另一个为正常活性污泥 MBR 系统，得出结论是在 MBR 系统中投加少量的 PAC 就能很好地降低膜的污染，并且提高运行效果。投加 PAC 的主要机理是 PAC 能较强地吸附大量的微细胶体、EPS 等物质，并且由于生物活性炭污泥絮体内部有 PAC 颗粒，使其比一般的絮体具有更高的抗压性，因此形成的凝胶层相对比较疏松、孔隙度高、透水性好，大大降低了由于滤饼层所引起的膜阻力，进而提高了膜通量。Pirbazari 等[34]认为，PAC 在凝胶层上形成一个动态层，能吸附部分溶解性有机物以及低分子小颗粒物质，减少引起膜堵塞的物质。Kim J S 等发现，PAC 能使微生物絮体中的 EPS 减少。粉末活性炭通过减少料液中的 EPS，形成生物活性炭，改变膜表面的凝胶层结构。生物活性炭对 EPS 进行降解，降解后吸附新的 EPS 并再降解，如此循环，减少料液中 EPS 的数量，维持较高的膜通量[35]。傅金祥等[36]在研究不同粒径的 PAC 对膜污染的影响时发现，80～100 目的活性炭能有效防止污染，而 200～300 目的 PAC 因其中含有一定数量与膜孔径相近的粉末活性炭，直接堵在膜孔上而产生严重的膜堵塞。罗虹等[37]通过实验发现，添加 PAC 后膜污染阻力降低了约 73%，郑淑平[38]也发现了这一现象。

张永宝等[39]通过实验发现，氢氧化铁絮体的混凝吸附作用使混合液中的胶体颗粒絮凝成较大的颗粒，使生物铁 SMBR 的污泥粒径大于普通的 SMBR 污泥粒径。添加氢氧化铁后所形成的污泥在很大程度上减轻了对膜孔的堵塞，减少了膜污染。Boonthanon[40]在微滤膜反应器内添加氯化铝作为絮凝剂以后发现，它比原系统过滤效率提高了 200%左右。Abdessemed 等[41]通过实验研究发现，絮凝的最佳条件为 pH＝5.5，絮凝剂浓度达到

120mg/L。添加絮凝剂可提高膜通量，使膜表面的沉积物多为大颗粒物质，减少了小颗粒物质对膜孔的堵塞而提高膜的使用寿命。

6.5.2.3 增加动态膜

在膜表面增加动态膜的方法能够截留污染物质，形成膜垢层起到过滤的作用，减少污染物质与膜的接触，从而减少膜堵塞。Chang 等[42]的研究表明，膜的溶质截留效果主要取决于膜表面的膜饼层以及凝胶层的筛滤与吸附，因此这些动态层截留效果越好则膜堵塞就越轻。Harmant[43]认为，凝胶层可截留溶液中的颗粒溶质和大分子物质，减少这些物质对膜的堵塞作用。

6.5.2.4 优化操作方法

当通量控制在临界通量下运行时，能极大地减少膜污染，减轻膜堵塞，延长膜寿命。Clech 等[44]通过实验证实了在临界通量下进行操作时，膜污染产生量减少，过膜压力损失稳定，然而在临界通量下运行并不能阻止长时间因膜内污染所导致的膜通量减少。采用间歇方式出水或压力递增模式出水，能减少膜污染。王志伟[45]通过数学模型分析并通过实验证实，压力递增模式可有效提高膜通量，降低运行过程中的膜阻力，是 MBR 中可以采用的一种压力操作模式。合理曝气能产生紊流，清洗膜表面和阻止污泥的聚集，一般气、水体积比为 40∶1～100∶1 时就能保持膜通量稳定，膜堵塞减弱。刘锐等[46]研究表明，合理的曝气避免了凝胶层的增厚和堵塞物质的积累，大大延长了膜清洗周期，减少了膜堵塞。

王志强等研究 MBR 反应器得出膜表面沉积所造成的可逆污染阻力约占膜总阻力的 85%左右，而纯膜阻力和不可逆污染阻力相对比较小，采用气-水联合反冲洗较单独气或水反冲洗效果好，能够大幅度地清除沉积在膜表面的泥饼层，进而恢复膜通量，并且不会因气-水联合反冲洗影响反应器对废水的处理效果。

采用错流过滤时，滤液沿膜面流动防止了颗粒在膜表面的沉积。而且错流过滤产生的流体剪切力和惯性力能促进膜表面被截留物质向流体主体的反向运动，从而提高过滤速度，错流强化了边界层的传质过程[47]。

膜清洗、选用抗污染膜等都能在一定程度上减少膜堵塞。定时的膜清洗如反冲洗、超声波清洗等对恢复膜通量有积极作用，可减少膜污染，疏通膜孔，减轻膜堵塞。在相同试验条件下，真空抽吸-空气反吹比真空泵抽吸和自吸水泵抽吸运行方式引起的膜污染程度轻。

艾翠玲[48]在对一体式膜生物反应器膜污染防治理论进行研究得出结论：在污染颗粒粒径一定的情况下，减小主腔宽度，合理控制管内的膜压力可极大地减少膜外污染或者消除膜污染，增加污染颗粒粒径，减少胶体对膜管壁的吸引力，是化学方法解决膜污染的途径。

6.5.2.5 对膜材料进行改性

在 MBR 工艺中膜材料种类在很大程度上影响其自身的耐污染性，所以预防膜污染的重要途径是根据将要处理的水质找到耐污染的膜材料或对膜进行改性。

对膜材料进行表面改性就是改变膜材料表面的物理化学性质，增大膜的透水性，其改性方法有物理改性、化学改性和表面生物改性。进行物理改性的方法就是在膜表面涂覆上具有一定功能基团的功能高分子。采用表面活性剂进行表面涂覆也可以在一定时间内提高和改善膜通量，但随时间的延长，表面活性剂逐渐脱落，通量下降，最终失去抗污染能力。所以物理改性是治标不治本的方法。

膜表面化学改性应用比较广泛，并且得到比较好的改性效果。化学改性包括等离子体处理、紫外辐射、表面可控聚合。因为接枝反应发生在聚合物表面，不影响聚合物膜的内部结构，赋予聚合物膜新性质的同时不降低聚合物膜原有的优异性能，所以可以根据不同的膜材料，引入不同类型的接枝聚合物链。化学改性能使官能团以化学键与膜表面键合，在物质透过膜时功能基团不被溶解，膜抗污染性能不会被改变。

采用等离子体处理膜表面，在表面引入特定官能团、形成交联或表面自由基，这种改性仅对膜表面改性而不触及膜基体[49]。

开发低成本、高性能的耐污染膜是减小膜阻力的最根本、最经济的途径，是膜技术发展的方向，国外开展这方面的研究比较早，对于膜材料的改性国外的研究倾向于以下三个方面：新型高通量无机膜（如金属膜）的开发；提高膜的亲水性或使膜荷电以改善膜的通量及抗污染性能；制造有机-无机混合膜，使之兼具有机膜与无机膜的长处[50,51]，如以 $Al_2O_3$ 烧结体做支撑材料，用尖晶石涂层，通过溶胶-凝胶过程制备的无机膜与传统膜相比，该膜通量高 3～4 倍，压降较小，反冲周期长达 4～8 个月，且反冲效果好，耐侵蚀，污染后膜性能容易恢复[52]；聚砜膜表面氟化使 F 和 O 添加到膜表面，从而增加了膜的亲水性，减少了表面憎水污染物的污染，且膜的选择性不受氟化的影响[53]。

#### 6.5.2.6 减小膜与污染颗粒之间的黏结力

艾翠玲[48]研究减小膜与污染颗粒间的黏结力，使污水与膜材料具有同种电荷，也可以有效减少膜管壁内外面污染。所以，膜污染的防治应以控制沉积层的形成为主要措施。用化学方法消除膜污染，层流时需要使污染颗粒粒径减小，紊流时需使污染颗粒粒径增大，才可使管内不污染的临界流速减小。

#### 6.5.2.7 改善进水营养成分

纪磊[54]等研究在系统中缺少氮磷时，污泥絮体的相对憎水性和膜的憎水性都增加，进而加速了污染物在膜表面的沉积或吸附。由于氮磷的缺失导致丝状菌相对增加，丝状菌将污染物牢牢地缠绕、固定在膜表面，加强了膜表面污染物抵御曝气的水力冲刷作用的能力，加速了膜的污染，所以一定要防止丝状菌膨胀现象。

#### 6.5.2.8 投加介质

一体式平板膜生物反应器在清水中和处理生活污水时投加一定量的沸石后，沸石对膜污染阻力产生了影响。一定量沸石的投加能减少膜污染阻力，但存在一个最佳投加量问题，过量投加反而导致膜不能正常使用。近年来，也有不少学者投加轻质橡胶粒来减轻膜污染，橡胶粒来源于废旧轮胎粉碎而成颗粒材料，湿相对密度 $1.16\times10^3\,kg/m^3$，胶粒平均粒径（$2.5\pm0.7$）mm。

在进行 MBR 水处理过程中，虽然膜孔堵塞引起的阻力损失仅为小部分，但是这种污染常常属于不可逆污染，具有累积性，且随着时间的延长，膜孔堵塞会愈加严重，极大地影响膜的性能，缩短膜的使用寿命。目前，在膜堵塞机理以及防治上还有很多需要完善的地方，尤其应加强系统的膜孔堵塞数学模型研究、膜孔堵塞与其他膜污染之间的联系研究、应用中膜孔堵塞防治可行性研究等。因此，如何减轻膜孔堵塞在整个膜污染防治研究中具有非常重要的意义。

## 6.6 膜清洗的方法及步骤

膜生物反应器技术作为一种新型、高效的水处理技术，虽然已成功地应用于废水处理系统，但是膜在运行过程中容易受到污染，造成膜通量下降，甚至无法继续使用，而依靠更换膜组件来恢复反应器的运行，势必会增加反应器的造价并造成运行周期中断，直接影响膜组件的效率和使用寿命，阻碍其在实际中的应用。因此，研究膜污染的原因，寻求消除膜污染、快速恢复膜比通量的高效清洗方法，成了推广膜生物反应器技术的关键所在。

### 6.6.1 膜清洗方法

为了消除可逆污染和恢复部分膜通量，必须不断地、及时地对膜进行清洗。清洗方法包括物理清洗、化学清洗、物理-化学清洗和电清洗。物理清洗是用人工或机械清洗，冲洗时应在低压下进行，以免损伤膜；化学清洗是用稀酸、稀碱、氧化剂等对膜进行浸泡和清洗，对于不同的膜要选用不同的清洗剂；物理-化学清洗是将物理清洗和化学清洗结合起来以提高清洗效果的一种方法；电清洗是在膜上施加电场，使污染颗粒带上电荷，来加速清洗过程的一种方法。

#### 6.6.1.1 物理清洗

物理清洗指人工、机械清洗和清水清洗等不使用任何形式化学药剂的清洗方法。物理清洗所需设备简单，但清洗效果有限，不能彻底清除膜污染，只能作为一种简单的维护手段。

(1) 水反冲洗 水反冲洗是指在膜出水口施加一个反冲洗压力，使处理水或处理水与空气的混合流体反穿通过膜而进行的冲洗。水反冲洗对膜性能要求较高，为避免损伤膜而导致出水恶化，反冲洗应在低压状态下操作。王勇等[55]在对一体浸没式 MBR 的聚四氟乙烯微滤膜的膜污染清洗中，采用了高表面流速、低操作压力的膜表面水力加压反洗，这是因为高表面流速有利于减轻浓差极化，提高膜透过水量，低操作压力可以避免破坏膜表面结构，减轻污染物质向膜面的对流传递作用，减少对污染层的压实效应。

付婉霞[56]在膜生物反应器处理盥洗废水的研究中发现，用一定量的水对污染的膜组件进行冲洗、浸泡、轻微搓揉可以较彻底地去除运行初期的膜表面沉积物，使膜通量有较大程度的恢复，但随运行时间的延长，清洗的效果变差，膜通量恢复率较低，此时用水反冲洗可以去除膜孔中的堵塞物和膜表面残留的滤饼层，使膜通量进一步恢复。

(2) 海绵球清洗 用水力控制海绵球经过膜表面，可以强行去除膜表面的污染物，但去除硬质污垢时易损伤膜表面，需小心操作。孙振龙等研究后指出，对平片膜组件只用简单的在线海绵擦洗，便可以基本恢复膜通量，从而起到了减少化学清洗次数、降低清洗费用的作用。

(3) 空气反吹清洗 Civisvanathan[57]等对过滤-空气反吹的研究发现，过滤 15min—空气反吹 15min 可以获得最佳的透过稳定性和总通量，尽管这种循环操作不能完全清除膜污染，但与连续运行工艺相比，提高了 271%的通量。然而空气反吹清洗去除的主要是膜的外部截留污染物，只有化学清洗才能完全清除由大分子物质吸附带来的内部和外部截留物。

(4) 空曝气清洗 空曝气清洗是一种强化水流循环作用的物理清洗方法，就是在停止进出水时，大强度连续曝气 2～3d，利用水的循环和剪切力的作用冲脱沉积在膜表面上的污泥层。但只有当膜表面附着的污泥层对膜的过滤造成很大影响时，采用空曝气的冲洗方法才能取得比较显著的清洗效果。而且加大曝气量会粉碎污泥颗粒，导致随后的运行中形成的污泥层更致密，膜阻力上升得更快。

(5) 超声波清洗 超声波清洗是利用超声波在水中引起剧烈的紊流、气穴和振动而达到去除膜污染的目的，清洗速度快，效果好。如附着生长型 MBR 的污染膜表面黏性较大，常规物理清洗效果差，采用超声波清洗能使膜通透性恢复约 30%。Bien January[58]等的研究还表明，利用超声波还可以测定膜污染的类型和大小。超声波清洗可以在 MBR 运行过程中实行在线进行，然而由于超声波对微生物有杀灭作用，其在清洗过程中对活性污泥中微生物的影响还有待进一步研究。

(6) 电清洗 电清洗是在膜上施加电压，使污染颗粒带上电荷，来加速清洗过程的一种方法，该方法尚处于研究阶段。

此外，还可以用机械刮除、脉冲清洗、脉冲电解及电渗透反冲洗等方法清洗污染膜。

6.6.1.2 化学清洗

在膜生物反应器常用的清洗方法中，电清洗和超声波清洗效果最好，但运行费用太高；机械清洗效果不理想，一些与膜结合紧密的物质去除不掉。相比之下化学清洗最为经济有效，化学清洗就是将被污染物吸附的膜浸渍于洗涤剂溶液中脱除覆盖层的过程，它恰恰是吸附性污染的逆过程。洗涤过程中，污染物/膜（F/M）界面消失，同时出现了洗涤剂溶液/膜（S/M）界面，如果污染物溶解于洗涤剂溶液，那么污染物/洗涤剂（F/S）溶液的稳定程度也影响到洗涤效果。考虑单位膜表面内污染物的洗涤过程，体系的自由能在洗涤前后的变化为：

$$\Delta F=\gamma_{SM}+\mu_{FS}-\gamma_{FM} \tag{6-23}$$

式中，$\mu_{FS}$为单位膜面积内的污染物进入洗涤剂溶液后的自由能。

如果洗涤自由能小于零，那么化学清洗效果显著。如果污染物能够进入清洗剂溶液并形成热力学稳定的状态，那么污染物的溶解自由能 $\mu_{FS}<0$，污染物在溶液中越稳定洗涤自由能就越小。由于污染物溶解于清洗剂溶液而促进洗涤作用的机理常被称为增溶机制。采用表面活性剂水溶液进行化学清洗时，污染物进入清洗剂溶液，并形成稳定的水包油型乳状液滴；液滴越稳定洗涤自由能也越低，膜表面的污染物也越容易去除。此处增溶作用来自表面活性剂对污染物的乳化作用。用络合剂作为洗涤溶液时，污染物与洗涤剂分子间的络合作用也能产生增溶作用。膜清洗常采用氧化剂来分解污染物分子，分解产物往往更容易溶解于水，此时污染物的氧化降解反应起到了增溶作用[59]。

在膜生物反应器处理污水的实际过程中，由于膜的细小孔径很容易被污染物堵塞，仅靠物理清洗技术不能有效恢复膜的透过率，直接影响处理效果，而使用化学清洗方法来恢复膜的通透性更有效。一般常用的清洗剂有硝酸、柠檬酸、盐酸、氢氧化钠、氢氧化钾、次氯酸钠等。对于不同材质的膜，应选择不同的化学清洗剂，并防止对膜造成损坏。

① 碱性清洗剂。碱性条件下有机物及生物污染物易被清除，碱溶液可有效去除蛋白质污染，破坏凝胶层，使其从膜表面剥落下来。碱性物质特别适用于有机物或微生物污染的膜。

张斌[60]等采用膜生物反应器处理生活污水，采用不同的碱性洗涤剂进行清洗，比较 NaOH 和 NaClO 清洗剂的清洗效果，发现均可以去除膜表面的大部分污染物。经清水通量测试，次氯酸钠洗后的膜最为清洁，膜通量恢复率也达到了 90%以上，但由于自身的强氧化作用，对膜材料造成了一定损伤，引起了膜的劣化。而氢氧化钠洗后膜则不会受到损坏，清水通量可恢复到初始通量的 85%～90%，故建议使用 NaOH 为清洗剂。

② 酸性清洗剂。酸性清洗剂的主要作用是清除污垢沉积物和金属氧化物引起的污染层，溶出结合在凝胶层和水垢层中的铜、镁等无机金属离子，将残存的凝胶层和水垢层从膜表面彻底清洗以恢复其通透能力。

刘晓东[61]等通过不同清洗方法对膜通量恢复效果的评价及对污染膜和各步清洗后膜表面和断面形貌的观察发现，先用硫酸浸泡可去除部分无机结垢污染物，膜通量可恢复到原来的 90.80%，对清洗后膜丝的形貌观察发现，用硫酸浸泡以后，膜变白了，内表面的无机物垢去除了一部分，但是还有较厚一层，所以硫酸浸泡以后只能恢复部分膜通量。接着用柠檬酸浸泡，柠檬酸能清除剩下的无机污染物，可使膜通量恢复至原来的 100%。经观察发现，柠檬酸能有效地去除含钙垢、金属氢氧化物及无机胶质。

③ 氧化剂清洗剂。大多数用于膜清洗的氧化物都含有氯或过氧化氢，在氧化作用下有机高分子会产生酮、醛和羧酸等亲水性官能团，从而更容易溶解于水，所以氧化剂的氧化作用减弱了污染物对膜的吸附。通常将氧化剂和碱混合使用。由于碱与自然有机物水解反应导

致覆盖层疏松，从而可使氧化物更容易进入覆盖层内部，使膜清洗的效率提高。同时由于碱性水溶液里自由氯气更容易溶解变为次氯酸或次氯酸盐，可简化膜清洗的过程，减小化学清洗引起的危害。经研究发现，含氯的氧化物可能会破坏聚烯烃类分离膜，所以膜清洗要尽量不含氯，并且尽量避免使用具有强氧化作用的清洗剂。

④ 表面活性剂。表面活性剂主要有阴离子、阳离子、非离子类表面活性剂，可以改善清洗剂和膜面的接触，减少用水量，缩短时间。表面活性剂能够和脂肪、油、蛋白质在水中形成胶束，从而有助于使这些污染物从膜表面脱离而溶解于水。另一方面，表面活性剂也能够破坏细菌的细胞壁，这样它能够影响主要由生物膜形成引起的污染层，一些表面活性剂甚至还可以破坏细菌和膜表面之间的疏水性相互作用。

在 MBR 工艺的实际应用和运行过程中，应该根据膜及其所截留的污染物的特性有的放矢地选择适宜的化学清洗药剂，以达到最佳的冲洗及清洗效果，表 6-5 所列为化学清洗的主要方法、药剂和主要清洗对象。

表 6-5 化学清洗的主要方法、药剂和主要清洗对象

| 清洗方法 | 主要药剂 | 主要清洗对象 |
| --- | --- | --- |
| 碱洗 | 氢氧化钠、碳酸钠、磷酸钠、硅酸钠 | 油脂、二氧化硅垢 |
| 酸洗 | 盐酸、硝酸、硫酸、氨基磺酸、氢氟酸 | 金属氧化物、水垢、二氧化硅垢 |
| 络合剂清洗 | 聚磷酸盐、柠檬酸、乙二胺四乙酸(EDTA)、氨氮三乙酸 | 铁的氧化物、碳酸钙及硫酸钙垢 |
| 表面活性剂清洗 | 低泡型非离子表面活性剂、乳化剂 | 油脂 |
| 消毒剂清洗 | 次氯酸钠、双氧水 | 微生物、活性污泥、有机物 |
| 聚电解质清洗 | 聚丙烯酸、聚丙酰胺 | 碳酸钙及硫酸钙垢 |
| 有机溶剂清洗 | 三氯乙烷、乙二醇、甲醛 | 有机污垢 |

6.6.1.3 物理-化学清洗

在 MBR 工艺的实际运行中，单纯的物理或化学清洗方法并不能最大限度地消除膜污染，取得最大的膜比通量，通常采用多种清洗方法的组合使用。物理-化学清洗是将物理清洗和化学清洗相组合以提高清洗效果的一种方法，一般可使膜的通透能力恢复 90%以上。

黄霞[62]等利用粉末活性炭-膜生物反应器（PAC-MBR）组合工艺，处理微污染水源水过程中的膜污染，研究表明，由活性炭、活性污泥等相互黏结形成的凝胶层是膜外表面的主要污染物，而膜内表面污染不明显，采用曝气清洗、超声波清洗、NaClO 碱洗、HCl 酸洗可有效地使污染膜的通透性能最终恢复到 95%以上。其中超声波清洗使膜比通量恢复了 54%，碱洗可进一步恢复 38%。

付婉霞[56]等对盥洗废水处理用膜的清洗中，将污染膜用清水冲洗后用 0.05%NaClO 浸泡 1h，再用 0.5%的 $H_2SO_4$ 浸泡 1h，清水膜通量可恢复至 100%，但运行时间较长时，膜污染不能完全清除，膜通量不能恢复到运行初期的水平。对附着生长型的膜污染，化学清洗与超声波结合的清洗效果优于常规化学清洗。

郝爱玲[63]等在处理微污染地表水时的研究中发现，MBR 运行 130d 后膜比通量降至初始值的 27.8%，对膜组件进行 3 步清洗：自来水清洗→0.3%盐酸溶液浸泡 12h→0.4%的 NaClO 溶液浸泡 12h。清洗后膜比通量恢复了 76.9%，其中自来水清洗时，膜比通量恢复占总的清洗可恢复膜通量的 50.9%；酸洗和氧化剂清洗分别恢复了总恢复膜通量的 7.9%和 41.2%。表 6-6 对常用的几种清洗方式进行比较。

表 6-6 常用的几种清洗方式比较

| 清洗方式 | 原理 | 优点 | 缺点 |
| --- | --- | --- | --- |
| 机械清洗 | 利用外力和污染物之间的相互作用 | 不产生二次污染，成本低，操作方便 | 效果差，仅能清除膜面上的软质污染物 |
| 物理清洗 | 利用高速水流或气流冲洗膜面 | 不产生二次污染，成本低，操作方便 | 效果不够理想，使用范围受限制 |
| 超声波清洗 | 超声波脉冲产生的高能量破坏膜表面的污染物 | 操作方便，清洗效果好 | 可能会破坏膜的结构，成本高 |
| 化学清洗 | 利用化学物质与膜表面的污染物发生化学反应 | 效果好，效率高 | 可能产生二次污染，或导致膜损伤，成本高 |

## 6.6.2 膜清洗的操作方法

目前膜生物反应器的化学清洗技术主要分为在线化学清洗和离线化学清洗两种。

### 6.6.2.1 在线化学清洗

在线化学清洗是目前化学清洗研究的热点。尽管离线化学清洗能够很大程度上清除膜污染，但是离线化学清洗需要将组件从反应器中取出，将会给实际工程的运行带来诸多不便。因此寻求操作简单的膜化学清洗方法必将大大推动 MBR 膜在污水处理领域的应用范围。

在线化学清洗是把一定浓度的清洗药剂从管道加药口加入到膜组件内部，让它从膜的一端流向另一端的过程中和膜充分接触，杀死滋生在膜面上的微生物。膜在线药洗优点在于工程上易于实现，操作相对简单，且易于实现自控。通常认为在线药洗主要去除的是膜丝内表面的微生物。刘锐、黄霞[64]等采用 2%～5%的次氯酸钠进行在线药洗发现，在线药洗可以有效地去除滋生在膜内表面的微生物，同时还可以杀死在膜外表面滋生的微生物并使之脱离膜面而得到去除。

在线化学清洗虽然操作简单，可实现膜生物反应器操作运行的自动化，但是由于在线化学清洗是在反应器内浸没在混合料液中完成的，因此在实际应用中要保证膜丝外部压力不小于内部压力，并防止清洗药剂过量渗入混合料液中造成对微生物的杀伤，影响反应器内活性污泥的活性。

研究膜生物反应器的在线化学清洗，选择合适的清洗药剂、清洗方法，确定清洗时间及清洗周期等最佳操作参数，实现膜生物反应器全流程的 PLC 自动控制，提高长期运行的稳定性将对膜技术的推广发展提供帮助。

### 6.6.2.2 离线化学清洗

离线化学清洗通常是根据膜的污染程度，将膜组件浸没在清洗剂中 2～4h。在实际清洗中应针对不同材质和形式的膜组件及不同的分离对象，选择不同的清洗剂和清洗程序，研究表明：由于膜污染物的成分复杂多变，使用单一的化学清洗方法效果不佳，通常采用水＋碱洗＋酸洗相结合的方法效果最好。

迟娟[65]等通过浸没式膜生物反应器处理生活污水的实验研究，采用离线化学药剂清洗。对已污染膜先直接采用 2MPa 的清水冲洗，然后浸泡，只能去除膜丝间夹带的污泥，膜表面仍有可见的生物膜存在。清水冲洗后，再用 0.5%的 NaClO 溶液浸泡 1h，杀死膜表面的细菌，再用 5%的 NaOH 溶液浸泡 2h，除去膜表面的有机物质和胶体物质，膜面残留的黄褐色生物膜及内部膜丝的黑色物质明显去除，工作压力恢复，清洗效果好；经水洗和碱洗后再用 1%的 $HNO_3$ 溶液浸泡 2～4h，工作压力继续有少许恢复，可使膜通量恢复至新膜的 94%左右。

张颖[66]在对短期运行 22d 和长期运行 210d 的膜分别进行经冷水→热水→次氯酸钠→乙醇清洗，膜通量恢复至 94.4%和 70.3%；将另一长期运行 210d 的膜改变清洗程序为冷水→

热水→次氯酸钠→硫酸，膜通量恢复至新膜的 61.4%，研究发现清洗程序不同，膜的清洗效果也不同。

根据处理水质的不同，在化学清洗中使用的各种清洗剂都应有明显的针对性。因此清洗剂组合以及清洗顺序应根据处理水质及污染物的成分来选择。一般对含油造成的堵塞采用碱＋表面活性剂进行清洗；对钙、铁等沉积物采用酸＋表面活性剂进行清洗；对凝胶、黏泥等有机物最好采用碱＋氧化剂进行清洗。对膜生物反应器处理盥洗废水进行研究，根据盥洗废水中造成膜通量下降的主要原因是有机物及生物污染，采用水力清洗、酸洗、碱洗等不同组合形式对膜进行清洗，结果表明：清水冲洗后用 0.05% NaClO 浸泡 1h，再用 0.5% 的 $H_2SO_4$ 浸泡 1h 是盥洗废水处理用膜有效的清洗方法。同时发现先酸后碱的清洗方法不适用于盥洗废水处理用膜。

经实践证明，恰当的联合清洗可充分发挥不同清洗剂的作用，而且对通量的提高有积极作用，但是各种清洗剂对膜的劣化会有一定影响，尤其是高浓度、长时间的清洗更不可避免造成损伤。

### 6.6.3 清洗的步骤

尽管料液经过各种预处理措施，长期使用后膜表面还可能产生沉积和结垢，使膜孔堵塞，产水量下降，因此对污染膜进行定期的清洗是必要的。要正确地把握清洗时机和步骤，及时清除污垢。

应用于处理生活污水的沛尔膜在线化学清洗方法为：①碱洗。配制 2000～5000mg/L 次氯酸钠和 1000mg/L 的氢氧化钠混合水溶液，用高位水箱静水压灌入抽吸管路至膜元件，水量为 2～3L/片，浸泡 5h 以上。②酸洗。配置 1000mg/L 草酸溶液，在线清洗，水量与碱洗相同，浸泡 1h。

应用于处理生活污水的沛尔膜离线化学清洗方法是在线清洗无法解决问题时，需要将膜元件从组件中取出，放在平整的地面或干净的容器内，用压力水柱冲洗膜表面。经过此物理清洗后，再置于专用容器中，向容器中加入碱洗剂 2000～5000mg/L 次氯酸钠和 1000mg/L 的氢氧化钠混合水溶液，或者酸洗剂 1000mg/L 草酸溶液，浸泡 5h 以上，可使滤膜的过滤能力得到最有效的恢复。膜元件取出后，应及时放入反应池中或用清水浸泡储存，避免阳光直晒和膜表面干燥。

### 6.6.4 针对特殊污染物清洗

#### 6.6.4.1 清洗硫酸盐垢

清洗液组成按质量分数配制，采用 0.1% NaOH＋1.0%乙二胺四乙酸四钠盐或 0.1%膜清洗剂＋10%乙二胺四乙酸四钠盐配方，pH 值 12，最高温度 30℃。为了有效清洗硫酸盐垢，应及时发现问题，尽早处理。由于硫酸盐溶解度会随溶液含盐量增加而增加，在清洗液中加入 NaCl 会有所帮助。

#### 6.6.4.2 清洗碳酸盐垢

清洗液选 0.2%（质量分数）盐酸，pH 值 2，最高温度 45℃。清洗液循环一般不超过 20min，随着长时间循环，碳酸盐将再次沉淀并污堵元件膜面末端，清洗更加困难。

#### 6.6.4.3 清洗铁锰污染

清洗液选 1.0%连二亚硫酸钠，pH 值 5，最高温度 30℃。连二亚硫酸钠有非常刺激性气味，房间必须通风良好。接触时间是成功达到清洗目的关键所在。有时清洗液会变成很多不同颜色，对这类清洗，黑色、棕色、黄色均属正常。任何时候颜色发生变化时，该清洗液应排掉，并配置新的清洗液。浸泡时间长短和次数取决于污染的严重性。

#### 6.6.4.4 清洗有机物污染

有机物污染清洗液选上述药剂也可得有效结果，但有些有机物如油类非常难以清洗，需试验各种清洗浸泡时间以获得最佳效率。表 6-7 为常见膜污染物及其化学清洗剂。

**表 6-7 常见膜污染物及其化学清洗剂**

<table>
<tr><th colspan="2">污染物</th><th>化学清洗剂</th><th>使用条件</th></tr>
<tr><td rowspan="7">无机物污染</td><td rowspan="4">金属氧化物</td><td>草酸(0.2%)</td><td rowspan="3">0.1%~2%,pH≈4,用氨水调节</td></tr>
<tr><td>柠檬酸(0.5%)</td></tr>
<tr><td>无机酸(盐酸、硝酸)</td></tr>
<tr><td>EDTA(0.5%)</td><td rowspan="2">1%~2%,pH≈7,用氨水或碱调节</td></tr>
<tr><td rowspan="2">含钙结垢</td><td>EDTA(0.5%)</td></tr>
<tr><td>柠檬酸(0.5%)</td><td>0.1%~2%,pH≈4,用氨水调节</td></tr>
<tr><td>无机胶体(二氧化硅)</td><td>碱(NaOH)</td><td>pH>11</td></tr>
<tr><td rowspan="4">有机物污染</td><td rowspan="4">脂肪酸和油、蛋白质、多糖</td><td>乙酸(20%~50%)</td><td rowspan="2">30~60min,25~50℃</td></tr>
<tr><td>碱(0.5mol/L NaOH)和氧化剂(如 200mg/L $Cl_2$)</td></tr>
<tr><td>表面活性剂(0.5% SDS)和碱(0.5%~0.8% NaOH)</td><td>浸泡 3h 或循环冲洗 30min</td></tr>
<tr><td>阴离子表面活性剂(月桂基磺酸钠,SDS)</td><td rowspan="2">1%~2%,pH≈7,用氨水或碱调节,30min~8h,25~50℃</td></tr>
<tr><td rowspan="6">微生物污染</td><td rowspan="5">细菌、生物大分子</td><td>阴离子表面活性剂(月桂基磺酸钠,SDS)</td></tr>
<tr><td>碱(0.1~0.5mol/L,NaOH)和氧化剂(200mg/L$Cl_2$,1%$H_2O_2$)</td><td>30~60min,25~50℃</td></tr>
<tr><td>甲醛</td><td>0.1%~1%</td></tr>
<tr><td>酶制剂(0.1%~2%)</td><td rowspan="2">30min~8h,30~50℃</td></tr>
<tr><td>酶制剂(0.1%~2%)</td></tr>
<tr><td>细胞碎片或遗传核酸</td><td>草酸、醋酸或硝酸(0.1~0.5mol/L)</td><td>30~60min,25~35℃</td></tr>
</table>

备注：此表部分资料由张国俊博士提供。月桂基磺酸钠：sodilim dodecyl sulfate，简称 SDS。

### 6.6.5 膜组件清洗注意事项

在膜清洗的操作中需要考虑清洗对膜组件的损害和清洗剂带来的水体污染。因此膜清洗过程中主要考虑四大要素：清洗剂的浓度、清洗温度、接触时间和膜的机械强度。清洗过程中酸、碱、游离氯、游离氧和有机溶剂都可能破坏膜组件。特别是含氯的清洗溶液，虽然短时间清洗可以延长膜的使用寿命，但是由此引起出水中有机氯化物含量升高。由于氯化物危害环境和难以生物降解，所以清洗剂要尽量不含氯和尽可能维持低剂量清洗。张斌[60]在 MBR 处理生活污水试验的膜污染清洗研究中，比较 NaOH 和 NaClO 的清洗效果，结果表明 NaClO 对膜通量恢复效果最好，但对膜造成了一定程度的损伤。

清洗时间及接触时间也是影响膜组件清洗的重要因素。赵奎霞[67]等研究表明，使用酸或碱液清洗时，膜组件若浸泡时间过长，会重新吸附被酸和碱溶液溶解的有机物，故需把握适当的清洗时间。此外，在清洗过程中应尽量避免酸、碱、氧化剂过量而泄漏到反应器中，特别是浸泡式膜生物反应器更要特别注意这一点。

在清洗过程中水温对清洗效果也有明显的影响。清洗温度不宜过高，一般在 30～50℃范围内。

化学清洗须控制好清洗液浓度和 pH 值，最好采用厂家推荐的专用清洗剂，亦可采用阴离子型或非离子型表面活性剂。一般的酸清洗剂用于去除无机物的结垢，主要为碳酸钙和氢氧化铁结垢。根据当量浓度的酸的强度，酸的强度越强，无机酸相应地比弱有机酸更有效，但是对膜元件、膜组件及装置管路等的腐蚀性可能更大。因此，要非常谨慎地控制 pH 值，例如，沛尔平片膜的 pH 值要控制在 3～12 之间。用于除垢的柠檬酸溶液必须进行氨化，调节 pH 值到 4 以上，避免与亚铁离子络合从而产生沉淀和污染膜。

## 本章小结

浸没式平片膜生物反应器是一种新型废水处理技术，具有很多突出的优点，是一项极具潜力的技术，膜污染问题的研究仍是 MBR 研究中的一个关键的热点问题，今后的研究工作主要集中在以下几个方面：①开发低成本、高性能的耐污染膜，膜材料的改性为其主要方向，近来有人开始了仿生膜的研制，仿生膜具有极好的传递性、选择性、分离性和兼容性。②膜污染机理的研究，是一项基础性的工作，随着现代先进分析检测手段的发展，膜污染机理的研究正日趋成熟。③膜污染模型的建立，针对不同的膜分离过程建立起相应的数学模型，通过数值模拟来探求合适的操作条件与工艺参数，这方面工作仍有待进一步深入。随着计算机时代的到来，神经网络模型将在这一领域发挥重要作用。④防治膜污染的新方法、新技术。探索防治膜污染的新方法、新技术仍将是国内、外膜研究的热点，关于这一点应注意交叉学科的应用，特别是一些既容易实现又经济实惠的方法，如交流电场、磁场、超声波等技术。

## 参考文献


[1] Choi J G，Bae T H Kim J H，etal. The behavior of membrane fouling initiation on the crossflow membrane bioreactor system. Journal of Membrane Science，2002，203 (1-2)：103-113.

[2] Zhang S，Yeng F，Liu Y，etal. Performance of a metallic membrane bioreactor treating simulated distillery wastewater at temperatures of 30 to 45℃. Desalination，2006. 194 (1-3)：146-155.

[3] Chang LS，Kim S N. Wastewater treatment using membrane filtration-Effect of biosolids concentration on cake resistance. Process Biochemistry，2005，40 (3-4)：1307-1314.

[4] Gui P，Huang X，Chen Y，et al. Effect of operational parameters on sludge accumulation on membrane surfacesina submerged membrane bioreaetor. Desalination，2003，151 (2)：185-194.

[5] 纪磊. 膜生物反应器中微生物聚合物的代谢与膜污染. 大连：大连理工大学，博士论文，2006.

[6] Choo K H，Lee C H. Effect of anaerobic digestion broth composition on membrane permeability. Water Science and Technology，1996，34 (9)：173-179.

[7] Kwon D Y，Vigneswaran S，Ngo H H，et al. An Enhancement of Critical Flux in Cross flow Microfiltration With a Pretreatment of Floating Medium Flocculator/ Prefilter. Water Science and Technology，1997. 36：267-274.

[8] Metsamuuronen S，Howell J A，Nystrom M，Critical Flux in Ultrafiltration of Myoglobin and Bake's Yeast. Journal of Membrane Science，2002，196：13-25.

[9] Li H，Fane A G，Coster H G L，et al. Direct Observation of Particle Deposition on the MembraneSurface During Crossflow Microfiltration. Journal of Membrane Science，1998，149：83-97.

[10] Vigneswaran S，Kwon A G，Hgo H H，etal. Improvement of Microfiltration Performance in Water Treatment：Is Critical Flux a Viable Solution? Water Science and Technology，2000，41：309-315.

[11] Cho B D，Fane A G. Fouling Transients in Nominally Sub-critical Flux Operation of a Membrane Bioreactor. Journal of Membrane Science，2002，209：391-403.

[12] Kuberkar V T，Davis R H. Microfiltration of Protein-cell Mixtures with Crossflushing or Backflushing. Journal of Membrane Science，2001，183：1-14.

[13] Ahn K H，Song K G. Application of Microfiltration with a Novel Fouling Control Method for Reuse of Wastewater from a Large- Scale Resort Complex. Desalination，2000，129：207-216.

[14] Cui Z F, Bellara S R, Homewood P. Airlift Crossflow Membrane Filtration-A Feasibility Study with Dextran Ultrafiltration. Journal of Membrane Science, 1997, 128: 83-91.

[15] Chang S, Fane A G. Filtration of Biomass with Axial Inter-fibre Upward Slug Flow : Performance and Mechanisms. Journal of Membrane Science, 2000, 180: 57-68.

[16] Davies W J, Le M S, Heath C R. Intensified Activated Sludge Process with Submerged Membrane Microfiltration. Water Science and Technology , 1998, 38: 21-27.

[17] Nagaoka H, Yamanishi S, Miya A. Modeling of Biofouling by Extracellular Polymers in a Membrane Separation Activated Sludge System . Water Science and Technology, 1998, 38: 497-504.

[18] Defrance L, Jaffrin M Y. Comparison between filtrations at fixed transmembrane pressure and fixed permeate flux: application to a membrane bioreaotor used for wastewater treatment. Journal of Membrane Science, 1999, 152 (2): 203-210.

[19] Fawehinmi F, Lens P, Stephenson T, et al . The influence of operation conditions on extracellular Polymeric substances (EPS), soluble microbial products (SMP) and bio-fouling in anaerobic membrane bioreactors. IWA Specialty Conference : water-environment Membrane Technology, Seoul Seoul National University, 2004.

[20] Lee J, Ahn W Y, Lee C H. Comparison of the filtration characteristics between attached and suspended growth microorganisms in submerged membrane bioreactor. Water Research, 2001, 35 (10): 2435-2445.

[21] Kang I J, Yoon SH, Lee C H. Comparison of the filtration characteristics of organic and inorganic membranes in a membrane-coupled anaerobic bioreactor. Water Research, 2002, 36 (7): 1803-1813.

[22] Choo,K H, Lee C H. Effect of anaerobic digestion broth composition oil membrane permeability [J]. Water Science and Technology, 1996, 34 (9 pt 5): 173-179.

[23] Shimizu Y, Rokudai M, Thoya S, et al. Effect of membrane resistance on filtration Characteristics for methanogenic waste. Kakaku Kogaku Ronbunshu, 1990, 16: 45.

[24] Bai,R. Membrane fouling and cleaning in microfiltration of activated sludge wastewater [J]. Journal of Membrane Science, 2003, 216 (1-2): 279-290.

[25] 赵建伟，丁蕴铮，苏丽敏等. 膜生物反应器及膜污染的研究进展. 中国给水排水，2003，19 (5): 31-34.

[26] 封莉，张立秋等. 膜堵塞机理研究与膜阻力测定. 环境工程，2002，20 (3): 75-77.

[27] 孙振龙，陈绍伟，吴志超一体式平片膜生物反应器处理抗生素废水研究. 工业用水与废水 2003，34 (1): 33-35.

[28] 王志伟，吴志超等平板膜生物反应器操作运行条件对膜污染特性的影响. 膜科学与技术，2005，25 (5): 26-29.

[29] Lee Jungmin, Ahn Won-Young, Lee Chung-Hak. Comparison of the filtration characteristics between attached and suspended growth microorganisms in submerged bioreactor. Wat Res, 2001, 35 (10): 2435-2445.

[30] 张洪宇等. 陶瓷膜-生物反应器组合处理生活污水的研究. 南京化工大学学报，2000，122 (2): 39-42.

[31] 罗虹等. 膜生物反应器内泥水混合液可过滤性的研究. 城市环境与城市生态，2000，13 (1): 51-54.

[32] 黄霞，桂萍，范晓军等. 膜生物反应器废水处理工艺的研究进展. 环境科学，1998，11 (1): 40-44.

[33] 王顺义. 投加粉末活性炭对膜生物反应器运行性能的影响. 吉林大学学报，2007，6: 26-28.

[34] Pirbazari, et al. Critical Flux Determination by the Flux-step Method ASubmerged Membrane Bioreactor. Membrane Sci, 2003, (227): 81-93.

[35] Kimberly Jones, et al. Protein and Humic Acid Adsorption onto Hydrophilic Membrane Surfaces: Effects of pH and Ionic Strength. Membrane Sci, 2000, (165): 31-46.

[36] 傅金祥等. PAC 对 IMBR 的净水效果和膜污染的影响研究. 沈阳建筑工程学院学报（自然科学版），2004，20 (2) : 42-146.

[37] 罗虹，顾平，杨造燕. 投加粉末活性炭对膜阻力的影响研究. 中国给水排水，2001，17 (2) : 1-4.

[38] 郑淑平等. PAC-MBR 组合工艺处理生活污水. 天津城市建设学院学报，2004，10 (3) : 191-193.

[39] 张永宝等. 投加氢氧化铁对 SMBR 中膜污染的防治. 环境污染与防治，2004，26 (6) : 444-446.

[40] Boonthanon, Davis RH, Zydney A L. The Behavior of Suspensions and Macromolecular. Membrane Sci, 1994, (96) : 1-58.

[41] Abdessemed D G Nezzal. Treatment of Primary Effluent by Coagulation-adsorption-ultrafiltration for Reuse. Desalination, 2002, (152) : 367-373.

[42] Chang, Lee C H. Hydrodynamic Behavior of Anaerobic Biosolids during Cross-flow Filtration in the Membrane Anaerobic Bioreactor. Wat Res, 1998, 32 (11): 3387-3397.

[43] Harmant, et al. Influence of Cross-flow Velocity on Membrane Performance during Filtration of Biological Suspension. Membrane Sci, 2005, (248): 189-199.

[44] Clech, et al. Application of Micro-filtration for Water and Wastewater Treatment. Environmental Sanitation Re-

views，1991，31（1）：17.
[45] 王志伟等. 厌氧膜-生物反应器抽吸模式对膜过滤性能的影响. 环境科学学报，2005，25（4）：535-539.
[46] 刘锐等. 一体式膜生物反应器运行中膜污染的控制. 环境科学，2000，21（2）：58-61.
[47] 顾国维，何义亮. 膜生物反应器. 北京：化学工业出版社，2002.
[48] 艾翠玲. 一体式膜生物反应器膜污染机理及处理生活污水稳定运行特性研究. 西安：西安理工大学，2004.
[49] 殷峻，陈英旭. 膜生物反应器中的膜污染问题. 环境污染治理技术与设备，2001，2（3）：62-67.
[50] 张传义，王勇，黄霞等. 一体式膜生物反应器经济曝气量的试验研究. 膜科学与技术，2004，24（5）：11-15.
[51] Jong Sang Park，et al. Hydrodynamics and Microbial Physiology Affecting Performance of A New MBR，Membrane-coupled High-performance Compact Reactor. Desalination，2005，(172)：181-188.
[52] Shin H S，et al. Fouling Characteristics in Pilot-scale Submerged Membrane Bioreactor. Desalination，1999，(18)：32-37.
[53] Liisa Pure，et al. Analyses of Organic Foulants in Membranes Fouled by Pulp and Paper Mill Effluent Using Solid-liquid Extraction. Desalination，2002，(143)：1-9.
[54] 纪磊等. 膜生物反应器中进水组成对膜污染的影响. 环境科学，2007，28（1）：131-135.
[55] 王勇，任南琪，孙选文等. 膜工艺应用于大豆蛋白废水处理中的膜污染及其对策. 哈尔滨建筑大学学报，2001，34（6）：63-66.
[56] 付婉霞，李蕾. 膜生物反应器中膜的清洗方法和机理研究. 环境污染治理技术与设备，2004，5（8）：43-46.
[57] Civisvanathan，Kim SN. Wastewater treatmentusingmembrane filtration-effect of biosolids concentration on cake resistance. Process Biochmistry，2005，40（3-4）：1307-1314.
[58] Bien January，KennedyMaria D，van derMeerWalterG J，etal. The role of blocking and cake filtration inMBR fouling. Desalination，2003，157（1-3）：335-343.
[59] 陈俊平，杨昌柱. 膜生物反应器在污水处理过程中的膜污染控制. 净水技术，2003，24（3）：38-44.
[60] 张斌，龚泰石. MBR 处理生活污水试验中膜污染的清洗. 水处理技术，2006，32（10）：80-83.
[61] 刘晓东，田爱军，孙秀云等. 膜生物反应器中膜的污染与清洗. 工业水处理，2003，23（12）：37-40.
[62] 迪莉拜尔·苏力坦，莫罹，黄霞. PAC-MBR 组合工艺中膜污染及清洗方法的研究. 给水排水，2003，29（5）：1-4.
[63] 郝爱玲，陈英旭. 膜生物反应器中的膜污染问题. 环境污染治理技术与设备，2001，21（3）：62-67.
[64] 刘锐，黄霞，汪诚文等. 一体式膜-生物反应器长期运行中的膜污染控制. 环境科学，2000，21（2）：58-61.
[65] 迟娟，张国照，李敏哲等. 膜生物反应器处理生活污水的实验研究和工程设计. 水处理技术，2005，31（10）：76-78.
[66] 张颖，任南琪. 一体式膜生物反应器膜污染现象及清洗试验研究. 化学工程，2004，32（2）：57-60.
[67] 赵奎霞，张传仪. MBR 中膜污染的全过程控制方法. 河北工程技术高等专科学校学报，2003，1：12-15.

# 第7章 MBR膜生物反应器运行故障及措施

在MBR膜生物反应器运行过程中，导致系统运行故障的原因主要有设计不当以及操作管理两大方面。因此，为了保证膜生物反应器正常的运行，一方面，需优化设计和日常运行管理，避免故障的发生；另一方面，针对发生的常见故障及时地采取相应技术措施加以解决，确保膜系统的正常运行。

## 7.1 MBR膜生物反应器运行故障及措施

### 7.1.1 MBR膜生物反应器故障预防措施

为了使MBR膜生物反应器持续稳定地运行，保证出水水质合格，应满足：合格的进水水质、合适的运行操作条件、及时地维护管理。否则，将有可能导致系统非正常运行，难以保证出水水质稳定达标。因此，膜生物反应器首先应设计合理，其次应强化日常运行过程的监测和维护，对出现的故障能够及时采取措施加以应对。

#### 7.1.1.1 预防故障发生的设计措施

合理的设计是防止MBR膜生物反应器运行故障的重要保证，在系统设计时，应该采取相应的措施减轻膜污染。在运行中要预防膜组件露出水面导致脱水，曝气系统堵塞、曝气不均、压力异常等可能会引起膜系统运行异常和造成膜损坏。为此，在设计中应该注意以下几点。

① 当曝气鼓风机停止运行，在抽吸状态下会引起污泥在膜表面上的堆积，使抽吸压力急剧上升，造成膜的严重污染，因此，不论何种原因，一旦鼓风机停机或不曝气，在设计上应采取措施立即关闭抽吸泵停止抽水，防止膜片污堵。

② 为保持曝气管上的布气孔通畅，须在曝气管路上装设排空阀，并定时开启该阀门，造成曝气管内的气压波动，在反应池内液体的静压作用下，布气孔被液体来回冲洗，以防止污泥堵塞布气孔。

③ 膜组件一经使用，必须长期保持在湿润状态，并要避免阳光直射。无论何种条件下都不能使膜处于干燥状态。为防止出现膜组件脱水干燥、导致膜片损坏，反应池内应设置最低液位保护，当污泥混合液的液位低于设定点后，立即停止抽吸泵工作。系统运行时，膜组件上方应始终保持不低于300mm以上（推荐500mm）的水深。

④ 在长期运行过程中，抽吸真空压力缓慢上升是正常现象，但不得超过－30kPa。当抽吸压力较高时应及时进行清洗。为此，必须做好运行管理记录。

⑤ 考虑膜元件的在线化学清洗，应在抽吸管路上设置化学清洗药液注入口，此注入口到反应器液面的垂直距离应为600～1000mm。

7.1.1.2 强化系统运行监测

为了膜组件稳定地运行，曝气状态及生物处理的稳定尤其重要。需要加强以下日常监测，以便于及时发现运行异常。

（1）跨膜压差 检查跨膜压差的稳定性。跨膜压差的突然上升表明膜面堵塞的发生，这通常是由于不正常的曝气状态或活性污泥性质的恶化导致的。当跨膜压差高于初始值0.05MPa时，说明发生了比较严重的堵塞，应及时检查其他参数并采取必要的清洗措施。

（2）曝气状态 检查曝气量是否为标准量，曝气是否均匀。曝气不足会造成活性污泥等污染物在膜表面堆积从而影响出水量；曝气量过大会导致活性污泥氧化解体，并且浪费能耗。发现曝气量异常或有明显的曝气不均一时，请检查曝气管路并采取相应的措施。

（3）活性污泥的颜色及气味 正常的活性污泥的颜色为茶褐色，有凝集性，无令人不快的气味。如果外观及气味不是这种状态时，请适当地对MLSS、污泥黏度、DO、pH、水温、BOD负荷等数值进行检查。

（4）MLSS 膜生物反应器中正常的MLSS宜维持在6000～12000mg/L。MLSS过低时，可采用投入种泥或停止污泥排放等措施；MLSS过高时，可采取增加污泥排放量等措施。

（5）污泥黏度 污泥黏度一般小于250mPa·s。污泥黏度影响活性污泥的性能和膜元件的污染。因此，运行时应注意将污泥的黏度控制在正常的黏度范围。黏度过高时，可采取更新污泥、增加排向污泥浓缩池的污泥排放量等措施。

（6）DO 膜生物反应器内正常的DO值应保持在2mg/L左右。如溶解氧含量过高或过低，可采取调整曝气措施。

（7）pH 正常的pH宜控制在6～8。pH值超出3～12的范围将引起膜元件不可恢复的损坏，从而导致水质恶化。

（8）水温 正常的水温为15～40℃。当超越上述范围时，需采取冷却、保温等必要措施。

（9）水位 运行中应检查膜生物反应器的水位是否在正常范围内，当发生异常时，应进行以下检查：①液位计的检查；②抽吸泵的检查；③膜元件跨膜压差的检查等。

7.1.1.3 系统停机安全预防措施

系统需要停用时，要根据停机时间长短做好维护措施，防止对膜系统造成不可逆的损坏。

① 准备停机时，先停抽吸泵，切断电源，关闭膜组件出水阀门，然后关闭各膜组件曝气阀门，维持膜组件上部水位，保持膜元件湿润状态。

② 停机时间不超过7d时，可每天对设备进行10～30min的保护性运行，以使新鲜的水置换出设备内的存水。

③ 当设备长期停用时，应先对设备进行彻底的清洗和消毒，然后将膜保护剂和抑菌剂注入设备中，封闭好设备所有接口以保持膜的湿润，防止设备内滋生细菌和藻类。常用的保护剂配方是水∶甘油∶亚硫酸氢钠=79∶20∶1，保护剂的有效期一般为1年。

④ 设备中的膜元件脱水后会产生不可逆的通量衰减，切记保持膜的湿润，并注意膜的抑菌和防霉。

## 7.1.2 MBR膜生物反应器常见运行异常及解决措施

7.1.2.1 膜通量下降迅速，跨膜压差和抽吸压力上升较快

在膜生物反应器运行过程中，由于多种原因导致膜污染加剧，引起膜通量下降、跨膜压差和抽吸压力较快地上升，可参照第6章相关内容，针对具体情况及时地采取清洗等措施予

以恢复。在此，将通常导致该问题的原因和解决措施列举如下。

(1) 进水水质影响　原因分析：超滤过程中，由于被膜截留物质及其他杂质在膜面的积聚而影响膜的分离性能。进水预处理的质量关系到膜污染速度，浸没式平板膜元件一般情况下不能处理含油废水和含有机溶剂废水。油脂会附着在膜表面造成透水量降低；有机溶剂也会在膜表面发生相分离而侵蚀膜的机能层，进水中不得含有高分子絮凝剂、环氧树脂涂料及离子交换树脂的溶出物，这些化学物质会在膜表面形成化学污染，造成膜通量的降低。

采取措施：对进水水质的情况进行监测，如含有容易导致膜污染加剧或损坏的情况，应在采取预处理措施后方可进入膜生物反应器，否则，长期运行使用会使膜元件被有害杂质污染或堵塞。近年来，也有采用颗粒污泥的方式来减轻膜污染。

(2) 曝气系统异常　原因分析：膜生物反应器运行过程中，曝气产生的气泡的擦洗作用对防止膜污染非常重要，如曝气强度不足，会引起擦洗作用强度降低而加剧膜污染，而曝气强度不均也会导致局部污染加剧。此外，实践发现，对膜连续不间断地抽吸也会造成抽吸压力的快速升高。

解决措施：正常运行时必须保持不间断的曝气和间歇地抽吸，要控制合理的曝气强度和布气的均匀性。此外，建议采用周期性间歇抽吸出水的方式减轻膜污染，抽吸周期宜抽吸8min、停抽2min。

(3) 活性污泥浓度过高或过低　原因分析：过高或过低的污泥浓度会引起膜污染加剧和跨膜压差的上升，过高的污泥浓度将导致膜表面污泥的快速堆积，引起膜污染。

解决措施：检测活性污泥浓度并通过工艺控制调整至正常水平。

(4) 膜通量过高　原因分析：在膜生物反应器设计中，应该根据采用的膜的材质和性能确定合理的设计膜通量，必要时要结合小试确定，过高的膜通量将导致膜污染加剧，使通量下降过快，影响膜系统的使用寿命。

解决措施：降低抽吸量，通过试验确定合理的通量。

7.1.2.2　出水水质下降，浊度上升

原因分析：由于膜系统对于浊度物质具有良好的截留能力，出水浊度上升或者有机物含量升高，可能是膜元件破损所致。造成膜元件破损的原因通常有原水中颗粒性杂质划伤、不当的化学清洗消毒对膜的损伤、膜组件接口不良以及压力异常导致接口渗漏等。

解决措施：

① 设计时，在膜处理系统前增加1mm的细格栅，严防粗大的颗粒物进入而对膜表面可能产生的损伤。

② 检查膜组件的膜片和管道系统，如发现膜系统组件的连接口有破损应及时修补，膜表面如有破损应及时根据情况采取修补措施或者更换膜元件。

③ 膜寿命达到时限，采用化学清洗等手段也不能很好恢复其通量，应对膜进行更换。

7.1.2.3　曝气管堵塞，曝气不均匀

产生原因分析：曝气管口常由于污泥等杂质沉积以及长时间不用污泥进入管内沉积等原因引起堵塞，导致曝气不均，这将直接导致曝气强度弱的区域膜表面的清洗效果变弱，膜表面易堆积污泥的凝聚体和微粒子，跨膜压差上升很快。

防止措施：

① 合理进行曝气管路设计，组件中的曝气管一般要求向下开孔，孔径为3～4mm。

② 长期不使用曝气管时，污泥流入管内，干燥后堵住孔眼，妨碍均匀曝气。因此，当系统不用时，应定期开启一段时间，保持管路畅通。

③ 为了防止污泥堵塞孔眼，要定期湿润曝气管内部，防止污泥干燥。因此在4～6h内，往曝气管内流入一次处理水或者自来水。

④ 设计管路时，应采取措施防止污水通过曝气管倒流进入鼓风机而导致鼓风机故障。

7.1.2.4 膜组件出水达不到设计值

产生原因分析：导致膜组件出水达不到设计值的原因通常有几个方面。一是设计膜通量选择不当，膜面积选择过小；二是配套的抽吸泵和管径选择不当，导致抽吸压力小或者管径阻力过大；三是膜污染等原因导致通量下降过快；四是进水水温太低、水的黏度增加等原因导致透过性降低。

解决措施：

① 若新机开机时，通量小，一般情况是设计的问题，原因可能是泵的选型不当、膜孔选择不当、膜面积过小、管径配套方面存在问题，应该根据不同情况采取措施加以解决。

② 若新机开机时，通量能达到设计值，而在运行过程中出现这种情况，通常是膜元件达到使用年限或污染，需更换或清洗膜系统。

③ 如因水温过低导致出水量小，应根据情况提高水温或通过增加膜组件来增加膜面积解决。

7.1.2.5 膜系统设备故障

膜系统电器设备常见故障及解决措施列举见表7-1。

表7-1 膜系统电器设备常见故障及解决措施

| 故障及原因 | 措施 |
| --- | --- |
| 水泵不启动 | 排除接线错误可能<br>先手动启动，正常后转换为自动控制 |
| 进水压力高 | 检查水泵，调节阀门，压力开关设置问题 |
| 产水背压高 | 出口阀门未开启<br>后续系统未及时启动<br>压力开关设置问题 |
| PLC程序有误 | 检查程序 |

综合以上分析，膜元件的常见故障现象有曝气异常、跨膜压差上升以及膜通量下降、出水水质恶化等几方面。现将以上常见问题产生的问题、原因和处理方法总结见表7-2。

表7-2 膜组件常见问题、原因和处理方法

| 问题 | 原因 | 处理方法 |
| --- | --- | --- |
| 曝气量达不到标准量 | 鼓风机故障 | 检查鼓风机 |
| | 曝气管堵塞 | 清洗曝气管 |
| 膜组件内或膜组件间曝气状态不稳定 | 该膜组件的曝气管堵塞 | 清洗该膜组件的曝气管 |
| 膜通量下降或跨膜压差上升 | 有膜堵塞 | 进行药洗 |
| | 曝气异常导致没有对膜面进行良好的冲洗 | 改善曝气状态 |
| | 污泥形状异常导致污泥过滤性能恶化 | ① 改善污泥性状<br>② 调整污泥排放量<br>③ 阻止异常成分的流入(油脂等)<br>④ BOD负荷的调整<br>⑤ 原水的调整(添加氮、磷等) |
| 出水SS升高 | 膜元件或软管损坏 | 修复或更换损坏的膜元件和管件 |
| | 出水配管管线泄漏 | 调查、修复泄漏部分 |
| | 出水集水管内生长有细菌 | 对出水集水管路进行有效氯浓度为100～200mg/L的次氯酸钠注入清洗 |

# 7.2 生化处理系统的运行故障与解决措施

整个生化处理系统运行条件不是固定的，而是不断变化的，既有处理负荷的变化，也有水质的变化，还要考虑活性污泥的阶段性变化及季节等对整个污水处理系统的影响。加强生化环节运行过程的监测和管理，避免故障的发生是保障处理效能和避免整个膜生物反应器系统出现故障的重要环节，尽可能做到防患于未然。此外，一旦系统运行出现异常和故障，应能根据具体的故障情况，分析和采取解决对策，保障系统的正常运行。

## 7.2.1 活性污泥系统常见问题预防措施

在生化系统运行管理中，可能导致系统运行异常和故障的预防可从以下几个方面入手，避免故障的发生。

### 7.2.1.1 加强活性污泥生化系统的运行管理

污水处理厂运行管理人员必须熟悉本厂处理工艺、设施和设备的运行要求与技术指标，按要求巡视检查构筑物、设备、电器和仪表的运行情况。各岗位应配备工艺系统图、安全操作规程等，并置于明显位置。操作人员应按时做好运行记录，数据应准确无误。

此外，加强对处理构筑物的巡检和检修维护，生化池应定期放空、清理曝气池一次，清通曝气头，检修曝气装置。表面曝气机、射流曝气器等曝气设备应定期进行维修。操作人员发现运行不正常时，应及时处理或上报运行管理部门。

### 7.2.1.2 保证活性污泥系统稳定运行

为 MBR 系统的预处理，活性污泥生化系统运行是否正常，直接影响到 MBR 系统的稳定运行，要保证活性污泥系统的稳定运行，需要对活性污泥的运行参数进行有效的调控和管理。

在调控之前需要进行运行参数的数据收集、整理和分析。活性污泥系统在一段时间内各时间点的运行参数与所表现出来的运行状况具有一定的相关性和规律，特别是运行异常状况下的运行参数和正常状况下的运行参数，对后续运行具有重要的参考和指导意义。通过运行参数的有效控制及系统运行异常时的运行参数识别，就能够很好地通过控制运行参数来达到稳定活性污泥系统运行的目的。

在活性污泥系统运行管理中，管理人员应按曝气池组设置情况及运行方式调节各池进水量，使各池均匀配水。经常观察活性污泥生物相、上清液透明度、污泥颜色和状态、气味等，并定时测试和计算反映污泥特性的有关项目。针对参数出现异常的具体情况及时地调整系统运行工况，采取相应的措施使其恢复正常。

### 7.2.1.3 避免原水水质波动，保证原水水质稳定

控制原水水质稳定是确保污水处理系统正常运行的关键，要做到这一点必须控制源头，特别是工业废水，要和各污染源部门建立良好的沟通，明确各污染源特征污染因子，防止这类特征污染因子对生化处理系统造成比较大的冲击，生产部门有计划地排放这样的污染物。此外，应采取有效的预处理措施，设置必要的事故池予以调节。一旦突发事故，要通过有效的途径将这样的信息提前传达到废水处理厂，以便采取预防措施，调整预处理工艺参数和生化系统参数，以安全、合理的方式进行处理，避免造成大的冲击。一些对微生物具有毒性的物质严格禁止进入生化处理系统。

## 7.2.2 活性污泥系统中典型问题及解决措施

### 7.2.2.1 生化系统培菌启动

污水处理工艺在运行之初都需要经历一个培菌过程，其目的在于培育适合该污水的微生

物菌种。由于微生物对生长环境要求较为严格，环境变化对生物相变化影响较大。所以，要保证培菌的成功，详细的培菌计划和严格的培菌过程控制是保证在最短的时间内成功培菌的关键。但实际上，往往在培菌初期由于各工艺参数不能有效控制，菌种接种或自培菌时的微生物浓度过低，不能有效地适应进水的冲击负荷等原因都会导致培菌困难。

培菌过程中影响培菌的因素很多，需要运行管理人员及时发现问题，并针对性地采取措施。下面就对常见的培菌问题和解决措施进行分析。

(1) 污泥接种失败　原因分析：导致接种失败的常见原因之一是接种过来的活性污泥或泥饼内活性污泥的活性不足或已死亡，无法从休眠状态恢复过来。该问题的主要原因是接种污泥的活性受到影响，如接种污泥从装车到投入待培菌的生化池过程时间过长，途中又没有进行必要的曝气。对接种的污泥饼来讲，如果泥饼内含有过量的抑菌成分（如药剂），同样会导致泥饼中的活性污泥失活。

解决措施：采取的应对措施是在接种时严格确保活性污泥的活性。缩短接种活性污泥的运输时间，在运输途中还需要适当曝气，并且在投入接种生化池前也检验一下活性污泥的活性。

(2) 曝气过度　原因分析：过度曝气对活性污泥培菌来说是致命的，这也是长时间培菌而不见成效的常见原因之一。在培菌初期刚刚形成的活性污泥菌胶团中，形成的活性污泥数量少、初期絮凝能力差，所以在高曝气情况下容易形成过度氧化。况且在培菌初期，由于没有形成规模菌胶团，游离细菌会很多，此时，过度曝气将消耗氧化掉大量游离细菌，使得游离细菌无法在数量达到要求浓度时形成菌胶团，也就无法在过度曝气的环境下看到大量活性污泥被培养出来了。

解决措施：针对该问题的应对措施是严格控制培菌阶段的曝气量，特别是防止过度曝气，通过检测生化池各部位的溶解氧值来判断曝气是否过度。一般以控制溶解氧值不超过3.0mg/L为宜。

(3) 水质影响　原因分析：进水水质对培菌效果有以下几种可能的不利影响，一是进入培菌生化系统的入流污水中有机物含量过低，活性污泥营养有限，培菌效果受影响。如进水COD值在100mg/L以下，活性污泥培养将变得特别困难；二是进水含有抑制物质导致培菌困难，接种污泥对原有的处理水水质具备较好的适应性，而对新的环境中出现的待处理物质或者是部分本身具有抑制活性污泥生长的物质难以适应导致培菌效果不好，如重金属含量过高、无机物质含量过高等。此外，进水中pH的异常变化、废水中对微生物具有毒性物质的输入都会导致培菌效果不好。

解决措施：应对措施是严格控制入流污水水质，对于进水有机物浓度低的，需向入流污水、废水中投加碳氢化合物，如甲醇、糖类、化粪池水等以补充底物浓度；对于pH值超出生物承受范围的污水，一定要在预处理阶段调整好。对于特殊污水、废水，应该考虑到它的抑菌性，尽量加以预处理或在培菌成功后逐步对微生物进行驯化。

#### 7.2.2.2 生化系统运行阶段污泥浓度难以提高

活性污泥浓度提高困难原因很多，对活性污泥运行的各工艺指标监测有助于发现活性污泥浓度难以提高的原因，主要有如下原因。

(1) 曝气过度，溶解氧值控制过高　原因分析：曝气过度对活性污泥浓度提高的影响主要表现在活性污泥提升过程中产生的游离细菌容易被过量的曝气所氧化，一般而言，溶解氧的含量不宜大于3mg/L以上，否则，将有可能使活性污泥浓度无法进一步提升。

解决措施：通过经常监测和保持合理的曝气量是避免该问题的根本措施。

(2) 营养不足　原因分析：各种营养元素作为细胞的组成部分，在微生物生长过程中必不可少，合适的营养比在活性污泥培菌和正常运行阶段都是非常重要的，否则连基本的菌胶团形成都会受到抑制。为了能够有效保证各营养的合理投加量，通过对出水水质的营养元素残余检测来判断营养投加是否充足，是一种行之有效的手段。此外，通过理论计算的营养投加量也可以参考。

解决措施：针对营养不足活性污泥浓度难以提高的问题，要及时地监测各种营养元素浓度，以便控制微生物的营养来保证活性污泥浓度。微生物的营养是否充足，可通过监测生化池出水的氮和磷。一般需要控制出水中磷 0.4mg/L、氨氮 4mg/L 即可，出水中这样的含量就可以保证活性污泥增长所需的营养需求了。而当监测到的磷含量低于 0.1mg/L，氨氮低于 1mg/L 时，这样的营养剂浓度是不支持活性污泥浓度进一步提高的。

(3) 进水底物浓度太低　原因分析：活性污泥的生长繁殖所需要的能量来自污水、废水中的有机物，因此，污水、废水中的有机物浓度决定了能够支持多大群落的活性污泥总量。所以，活性污泥的浓度不能一味提高，而是受底物浓度总量的限制。应该根据出水水质保持一个合理的污泥浓度，如果毫无目的地通过减少排泥提高活性污泥的浓度，就会出现底物浓度跟不上、活性污泥浓度无法继续提高的现象。在活性污泥提高浓度困难时，需要第一个确认的就是 $F/M$（kgBOD/kgMLSS）值。如果这个值低于 0.03，即使不排泥也很难再提高活性污泥的浓度了。这种情况下，如果通过减少排泥等措施一味提高活性污泥浓度，活性污泥会出现老化现象，以至于会进一步降低活性污泥的浓度，且导致液面浮渣产生，使得出水带有悬浮的解体颗粒。

解决措施：在活性污泥正常运行阶段，如果需要提高活性污泥浓度，必须要明确提高活性污泥浓度的目的。例如为了应对高浓度有机物废水，有必要提高活性污泥浓度，但也是在高浓度有机物废水入流后再提高活性污泥浓度。否则，如果提前通过不排泥来提高活性污泥浓度，会导致活性污泥活性降低、抗冲击负荷能力下降等问题。究其原因是活性污泥在没有底物浓度配合的情况下，一味提高活性污泥浓度会导致活性污泥的老化，通常在 1 周左右以后即可表现出来。

(4) 进水中含有过量的有毒或抑制类物质　原因分析：难降解有机物或毒性物质的流入对活性污泥正常繁殖有很大影响。应对这样的情况需要降低此类有毒物质的浓度，对蓄积在活性污泥内有毒或惰性物质需要通过排泥及时排除，而不是降低排泥来提高活性污泥的浓度。

解决措施：针对该原因导致的污泥浓度难以提高问题，主要要通过对进水水质中有毒和抑菌物质的控制来解决（如回流稀释、临时储存）。

#### 7.2.2.3　生化池泡沫和浮渣

导致活性污泥系统出现泡沫的原因主要有水体有机物含量过高、曝气池混合液活性污泥老化、进水富含洗涤剂或表面活性剂、丝状菌膨胀等几个方面。其中，由于丝状菌过量繁殖导致的泡沫和浮渣在实际生化系统运行中最难根治和去除。其他原因导致的泡沫和浮渣一般其周期较短，通过调整运行工艺的参数和对进水流量进行控制，都能很好地恢复系统状况。

曝气池产生的浮渣主要来自曝气池自身的活性污泥系统不正常的代谢，也有部分是流入生化系统的无机颗粒，经过曝气浮于池面。

生化池中出现的泡沫和浮渣会给运行带来一定的危害，黏滞性的泡沫在曝气池表面聚集将阻碍曝气池中氧气的转移，如采用机械曝气时，泡沫还将影响叶轮的充氧能力。泡沫和浮渣蔓延走道板，会产生一系列卫生问题，给操作带来一定困难，影响劳动环境。此外，回流污泥含有泡沫会引起类似浮选现象，损坏污泥的性能等。

生化系统泡沫比较好的分类方法是通过颜色和黏度进行分类，因为泡沫不同的颜色和黏度能够指导我们判断活性污泥所处的状态，并有助于大致判断其发生的原因，从而采取措施。下面给出几类常见的泡沫及其措施。

（1）棕黄色泡沫　棕黄色泡沫产生时数量不多，靠近曝气池四周液面，沿辐射方向逐渐消散，到四周角落时开始积聚。泡沫颜色多呈棕黄色，泡沫颜色与当时活性污泥颜色相同，整个泡沫从形成到积聚的过程中，泡沫呈易碎状态，所以，此类泡沫在短时间内不会发生严重的积聚而导致大量浮渣产生。

棕黄色泡沫产生的指导意义是：活性污泥处于老化状态，部分活性污泥因为老化而解体，悬浮在活性污泥混合液中，在曝气状态下均匀附着在泡沫中，导致泡沫破裂的时间延长，这为泡沫积聚创造了条件。发生棕黄色泡沫时工艺控制指标主要表现为以下几点。

① 活性污泥的沉降比。活性污泥的沉降比是判断活性污泥是否出现老化的重要方法之一。通过沉降比值是否偏小（低于 8%）、沉降的活性污泥是否色泽暗黄、沉降速度是否加快等方面的确认，结合液面产生的棕黄色泡沫即可较为准确地判断活性污泥是否出现了老化现象。

② SVI 值。SVI 值是用来判断活性污泥的松散程度很好的指标，然而它也具备判断活性污泥是否发生老化的功能。当 SVI 值低于 40 的时候，通常可以判断活性污泥发生了老化，结合液面产生的棕黄色泡沫即可较为准确地判断活性污泥是否出现了老化现象。

③ 显微镜观察。对于老化的活性污泥，显微镜观察手段能很好地发现该问题，观察重点是菌胶团的致密程度和后生动物出现的比例。如果观察到的菌胶团比较致密，且后生动物大量出现，结合液面的棕黄色泡沫，判断活性污泥是否处于老化阶段是比较容易做到的。

（2）灰黑色泡沫　泡沫数量、产生过程、积聚性、易碎性与棕黄色泡沫特征相同，但其颜色中带灰黑色，所积聚的产物也呈灰黑色，观察整个生化系统的活性污泥颜色也有略呈灰黑色。

灰黑色泡沫产生的指导意义是：表明活性污泥处于缺氧状态，使活性污泥出现局部的厌氧状态，原本处于好氧状态的活性污泥就会在这个转变的过程中出现死亡，同样也就会附着在曝气后的气泡上。所以，如果产生的泡沫呈灰黑色的话，除了确认进水是否含有黑色废水外，主要就是要确认生化池是否在局部有曝气不足或曝气不均匀导致的厌氧情况发生。

确认活性污泥系统是否处于缺氧或厌氧状态，最好的方法是直接通过溶解氧仪进行测定，但需要注意的是，在监测过程中容易犯的错误就是只检测一个点的溶解氧值来判断生化系统的整体溶解氧状况，这种做法是片面的。为了避免这种情况，需要对整个生化池均匀布点进行实地检测，只有这样才能发现局部供氧不足的死角。如果溶解氧在某些位置监测值低于 0.5mg/L 的话，就需要对这些位置进行重点关注了。同时，需要注意的是整个生化系统的活性污泥区域混合搅拌状态是否充分，不充分的搅拌往往产生活性污泥的堆积沉淀，沉淀的活性污泥就非常容易出现供氧不足的缺氧或厌氧状态了，结合液面泡沫的颜色，特别是黏附黑色活性污泥颗粒的泡沫，就非常有必要确认溶解氧过低和局部搅拌不充分的沉淀死区问题了。

（3）白色泡沫　白色泡沫产生的原因很多，但主要常见于污泥负荷过高、曝气过度、洗涤剂的流入等。而在区别是何种原因导致的白色泡沫时，泡沫的黏度能给我们很多的参考。通常情况下，黏稠不易破碎的泡沫，常见于活性污泥负荷过高，而且此时的泡沫色泽鲜白，堆积性较好；黏稠但易破碎的泡沫常见于活性污泥的过度曝气，而且此时的泡沫色泽为略带灰白色，堆积性差，只会发生局部堆积；洗涤剂也会发生白色的泡沫，因为洗涤剂的存在，增加了水体的表面张力，最终导致泡沫的形成。

形成白色泡沫与活性污泥系统运行参数之间的关系如下。

① $F/M$ 值与白色泡沫的关系。判断活性污泥负荷的指标是 $F/M$ 值（即食微比值），如果食微比过高（大于 0.5），同时对应产生大量白色黏稠的泡沫的话，可以判断活性污泥确实是处于高负荷运转状态了。

② DO值与白色泡沫的关系。曝气过度同样会产生大量白色泡沫，虽然在泡沫黏度不高的情况下，正常的曝气量不会导致生化系统泡沫的产生。但是活性污泥在过高的曝气量作用下，部分活性污泥会解体溶解，随即导致恬性污泥清液中的有机物含量升高，这是在高曝气量情况下导致泡沫产生的一个原因。因此，在保证活性污泥代谢需氧的情况下，降低曝气量，不但能减少泡沫产生，也能减少能源消耗，降低运行成本。通常控制在曝气池出口DO值不低于2.0mg/L即可，如果一味提高曝气量，使得DO上升到5.0mg/L以上，对活性污泥系统产生的负面影响是比较大的。

③ 起泡物质流入。起泡物质进入生化系统也可以导致活性污泥系统产生泡沫，常见的是生化系统中流入了洗涤剂或表面活性剂。在曝气作用下，很快就会产生大量白色泡沫。

(4) 彩色泡沫　彩色泡沫的产生主要是由于生化系统流入了带颜色的废水，通常这些带颜色的废水具备较高的有机物浓度，在曝气的作用下容易导致类似高负荷时产生的泡沫，加之水体本身就带有颜色，产生的泡沫自然也会带有颜色。另一种情况就是污水、废水中富含表面活性剂或洗涤剂，这些物质进入生化系统后会导致泡沫产生，在阳光照射下会产生五彩缤纷的颜色，这对判断此类泡沫的产生原因有很大的帮助。

彩色泡沫的产生与带色污水、废水的流入和洗涤剂及表面活性剂的流入有关。所以，通过观察进入生化系统前的预处理出水是否仍带有颜色可以判断此部分污水、废水是否会对生化系统也产生颜色干扰。对于洗涤剂及表面活性剂的问题，也可重点观察物化预处理区水跃位置的泡沫堆积情况来判断。因为表面活性剂及洗涤剂本身对生化系统的影响短期内并不明显，所以，在这种情况下去观察活性污泥的生物相时，并不会观察到什么特别的不正常生物相情况。

解决泡沫问题的措施：根据以上分析，不同的泡沫发生的原因和指示意义不同，但是对于不管哪种类型已经产生的泡沫，一方面是针对性地采取措施加以预防，另一方面，需采取措施加以消除，生化系统中泡沫和浮渣的控制措施如下。

在实践中发现导致泡沫及浮渣产生的原因可以分为两类：一类是污水、废水处理厂自身工艺控制问题；另一类是污水、废水处理厂以外的原因。

① 废水处理自身控制问题导致的泡沫及浮渣对应的预防措施

a. 活性污泥排泥不及时，污泥龄控制过长。这种情况下，活性污泥的老化导致的液面浮渣通常就是棕黄色稀薄的液面浮渣。针对该问题，在日常的操作管理中要注意对活性污泥老化的控制。经常通过监测 $F/M$ 值、SVI值以及显微镜观察来进行确认，以便提前做出工艺调整。

b. 活性污泥浓度过低，活性污泥负荷相对偏高。污泥负荷过高对泡沫的产生有比较大的影响，活性污泥浓度的合理控制是避免这种情况的较好办法。确认活性污泥浓度是否过低的方法是通过显微镜观察是否存在非活性污泥类生物，并且对 $F/M$ 值经常复核，特别是当 $F/M$ 值高于0.5时，一定要尽量提升活性污泥浓度，以适应过高的进水有机物浓度。

c. 丝状菌未能有效控制。丝状菌不能有效控制，出现过量增殖，最终导致增殖的活性污泥裹入过量空气而形成液面浮渣，由于膜生物反应器能够比较好地控制污泥膨胀问题，因此，在膜生物反应器中由于此问题导致的泡沫现象不多见。

d. 曝气量不合理。典型的问题就是过量曝气，造成活性污泥的破碎比较明显，经过多次破碎之后，活性污泥的菌胶团絮凝性能将会降低，游离的活性污泥颗粒解体后使得水体黏度增加，同时溶解性有机物浓度也增加。基于以上分析，预防工作重点在于对活性污泥系统的溶解氧检测控制，特别是要使整个系统溶解氧值很好地控制在参考值范围内（2～3mg/L）。

e. 营养比例失衡。如果营养比例失衡，活性污泥会发生解体或絮凝不佳，由此所导致的水面浮渣及泡沫现象也比较常见。针对这样的问题，重点是确认营养比例是否合适，一般可以通过生化系统出水营养的浓度来判断活性污泥系统对营养需求是否满足或过量。

② 其他原因导致的泡沫及浮渣对应的预防措施。作为污水处理厂的运行管理部门，在改善污水处理厂内部的工艺和设施状况时的可控能力比较好，但是对于污水处理厂以外的其它影响因素，往往控制和协调就比较困难，如污水产生单位的异常排放等，这给消除外部原因导致的泡沫及浮渣问题造成了较大的障碍。为此，需要操作管理人员能够根据处理工艺流程的特点，加强在线监测和岗位巡检，建立通报联络机制，确保最大范围内对入流污水的性状、流量等能够提前掌握，尤其是工业废水处理厂。

③ 消除泡沫及浮渣措施。除了上述谈到的针对性预防措施外，对已经产生的泡沫和浮渣，还是需要强制进行清除，否则堆积过多的泡沫会污染环境，也会导致出水水质超标。常用的解决措施主要有以下几类。

a. 喷水消泡。用自来水或处理过的尾水喷洒，此法效果相当好，通过喷洒水的方式能够很好地消除泡沫的堆积，相对于投加消泡剂等而言，喷水消泡更加清洁，无二次污染。通常是将二沉池的出水作为喷洒用水，通过水泵加压回流喷洒。此外，将二沉池出水回流喷洒，也有利于水的利用，具备节水的效果，且也不对生化系统造成影响。

b. 投加杀菌剂或消泡剂。采用具有强氧化性的杀菌剂，如氯、臭氧和过氧化物、聚乙二醇、硅酮等药剂以及氯化铁和钢材酸洗液的混合药剂等。药剂的作用仅仅能降低泡沫的增长，却不能消除泡沫的形成。而广泛应用的杀菌剂普遍存在副作用，因为过量或投加位置不当，会大量降低曝气池中絮凝性菌胶团的数量及生物总量。此外，机油、煤油等作为消泡剂，效力也都不差，用油量为 0.5～1.5mg/L，但过多使用油类除沫剂也会污染水质。故有些情况下，也有用投加粉煤灰或砂土等，但效果不是太好。

c. 风机机械消泡，影响劳动环境。

d. 向生化池投加填料，使容易产生污泥膨胀和泡沫的微生物固着在载体上生长。既能提高生化池的生物量和处理效果，又能减少或控制泡沫的产生。

以上几种方法都可作为消泡措施，但是，通过洒水除泡以及投加消泡剂等措施都是治标，治本还是要根据具体原因采取相应的对策处理。

#### 7.2.2.4 活性污泥老化

活性污泥老化的现象在好氧生化系统中普遍存在，而活性污泥的老化不但会导致出水主要污染指标的升高，而且会导致能源的浪费。因为，通常导致活性污泥老化的原因与过度曝气、负荷过低有关，而这些运行问题都会消耗过量的能源。所以，应对活性污泥老化不仅仅是改善出水指标的问题，更涉及系统运行能耗和成本的问题。

实际运行中发现，导致活性污泥出现老化的现象，多数与操作管理人员专业知识掌握不充分有关系。也就是说，在掌握相关专业知识后，往往能够很轻易地通过调整部分活性污泥运行参数来达到纠正活性污泥老化的目的。

(1) 活性污泥老化的判断　判断活性污泥是否出现老化，前面针对其他工艺问题的分析中都有一定的表述。下面重点对如何判断活性污泥老化进行说明。

① 通过沉降比判断。前已多次提到过沉降比在实际活性污泥操作管理中的重要性了，其在观察活性污泥是否出现老化的问题上同样具有明显的优势。主要表现在以下几个方面。

a. 活性污泥沉降速度。通常可以在活性污泥沉降比实验中发现，老化了的活性污泥能够在较短时间内沉淀，较正常活性污泥沉降速度明显要快。

b. 活性污泥絮团大小。老化的活性污泥絮团都较大，但比较松散，其絮凝速度也较快。

c. 活性污泥颜色。老化的活性污泥颜色显得深暗、灰黑，无鲜活的光泽。

d. 上清液清澈度。老化后的活性污泥容易解体，因而游离在水体中的细小解体絮体较多，但是絮体间的水却保持较好的清澈度，这主要是因为游离在上清液的颗粒仍然是以絮团的形式存在的，只是絮团体积较小而已，而不像活性污泥受冲击是出现大量的游离细菌所表现出来的分散性浑浊。

e. 液面浮渣。如前所述，浮渣的产生也与活性污泥老化有关。因为老化的活性污泥会导致部分细菌死亡，解体后的菌胶团细菌会被曝气打散后黏附在气泡上产生浮渣或泡沫。

② 通过 $F/M$ 值判断。$F/M$ 值作为判断活性污泥浓度高低的参考指标，也间接地反映活性污泥是否老化。为此，在防止活性污泥老化方面，可利用 $F/M$ 值来进行判断。通常发生或可能发生活性污泥老化的情况下，$F/M$ 值都处于或长期处于低水平状态，特别是 $F/M$ 值低于 0.05 时，出现活性污泥老化的机率很大。

(2) 活性污泥老化原因分析　活性污泥出现老化原因较多，也比较复杂，但是不外乎以下几种情况。

① 排泥不及时。泥龄是判断活性污泥老化的一项控制指标，而辅助验证活性污泥是否老化的指标是 $F/M$ 值以及沉降比。通过控制指标和辅助判断指标，泥龄的控制重点是 MLSS 值的控制，即排泥是控制活性污泥浓度变化趋向的有效措施。因此，及时地排泥直接着影响活性污泥的活性。

② 进水长期处于低负荷状态。一般污水处理设备按照设计流量和进水水质进行运行，在没有达到设计流量和进水水质情况下，污水处理系统往往处于低负荷状态，长期的低负荷运行，就会出现活性污泥的老化问题。

③ 过度曝气。过度曝气的直接结果是导致活性污泥解体和自氧化。解体的原因是频繁的曝气紊流产生的剪切作用导致活性污泥发生解体。自氧化是指活性污泥生长处于内源呼吸阶段，其机体氧化速率大于机体的增长速率，过度的曝气自然会导致活性污泥自氧化。

④ 活性污泥浓度控制过高。活性污泥浓度控制过高，没有足够的进水底物浓度支持，最终就会导致活性污泥老化。

(3) 活性污泥老化的解决措施

① 合理控制活性污泥浓度和污泥龄。为了保证生化系统运行过程中活性污泥不会因为排泥不及时而发生老化，应根据理论计算和运行数据总结、确认排泥量和活性污泥浓度之间的关系。此外，可通过 $F/M$，间接指导活性污泥排泥量。排泥过程中要注意做到排泥量的均匀性，避免间歇的、不均衡的排泥方式。

污泥龄保持在一个合理的范围，避免过分强调硝化作用而采用太长的泥龄，对于超过 1 个月的污泥龄要格外注意。这样的污泥龄控制，必然会导致活性污泥老化。

② 防止过量曝气和不均匀曝气。要求对曝气量进行有效控制，避免过量曝气，将曝气池出水的 DO 浓度控制在 2.0mg/L 左右即可，同时也可降低曝气过度消耗的电能，降低处理系统能耗。尤其在低 $F/M$ 比的情况下，这样的过度曝气问题会显得更加突出。DO 超过 4.0mg/L 的曝气应该归类为过度浪费的曝气。

③ 避免低负荷运行状态。要避免低负荷运行状态的出现，从而避免活性污泥老化的发生。除了尽可能地提高进水中底物的浓度和可生化性，更多的是要控制合理的活性污泥的浓度，以保证 $F/M$ 比值能够控制在合理范围内（0.15～0.25）。必要时可以补充外加碳源来保证活性污泥的正常运行繁殖功能，如投加化粪池水、引入生活污水等。

#### 7.2.2.5　活性污泥中毒

活性污泥中毒在污水处理系统运行中也是常见的问题。中毒的活性污泥可以表现出多种状态，常见的中毒分为急性中毒和慢性中毒，应该说导致活性污泥中毒主要是工业废水所致。

（1）活性污泥中毒判断要点　来自工业废水中的许多化学物质会使活性污泥产生中毒，活性污泥中微生物对毒性化学物质存在耐受的阈值浓度，由于确定每种物质毒性阈值浓度较为复杂，通常采取以下方法来判断活性污泥中毒。

① 活性污泥沉降比表现。活性污泥沉降比是活性污泥系统故障判断的重要参数，在多个活性污泥功能障碍的判断上都运用此参数，在活性污泥中毒判断上也有其独到之处。中毒的活性污泥，表现出的是原生动物、后生动物死亡；活性污泥菌胶团外围的细菌中毒失去活性，外围死亡的细菌游离出来分散在水体中；同时，活性污泥中大的菌胶团发生解体而细小化，活性污泥的絮凝性能下降，絮凝时间延长，沉降性能变差，沉降过程存在大量的不易沉降的细小颗粒，SS 增加，浊度明显上升。

② 显微镜观察表现。由于活性污泥中毒后表现出来的状态非常明显，特别是原生动物和后生动物死亡、消失等特征明显，通常重点观察以下几个方面。

a. 活性污泥中原生动物的死亡。当进入生化系统的污水、废水中有毒物质的浓度过高，使混合液中有毒物质浓度超出了原生动物的耐受极限，原生动物将相继死亡。例如钟虫的旋口纤毛会停止运动，腔体伸缩泡膨大，口缘部有物质流出或出现头顶气泡等症状。如果在显微镜下发现原生动物的这类表现，需要考虑是否出现了活性污泥中毒现象。

原生动物通常在死亡后 6h 内被水解而消失。因此，根据原生动物消失与否，可以判断大概活性污泥受毒物冲击时间，也就是说发现原生动物突然消失，至少说明有毒物质对活性污泥的作用时间超过了 6h。

b. 后生动物的表现。相比之下，后生动物在耐受有毒物质的能力上强于原生动物，但也只是在耐受时间和强度方面大于原生动物而已。当后生动物受到过量有毒物质冲击的时候，也会失去活性而死亡。以轮虫为例，正常情况下璇轮虫头部缩起，如果璇轮虫头部伸出的话，可以判断此时的璇轮虫已不具活性，说明有毒物质的浓度和作用时间已超过了原、后生动物的耐受极限。

c. 菌胶团表现状态。当受有毒物质的冲击时，菌胶团会出现不同程度的解体，通过显微镜观察，可以发现菌胶团周围会分散有很多细小的菌胶团颗粒。在受到有毒物质冲击后，越是粗大的菌胶团其耐受有毒物质冲击能力越强，相反就越弱。细小的菌胶团在有毒物质的持续作用下会继续分解，最终导致生化池混合液内出现大量的细小活性污泥絮体颗粒，这就是为什么在活性污泥沉降比中，一直能够看到浑浊的上清液。

受有毒物质冲击一段时间后，我们即可发现原后生动物已全部消失，接下来判断活性污泥受冲击程度就主要依靠观察菌胶团的变化。根据显微镜观察到活性污泥解体程度可以判定现有状态下活性污泥的受毒性物质冲击程度。

d. 液面浮渣。活性污泥受到有毒物质冲击后，死亡的菌胶团细菌会在曝气的作用下而成为液面浮渣，通过观察液面浮渣的某些特征，可以很好地判断活性污泥的中毒情况。

（2）活性污泥中毒的处理对策　活性污泥发生中毒后要及时采取措施，恢复活性污泥的性能，避免对活性污泥出现毁灭性的影响，这对于维持活性污泥系统的正常运行是至关重要的。通常主要通过如下方面措施加以应对。

① 阻断有毒物质的进一步流入是应对活性污泥中毒对策中最重要的措施。因为，微生物对有毒物质的耐受极限是有限的，长期高浓度的有毒物质流入，势必会导致活性污泥系统崩溃。为了避免这种情况的发生，尽最大努力控制有毒物质的流入非常重要。通常，工业废水处理厂遇到有毒物质流入，能够很容易地在工厂的生产线找到有毒物质的源头，而且出现有毒物质偶发性大量的流出，多半是事故性流出，这为迅速找到并中断有毒物质的流出提供了可能。

为了中断有毒物质的流出，首先是找到源头，关闭或封堵事故源头；其次是利用调节池或事故储水池将有毒物质的废水储存起来，以便在低浓度的情况下，通过稀释逐步进行无害化处理，或者可以直接委托外部其他有能力和资质的单位处理。

② 对已经流入生化池的有毒物质，唯一且有效的方法是对生化池混合液进行有效的稀释，这主要是建立在活性污泥对不同浓度的有毒物质抗冲击程度不同的基础之上。其中，最常用的方法是将生化池后段构筑物的未受冲击的水回流至生化池前端，以此来稀释生化池，同时，可加大二沉池回流污泥流量来达到此目的。

③ 利用排泥来达到抗击有毒物质的冲击，其主要原理是利用排除受损或死亡的活性污泥，补充新生的活性污泥来提高当前活性污泥的活性。通过高活性的活性污泥，达到抵抗有毒物的能力最大化。排泥的限度根据 $F/M$ 决定，以最大控制在 0.5 左右为限。

## 7.3 机电设备运行故障及解决措施

机电设备故障是污水处理系统中最常发生的故障，要避免该类故障对生产造成的影响，一方面，要加强日常的设备运行管理，另一方面针对发生的故障及时采取有效措施加以修复，减少对生产的影响。

机械设备管理，就是对企业设备运行的全过程进行计划、组织和控制。“全过程”即从采购设备、投入生产运行以及维护直至报废退出生产为止的过程。因此，机械设备使用管理及运行管理是机械设备故障预防工作的重要任务。

污水处理厂的机械设备在运行过程中，负荷一般较为稳定，但却需长期连续运行，且工作介质具有腐蚀性，相当部分设备在露天工作，受自然环境侵蚀较严重。随着使用时间延长，机械设备内、外工作条件不断恶化，使磨损加剧，性能下降，能耗增加。因此，必须加强机械设备的技术保养和检查。

设备的技术保养是指为了保持设备正常的技术状态，按标准进行的检查与润滑，及时地调整及消除隐患等一系列日常工作。技术保养能提高机械使用效益，对于降低运行成本、保障安全运行和延长机械使用寿命具有重要意义。

依据污水处理机械设备运行使用特点，技术保养可具体分为 5 种技术类别：试运行保养、例行保养、定期保养、换季保养、备用期保养。对机械技术保养的基本要求是清洁、紧固、调整、润滑、防腐。

机械在使用过程中必然发生磨损、疲劳、变形和腐蚀现象，使机械的动力性、经济性、紧固性及可靠性降低。当这些变化达到一定程度，机械就会发生故障，必须进行恢复性、平衡性或临时性的技术维修，保持机械的正常工作状态。为了保证设备经常处于良好的技术状态，设备管理中应采取以下故障预防措施。

① 设备的正常磨损阶段要加强对设备的合理使用，精心维护保养，尽量延长设备的最佳技术状态的延续时间，以保证优质、高产，提高经济效益。

② 加强对设备的日常检查和定期检查，掌握磨损情况的发展变化，在设备进入剧烈磨损阶段以前，及时进行修理，防止影响生产。

③ 研究、掌握各类设备的磨损规律，准确把握各类零件的使用期限，进行预防性的计划修理。

污水处理厂现场仪表的检测点应按工艺要求布设，不得随意变动，各类检测仪表的一次传感器均应按要求清污除垢。室外的检测仪表应设有防水、防晒的装置。操作人员应定时对显示记录仪表进行现场巡视和记录，发现异常情况应及时处理。

污水处理厂应定期检修仪表中各种元器件、转换器和变送器等二次仪表。仪器仪表的维修工作应由专业技术人员负责。引进的精密仪器出现故障时不得自行拆卸。列入国家强制检定范围的仪器仪表，应按周期送技术监督部门检定维护；非强制检定的仪器仪表，应根据使用情况进行周期检定。仪表经检定超过允许误差时应修理，现场检定发现问题后应换用合格的仪表。

## 7.3.1 鼓风曝气系统故障预防及常见故障解决措施

### 7.3.1.1 鼓风机房的故障预防与解决措施

鼓风机房是污水处理厂具有普遍性的重要设备，其主要用于为生化处理系统提供充足的溶解氧，保持污泥的活性和代谢需要。鼓风机房故障将导致污水处理系统停止运转和生化池内微生物的死亡，因此，鼓风机房的故障预防与解决是维持污水处理厂正常运转的重要保障。

(1) 鼓风机房的故障预防管理 鼓风机房运行人员要根据曝气池氧的需要量调节鼓风机的风量。风机在运行中，操作人员应注意观察风机及电机的油温、油压、风量、电流、电压等，并每小时记录一次。遇到异常情况不能排除时，应立即停机。通风廊道应每月检修一次。采用帘式过滤器的滤布应每月更换一次，滤袋应三个月更换一次。静电除尘过滤装置应定期清洗、检修。

风机及其水冷却、油冷却系统发生突然断电等非正常现象时，应立即采取措施防止对风机造成损害。长期不使用的风机，应关闭进、出气闸阀和冷却系统，将系统内存水放空。鼓风机的通风廊道内应保持清洁，严禁堆放任何物品。离心风机工作时，应有适当措施防止风机产生喘振。

(2) 鼓风机的故障现象及解决措施 鼓风机的常见故障现象如下，发生以下现象时，必须立即停车检查，采取措施加以解决。

① 机组突然发生强烈振动或机壳内有摩擦声。

② 风叶碰撞或转子径向、轴向窜动与机壳相摩擦，发热冒出烟雾。

③ 轴承温度忽然升高超过允许值，采取各种措施仍不能降低。

④ 轴封装置涨围断裂，大量漏气。

⑤ 电流、风压突然升高。

⑥ 电动机及电器设备发热冒烟。

针对以上问题，应加强以下方面的检查，根据检查的原因采取针对性的措施。

① 检查空气过滤器，保持其正常工作。

② 注意进气温度对鼓风机（离心式）运行工况的影响，如排气容积流量、运行负荷与功率、喘振的可能性等，及时调整进口导叶或蝶阀的节流装置，克服进气温度变化对容积流量与运行负荷的影响，使鼓风机安全稳定运行。

③ 测听机组运行的声音和轴承的振动，必要时应停车检查，找出原因后，排除故障。

④ 严禁离心鼓风机机组在喘振区运行。

⑤ 检查电动机或齿轮箱是否工作正常。

⑥ 检查油箱中的油位，不得低于最低油位线，看油位是否保持正常值。检查轴承出口处的油温，不应超过50℃，并根据情况调节油冷却器的冷却水量，使进水轴承前的油温保持在30～40℃之间。

⑦ 检查滤油器，必要时清洗滤油器。经常检查空气过滤器的阻力变化，定期进行清洗和维护，使其保持正常工作。

### 7.3.1.2 曝气系统常见故障及解决措施

曝气系统常见故障主要包括压缩空气管道系统故障和曝气器故障两大方面。

(1) 压缩空气管道系统故障及解决措施 压缩空气管道系统故障及解决措施如下。

① 管道漏气。管道漏气的主要原因是选材及附件质量或安装质量所致，管路中支架下沉引起管道变形、管道内积水严重冻结将管子或管件胀裂也会导致管道漏气。

② 管道堵塞。管道堵塞表现为送气压力、风量下降。其原因一般是管道内的杂质或填料脱落、阀门损坏、管内有积水冻结。排除这类故障的方法是清除管内杂质，检修或更换损坏的阀门，及时排除管道内的积水。

(2) 曝气器故障及解决措施　曝气器也称为多孔性空气扩散装置，采用多孔性材料如陶粒、粗瓷等掺以适当的黏合剂，通过高温下烧结成为扩散板、扩散管及扩散罩的形式，目前应用较多的是用橡胶膜片激光打孔的方式制成的膜片式微孔曝气装置。微孔曝气器的主要优点是产生微小气泡，气、液接触面大，氧利用率高；缺点是气压损失较大，易堵塞，送入的空气应预先进行过滤处理。

曝气器运行过程中常出现的问题如下。

① 膜片阻力增大。其主要原因有：鼓风机进气无过滤器或过滤效果不好，空气中的颗粒物附着在膜片内侧并积累在膜片上，使微孔变小甚至堵塞微孔；微孔曝气器浸没在污泥混合液中，微生物在膜片上附着生长，使微孔变小甚至堵塞微孔。

② 膜片脱落。其主要原因是：在膜片安装过程中，膜片压板未上紧，曝气过程中振动松脱，导致膜片脱落。

③ 膜片破裂。其主要原因是：膜片老化引起膜片破裂；膜片微孔阻力增大，引起风压升高，膜片内外压差增大引起破裂。尤其是曝气池检修放水，曝气池水位降低时，更易发生此类情况。

针对以上问题，首先应该加强日常对微孔曝气器进行合理的维护保养，延长膜片的寿命。当出现以上故障时，可从以下几方面着手。

① 清洗膜片。微孔曝气器膜片的清洗剂一般采用甲酸溶液。甲酸具有强腐蚀性，清洗效果较好。在进入曝气池前的曝气主管道上，设一个甲酸投加孔。通过甲酸投加设备将甲酸喷入甲酸投加孔，甲酸随管道内的空气均匀输送到每个曝气头，达到清洗的目的。根据实际情况，一般半月或一个月清洗一次，甲酸投加量约每个曝气头 1.0g。在操作时，应采取严密的防范措施，戴好面具和防甲酸手套，若不慎将甲酸溅到皮肤上，应立即用清水冲洗。

② 检查空气过滤系统。清洗鼓风机的空气过滤器或及时更换过滤网。

③ 避免出现膜片内外压差过大情况。曝气池检修放水时，应关闭主管道上的空气阀门，避免因水位的降低引起膜片内外的压差增大；鼓风机选型时，其额定鼓风压力不能太高，一般比水位超高 0.5～1.0m 即可。

### 7.3.2 泵类故障预防与常见故障解决办法

根据介质情况和安装条件，污水处理中常用的水泵主要包括潜污泵、螺杆泵、计量泵、离心泵、轴流泵等类型，下面主要介绍几类常用的水泵故障及解决措施。

#### 7.3.2.1 潜污泵常见故障及解决办法

潜污泵运行维护的主要内容如下。

① 泵启动前检查叶轮是否转动灵活、油室内是否有油，通电后叶轮旋转方向应正确。

② 检查电缆有无破损、折断，接线盒电缆线的入口密封是否完好，发现有可能漏电及泄漏的地方及时妥善处理。

③ 严禁将泵的电缆当作吊线使用，以免发生危险。

④ 定期检查电动机之间和地之间的绝缘电阻。低于允许值时，检查电泵接地是否牢固可靠。

⑤ 泵停止使用后应放入清水中运转数分钟，防止泵内留下沉积物，保证泵内的清洁。

⑥ 泵不用时，应从水中取出，不要长期浸泡在水中，以减少电机定子绕组受潮的机会。

当气温很低时，需防止泵壳内冻冰。

⑦ 叶轮和泵体之间的密封不应受到磨损，间隙不得超过允许值，否则应更换密封环。

⑧ 运行半年后应经常检查泵的油室密封状况，如油室中油呈乳化状态或有水沉淀出来，应及时更换10#～30#机油和机械密封件。冷却油应每年更换一次。

⑨ 不要随便拆卸电泵零件，需拆卸时不要猛敲、猛打，以免损坏密封件。正常条件下，工作一年后应进行一次大修，更换已磨损的易磨损件并检查紧固件的状态。

⑩ 对轨道式潜污泵，日常巡视过程中应注意泵的声音是否正常，有无异常振动，若有异常情况应及时处理。每半年应将潜水泵提出，检查水泵各部位的螺栓是否松动或损坏，若有问题应及时紧固或更换。

潜污泵常见故障及处理方法见表7-3。

表7-3 潜污泵的常见故障和处理方法

| 故障现象 | 原因 | 解决方法 |
| --- | --- | --- |
| 电机不转 | (1)电压过低<br>(2)缺相运行<br>(3)叶轮堵塞<br>(4)定子绕组烧坏 | (1)调整电压至额定电压<br>(2)查清线路进行修复<br>(3)清除脏物<br>(4)进行修理,更换绕组 |
| 流量不足甚至不出水 | (1)叶轮的旋向错误<br>(2)阀门是否打开和完好<br>(3)管道叶轮被堵<br>(4)转速太低<br>(5)密封环磨损<br>(6)抽送液体的密度较大或黏度较高 | (1)调整叶轮旋转方向<br>(2)检查阀门<br>(3)清理管道和叶轮堵塞<br>(4)检查电源、电压、频率及电器设备<br>(5)更换<br>(6)改变抽送液体的密度和黏度 |
| 泵运行不稳定 | (1)叶轮不平衡<br>(2)轴承损坏 | (1)返原厂调换<br>(2)更换合格的轴承 |
| 绝缘电阻低 | (1)电缆线电源接地端渗漏<br>(2)电缆线破损<br>(3)机械密封磨损<br>(4)O形密封圈失效 | (1)拧紧、压紧螺母<br>(2)更换电缆线<br>(3)修复或更换<br>(4)更换 |
| 运行电流过大 | (1)工作电压低<br>(2)管道叶轮被堵<br>(3)抽送液体的密度较大或黏度较高<br>(4)阀门开度较大 | (1)调整工作电压<br>(2)清理管道叶轮堵塞物<br>(3)改变抽送液体的密度和黏度<br>(4)减小阀门开启度 |
| 电机定子绕组烧坏 | (1)被抽送介质的密度较大或黏度较高<br>(2)叶轮卡死或松动<br>(3)机械密封损坏,电机进水<br>(4)电机二相运行<br>(5)紧固件松动造成电机进水 | (1)改变抽进液体密度和黏度<br>(2)清除杂物,拧紧螺钉<br>(3)更换机械密封<br>(4)检查线路<br>(5)拧紧各部螺钉螺母 |

#### 7.3.2.2 螺杆泵常见故障及解决办法

污水处理中使用的污泥螺杆泵为容积式泵，主要工作部件由定子与转子组成。转子是一个具有大导程、大齿高和小螺纹内径的螺杆，定子是一个具有双头螺线的弹性衬套，转子与定子相互配合形成互不相通的密封腔。螺杆泵适用于黏度高、含固率高的流体，在污水处理中可用于污泥的输送。其常见的故障及措施如下。

(1) 不能启动 其原因如下。

① 新泵或新定子摩擦太大，此时可加入液体润滑剂（水或肥皂水等），用管钳人工强制转动，一直转动到转动灵活后，再开机运行。

② 电压不合适，控制线路故障，缺相运行。

③ 泵体内物质含量大，有堵塞。

④ 停机时介质沉淀并结块，出口堵塞及进口阀门未开。

⑤ 冬季冻结。

⑥ 万向节等处被大量缠绕物塞死，无法转动。

(2) 不出泥　其原因如下。

① 进出口堵塞及进口阀门未开。

② 万向节或者挠性连接部件脱开。

③ 定子严重损坏。

④ 转向反。

(3) 流量过小　其原因如下。

① 定子磨损，出现内漏。

② 转速太低。

③ 吸入管漏气。

④ 工作温度太低，使定子冷缩，密封不好。

⑤ 轴封泄漏。

(4) 噪声及振动过大　其原因如下。

① 进出口阀门堵塞或进出口阀门未打开（此时伴有不出泥现象）。

② 各部位螺栓松动。

③ 轴承损坏（此时伴有轴承架或变速箱发热）。

④ 定子或转子严重磨损（此时伴有出泥量小）。

⑤ 泵内无介质，干运转。

⑥ 定子橡胶老化、炭化。

⑦ 电机减速器与泵轴不同心或者联轴器损坏。

⑧ 联轴器磨损松动。

⑨ 变速箱齿轮磨损点蚀。

(5) 填料函发热　其原因如下。

① 填料压得太紧。

② 填料质量不好或选用不当。

(6) 填料函漏水漏泥多　其原因如下。

① 填料选用不当。

② 填料未压紧或者失效。

③ 轴磨损太多。

针对以上故障现象及原因分析，及时排除故障原因，对水泵进行合理维护或更换损坏部件即可恢复水泵的正常运行。

#### 7.3.2.3 计量泵的常见故障和处理措施

计量泵的常见故障和处理方法见表 7-4。

### 7.3.3 污泥脱水设备运行常见故障及解决措施

#### 7.3.3.1 板框压滤机运行常见故障及解决措施

(1) 滤板炸板　原因分析：不遵守操作规程，在压滤机进料时突然打开阀门，使滤板在过高的压力下炸开；卸料时对板框上进料口检查清理不够，进料口堵塞，局部压力差增大；板框没有按照要求的数量配齐，或没有使用隔板分隔，导致相邻滤板逐渐被炸开；进料阻力突然上升，推动力超过了滤板承受能力；滤板支撑横梁强度不够，弯曲后造成板框受力不均；一侧进泥，滤板平面上受力不均。

表 7-4 计量泵的常见故障和处理方法

| 故 障 | 原 因 | 解决方法 |
|---|---|---|
| 完全不排液 | (1)吸入高度太高<br>(2)吸入管道阻塞<br>(3)吸入管道漏气 | (1)降低安装高度<br>(2)清洗疏通吸入管道<br>(3)压紧或更换法兰垫片 |
| 排液量不够 | (1)吸入管道局部堵塞<br>(2)吸入或排除阀内有杂物卡阻<br>(3)充油腔内有气体<br>(4)充油腔内油量不足或过多<br>(5)补偿阀或安全阀漏油<br>(6)泵进出口止回阀磨损或关闭不严<br>(7)转速不足 | (1)疏通吸入管道<br>(2)清洗吸排阀<br>(3)人工补油使安全阀跳开排气<br>(4)经补偿阀做人工补油或排油<br>(5)对阀进行研磨<br>(6)修理或更换配件<br>(7)检查电动机或电压 |
| 计量泵<br>精度不够 | (1)充油腔内有残余气体<br>(2)安全阀或补偿动作失灵<br>(3)柱塞密封填料漏液<br>(4)隔膜片发生变形<br>(5)吸入或排除阀磨损<br>(6)电极转速不够 | (1)人工补油使安全阀跳开<br>(2)按安全补油阀组的调试方法进行调整<br>(3)调整或更换密封圈<br>(4)更换膜片<br>(5)更换新件<br>(6)稳定电源频率和电压 |
| 运转中<br>有冲击声 | (1)传动零件松动或严重磨损<br>(2)吸入高度过高<br>(3)吸入管道漏气<br>(4)隔膜腔内油量过多<br>(5)介质中有空气<br>(6)吸入管径太小 | (1)拧紧有关螺钉或更换新件<br>(2)降低安装高度<br>(3)压紧吸入阀<br>(4)轻压补偿阀做人工瞬时排油<br>(5)排除介质中空气<br>(6)增大吸入管径 |
| 输送介<br>质油污染 | 隔膜片破损 | 更换新件 |

解决办法：加强操作工责任心和技术培训，严格控制阀门开启速度，经常检查进料口状态，进泥质量不合格时需要进行必要的改造，如将横梁支撑改为吊柱支撑，将中心空一侧液脉改为两侧液压或进泥管多点进泥等。

(2) 滤饼压不干　原因分析：滤布过滤性能差；污泥比阻太高；挤压力低，挤压时间短，调压阀门失灵。

解决办法：清洗或更换滤布；对进泥进行调理，提高挤压力和挤压时间；维修或更换阀门。

(3) 板框无渣排出　原因分析：投配槽无泥开空车；滤布穿孔太多；板框密封性不好。

解决办法：检查投配槽泥位；更换滤布和板框密封条。

(4) 板框喷泥　原因分析：板框密封条磨损；板框内卡有异物；挤压力过大；滤布跑偏。

解决办法：更换或维修密封条；清除杂物；调解压力和对滤布纠偏。

(5) 传感器故障　原因分析：传感器感应铁块松动，位置过远；负荷过高导致滤布传感器报警。

解决办法：坚固铁块，调整位置，降低负荷。

(6) 电机故障　原因分析：负荷过高，泵、减速机和滤布卡死，电机报警；联轴器连接不好，传感器位置调节不当；控制转换开关未打到自动位置而报警；电气线路故障；电机烧坏。

解决办法：降低负荷；检查联轴器和控制开关；检修电气线路；电机维修或更换。

7.3.3.2 带式压滤机运行常见故障及解决措施

带式压滤脱水机是由上下两条紧张的滤带夹带着淤泥层从一连串规律排列的辊压筒中呈S形弯曲经过，靠滤带本身的张力形成对污泥层的压榨和剪切力，把污泥层的毛细水挤压出来，获得含固率较大的泥饼。带式压滤机在运行过程中常见故障及解决措施见表7-5。

**表7-5 带式压滤机运行常见故障及解决措施**

| 故障 | 原因 | 解决方法 |
|---|---|---|
| 泥饼水分突然增大 | (1)絮凝剂与污泥混合不好或药剂量不当<br>(2)滤带堵塞 | (1)调整混合时间、强度、药剂量<br>(2)清洗滤带 |
| 滤带打滑 | (1)超负荷<br>(2)滤带张力不够<br>(3)轴转动失灵或轴承损坏 | (1)调整进泥量<br>(2)调整压力<br>(3)调整挡泥板和刮泥板压力，更换轴承 |
| 滤带跑偏严重 | (1)污泥偏载<br>(2)滚筒表面黏结或磨损<br>(3)滤带质量差<br>(4)辊轴不平行 | (1)检查、调整进泥和配泥装置，使布泥均匀<br>(2)清理或更换滚筒<br>(3)更换滤带<br>(4)检查调整辊轴的平行度 |
| 污泥外溢 | (1)污泥太稀<br>(2)滤带张力太大<br>(3)带速过快 | (1)延长污泥浓缩时间<br>(2)降低滤带压力<br>(3)降低带速 |
| 滤带起拱 | 压力脱水区缠绕在辊子表面的两条滤带不重合，滤带内部张力不均 | (1)检查起拱处相邻辊子的转动状况，对轴承进行维护<br>(2)检查起拱滤带的张紧装置，排除故障，减小张紧导向杆的移动阻力<br>(3)调整张紧气压 |
| 滤带上沾泥过多 | (1)刮泥板磨损<br>(2)水冲洗不彻底 | (1)更换刮泥板<br>(2)清洗冲洗喷嘴，加大冲洗水压 |

7.3.3.3 离心脱水机运行常见故障及解决措施

离心脱水机脱水的推动力是离心力，推动的对象是固相颗粒，离心力的大小可控制，比重力大百倍甚至万倍，因此，脱水的效果较好，脱水污泥含水率可控制在75%以下，具有可连续运行、无需滤布、操作管理简单等特点。但是，在运行中仍应注意可能发生的异常情况并及时采取措施，保证脱水机的正常运转。常见的异常现象及解决措施如下。

(1) 离心脱水机开机振动 原因分析：导致振动的原因一方面可能是由于间歇运行时，上批次运行结束后部分残余污泥干结在脱水机内所致，另一方面可能是由于污泥中大块垃圾可能会引起进泥口堵塞引起。

解决措施：离心脱水机在停机前最先关闭进泥泵、进泥阀门，切断电源开关后离心机尚继续运转一段时间，此时用适量的水对离心机进行清洗，其目的是防止污泥在机内黏结，同时，还可以减小开机和停机时的振动。针对污泥中大块垃圾可能会引起进泥口堵塞，需要设置格栅、沉淀或破碎等处理。

(2) 脱水效果下降 原因分析：进泥含水率太高、离心时间短、离心转速小等原因都可能导致泥饼含水率高，脱水效果下降。

解决措施：对原污泥进行絮凝处理，可以提高离心机的工作效率，提高泥饼的含固率和保证出水质量。投加有机高分子絮凝剂前需要注意溶药效果，以保证絮凝效果和减少絮凝剂投加量，冬季操作时通常采用蒸汽或热水溶药。运转中应控制进泥含水率在96%以下为宜。在运行调速中应注意，一般控制的转速在2000～3500r/min，转速差为12～15r/min。

(3) 开机或运行过程中报警

① 开机报警或振动报警。离心脱水机开启时低差速报警引起主电机停机或者振动较大、声音异常，造成报警停机。上述情况为上次停机前冲洗不彻底所致，即冲洗不彻底会导致两种情况发生：一是离心机出泥端积泥多导致再次开启时转鼓和螺旋输送器之间的速差过低而报警；二是转鼓的内壁上存在不规则的残留固体导致转鼓转动不平衡而产生振动报警。

② 轴温过高报警。这主要是由于润滑脂油管堵塞致润滑不充分、轴温过高。由于离心脱水机的润滑脂投加装置为半自动装置，相对人工投加系统油管细长，间隔周期长，投加 1 次润滑脂容易发生油管堵塞的现象。一旦发生，需要人工及时清理，其主要原理是较频繁地加油以保证细长油管的有效畅通。当然，润滑脂亦不能加注过多，否则亦会引起轴承温度升高。

③ 主机报警而停机。开启离心脱水机或运行过程中调节脱水机转速，主电机变频器调节过大或过快，容易造成加（减）速过电压现象，导致主电机报警。运行中发现，一般变频调节在 2Hz 左右比较安全。离心脱水机在冲洗状态下，尤其在高速冲洗时，也易造成加（减）速过电压现象，所以在高速冲洗时离心脱水机旁应有运行人员监护。

（4）离心脱水机不出泥　在离心脱水机正常运转的情况下，相关设备正常运转，但出现不出泥现象，滤液比较浑浊，差速和扭矩也较高，无异响，无振动，高速和低速冲洗时扭距左右变化不大，亦出现过扭距忽高忽低的现象，再启动时困难，无差速。

这种情况多发生在雨季，由于来水量大，对生物池的污泥负荷冲击大，导致剩余污泥松散、污泥颗粒小。而污泥颗粒越小，比表面积越大（呈指数规律增大），则其拥有更高的水合强度和对脱水过滤更大的阻力，污泥的絮凝效果差且不易脱水。此时，如不及时进行工艺调整，则离心脱水机可能会出现扭矩力过高的现象，恒扭矩控制模式下差速会进行跟踪。一旦差速过大，很容易导致污泥在脱水机内停留时间短、固环层薄；另一方面，转速差越大，由于转鼓与螺旋之间的相对运动增大，对液环层的扰动程度必然增大，固环层内部分被分离出来的污泥会重新返至液环层，并有可能随分离液流失。这种情况下会产生脱水机不出泥的现象。

在进泥浓度较低且污泥松散的情况下，采用高转速、低差速和低进泥量运行能够有效解决不出泥的问题，并且运行效果也不错。高转速是为了增加分离因数，一般来说污泥颗粒越小密度越低，需要的分离因数较高，反之需要较低的分离因数；采用低差速可以延长污泥在脱水机内停留时间，污泥絮凝效果增强的同时在转鼓内接受离心分离的时间将延长，同时由于转鼓和螺旋之间的相对运行减少，对液环层的扰动也减轻，因此固体回收率和泥饼含固率均将提高；低进泥量亦增加固体回收率和泥饼含固率。

### 7.3.4 污水输送管道系统异常及解决措施

#### 7.3.4.1 有压液体输送管道的异常问题及解决措施

污水处理厂（站）常见的有压液体输送管道有污水（压力）管道、污泥管道、给水管道等系统管道，这些管道多采用钢管，运行中可能出现的异常问题及解决办法如下。

（1）管道渗漏　一般由于管道的接头不严或松动、管道腐蚀等均有可能引起漏水现象，管道腐蚀有可能发生在混凝土、钢筋混凝土或土壤暗埋部分。管沟中的管道或支设管道，当支撑强度不够或发生破坏时，管道的接头部容易松动。遇到以上现象引起的管道破漏或渗漏，除及时更换管道、做好管道补漏以外，应加强支撑、防腐等维护工作。

（2）管道中有噪声　管道为非埋地敷设时能听到异常噪声，主要原因是：①管道中流速过大；②水泵与管道的连接或基础施工有误；③管道内截面变形（如弯管道、泄压装置）或减小（局部阻塞）；④阀门密封件等部件松动而发生振动。以上异常问题可采取相应措施解决，如更换管道或阀门配件，改变管道内截面或疏通管道，做好水泵的防振和隔振。

（3）管道产生裂缝或破损（泡眼）　由于管线埋设过浅，来往载重车多，以致压坏；闸阀关闭过紧而引起水锤而破坏；管道受到杂散土壤侵蚀而破坏；水压过高而损坏。发生裂缝或破坏应及时更换管道。

（4）管道冻裂　当管道敷设在土壤冰冻线以上时，污水（泥）管道容易受冰冻而胀裂。这种问题的解决办法有：重新敷设管道，重新给污水管道保温（如把管道周围土壤换成矿渣、珍珠岩或焦炭，并在以上材料内垫 20～30cm 砂层），或适当提高输送介质的温度。

#### 7.3.4.2　重力流管道的异常问题及解决措施

污水处理厂（站）重力输送管道，多为污水管、污泥管、溢流管等，一般为铸铁管、混凝土管（或陶土管）承插连接，也有采用钢管焊接连接或法兰连接的。无压管道系统常见的故障是漏水或管道堵塞，日常维护工作在于排除漏水点，疏通堵塞管道。

（1）管道漏水　引起管道漏水的原因大多数是管道接口不严或者管件有砂眼及裂纹。

接口不严引起的漏水，应对接口重新处理连接。如果是管段或管件有砂眼、裂纹或折断引起漏水，应及时将损坏管件或管段换掉。

（2）管道堵塞　造成管道堵塞的原因主要是因为管道坡度太小或倒坡而引起管内流速太慢，水中杂质在管内沉积而使管道堵塞。若管道敷设坡度有问题，应按有关要求对管道坡度进行调整。堵塞时，可采取人工或机械方式予以疏通。

### 7.3.5　阀门的常见故障的原因和解决方法

污水处理厂的阀门用以控制介质的流量或压力。污水处理中所用阀门按介质的种类分，有污水阀门、污泥阀门、加药阀门、清水阀门、低压气体阀门、高压气体阀门、安全阀、油阀门等。这些阀门的作用有截止、止回、控制流量、安全保护等，结构有闸阀、蝶阀、球阀、角阀和锥形阀门等多种，驱动方式有手动、电动、气功、液动等。各类阀门的应用对于污水处理系统的正常运转起到了重要作用。

#### 7.3.5.1　阀门的操作维护与故障预防

正确的操作和合理的维护对于预防故障的发生和延长阀门的使用寿命具有重要意义，在日常的操作和维护中应注意做到以下方面，保证使阀门处于常年整洁、润滑良好、阀件齐全、正常运转的状态。

① 阀门的清扫　阀门的表面、阀杆和阀杆螺母上的梯形螺纹、阀杆螺母与支架滑动部位以及齿轮、蜗轮、蜗杆等部件，容易积灰尘、油污以及介质残渍等脏物，对阀门会产生磨损和腐蚀。因此经常保持阀门外部和活动部位的清洁，保护阀门油漆的完整，显然是十分重要的。阀门上的灰尘适用于毛刷拂扫和压缩空气吹扫；梯形螺纹和齿轮的脏物适合用抹布擦洗；阀门上的油污和介质残渍适用蒸汽吹扫，甚至用钢丝刷刷洗，直至加工面、配合面显出金属光泽。

② 阀门梯形螺纹、阀杆螺母与支架滑动部位，轴承部位、齿轮和蜗轮、蜗杆的啮合部位以及其他配合活动部位，都需要良好的润滑条件，减少相互间的摩擦，避免相互磨损。有的部位专门设有油杯或油嘴，若在运行中损坏或丢失，应修复配齐，油路要疏通。

需要润滑部位应按具体情况定期加油。经常开启的、温度高的阀门适于间隔一周至一个月加油一次；不经常开启、温度不高的阀门加油周期可长一些。

润滑剂有机油、黄油、二硫化钼和石墨等。高温阀门不适于用机油、黄油，它们会因高温熔化而流失，而适于注入二硫化钼和抹擦石墨粉剂。对裸露在外的需要润滑的部位，如梯形螺纹、齿轮等部位，若采用黄油等油脂，容易沾染灰尘，而采用二硫化钼和石墨粉润滑则不容易沾染灰尘，润滑效果比黄油好。石墨粉不容易直接涂抹，可用少许机油或水调合成膏状使用，另外，应每年至少一次将裸露的螺杆清洗干净涂以新的润滑脂。注油密封的旋塞阀应按照规定时间注油，否则容易磨损和泄漏。有些内螺旋式的闸门，其螺杆长期与污水接触，应经常将附着的污物清理干净后涂以耐水冲刷的润滑脂。

③ 气温在0℃以下的季节，对停气和停水的阀门，要注意打开阀底丝堵，排除凝结水和积水，以免冻裂阀门。对不能排除积水的阀门和间断工作的阀门应注意保温工作。

④ 填料压盖不宜压得过紧，应以阀杆操作灵活为准。那种认为压盖压得越紧越好是错误的，因它会加快阀杆的磨损，增加操作扭力。在没有保护措施的条件下，不要随便带压更换或添加盘根填料。

⑤ 在操作中通过听、闻、看、摸所发现的异常现象，操作人员要认真分析原因，属于自己解决的，应及时消除，需要修理工解决的，自己不要勉强凑合，以免延误修理时机。

⑥ 操作人员应有专门日志或记录本，注意记载各类阀门运行情况，特别是一些重要的阀门、高温高压阀门和特殊阀门。包括阀门的传动装置在内，记明阀门发生的故障及其原因、处理方法、更换的零件等，这些资料对操作人员本身、修理人员以及制造厂来说无疑都是很重要的。建立专门日志，明确责任，有利于加强管理。

7.3.5.2 阀门的常见故障及解决对策

① 闸板等关闭件损坏。原因是材料选择不当或管道上的阀门经常当做调节阀用、高速流动的介质造成密封面的磨损。此时应查明损坏的原因，改用其他材料的关闭件。在输送高压水或水中杂质较多时，避免将闭路阀门当做调节阀门使用。

② 密封室泄漏。其原因主要是盘根的选型或装填方式不正确、阀杆存在质量问题等。首先应选用合适的盘根，并使用正确的方法在密封室内填装盘根。在输送介质温度超过100℃时不采用油浸填料而采用耐热的石墨填料。

③ 关闭不严密。阀门安装前没有遵守安装规程，比如没有清理阀体内腔的污垢，表面留有焊渣、铁锈、泥砂或其他机械杂质，密封面上有划痕、凹痕等缺陷引起阀门故障。因此，必须严格遵守安装规程，确保安装质量。阀门本身因为加工精度不够会使密封件与关闭件（阀板与阀座）配合不严密，此时必须修理或更换。关闭阀门时用力过大，也会造成密封部件的损坏，操作时用力必须适当。

④ 打开后无法关闭。闸板阀常出现此种情况，此类阀门结构是：闸板分为两片，固定在阀杆头上，由阀杆带动阀板开、闭。有的阀门两片阀板没有相互固定，若阀门开启过大，两片阀板可能张开，使阀杆脱出，造成无法关闭，出现这种情况，只能拆开阀门重新配合。

⑤ 安全阀或减压阀的弹簧损坏，造成弹簧损坏的原因往往是弹簧材料选择得不合适，或弹簧制造质量有问题，应当更换弹簧材料，或更换质量优良的弹簧。

⑥ 阀杆升降不灵，活螺纹表面粗糙度不合要求，需重新磨整。阀杆使用碳钢或不锈钢材料时，应当采用青铜或含铬铸铁作为阀杆衬套材料。如果发现阀杆螺纹有磨损现象，应更换新的阀杆衬套或新的阀杆。输送高温介质时，润滑同时不应产生锈蚀，因而在输送高温介质时，应采用纯净的石墨粉作润滑剂。阀杆有轻微锈蚀使阀杆升降不灵活时，可用手锤沿阀杆衬套轻轻敲击，将阀杆旋转出来后加上润滑油脂。

## 本章小结

MBR膜生物反应器的正常运行是保证出水水质的关键，该工艺在应用中经常由于设计不当、运行管理不善等原因导致运行异常或故障，影响处理效能。本章在对MBR膜生物反应器常见故障及原因总结分析的基础上，一方面从系统设计、运行管理等方面提出了系统故障预防措施；另一方面，重点针对MBR膜生物反应器运行中膜系统故障、生化系统故障及机电设备故障的常见现象及原因进行了一一分析，并在此基础上提出了各种异常现象及故障的针对性解决措施，以期为 MBR 膜生物反应器工艺应用过程中运行故障解决提供指导和借鉴。

# 参 考 文 献


[1] 谢经良，沈晓南，彭忠. 污水处理设备操作维护问答. 北京：化学工业出版社，2006.

[2] 曾一鸣. 膜生物反应器技术. 北京：国防工业出版社，2007.

[3] 张建丰. 活性污泥法工艺控制. 北京：中国电力出版社，2007.

[4] 顾国维，何义亮. 膜生物反应器. 在污水处理中的研究和应用. 北京：化学工业出版社，2002.

[5] 纪轩. 污水处理工必读. 北京：中国石化出版社，2004.

# 第8章 水处理工程项目的招标与投标

采购是水处理工程项目实施中的一项重要工作，项目成功与否很大程度上取决于采购工作的好坏。按照有关法律法规，建设项目的采购，无论是货物、施工还是咨询服务大多应采取招标方式。因此本章主要介绍水处理工程项目的招标与投标，同时也附带介绍招标之外的其他采购方式。

## 8.1 工程建设程序

每个项目都要按照规定程序，经历一个从开始到结束的周期性过程，通常称为项目周期或基本建设程序。它分为三个大的阶段，即决策、实施、总结，具体包括项目从最初的酝酿、可行性研究、评估决策，到工程设计、组织施工、试车投产、竣工验收交付使用全过程中各个阶段的工作内容及其应遵循的先后次序。

### 8.1.1 项目决策阶段

#### 8.1.1.1 项目建议书

项目建议书是对拟建设项目的轮廓设想，主要是从建设的必要性来衡量，初步分析和说明建设的可能性。凡列入长期计划或建设前期工作计划的项目，都应该编制项目建议书。

项目建议书一般由项目业主或其主管部门提出。视其规模大小的不同上报有关部门批准后即进行可行性研究。

#### 8.1.1.2 可行性研究

可行性研究的任务是对拟建项目从技术、工程、经济和外部协作条件等所有方面，是否合理和可行，进行全面的分析论证，做多方案的比较和评价，推荐最佳方案，为投资的决策提供科学的、可靠的、准确的依据。

可行性研究主要解决下列问题：①拟议中的项目在技术上是否可行；②经济上效益是否显著；③财务上是否有利；④需要多少人力、物力资源；⑤需要多长时间建成；⑥需要多少投资和运行成本，能否筹集和如何筹集到这些资金。上述问题概括起来有三个方面，即工艺技术、市场需求和财务经济。市场需求是投资建设的出发点，工艺技术是进行建设的手段，财务经济则表示预期的投资效益。可行性研究的全部工作都是围绕着这三个方面而进行的。

#### 8.1.1.3 评估决策

在咨询单位提出项目可行性研究报告后，业主并不急于决策，而是要请具有资质的、专业的咨询单位对该报告的真实性和科学性进行评估。此外，需要政府审批的项目，审批机关通常要委托咨询单位对业主上报的可行性研究报告进行评估后再决定是否批准。项目评估是项目决策前的论证工作，是项目必不可少的程序之一，其目的在于避免或最大限度地减小项目投资的风险，为项目决策提供科学依据。

### 8.1.2 项目实施阶段

#### 8.1.2.1 项目设计

一般项目设计阶段可分为初步设计和施工图设计两个阶段。特殊要求的项目可在两阶段之间增加技术设计阶段。设计是建设项目实施过程中的直接依据。工程设计的质量起决定性的作用。

#### 8.1.2.2 建设准备

设计的同时，进行必要的建设准备工作，以为拟建项目向实施阶段过渡提供各种必要的条件。其工作主要包括征地、拆迁、平整场地、通水、通电、通路、通电信以及各项采购工作。

建设单位对整个建设应起到组织、协调和监督作用。为使整个工程有条不紊按部就班地向前推进，建设单位应对整个工程的管理做出规划与计划，特别是对项目采购要制定完备的采购方案，使各项采购工作均有所依据。

#### 8.1.2.3 施工

工程施工是建设工程的实现阶段，采用不同的承发包方式委托建筑安装施工企业承担。

#### 8.1.2.4 运行前准备

大型项目的试车，一般分为两个阶段，第一阶段为单体试车，应由施工安装单位负责；第二阶段为联动试车，应由业主负责。引进装置的试车应在卖方技术人员的指导下进行。

单体试车是指按规程分别对机器和设备进行单体试运转。联动试车也称无负荷联动试车，是指整个系统或多台设备联动试运行，考验、检查施工安装和设备仪器质量，通过联动试车检查设备、仪表以及各通路如油路、水路、汽路、电路等是否畅通，在规定时限内试运转无问题即视为合格。

#### 8.1.2.5 生产准备

生产准备是指为使建设项目竣工后能顺利地投入生产，及时转入生产运行阶段所做的一切准备工作。

生产准备工作涉及面广，不同的项目在技术和工艺要求上各有特点，但总的范围和目标是一致的，其主要内容如下。

① 生产准备机构的设置。生产准备机构的设置应随着建厂工作的开展，逐步充实、加强和完善。

② 生产人员的配备和培训。生产人员包括经营管理、生产技术人员和生产操作工人。

③ 生产技术准备。生产技术准备是为建设项目的顺利投产和在投产后的技术管理创造条件。

④ 外部协作条件的落实。根据初期协议，与协作方签订正式合同，明确提供的方式、数量、质量，以保证投产后需要。

⑤ 物质供应准备。

⑥ 经营管理准备。包括建立科学的管理制度、财务准备（如流动资金）、成本核算体系等。

#### 8.1.2.6 竣工验收

建设项目的竣工验收是建设全过程的最后一个阶段，是全面考核基本建设工作，检查是否合乎设计要求和工程质量，将工程转交给建设单位的过程。

任何建设工程，凡是已按照设计文件内容建成，项目经联动试车合格，形成生产能力，并能生产合格产品的都要及时组织验收，同时办理固定资产交接手续。

竣工验收的依据是：经批准的可行性研究、初步设计或扩大初步设计，施工图纸，设备技术说明书，施工过程中的工程变更通知，现行施工技术验收规范以及有关主管部门的审批、修改、调整等文件。

竣工验收一般分两个阶段进行。

单项工程验收，是指根据生产使用部门的要求，在总体设计中，某一单项工程（一个车间、一个装置）已按设计要求建成，能满足生产或具备使用条件，可以办理正式验收，移交给生产或使用部门。

全部验收，是指整个建设项目已按设计要求全部建成，符合竣工验收标准时，由建设单位主持，设计单位、施工单位、环境保护和其他有关部门参加进行初验，提出竣工验收报告，报请有关主管部门组织总验收。在总验收时，对已验收过的单项工程，不需再办理验收手续。

建设项目在全部竣工办理验收的同时，建设单位对于结余的资金和物资，必须清理，并编制竣工决算，报上级部门审查，办理固定资产交接手续。

8.1.2.7 维保阶段

维保即承包单位对自身的产品移交时存在的及国家规定的期限内出现的质量缺陷应负的维修和保证责任。

### 8.1.3 项目总结

项目总结是在项目建成投入使用后，对项目的运行进行全面评价，即对投资项目的实际费用和效益进行系统审计，将项目决策初期的预期效果与项目实施后的终期实际结果进行全面对比考核，对建设项目投资产生的财务、经济、社会和环境等方面的效益与影响进行全面科学的评价，该工作通常称为项目后评价。

开展项目后评价，既可评价投资决策的成功和失误，以检验其决策水平，又可评价项目实施管理中的经验和教训，以提高其管理水平，还可对项目实施结果的未来前景做出进一步预测，以促进项目投资效益的提高。

## 8.2 项目采购概论

项目采购，其含义不同于一般概念上的商品购买，它包含着以不同的方式通过努力从组织外部获得货物、土建工程和服务的整个过程。采购在我国基建程序中属于建设准备阶段，但实际上它是几乎贯穿整个项目生命周期的。

### 8.2.1 采购对象

按照采购标的物的属性招标对象分为以下四类。

(1) 货物采购　货物采购属于有形采购，是指购买项目建设所需的投入物，如机械、设备、仪器、仪表、甲供建筑材料（钢材、水泥、木材等）等，并包括与之相关的服务，如运输、保险、安装、培训、初期维修等。

(2) 土建施工采购　土建工程施工采购也是有形采购，是指通过招标或其他方式选择施工承包单位，即选定合格的承包商承担项目工程施工任务。

(3) 咨询服务采购　咨询服务采购不同于一般的货物采购或工程采购，它属于无形采购。咨询服务的范围很广，大致可分为以下四类。

① 项目投资前期准备工作的咨询服务，如项目的可行性研究。

② 工程设计和招标文件编制服务。

③ 项目管理、施工监理等执行性服务。

④ 技术援助和培训等服务。

(4) 综合采购　即设计施工货物的一揽子采购。

以下三节将分别阐述上述四种采购。

### 8.2.2 采购类型

采购有很多种类型，通常意义的采购有以下几种。

① 按照采购的目的分为项目采购和非项目采购。

项目采购是指采购对象是用于项目建设的采购；非项目采购是指与项目建设无关的采购，如办公设备、生产经营过程中原材料的采购。我国建设项目采购有关法律行政法规规范的主要是项目采购。

② 按采购主体分为企业采购、个人采购和公共采购。我国政府采购法主要规范的是公共采购。

### 8.2.3 采购的方式

按照选择交易主体的方式划分，常用的采购方式有招标、询价、竞争性谈判、单一来源采购等方式。

(1) 招标　招标是一种有序竞争采购方式。招标分为公开招标和邀请招标。公开招标是指招标人以招标公告的方式邀请不特定的法人或者其他组织投标。邀请招标是指招标人以投标邀请书的方式邀请特定的法人或者其他组织投标。

① 招标采购方式的优点在于以下几个方面：能有效地实现物有所值的目标，通过广泛的竞争，使买方能够得到价廉物美的工程、货物和服务；能促进公平竞争，使所有符合资格的潜在投标人都有机会参加同等竞争；能促进投标人进行技术改造，提高管理水平，降低成本，提高工程、货物和服务的质量；公开办理各种招标手续，防止徇私舞弊问题的产生，有利于公共监督，减少腐败现象。

② 招标采购方式的缺点与不足表现在以下几个方面。程序和手续较为复杂，耗费时间，从发布招标公告到最后合同的签订可能经过几个月时间，对急需的工程、货物和服务招标难以适应。招标采购需要的文件非常严谨，如考虑不周则容易被投标人钻空子，而不能实现物美价廉的初衷。招标采购最大的特点是不可更改性，这使得招标缺乏弹性，有时签订的合同并不一定是招标人的最佳选择。按照《招标投标法》的规定，经评标委员会评出排序第一的中标候选人，招标人一般应与其签订合同，并不得向其提出招标文件中已做明确规定以外的要求。很多情况下，尽管其他一些投标人提供的工程、货物和服务非常好，招标人也愿意购买，但是由于该投标人的招标文件经评审并没能排序第一，对于国有投资为主的工程招标人也很难或不能选择该投标人。

《招标投标法》规定：大型基础设施、公用事业等关系社会公众利益、公共安全的项目；全部或部分使用国有资金投资或者国家融资的项目；使用国际组织或国外政府贷款、援助资金的项目，无论其勘察、设计、施工、监理还是与工程建设有关的重要设备、材料等的采购，都必须采取招标方式。

(2) 询价　询价是指采购人向3个及以上潜在供应商或承包人就采购的工程、货物或服务询问价格，从中选择交易对象的采购方式。询价采购是国际上通用的一种采购方法，适用于合同价值较低的一般性货物、工程或服务的采购。

(3) 竞争性谈判　竞争性谈判采购是指从符合相应资格条件的供应商名单中确定不少于3家的供应商参加谈判，最后从中确定成交供应商的采购方式。其过程是一个买卖双方讨价还价的过程。

(4) 单一来源采购　单一来源采购是指招标人向某一特定供应商直接采购货物或服务的采购方式。

除招标采购外，其他采购方式均有其采用的特定条件，建设项目招标业主如果要采取招标之外的其他方式必须从有关法律法规中找到相应的依据，否则就是违规。

### 8.2.4 采购的法律法规与部门规章

迄今为止，我国已基本建立起比较完备的有关建设项目采购的法律法规体系，该体系包括《中华人民共和国招标投标法》、《中华人民共和国政府招标法》、《中华人民共和国建筑法》、《中华人民共和国合同法》、《工程建设项目施工招标投标办法》、《工程建设项目招标范围的规模标准规定》、《评标委员会和评标办法暂行规定》、《工程建设项目货物招标投标办法》、《工程价款结算办法暂行规定》、《最高人民法院关于施工合同纠纷的司法解释》、《政府招标货物和服务招标投标管理办法》等。

需要指出的是，以上法律法规与部门规章具有不同的法律效力，按照合同法，违反了法律和行政法规强制性规定的合同是无效合同。这说明部门规章不是签合同时必须要遵守的，但它仍然具有一定程度的法律约束力，因为根据《最高人民法院关于施工合同纠纷的司法解释》，合同中有约定的，执行合同约定，合同中没有约定的，执行建设行政主管部门的规定。

### 8.2.5 采购计划

为使采购工作有条不紊地高效率地进行，业主应编制采购计划。采购计划是采购人明确采购需求并了解市场情况后，对实施采购活动做出的具体安排。主要进行以下工作。

#### 8.2.5.1 项目结构分解

项目结构分解就是将项目分解成相互独立、相互影响、相互联系的工程活动。其基本思路是以项目目标体系为主导，对项目结构进行横向的分解。其主要目的是为决定将整个项目任务分为多少个标段，以及如何划分这些标段。一般经过如下几个步骤。

① 将项目分解成单个定义的且任务范围明确的子部分（子项目）。

② 研究并确定每个子部分的特点，它的执行结果以及完成它所需的活动。

③ 用系统规则，将项目单元分组，构成系统结构图。

④ 分析并讨论分解的完整性，如有可能让相关部门的专家或有经验的人参加，并听取他们的意见。

⑤ 确定各子部分的说明文件内容，研究并确定系统各子部分之间的内部联系。

项目结构分解表达方式有以下几种。

① 树型结构图

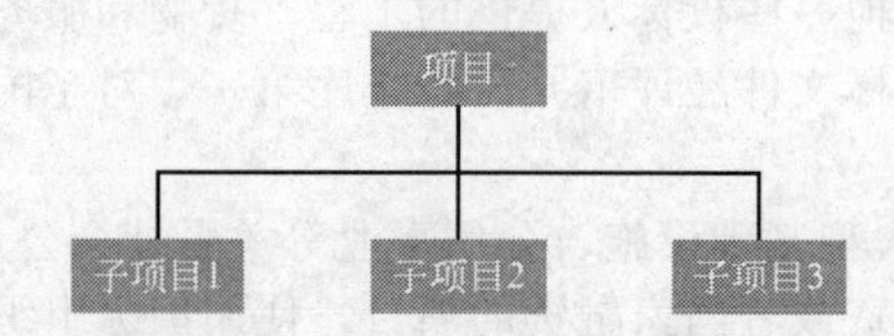


项目结构图表达了项目总体的结构框架。

② 项目结构分析表。将项目结构图用表来表示则为项目结构分析表。例如上面的项目结构图可以用一个简单的表表示。在表上可以列出各项目单元的编码、名称、负责人、成本项目等说明。

| 编码 | 名称 | 负责人 | 成本 | ×× | ×× |
|---|---|---|---|---|---|
| 项目<br>子项目 1<br>子项目 2<br>子项目 3 | | | | | |

同一个项目可有不同的项目结构的分解方法，项目结构的分解应与整个工程实施的部署

相结合，并与将招标的合同结构相结合，可以参考以下原则进行：a. 考虑项目进展的总体部署；b. 考虑项目的组成；c. 有利于项目实施任务（设计、施工和物资招标）的发包和有利于项目实施任务的进行，并结合合同结构；d. 有利于项目目标的控制；e. 结合项目管理的组织结构等。

#### 8.2.5.2 承发包模式选择

项目结构分解是对项目进行的横向分解，如何分解主要取决于业主对项目实施的总体部署，通俗地说，就是取决于业主准备找多少个不同的承包单位来实施该项目，至于每个单位的承包范围（是仅仅承包设计或施工还是设计、施工、货物一揽子承包），则取决于对每一个子项的纵向分解。每一个子项都可以分为设计、施工（或生产）两个环节，针对每个子项，需要业主决策的是设计施工（或生产）分开采购，还是设计施工（或生产）一揽子采购，这就是招标范围的问题也即承发包模式选择的问题。

不同的承发包模式中，承包商的工程任务范围不同，导致业主的工程管理的深度不同。

(1) 设计施工分别采购的传统方式　即设计由业主提供，而施工方只负责照图施工，设计与施工的责任方是分开的。

(2) 设计施工货物一揽子采购的工程总承包方式　工程总承包方式是指仅由一个承包商与业主签订工程承包合同，对工程的设计、施工、试运营等实行全过程的承包。工程总承包最完备的形式是“设计-采购-施工（EPC）”及交钥匙总承包。

#### 8.2.5.3 合同策划

无论采用哪种承发包模式，业主和承包单位都要签订合同，例如，采取传统方式业主要与设计单位签订设计合同，与施工单位签订施工合同，采取工程总承包模式，业主要与工程总承包单位签订工程总承包合同，为了规范和指导合同当事人双方的行为，国际工程界许多著名组织（如FIDIC——国际咨询工程师联合会、AIA——美国建筑师学会、AGC——美国总承包商会、ICE——英国土木工程师学会、世界银行等）都编制了指导性的合同示范文本，规定了合同双方的一般权利和义务，对引导和规范建设行为、提高合同签订与履行的效率起到了非常重要的作用。

我国近年也相继颁发了多部示范性合同文本，例如：《建设工程施工合同示范文本》、《建设工程设计合同示范文本》、《建设项目总承包合同示范文本》等。这些合同的条款结构基本一致，均分为通用条款和专用条款两部分，通用条款是将合同中共性的内容抽象出来而形成的，其内容是固定不变的，专用条款则是对通用条款的补充和修改，如果专用条款和通用条款矛盾则以专用条款为准。

这样对业主来说就有两个问题，一是选择哪个合同文本，二是如何在专用条款中对通用条款进行补充和修改，这就需要进行合同策划。

#### 8.2.5.4 采购方式的选择

采购有多种方式，尽管按照我国有关法律项目的采购一般采用招标方式。目前我国《招标投标法》规定以下项目需要招标：施工估算额在人民币200万元以上；重要设备招标单项合约估价在人民币100万元以上；勘察、设计、监理等服务单项合约估价人民币50万元以上；或者在上述限额以下，但工程总造价3000万以上的均采用公开招标方式。

但是也有不少例外情况，根据《招标投标法实施条例》，下列项目可以不采用招标方式招标：①涉及国家安全、国家秘密而不适宜招标的；②应急项目不适宜招标的；③利用政府投资资金实行以工代赈需要使用农民工的；④承包商、供应商或者服务提供者少于三家的；⑤需要采用不可替代的专利或者专有技术的；⑥招标人自身具有相应资质，能够自行建设、生产或者提供的；⑦以招标方式选择的特许经营项目投资人，具有相应资质能够自行建设、生产或者提供特许经营项目的工程、货物或者服务的。

8.2.5.5 采购进度计划的制定

在我国的建设程序中，项目采购是属于建设准备阶段的工作内容，但实际上项目的采购工作是贯穿于整个项目周期内的。这样就需要制定一个项目采购的进度计划，以使项目招标工作有条不紊地进行，其原则是要做到不过于提前但也不能滞后而影响整个工程的进度。

## 8.3 工程总承包模式下的发包与承包

### 8.3.1 工程总承包模式的基本特征

如前说述，工程总承包模式下，业主的采购是一揽子采购即前述综合采购，其采购范围不仅包含了施工，还包括设计与设备，或者说该种模式下承包商的承包范围不仅包括施工，还要同时负责设计和设备招标。

工程总承包模式与传统的“设计-采购-施工”各个环节相分离的工程承发包模式相比较，具有以下三个方面的基本特征。

① 强调和充分发挥设计在整个工程建设过程中的主导作用，因而有利于工程项目建设整体方案的不断优化。

② 有效克服设计、采购、施工相互制约和相互脱节的矛盾，有利于设计、采购、施工各阶段工作的合理衔接，有利于加快进度缩短建设周期。

③ 建设工程质量责任主体明确，较容易确定工程质量责任的承担人。

工程总承包项目的总承包人对建设工程的“设计、采购、施工”整个过程负总责，对建设工程的质量及建设工程的所有专业分包人履约行为负总责。也即，总承包人是 EPC 总承包项目的第一责任人。在传统的承包模式下，建设单位即业主则是建设工程质量的第一责任人。譬如，在传统承包模式下由于设计而产生的履约问题，由于初步设计及施工图设计系由建设单位即业主认可并办理报建手续，所以，只要承包商的施工符合施工图要求，最终合同约定不能实现的责任要由建设单位即业主承担。但在 EPC 总承包模式下，由于初步设计及施工图设计均由总承包商负责完成，所以，即使初步设计及施工图设计系由建设单位即业主认可并办理报建手续，但建设单位即业主仍不对最终合同约定不能实现的结果承担责任。FIDIC1999 年 EPC 合同条件规定，“无论雇主代表是否给予了批准或同意，承包商应对全部现场作业、所有施工方法以及全部工程的完备性、稳定性和安全性承担全部责任”。这一规定表明，业主批准设计文件并不解除总承包商的设计责任。与之相对应的是，EPC 总承包商须对建设工程承担严格的设计责任。EPC 总承包合同一般规定，业主向总承包人提供的任何数据或资料，不免除总承包人承担的设计、采购、施工责任。总承包人被认为在投标前已经仔细地审查了业主要求。除合同另有约定外，总承包人应该对业主要求（包括设计标准和计算）的正确性负责。

工程总承包模式下，业主对工程总承包项目的管理一般采取两种方式，即过程控制模式和事后监督模式。所谓过程控制模式是指，业主聘请监理工程师监督总承包商“设计、采购、施工”的各个环节，并签发支付证书。业主通过监理工程师各个环节的监督，介入对项目实施过程的管理。FIDIC 编制的《生产设备和设计-建造合同条件（1999 年第一版）》即是采用该种模式。所谓事后监督模式是指，发包人（业主）一般不介入对项目实施过程的管理，但在竣工验收环节较为严格，通过严格的竣工验收对项目实施总过程进行事后监督。FIDIC 编制的《EPC 合同条件（1999 年第一版）》即是采用该种模式。简而言之 EPC 合同条件下业主是只问结果不问过程的。

### 8.3.2 工程总承包模式下项目的采购方式

工程总承包模式下项目的采购方式有公开招标邀请招标和竞争性谈判。

就工程总承包这种承发包模式而言，公开招标未必是恰当的，因为具有工程总承包资质的承包商毕竟是很少的，因此该种模式下的采购大多应采用邀请招标和竞争性谈判的方式。

### 8.3.3 工程总承包模式下从招标开始至确定合同价的基本工作程序

① 业主方自行编制或委托顾问工程师编制项目建设纲要或设计纲要，它是工程总承包方编制项目设计建议书的依据。通过项目建设纲要或设计纲要对项目进行功能描述，它可包括如下内容：项目定义；设计原则和设计要求；项目实施的技术大纲和技术要求；材料和设施的技术要求等。

② 工程总承包方编制项目建议书和报价文件。

③ 设计评审。

④ 合同洽谈，包括确定合同价。我国目前尚无工程设计-建造和 EPC/交钥匙合同的示范文本，编写此类合同可以参考国际咨询工程师联合会（FIDIC）于 1999 年出版的工程合同系列。

### 8.3.4 工程总承包方的工作程序

工程总承包方工作程序如下。

① 项目启动。在工程总承包合同条件下，任命项目经理，组建项目部。

② 项目初始阶段。进行项目策划，编制项目计划，召开开工会议；发表项目协调程序，发表设计基础数据；编制设计计划、招标计划、施工计划、试运行计划、质量计划、财务计划和安全管理计划，确定项目控制基准等。

③ 设计阶段。编制初步设计或基础工程设计文件，进行设计审查；编制施工图设计或详细工程设计文件。

④ 采购阶段。采买、催交、检验、运输，与施工办理交接手续。

⑤ 施工阶段。施工开工前的准备工作，现场施工，竣工试验，移交工程资料，办理管理权移交，进行竣工结算。

⑥ 试运行阶段。对试运行进行指导与服务。

⑦ 合同收尾。取得合同目标考核合格证书，办理决算手续，清理各种债权债务；缺陷通知期限满后取得履约证书。

⑧ 项目管理收尾。办理项目资料归档，进行项目总结，对项目部人员进行考核评价，解散项目部。

## 8.4 货物招标投标

货物采购是指业主为获得货物通过招标的形式选择合格的供货商，它包含了货物的获得及其整个获取方式和过程。一般来说，货物采购的业务范围包括：确定所要采购货物的性能和数量；供求市场的调查分析，合同的谈判与签订及监督实施；在合同执行过程中，对存在问题采取必要的措施；合同支付及纠纷处理等。

### 8.4.1 货物招标采购

货物采购方式大致分为国际竞争性招标、国内竞争性招标、有限国际招标、询价采购、直接采购、自营工程等，但主要采用国际竞争性招标方式和国内竞争性招标方式。货物招标采购必须了解和掌握货物的技术、经济、管理特征和需求。

#### 8.4.1.1 货物的一般特征和需求

货物与工程的最大区别在于它的可移动性，并具有以下一般特征：

① 货物产品的多样性。

② 货物的技术性。

③ 货物来源的广泛性。

8.4.1.2　货物的技术特征和需求

货物的技术特征包括功能、技术性能、质量标准、产品标准化水平、节能环保指标等方面。

(1) 货物的功能　功能是指货物能够满足某种需求的一种属性，根据货物功能的不同特性，可以将功能分为以下几类。

① 使用功能与美观功能。

② 基本功能与辅助功能。

(2) 货物的技术性能　技术性能是货物实现功能的效率，性能越好，效率越高，但是高性能往往是以高的成本投入为代价的。

(3) 货物的质量标准　货物质量是由各种要素组成，具有不同的特征和特性，其总和便构成了质量的内涵。货物质量反映了产品的特性和满足客户使用及其他相关要求的能力。

(4) 货物的产品标准化水平　货物产品标准化水平体现在货物的通用性、可替换性，备品备件的易得性，货物产品标准化水平越高，其使用成本和替换成本就越低。

(5) 节能环保指标　目前国家实施节约与开发并举、把节约放在首位的能源发展战略，加大了节能减排和环境保护的力度。

8.4.1.3　货物的交接、检验、服务特征和需求

货物的交接、检验和交货方式是货物招标采购需要考虑的重要因素，其中使用货物的贸易术语和交货期限的选择需要和工程建设项目整体要求统一衔接协调，同时要考虑产品的生产和供应情况。

① 国际贸易通常使用一些标准的贸易术语，规定双方货物交接的责任、风险和费用的划分。

② 国内贸易通常采用出厂交货价、现场交货价、指定目的地交货价等。

③ 交货期限。确定交货期限，要考虑项目进度的实际需要、货物采购规模及其货物制造、供应的周期，使供应商能够按质、按量、按时交货。

④ 检验、试验。招标文件应明确货物检验的标准目录或具体内容，明确货物试验的方法、步骤和检验指标等，选择的检验指标要可以检测和尽可能量化。

⑤ 服务和培训。招标大型和技术要求较高的货物时，为便于招标人安装和使用货物，应明确要求投标人负责售后服务工作。

8.4.1.4　货物的价格特征和需求

(1) 货物的价格构成　货物采购价格是指招标人按照招标采购方式选择的中标货物价格以及据此签订的招标合同价格。这就要求招标人既要了解市场价格行情，又要确定合理的货物技术性能需求。

货物的采购价格有国内货物价格和进口货物价格之分。

(2) 货物的使用寿命　指货物使用的预计期间，或者货物所能生产产品或提供劳务的数量。使用寿命的长短直接关系到招标人的经济利益：相同技术规格的产品如果使用寿命较短，则招标人再次招标的时间间隔就短，从而增加招标人的成本费用。

(3) 货物的使用成本　货物的使用成本包括运行成本、维护保养成本、维修改造成本、故障成本和废弃成本等。

货物的全寿命周期中使用成本往往会数倍于采购成本，所以对于技术较为复杂的货物不

仅要考虑一次性的采购成本，还必须从上述各方面综合考虑使用成本，采取定量或定性的办法进行分析，从而选择性能价格比最高的货物投标方案。货物招标必须要对上述可能的使用成本做出要求，并在评标方法、标准中得以体现。

（4）货物的付款条件　合同价款的支付条件是合同的重要组成部分，是招标投标双方关心的重要内容，也是影响投标报价的主要因素之一，甚至是投标人是否参与投标的制约因素之一。

（5）货物的税收　包括关税、增值税、购置税、消费税等。应该在招标文件中明确相关规则，税收往往是一笔较大的费用开支，如果招标文件中不予以明确，则会对评标和合同谈判履行造成不利影响。

8.4.1.5　履约风险控制

① 货物采购的风险控制是货物招标采购管理的重要内容。由于供应商供货能力、行为带来的风险，招标人主要采取两种方式规避：一是对投标人进行严格的资格审查；二是在招标文件中提出要求条件，让投标人做出响应。

② 招标规模较大、合同履行周期较长、采购地区距离较远的货物，履约过程中面临市场价格波动、环境变化等风险因素较多。这就需要认真分析货物采购的各种风险特征，根据采购货物的种类选择恰当的合同价格类型，设置严密的风险条款，以合理规避供应双方履约中可能产生的风险。

### 8.4.2　货物项目招标方案

货物招标方案因招标目的、用途不同而有所区别：作为最终消费产品的货物招标方案主要依据用户的实际需求编制；企业生产需要的原材料和半成品的货物招标方案主要依据企业的生产要求编制。

工程中使用货物的招标方案，又因工程建设项目类别及招标规模的不同而有所区别。下面阐述的是针对某一批次货物项目编制的招标方案。

（1）货物采购背景概况、条件和依据　参照工程采购背景概况、条件和依据，并要交代货物的具体用途。

（2）货物需求目标　货物采购主要集中在使用功能、技术标准、质量、价格、服务和交货期等主要因素。其中，性价比往往会成为多数招标人考虑的重要因素。

（3）货物招标范围和投标资格

① 货物招标内容、范围与标包划分。货物招标范围、内容也就是招标合同卖方的供货范围。既要明确采购货物与工程施工及其他货物的划分边界，又要明确采购货物构成的本体、附件和相关服务的范围。而且，同一批次采购货物的标包划分，更要注意把各个标包的范围边界划分清楚，既不能有疏漏，也不能有交叉重叠。

货物招标通过合理划分标包，对招标货物进行有机的拆分和组合，可以增加招标的竞争性和招标效率，可以结合标包的技术特点和要求设置投标资格预审条件、标准，充分发挥各个投标人的专长，降低招标价格，保证供货时间和质量。

② 投标资格。按照招标货物项目及其标包的类别、规模、范围与供应方式，依据有关货物生产企业资格管理规定初步拟定投标人的资格标准。

（4）货物招标顺序　货物招标批次和招标时间顺序安排主要取决于货物的用途。最终消费产品的货物采购主要取决于用户的实际需求时间。企业生产采购的原材料及半成品采购顺序取决于生产计划和进度要求。工程建设项目的材料设备必须结合工程实施计划和进度，通过调查研究，科学合理地安排招标顺序，确保货物适时采购到位，避免因货物供应拖延而影响整个工程建设项目进度。

（5）货物招标方式、方法和合同类型　参照工程招标相关内容。

(6) 货物招标工作目标、计划和工作分解

① 货物招标工作目标。通过规范招标竞争采购，选择合适的货物供应商，形成货物采购合同，确保按照适当的功能、质量、时间、费用、地点、服务等需求目标供应。

② 货物招标工作计划。货物招标的工作计划是对招标工作内容、时间节点、程序的安排，确保招标工作及其货物供应与整个工程建设项目或企业生产实施进度衔接、配套、按时完成。

③ 货物招标工作分解。参照工程招标工作分解，但是工程招标中所特有的工作步骤在货物招标中不采用。例如：组织现场踏勘在货物招标中一般不采用。货物招标的行政监督部门和监督的环节也略有区别，货物招标的监督环节相对简单。

### 8.4.3 货物招标投标的主要法律法规

国家发展改革委等有关部委就规范货物招标投标活动制定了一系列专项规章和规范性文件，按照适用范围不同分为两类：一类是规范货物国内招标投标活动的法律规范，如工程建设项目货物招标、政府招标货物招标、医疗机构药品集中招标等方面的规定；另一类是规范机电产品国际招标投标活动的法律规范。其部门规章和规范性文件主要有：《工程建设项目货物招标投标办法》、《机电产品国际招标投标实施办法》、《政府招标货物和服务招标投标管理办法》等。

### 8.4.4 货物招标文件

#### 8.4.4.1 货物招标文件的编写

货物招标文件目前尚无统一的标准格式，一般由以下内容组成：招标公告或投标邀请书、投标人须知、货物需求一览表、技术规格、合同条款和格式、投标文件格式、附件等。

(1) 招标公告或投标邀请书　招标公告或投标邀请书内容格式与工程招标的相关内容基本一致，一般包括以下信息。

① 招标项目名称，资金来源，招标人名称、地址、联系方式，招标代理机构的名称、地址和联系方式。

② 招标货物的名称、数量、主要技术规格，交货地点、时间，投标人的资格要求。

③ 发售招标文件的地点、售价，发售开始和截止的时间，递交投标文件地点、投标截止时间、开标时间和开标地点等有关信息。

(2) 投标人须知　投标人须知是用以说明招标、投标程序规则和对投标人的具体要求等内容，并应与招标公告有关内容保持一致。

(3) 货物需求一览表　货物需求一览表是对招标采购货物需求的描述。表中应包含标包号、货物名称、货物规格、计量单位、数量、技术要求、交货时间、交货地点等信息。招标货物如有特殊要求，应在需求一览表中说明。

(4) 技术规格　为了能够充分、准确地表达货物的功能特性和招标需求，技术较为复杂的货物招标文件应编制技术规格，或称技术规范。

① 技术规格一般由招标人聘请的专业技术机构编制，招标采购人员配合。

② 技术规格的编写要求。技术规格应从原则到具体、从整体到局部、从一般到特殊，详细描述招标货物的技术要求，应特别注意正确选用技术指标。

(5) 合同条款和格式　招标文件的合同条款和格式是招标人与中标人订立合同的基础，应将合同的内容范围、价格，招标人与中标人的权利、义务和责任在合同条款中明确界定。由于货物种类繁多，货物合同条件和格式组成也有所区别。

① 合同协议书。合同协议书为招标人和中标人最终正式签署的约定合同双方主体、合同标的物名称、内容范围、合同总价、质量、完成期限等主要目标以及合同文件组成内容的

书面协议。

② 合同条款。合同条款应明确规定需提供的货物买卖双方的权利和义务，一般包括合同范围、交货方式、付款方式、质量保证和索赔、检验和测试、技术服务、合同生效和变更、合同终止、争议的解决等条款。

(6) 投标文件格式　投标文件格式一般包括：投标函格式、投标一览表、投标分项报价表、货物说明一览表、技术规格偏离表、商务条款偏离表、投标保证金保函格式、法定代表人授权书格式、资格证明格式、制造商授权书格式、履约保证金保函格式、预付款银行保函格式、信用证样本、其他所需资料等。投标人必须按招标文件规定的格式编写投标文件。

(7) 附件　招标文件附件部分是指与招标文件有关的其他内容，包括图纸、技术标准、模型等。

编制货物招标文件时应遵循以下规定。

① 招标文件应清楚地说明拟购买的货物及其技术规格、交货地点、交货时间，维修保修的要求，技术服务和培训的要求，付款、运输、保险、仲裁的条件和条款及可能的验收方法与标准，还应明确规定在评标时要考虑的除价格以外的其他能够量化的因素以及评价这些因素的方法。

② 对原招标文件的任何补充、澄清、勘误或内容改变，都必须在投标截止日期前送给所有招标文件购买者，并留给足够的时间使其能够采取适当的行动。

③ 技术规格（规范）应明确定义。不能用某一制造厂家的技术规格（规范）作为招标文件的技术规格（规范）。如确需引用，应加上“实质上等同的产品均可”这样的词句。如果兼容性的要求是有利的，技术规范（规格）应清楚地说明与已有的设施或设备兼容的要求。技术规格（规范）方面应允许接受在实质上特性相似、在性能与质量上至少与规定要求相等的货物。在技术标准方面亦应说明在保证产品质量和运用等同或优于招标文件中规定的标准与规则的前提下，那些可替代的设备、材料或工艺也可以接受。

④ 关于投标有效期和保证金。投标有效期应使项目执行单位有足够的时间来完成评标及授予合同的工作。提交投标保证金的最后期限应是投标截止时间，其有效期应持续到投标有效期或延长期结束后30天。

⑤ 货物合同通常不需要价格调整条款。在物价剧烈波动时期，对受价格剧烈波动影响的货物合同可以有价格调整条款。价格调整可以按照事先规定的公式进行，也可以证据为依据调整。

⑥ 履约保证金的金额应在招标文件内加以规定，其有效期应至少持续到预计的交货或接受货物日期保证期后30天。

⑦ 报价应以指定交货地为基础，价格应包括成本、保险费和运费。如为进口货物，还要考虑关税和进口税。

⑧ 招标文件中应有适当金额的违约赔偿条款，违约损失赔偿的比率和总金额应在招标文件中明确规定。

⑨ 招标文件中应明确规定属于不可抗力的事件。

⑩ 解释合同条款时使用中华人民共和国的法律，争端可以在中国法院或按照中国仲裁程序解决。

⑪ 在投标截止日期前，投标人可以对其已经投出的标书文件进行修改或撤回，但须以书面文件形式确认其修改或撤回。若在投标有效期内撤回其标书，则投标保证金将被没收。

#### 8.4.4.2　货物评标方法和因素

货物招标文件应依据《招标投标法》规定的两类评价标准，结合货物的特点设定投标文件的评价办法，包括评标方法、因素和标准。

（1）评标方法　评标方法是按照评标标准评价比较投标文件的具体方法。现行各种具体评标方法名称虽然不尽相同，但实质上都属于《招标投标法》规定的两类：即“综合评估法”和“经评审的最低投标价法”。

《政府招标货物和服务招标投标管理办法》规定的“最低评标价法”属于“经评审的最低投标价法”；而“综合评分法”和“性价比法”均属于“综合评估法”。

评标步骤包括初步评审和详细评审。初步评审包括对投标文件的内容、格式、签署等形式评审；对投标人的资格评审；对投标文件报价的响应性评审，并纠正投标报价的算术错误。

初步评审不合格的投标文件将被拒绝，并不再进行详细评审。初步评审合格的投标文件将进行下一步的详细评审，对投标文件的技术、商务和报价做进一步的详细分析比较。

货物的评标方法选择及运用应按照招标项目特点和要求考虑相关因素。

（2）经评审的最低投标价法的选择因素及运用　经评审的最低投标价法是指以价格因素为主导的评标方法。在投标文件的技术和商务内容能够满足评价因素标准的条件下，仅对投标报价的价格因素进行量化折算和评价，经评审的投标价格最低者作为中标候选人。

（3）综合评估法的选择因素及运用　综合评估法是按照能够最大限度地满足招标文件中规定的各项因素标准，综合评价和选择中标人的评标方法。凡是技术复杂，技术和管理实施能力及实施方案比较重要，不宜采用经评审的最低投标价法的货物项目，应当采用综合评估法评标。

货物综合评估法有三种较常用的运用方法。

a. 最低评标价法的选择及运用。最低评标价法是对符合招标文件规定的商务和技术实质要求的投标文件，根据招标文件规定的办法、因素、标准对投标报价、技术因素和商务因素采用货币量化折算评估。

b. 综合评分法。综合采购货物的特点和要求在招标文件中设定合理的商务、技术、价格评价因素、标准及其综合权重比例，并对符合招标文件规定的实质性要求的投标文件，采用将各评价因素量化为分数的方法进行综合评审比较，评分最高者为最优。

c. 性价比法。《政府招标货物和服务招标投标管理办法》中规定的性价比法，是指按照要求对投标文件进行评审后，计算出每个有效投标人除价格因素以外的其他各项因素的汇总评分，将其除以该投标人的报价得到的商数，即为投标人的性价比评价总分。评价总分最高的投标人为中标候选人。

### 8.4.5 货物采购合同条件的应用

#### 8.4.5.1 货物采购合同的计价类型

货物采购合同与工程承包合同有很多相似之处，但也具备自身特点。货物采购合同计价类型分为三大类：总价合同、成本补偿合同和单价合同。

（1）总价合同　总价合同是最常见的合同计价类型，由双方基于共同确定的工作范围签订的合同，只要合同范围不变，无论实际的项目成本是多少，都不会调整合同总价。这种合同类型便于采购方控制项目预算和规避项目风险，通常情况下，对于采购方是有利的，而同时供货方必须对项目成本、风险等进行控制，项目管理能力直接关系到合同的盈亏。在总价合同中，双方一般都要约定变更控制机制，如何确定项目范围的变化以及如何更改相应的合同条款，特别是如何调整合同金额。

（2）成本补偿合同　成本补偿合同，即成本加酬金合同，是由采购方根据供货方在项目中实际付出的成本给予补偿。这种合同对供货方非常有利，而对于采购方项目管理能力的要求就大大提高，采购方承担了很大的项目风险，必须直接关注项目过程中的细节，直接控制项目成本。

（3）单价合同　单价合同中，双方无法预先确定交易总额，但是可以约定每一交易的单价，总价随着交易量的变化而变化。这在大规模的集团采购中非常多见。这种合同计价类型的关键就在于单价标准的适用范围及对采购总量的预测。在使用这种合同类型时，为了增加灵活性，还经常针对不同客户的特点制定不同的价格标准，以满足不同的要求。

8.4.5.2　合同计价类型的选择

选择合同类型是招标采购的重要内容，在选择合同类型时要考虑以下因素：①成本分析。②采购需求的类别和复杂性。③采购需求的紧迫性。④履行期限或生产周期。⑤采购历史。

总而言之，选择何种合同类型需要进行多方面的分析，并无固定的模式，最重要的是在选择时要考虑全面，利弊分析清晰，而后选择最合适的合同模式。

8.4.5.3　货物采购合同关键节点

货物采购合同需明确双方的责任和义务，特别是合同关键节点的责任和义务划分是合同能否顺利执行的重点。

合同条款设置应结合实际采购货物要求，清晰、明确定义关键节点及关键节点之间的逻辑关系，为后续合同条款要求提供支持，合理界定买卖双方的责任界面。

合同中定义的责任界面清晰可以降低合同履行阶段的不确定性，而且投标人较容易核算其成本及风险，并提供合理的投标报价。否则，投标人会将所有的不确定因素折算为成本，提高投标价格。

### 8.4.6　货物投标文件的组成

（1）投标单位的条件　凡具有法人资格和承包能力的生产企业或设备供应部门，均可以按招标文件的要求参加投标或联合投标。但与招标单位或设备需要部门有直接经济关系（财务隶属关系或股份关系）的单位及项目设计单位不能参加该项目的投标。

参加投标的单位要在招标单位规定的时间内提交投标书并提供下列资料：①投标单位的企业法人营业执照。②与投标相关的生产技术能力及设备状况说明。③产品生产许可证、产品鉴定证书和有关检测报告。④金融机构出具的资信证明。⑤投标单位资格审查表。⑥法定代表人授权书。⑦生产企业给设备供应部门的授权书。⑧招标文件中规定的其他文件。

投标单位提供上述资料是为招标单位审查其资格而提供的文件，也是招标投标管理部门复核时使用的证明文件。

（2）货物投标文件一般由下列内容组成：①投标函；②投标一览表；③技术性能参数的详细描述；④商务和技术偏差表；⑤投标保证金；⑥有关资格证明文件；⑦招标文件要求的其他内容。

## 8.5 工程项目施工招标投标

工程项目施工采购应当采取招标方式，严密的招标文件是采购工作成功的保证，因为它是承包商报价的依据，也是合同的基础。

### 8.5.1　工程施工招标文件的编写

各类工程施工招标文件的内容大致相同，下面以《标准施工招标文件》（以下简称《标准文件》）为范本介绍工程施工招标文件的内容和编写要求。

（1）封面格式　《标准文件》封面格式包括下列内容：项目名称、标段名称（如有）、标识出“招标文件”这四个字、招标人名称和单位印章、时间。

（2）招标公告与投标邀请书　招标公告与投标邀请书是《标准文件》的第一章。对于未进行资格预审项目的公开招标项目，招标文件应包括招标公告；对于邀请招标项目，招标文件应包括投标邀请书；对于已经进行资格预审的项目，招标文件也应包括投标邀请书（代资格预审通过通知书）。

（3）投标人须知　投标人须知是招标投标活动应遵循的程序规则和对投标的要求。但投标人须知不是合同文件的组成部分，希望有合同约束力的内容应在构成合同文件组成部分的合同条款、技术标准与要求等文件中界定。

投标人须知包括投标人须知前附表、正文和附表格式等内容：①投标人须知前附表。②总则。③招标文件。④投标文件。⑤投标。⑥开标。⑦评标。⑧合同授予。⑨重新招标和不再招标。⑩纪律和监督。⑪附表格式。

（4）评标办法　招标文件中“评标办法”主要包括选择评标方法、确定评审因素和标准以及确定评标程序三个方面的主要内容。

① 选择评标方法。评标方法一般包括经评审的最低投标价法、综合评估法和法律、行政法规允许的其他评标方法。

② 评审因素和标准。招标文件应针对初步评审和详细评审分别制定相应的评审因素和标准。

③ 评标程序。评标工作一般包括初步评审、详细评审、投标文件的澄清、说明及评标结果等具体程序。

关于评标方法更加详细的阐述请参见下一部分内容。

（5）合同条款及格式　《合同法》第 275 条规定，施工合同的内容包括工程范围、建设工期、中间交工工程的开工和竣工时间、工程质量、工程造价、技术资料交付时间、材料和设备供应责任、拨款和结算、竣工验收、质量维保范围和质量保证、双方相互协作等条款。

《标准文件》的合同条款包括了一般约定、发包人义务、有关监理单位的约定、有关承包人义务的约定、材料和工程设备、施工设备和临时设施、交通运输、测量、放线、施工安全、治安保卫和环境保护、进度计划、开工和竣工、暂停施工、工程质量、试验和检验、变更与变更的估价原则、价格调整原则、计量与支付、竣工验收、缺陷责任与维保责任、保险、不可抗力、违约、索赔、争议的解决共 24 条。

合同附件格式包括了合同协议书格式、履约担保格式、预付款担保格式等。

（6）工程量清单　工程量清单是表现拟建工程实体性项目和非实体性项目名称及相应数量的明细清单，以满足工程建设项目具体量化和计量支付的需要。工程量清单是投标人投标报价和签订合同协议书的依据，是确定合同价格的唯一载体。

实践中常见的有单价合同和总价合同两种主要合同形式，均可以采用工程量清单计价，区别仅在于工程量清单中所填写的工程量的合同约束力。采用单价合同形式的工程量清单是合同文件必不可少的组成内容，其中的清单工程量一般具备合同约束力，招标时的工程量是暂估的，工程款结算时按照实际计量的工程量进行调整。总价合同形式中，已标价工程量清单中的工程量不具备合同约束力，实际施工和计算工程变更的工程量均以合同文件的设计图纸所标示的内容为准。

《标准文件》第五章“工程量清单”包括了四部分内容：工程量清单说明、投标报价说明、其他说明和工程量清单。

（7）设计图纸　设计图纸是合同文件的重要组成部分，是编制工程量清单以及投标报价的重要依据，也是进行施工及验收的依据。通常招标时的图纸并不是工程所需的全部图纸，在投标人中标后还会陆续颁发新的图纸以及对招标时图纸的修改。因此，在招标文件中，除了附上招标图纸外，还应该列明图纸目录。

（8）技术标准和要求　技术标准和要求也是构成合同文件的组成部分。技术标准的内容主要包括各项工艺指标、施工要求、材料检验标准，以及各分部、分项工程施工成形后的检验手段和验收标准等。有些项目根据所属行业的习惯，也将工程子目的计量支付内容写进技术标准和要求中。项目的专业特点和所引用的行业标准的不同，决定了不同项目的技术标准和要求存在区别，同样的一项技术指标，可引用的行业标准和国家标准可能不止一个，招标文件编制者应结合本项目的实际情况加以引用，如果没有现成的标准可以引用，有些大型项目还有必要将其作为专门的科研项目来研究。

(9) 投标文件格式　投标文件格式的主要作用是为投标人编制投标文件提供固定的格式和编排顺序，以规范投标文件的编制，同时便于评标委员会评标。

### 8.5.2 工程评标办法

评标办法包括选择评标因素、标准和评标方法、步骤，是评标委员会评标的直接依据，是招标文件中投标人最为关注的核心内容。评标委员会将依据评标办法和标准评审投标文件，做出评审结论并推荐中标候选人，或者根据招标人的授权直接确定中标人。

#### 8.5.2.1 选择评标方法

评标方法一般包括经评审的最低投标价法、综合评估法或者法律、行政法规允许的其他评标方法。招标人应选择适宜招标项目特点的评标方法。

(1) 经评审的最低投标价法　应该推荐能够满足招标文件的实质性要求，并且经评审的投标价格最低的投标人为中标候选人，但是投标价格低于其成本的除外。

经评审的最低投标价法一般适用于具有通用技术、性能标准或者招标人对其技术、性能没有特殊要求，工程施工技术管理方案的选择性较小，且工程质量、工期、成本受施工技术管理方案影响较小，工程管理要求简单的施工招标项目的评标。

(2) 综合评估法　应该推荐能够最大限度地满足招标文件中规定的各项综合评价标准的投标人为中标候选人，但是投标价格低于其成本的除外。

综合评估法一般适用于工程建设规模较大，履约工期较长，技术复杂，工程施工技术管理方案的选择性较大，且工程质量、工期和成本受不同施工技术管理方案影响较大，工程管理要求较高的施工招标项目的评标。

#### 8.5.2.2 确定评审因素和标准

应分别制定初步评审和详细评审的因素和标准。

(1) 初步评审因素和标准　初步评审因素和标准通常包括下列内容。

① 形式评审因素和标准，主要包括投标文件主要内容、格式和签署、投标报价的唯一性和准确性等。

② 资格评审因素和标准，适用于未进行资格预审的情况。

③ 响应性评审因素和标准。

④ 采用经评审的最低投标价法的初步评审因素和标准还应包括工程施工组织设计和项目管理人员。

上述初步评审的各项评审因素和标准属于定性评审，投标文件的任何一项因素不符合评审标准均构成废标，不能进入详细评审，故其评审因素和标准的设立要非常审慎、严谨。

(2) 详细评审因素和标准

① 综合评估法的详细评审因素包括科学设置评审内容及因素，并结合招标工程的技术管理特点和投标竞争情况合理设置评审因素的权重和标准。最后，采用评分或货币量化的方法对投标人及其投标文件进行综合评审。评标委员会依据综合评估价从低到高或综合评估从高到低的排名次序推荐1～3名中标候选人，或者根据招标人的授权直接确定中标人。

② 经评审的最低投标价法的详细评审因素主要是投标报价的总价和分项单价的竞争合

理性、平衡性，以及报价内容范围是否存在遗漏、偏离，是否低于其成本价格等，并就招标文件允许和约定的报价内容范围差异、遗漏、工程单价不平衡、工程款支付进度差异等可以量化的价格因素，按标准折现计算评标价。最后按评标价由低到高排序，依次推荐 1～3 名中标候选人，或者根据招标人的授权直接确定中标人。

### 8.5.3 工程合同计价类型

采取何种合同计价方式由招标人在招标文件中规定，不同计价方式双方承担的风险不同，承包商的报价方法也不一样，共有以下四种类型的计价方式。

#### 8.5.3.1 固定总价合同

合同的工程数量、单价及合同总价固定不变，由承包人包干，除非发生合同内容范围和工程设计变更及约定外的风险。这种合同计价方式一般适用于工程规模较小、技术比较简单、工期较短，且核定合同价格时已经具备完整、详细的工程设计文件和必需的施工技术管理条件的工程建设项目。工程承包人承担了大部分风险。

#### 8.5.3.2 固定单价合同

合同的各分项工程数量是估计值，合同履行中，将根据实际发生的工程数量计算调整，而各分项工程的单价是固定的，除非发生工程内容范围、数量的大量变更或约定以外的风险，才可以调整工程单价。这种合同计价方式一般适用于核定合同价格时，工程数量难以确定的工程建设项目，工程承包人承担了工程单价风险，工程招标人承担了工程数量的风险。单价合同的极端形式是招标人不提供任何分项工程数量，工程承发包双方约定各分项工程单价，故又称为纯单价合同，这种合同计价方式容易发生争议。

#### 8.5.3.3 可调价格合同

可调价格合同又可以分为可调总价合同（工程数量是固定的）和可调单价合同（工程数量是预估可调整的）。两种合同的总价和各分项工程的单价可以建照合同约定的内容范围、条件、方法、因素和依据进行调整。其中，工程的人工、材料、机械等因素的价格变化可以约定依据物价部门或工程造价管理部门公布的价格或指数调整。

#### 8.5.3.4 成本加酬金合同

也称成本补偿合同。合同价格中工程成本按照实际发生额确定支付，承包人的酬金可以按照合同双方约定的工程管理服务费、利润的固定额计算，或按照工程成本、质量、进度的控制结果挂钩奖惩的浮动比例计算。这种合同计价方式一般用于核定合同价格时，工程内容、范围、数量不清楚或难以界定的工程建设项目。

### 8.5.4 工程投标文件的组成

#### 8.5.4.1 工程投标文件

工程投标文件一般由下列内容组成：①投标函及投标函附录；②法定代表人身份证明或授权委托书；③联合体协议书；④投标保证金；⑤已标价的工程量清单；⑥施工组织设计；⑦资格审查资料。

#### 8.5.4.2 工程项目投标报价编制

投标报价是指承包商计算、确定和报送招标工程投标总价格的活动。报价是进行工程投标的核心，业主常以承包商的报价作为主要标准来选择中标者。此外，投标报价也是业主与承包商进行承包合同谈判的基础，直接关系到承包商投标的成败。

（1）工程报价的依据　工程报价的依据主要有下列几项。

①设计图纸；②工程量清单；③合同条件，尤其是有关工期、支付条件、外汇比例的规定；④施工规范和施工说明书；⑤拟采用的施工方案、进度计划；⑥有关法规；⑦工程材料、设备的价格及运费；⑧劳务工资标准；⑨当地生活物资价格水平。

此外，还应考虑各种有关间接费用。

(2) 工程报价的范围　我国住房和城乡建设部规定以工程量清单计价方式进行投标报价，制订了《建设工程工程量清单计价规范》于 2008 年 7 月 9 日发布，自同年 10 月 1 日起实施。

报价范围为投标人在投标文件中提出要求支付的各项金额的总和。这个总金额应包括按投标须知所列在规定工期内完成的全部，招标工程不得以任何理由重复计算。除非招标人通过修改招标文件予以更正，投标人应按工程量清单中列出有工程项目和数量填报单价和合价。每一项目只允许有一个报价。招标人不接受有选择的报价。未填报单价或合价的工程项目，实施后，招标人将不予支付，并视为该项费用已包括在其他有价款的单价或合价之内。

工程投标报价前，必须先明确报价的内容。国内工程投标报价的内容就是建筑安装工程费的全部内容，包括下列项目。

① 直接费用。建设工程直接费用一般由直接工程费和措施费组成。

a. 直接工程费。建设工程直接工程费是指施工过程中耗费的构成工程实体的各项费用，包括人工费、材料费、施工机械使用费。

b. 措施费。建设工程措施费是指为完成工程项目施工，发生于该工程施工前和施工过程中非工程实体项目的费用，主要包括以下几方面：环境保护费；安全施工费；文明施工费；临时设施费；夜间施工费；二次搬运费；大型机械设备进出场及安拆费；脚手架费；混凝土、钢筋混凝土模板及支架费；已完工程及设备保护费；施工排水、降水费。

② 间接费用。建筑安装工程施工的间接费用主要由企业管理费和规费两部分组成。

a. 企业管理费。企业管理费是指建筑安装企业组织施工生产和经营管理所需费用。内容包括以下几项：管理人员工资；办公费；差旅交通费；固定资产使用费；工会经费；财产保险费；工具用具使用费；职工教育经费；劳动保险费；财务费；税金；其他。

b. 规费。企业规费是指政府和有关权力部门规定必须缴纳的费用（简称规费）。包括以下几方面：工程排污费；工程定额测定费；社会保障费；住房公积金；危险作业意外伤害保险。

③ 利润和税金

a. 利润是指施工企业完成所承包工程获得的盈利。

b. 税金是指国家税法规定的应计入建筑安装工程造价内的营业税、城市维护建设税及教育费附加等。

凡是报价范围内的各项目的报价都应包括组成上述建筑安装工程费的各个项目，不可重复或遗漏。

明确了报价范围和报价的内容要求，应进一步进行下列工作，为报价奠定坚实的基础。

① 熟悉施工方案。了解本单位在投标项目上的工期和进度安排，准备采用的施工方法和主要机械设备以及现场临时设施等。

② 核算工程量。通常可对招标文件中的工程量清单进行重点抽查。

③ 选用工、料、机械消耗定额。国内工程投标报价，原规定以造价管理部门统一制定的概/预算定额为依据。工程数量核算基本无误之后，即可根据分部分项工程的内容选用相应的工、料、机械消耗定额，作为确定间接费的依据。

④ 确定分部分项工程单价。作为投标报价基础的分部分项单价，必然要求反映人工、材料、机械费用的市场价格动态，以适应市场开放、价格千变万化的新形势。做好这项工作，应由企业的劳动工资、器材供应和机械设备管理等部门与定额、预算部门密切配合，随时掌握市场价格动态，编制并及时修订人工、材料、构配件和机械台班单价表，供投标报价时选用。

⑤ 确定措施费、间接费率和利润率。通常，前两项以直接工程费或人工费为基础；利润率则以直接费与间接费之和为基础，分别确定一个适当的百分数。

完成这些基础工作之后，经过报价决策分析，做出报价决策，即可编制报价单。为了满足报价决策的要求，熟练的报价人员可运用某些报价技巧。

### 8.5.5 报价策略——不平衡报价

不平衡报价指在总价基本确定的前提下，如何调整内部各个分项的报价，以期既不影响报价，又使投标人中标后可尽早收回垫支于工程中的资金和获取较好的经济效益。通常有下列两种情况。

① 对能早收回工程款的项目的单价可报较高价；对后期项目单价可适当降低。

② 估计今后工程量可能增加的项目，其单价可提高；对工程量可能减少的项目，其单价可降低。

## 8.6 咨询服务招标投标

### 8.6.1 咨询服务的内容

咨询服务来源于项目的实际需要。常见的咨询服务包括以下几个方面。

(1) 项目投资前研究　它是指在确定项目之前进行的调查研究，其目的在于确定投资的优先性和部门方针，确定项目的基本特性及其可行性，提出和明确项目在政府政策、经营管理和机构方面所需的变更和改进。

(2) 准备性服务　它是指为了充分明确项目内容和准备实施项目所需的技术、经济及其他方面的工作，通常包括编制详细的投资概算和营运费用概算、工程详细设计、交钥匙工程合同的实施规范、土建工程和设备招标采购的招标文件。

(3) 执行服务　它是指工程监理和项目管理，包括检查和督促工作、审核承包商和供货商出具的发票以及与合同文件的解释有关的技术性服务，还可以包括协助采购并且协调同一项目的不同承包商和供货商的投入，以及在开始和营运阶段的各种设施。

(4) 技术援助　它是指范围广泛的咨询服务和支持借款人的服务。

### 8.6.2 咨询服务采购方式

国际上通行的咨询服务招标方式有三种：公开招标、邀请招标、竞争性谈判。

(1) 公开招标　公开招标也称国际竞争性招标，是指在世界范围内公开招标选择咨询公司。采用这种方式可以为一切有能力的咨询公司提供一个平等的竞争机会，业主也可以从众多的咨询公司中挑选一个比较理想的公司为其提供高质量、高效益的咨询服务。

(2) 邀请招标　邀请招标也称为有限竞争性招标，是业主利用自己的经验和调查研究获得的资料，根据咨询公司的技术力量、仪器设备、管理水平、过去承担类似项目的经历和信誉等选择数目有限的几家集训公司发出投标邀请函，进行项目竞争。

(3) 竞争性谈判　竞争性谈判，是由业主直接选定一家公司通过谈判达成协议，为其进行咨询服务。这种方式通常在一些特定情况下采用。

### 8.6.3 咨询人的选择标准

(1) 基于质量和费用选择咨询人　咨询服务采购中，采购人主要考核被选执行项目的合同及其人员的能力和资质、咨询意见的质量、客户与咨询人员的关系等；有时也可将所提的财务条件作为考虑问题的附加因素。

(2) 基于质量选择咨询人　对于技术复杂程度高、工作任务对最终产品影响大的咨询项目，采购时不应考虑费用因素，而只考虑技术因素。

（3）基于最低费用选择咨询人　基于最低费用选择咨询人的采购方法适用于具有标准或常规性质的任务。这类任务一般有公认的惯例和标准，而且涉及的金额不大。

### 8.6.4 咨询服务招标投标的法律法规

咨询服务招标投标，是指处理工程、货物以外的其他招标投标活动。如建设工程的勘察设计、监理招标投标，工程咨询评估、财务、法律等中介服务招标投标。通常，咨询服务招标的招标人看重的主要是投标人提供的相关劳务、技术、智力等服务的能力，评审标准比较复杂，很少有统一的标准。因此，各类服务招标投标方面的规定差异较大。

随着招标投标制度的推广，服务招标投标领域不断扩展，国家发展改革委和各有关部门制定了一系列规章和规范性文件，如：在工程勘察设计招标投标的规定中有《工程建设项目勘察设计招标投标办法》、《建筑工程设计招标投标管理办法》、《建筑工程方案设计招标投标管理办法》等；在监理招标投标方面的规定中有《公路工程施工监理招标投标管理办法》、《水运工程施工监理招标投标管理办法》等；在科技项目与科研课题招标投标的规定中有《科技项目招标投标管理暂行办法》、《国家科研计划课题招标投标管理暂行办法》等。

### 8.6.5 咨询服务公开招标程序

与货物采购和工程施工不同，项目单位选择和聘请咨询公司通常不是将报价作为最主要的选择标准，而是主要考虑被选执行任务的公司及其人员的能力和智力，咨询意见的质量，客户与咨询人之间关系如何等。

如世界银行推荐，按以下步骤进行选择咨询人：

① 确定任务大纲。

② 编制费用概算，即预算。

③ 刊登广告。

④ 确定咨询人的名单。

⑤ 准备并发出建议书邀请函。

⑥ 向各咨询人发信，邀请他们提出咨询建议书。

⑦ 评审各咨询人所提出的咨询建议书，选择一个合适的咨询人进行合同谈判。

⑧ 与选中的咨询人谈判合同。

### 8.6.6 工程建设项目设计采购

#### 8.6.6.1 招标文件的主要内容

工程建设项目设计招标文件一般包括投标须知、设计条件及要求、主要合同条件、投标文件格式、附件及附图等内容。评标方法和标准可以作为投标须知的附件，也可以在招标文件中单列章节。

#### 8.6.6.2 评标方法

评标方法设置的公正性和科学性是评价和选择设计方案的关键。各个投标人发散思维与评委会收敛思维的全面综合，是每一个优秀工程建设项目设计中标方案诞生的基础，投标人的创造与评委会的评价已日益成为促进设计水平提高的两个重要方面。

鉴于工程建设项目设计招标的特点，工程建设项目设计招标评标方法通常采用综合评估法，实践应用中采用的记名或无记名投票法、排序法等评标方法均属于综合评估法的不同形式。可根据工程建设项目设计所属行业、专业特点和具体需求情况，选择适用的评标方法。

采用综合评估法时，评标委员会对通过符合性初审的投标文件，按照招标文件中详细规定的投标技术文件、商务文件和经济文件的评价内容、因素、权值和具体评分方法进行综合评估，推荐综合评分最高的前1～3名投标人为中标候选人。鉴于工程建设项目设计属于智力服务，设计费报价的评估权重不宜过高（一般不超过15%），而应重点评审投标技术文件及其设计方案。

### 8.6.7 工程建设项目监理采购

#### 8.6.7.1 工程施工监理招标文件

招标文件一般由招标公告、投标人须知、监理大纲要求、合同文件、工程技术文件、投文件格式、提供的设备仪器与设施要求等内容组成。

① 投标人须知。施工监理招标文件的投标人须知可参考工程招标文件相关内容，其中区别较大的是委托监理的范围和内容、监理投标报价说明、投标文件的编制要求等内容。

② 监理大纲要求。监理大纲要求是招标人对监理单位提出的监理服务的实质性要求，明确监理范围、内容、职责及所期望的工程质量、造价、进度控制目标。

③ 合同文件。合同文件是招标文件的组成部分，也是中标人与招标人签订合同，明确双方权利、义务、责任的主要条件。其内容包括合同协议书、中标通知书、投标函、合同专用条件、合同标准条件、合同附件。其中，合同标准条件可参考相关示范文本。

④ 工程技术文件。

⑤ 投标文件的内容。

⑥ 双方提供的设备、仪器与设施要求。

#### 8.6.7.2 工程监理评标方法、因素的选择

（1）工程监理评标方法 监理招标的评标方法宜采用的是综合评估法。根据招标项目特点，招标文件设定评标因素、标准及评分权重。评标委员会对各投标人满足评价标准的程度评分，再按照预先确定的因素权重计算得出每个投标人的综合评分，按各投标人的得分高低排序，推举中标候选人。

（2）工程监理评标因素 鉴于监理服务的特点，招标人选择中标监理单位的原则一般应是“基于能力的选择”，所以监理评标除遵循客观、公平、公正、科学的最基本原则外，还应充分体现监理招标的特点，突出对投标人能力的评比。

### 8.6.8 工程建设项目管理采购

#### 8.6.8.1 招标文件的主要内容

工程建设项目管理的招标文件通常由招标公告、投标人须知、项目管理大纲要求、合同文件、工程技术文件、投标文件格式等几部分组成。其招标文件的内容和格式，可以参照建设工程监理招标文件的相关内容，但招标文件对投标文件的项目管理大纲内容的要求应体现以下几个特点。

① 项目管理架构（组织分解结构）。投标人应提供项目管理架构，以考察投标人对本项目人力资源的投入、项目管理组织的结构及投标人对现场管理机构支持的安排。项目管理架构应能反映管理公司常驻现场的项目管理部及对项目管理部提供专业支持的公司职能部门两个层面的管理力量投入情况。

② 合同网络图（工程分解结构）建议。工程建设项目初步设计完成后组织项目管理招标的，投标人应提供合同网络图建议，以考察投标人对项目技术经济构成及商务安排的理解程度与相关经验。

③ 项目管理重点与难点分析。投标人应提供项目全过程各阶段管理的重点与难点分析，以考察投标人对项目全过程、全方位管理内容和困难是否已有充分的认识。

④ 项目管理规划。投标人应提供项目管理规划，以考察投标人的项目管理工作流程与管理体系的具体内容，以及投标人对项目决策流程管理的建议。

⑤ 项目总进度控制（里程碑）计划及其管理体系。投标人应提供总进度控制计划及其进度管理体系。总进度控制计划应涵盖投标人所承担项目管理的过程，应包括所有对项目进

度造成影响的因素，而不论这些因素来源于项目业主、管理、设计还是工程承包人。

⑥ 项目投资控制管理体系。投标人应提供项目投资控制管理体系，并同时要求投标人必须响应招标文件所列出的项目投资管理目标。

⑦ 办理政府审批手续。投标人应详细描述招标项目须投标人办理的主要政府审批环节，明确这些审批手续之间的逻辑关系，并将此反映到项目总进度控制（里程碑）计划中。

⑧ 项目管理前期咨询管理服务要点。项目决策阶段开始的全过程管理服务招标，投标人应提供包括工程建设项目的功能策划管理、工程方案设计任务书及其编制要点、工程设计管理的方案、其他各项预控计划（如建设资金需求计划）的编制等项目前期咨询管理的主要内容。

#### 8.6.8.2 评标方法和因素的选择

工程建设项目管理服务评标一般采用综合评估法。国际咨询工程师联合会（FIDIC）于1990年提出基于质量选择咨询工程师（即项目管理单位）的原则，这是因为项目管理单位作为项目业主管理代表的重要性，使得选择项目管理单位的素质、信誉往往成为一个项目能否成功实施的关键。工程建设项目管理服务评审要素中商务、技术管理、经济报价三个部分，包括以下内容。

① 项目管理单位的实力和信誉的分析评价（属于商务要素）。包括企业认证体系，资质、类似项目管理业绩、财务和资信等评价。

② 项目管理机构设置及人力资源配备的分析评价（属于商务要素）。包括项目管理组织计划（管理架构图）及主要管理人员的类似项目管理业绩经验、能力、信誉等情况评价。此项评价涉及了项目管理单位投入招标项目的人力管理资源的规模与质量，是项目管理评价的重点，一般应给予较大的评分权重。

③ 项目管理团队答辩的评价（属于商务要素）。结合主要项目管理人员对项目管理实质问题的理解、陈述，评价项目管理团队沟通项目管理问题的能力、应对质疑能力等。

④ 项目管理大纲的分析评价（属于技术要素）。包括项目管理目标承诺、管理的任务及工作流程的描述，项目管理的重点和难点分析，项目投资、进度、质量、安全目标控制方案的方法和措施，项目管理过程的组织与协调，工程分解结构草案（合同网络图），项目投资控制管理框架体系和项目进度控制计划的评价等。

### 8.6.9 咨询服务合同的类型

根据《世界银行借款人选择和聘用咨询人指南》的规定，咨询服务合同按照其规定的付款方式，可以分为五种。

(1) 总价合同　总价合同被广泛应用于简单的规划和可行性研究、环境研究、标准或普通建筑物的详细设计。采用总价合同时，价格应当做为评选咨询专家的因素之一。

(2) 计时制合同　计时制合同主要用于复杂的研究、工程监理、顾问性服务，以及大多数的培训任务，这类任务的服务范围和时间长短一般难以确定。付款是基于双方统一的人员按小时、日、周或月计算的费率，以及使用实际支出和双方同意的单价计算的可报销项目费用。

(3) 雇用费和/或意外费合同　当咨询公司为公司的出售或公司的合并做准备时，雇用费和/或意外费合同的使用较为广泛。对咨询公司的酬金包括雇用费和意外费，后者通常表示为资产售价的一定百分比。

(4) 百分比合同　百分比合同通常用于建筑方面的服务，也可以用于招标代理和检验代理。这种方式将付给咨询公司的费用与估算的或实际的项目建设成本，或所采购和检验的货物的成本直接挂钩。

(5) 不定期执行合同　在借款人需要“随叫随到”专业服务，以对某一特定活动提出意见，而提意见的程度和时间在事前无法确定的情况下，可使用不定期执行合同。

在实际工作中，业主可以使用国际通用的标准的咨询服务合同，例如，FIDIC 颁布的各种咨询服务合同样本，使用时只需要稍加修改。

### 8.6.10　咨询服务合同的内容

按咨询服务所特有的高智能劳务的性质，咨询服务合同具有其他合同所不具备的对服务人员、服务成果和服务绩效考评及奖惩的特别约定，这时的服务合同的内容一般需以如下体系和条款进行表述：①定义和解释；②咨询服务方的义务；③客户的义务；④人员；⑤责任和保险；⑥合同的开始、完成、变更与终止；⑦支付；⑧一般规定；⑨争端的解决。

### 8.6.11　咨询服务投标文件的组成

服务投标文件一般由下列内容组成：①投标函及投标函附录；②法定代表人身份证明或授权委托书；③联合体协议书；④投标；⑤保证金；⑥技术建议书；⑦投标报价文件；⑧资格审查资料或资格预审更新资料。

## 本章小结

招标与投标作为一种交易方式和签约方式在建设项目的采购中具有广泛的用途，甚至已成为许多建设项目唯一的采购方式，因此其重要性不言而喻。为保证水处理项目的成功实施，有关各方必须深入了解招投标的理论知识并能在招标采购的实际工作中正确运用。本章从基本建设程序入手，探讨了建设项目采购方案的内容，介绍了总承包模式下的招标投标、货物招标投标、施工招标投标和咨询服务的招标投标，针对上述每类招标投标，分别从特征、招标方式、招标文件构成、评标方法、计价方式、投标文件组成等诸多方面进行了详细讲解。通过本章的学习，读者应该能够做到对建设项目采购尤其是招标投标有个全局的了解和把握，并能在实际工作中灵活运用。

## 参考文献

[1]　刘慧．招标投标专业实务．北京：中国计划出版社，2009.
[2]　孔晓．项目管理与招标投标．北京：中国计划出版社，2009.
[3]　邓铁军．工程建设项目管理．武汉：武汉理工大学出版社，2009.
[4]　GB/T 50358—2005，建设项目工程总承包实施管理规范．
[5]　吴守荣．项目招标管理．北京：机械工业出版社，2004.
[6]　袁炳玉．招标法律法规与政策．北京：中国计划出版社，2009.
[7]　宣卫红，张本业．工程项目管理．北京：中国水利水电出版社，2006.
[8]　丁士昭．建设项目管理．北京：中国建筑工业出版社，2010.
[9]　成虎．工程项目管理．北京：中国建筑工业出版社，2001.

# 第9章 应用实例

## 案例1 垃圾渗滤液（一）

南京某垃圾填埋厂采用MBR法深度处理垃圾渗滤液，渗滤液属高浓度污水，成分复杂、污染物浓度高且变化无规律，可生化性差，含盐量高，并含有较高浓度的氨氮，产生量随季节变化较大。设计水量为$100m^3/d$，处理流程如图9-1所示。

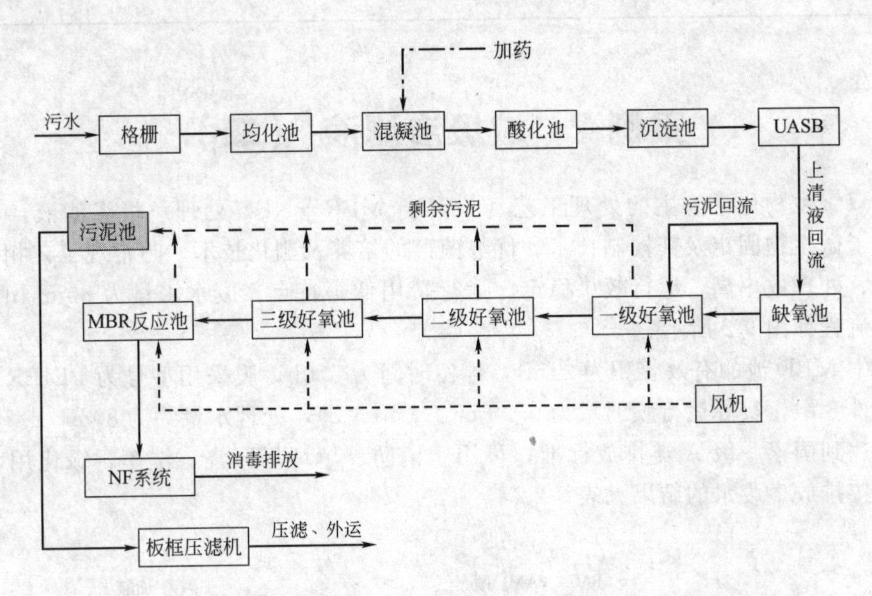


图9-1 某垃圾填埋厂MBR法处理垃圾渗滤液流程图

—— 污水；- - - 污泥；—·— 药剂；-·-·- 空气

污水在均化池内进行水质、水量调节，由污水提升泵将污水提升至混凝池，通过向混凝池中投加絮凝药剂使废水与药剂充分混合然后形成矾花最后沉淀下来从而去除废水中的P、SS以及一些重金属物质等。混凝池的上清液自流进入酸化池，在这里进行废水的pH调节，出水直接进入UASB进行厌氧处理，完成大部分大分子有机物的去除，改善污水的可生化性。UASB出水进入缺氧池进行脱氮，然后再进入三级好氧进行进一步的生物降解，去除大部分的BOD，最后进入膜池，进行深度处理，处理后BOD可在30mg/L以下。膜池出水经过纳滤系统，纳滤出水消毒排放。

工艺中MBR池有效容积为$45m^3$，停留时间约为10h，池内活性污泥浓度控制在8000mg/L，选用型号为PEIER100-100的膜组件4组，实际运行中膜通量为$0.25m^3/(m^2 \cdot d)$，MBR池内气水比约在40∶1，后接NF系统。经过处理后的废水能够达到《污水综合排放标准》(GB 8978—1996)一级标准。废水处理结果见表9-1。

表 9-1 MBR 法处理垃圾渗滤液设计进、出水水质

| 项目 | 进水水质 | 出水水质 | 去除率 |
| --- | --- | --- | --- |
| 颜色 | 黄到黑灰色 | 无色 | |
| 气味 | 恶臭 | 无臭 | |
| SS/(mg/L) | 2000 | 70 | 96.5% |
| pH | 5.5～9.0 | 6～9 | |
| $COD_{Cr}$/(mg/L) | 6000～10000 | 60 | 99% |
| $BOD_5$/(mg/L) | 2000～3000 | 20 | 99% |
| TP/(mg/L) | 60 | 0.5 | |
| $NH_4^+$-N/(mg/L) | 1000～1500 | 15 | 99% |

# 案例 2 垃圾渗滤液（二）

采用双级生物化学为主的处理工艺（$A^2$/O＋MBR＋NF）处理垃圾渗滤液，其主要特点是引进了微生物固定及其控制技术、优势菌群的培养及驯化技术。与常规工艺相比，具有适应性强、处理效率高、运行效果稳定、运行费用低等特点。废水水量为 80$m^3$/d，废水处理的工艺流程如图 9-2 所示。

工艺中 MBR 池的有效容积为 24$m^3$，停留时间为 5.0h，膜采用型号为 PEIER150-90 的平板膜组件 3 组，实际运行膜通量为 0.25 $m^3$/（$m^2$·d），处理水量约为 80$m^3$/d。处理后的出水完全达到国家一级 A 类排放标准，可用于消防、填埋场回浇、洗车、绿化用水或向自然水体直接排放。废水的结果见表 9-2。

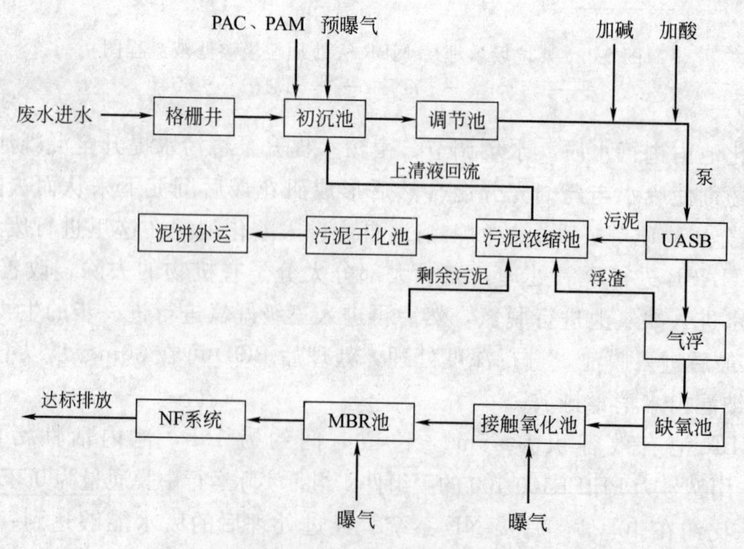


图 9-2 MBR 法处理垃圾填埋厂废水流程

表 9-2　MBR 法处理废水设计进、出水水质

| 控制污染物 | 进水水质（5 年内） | 进水水质（5 年后） | 出水水质 |
|---|---|---|---|
| 色度(稀释倍数) | | | ≤40 |
| $BOD_5$ | 1000～3500mg/L | 200～1400mg/L | ≤30mg/L |
| $COD_{Cr}$ | 3000～8000mg/L | 700～5000mg/L | ≤100mg/L |
| $NH_4^+$-N | 300～1600mg/L | 400～1800mg/L | ≤25mg/L |
| 总氮 | | | ≤40mg/L |
| 总磷 | | | ≤3.0mg/L |
| SS | 500～1300mg/L | 200～1000mg/L | ≤30mg/L |
| 总汞 | 0.0008～0.0051mg/L | 0.0012～0.0064mg/L | ≤0.001mg/L |
| 总镉 | 0.009～0.25mg/L | 0.02～0.43mg/L | ≤0.01mg/L |
| 总铬 | | | ≤0.1mg/L |
| 总砷 | | | ≤0.1mg/L |
| 总铅 | 0.3～1.55mg/L | 0.48～2.56mg/L | ≤0.1mg/L |
| 粪大肠菌群数 | | | 1000 个/L |

# 案例 3　烟草生产、生活综合废水

某卷烟厂采用“水解酸化＋MBR”深度处理生产当中产生的生活废水和部分生产废水。该卷烟厂排放水量为 1200$m^3$/d，要求处理后的混合废水进行处理，使其达到国家规定的绿化用水标准，回用水量 1000$m^3$/d。废水处理的工艺流程见图 9-3。

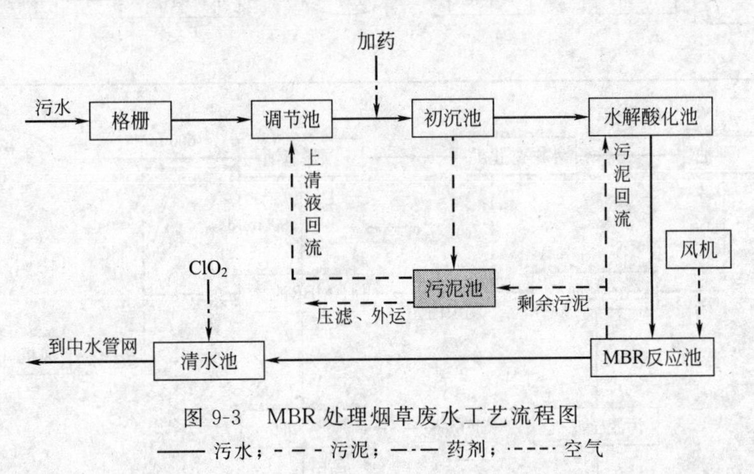


图 9-3　MBR 处理烟草废水工艺流程图

—— 污水；- - - 污泥；—·— 药剂；····· 空气

工艺中设计 MBR 池 2 座，有效容积 450$m^3$，停留时间为 9h，MBR 由 24 组 PEIER150-100 型膜组件组成，实际膜通量为 0.42$m^3$/（$m^2$·d）。处理后的废水达到国家回用的标准。废水处理结果见表 9-3。

表 9-3 MBR 法废水设计进、出水水质

| 项目 | 进水水质 | 出水水质 |
| --- | --- | --- |
| pH | 5.98～6.90 | 6.0～9.0 |
| 嗅 | 有刺鼻气味 | 无不快感 |
| $BOD_5$/(mg/L) | 340 | ≤10 |
| COD/(mg/L) | 851 | ≤100 |
| 氨氮/(mg/L) | 30 | ≤10 |
| 色度 | 58 | ≤30 |
| 浊度/(NTU) | 360 | ≤5 |
| 总大肠菌群/(个/L) | $2.5\times10^4$ | ≤3.0 |
| 阴离子表面活性剂/(mg/L) | 4.80 | ≤0.5 |
| 溶解性总固体 | | ≤1000 |
| 铁 | | ≤0.3 |
| 锰 | | ≤0.1 |
| 总余氯/(mg/L) | — | 接触 30min 后≥1.0<br>管网末端≥0.2 |

# 案例 4 印染废水

江苏某服装厂采用 MBR 法处理生产废水。其废水主要来自面料印染过程中，针织印染排放废水 $Q=1500m^3/d$，业主要求其中 $900m^3/d$ 废水回用于生产，其余废水直接排放，回用率为 60%。测得废水各项指标为 COD 含量为 360mg/L，色度为 80，TP 含量为 19mg/L。处理工艺主要采用“气浮＋水解＋MBR”对废水进行除磷、脱色、降解污染物处理，确保废水达到排放及回用要求。具体流程见图 9-4。

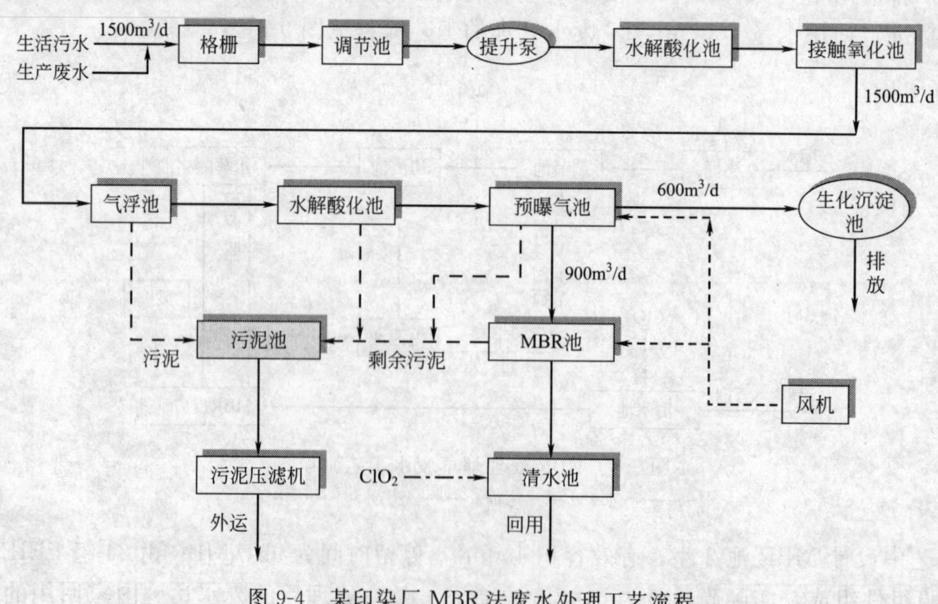


图 9-4 某印染厂 MBR 法废水处理工艺流程

—— 污水；- - - 污泥；—·— 药剂；----- 空气

工艺中 MBR 池有效容积为 $150m^3$，停留时间 4.0h，池内膜选用 PEIER150-150 膜组件 12 组，实际运行过程中膜通量约为 $75m^3/$（组·d），经过处理后的废水的 COD 含量为 50mg/L，去除率达到 87%，TP 含量小于 0.5mg/L，去除率达到 97%，色度小于 10，各项指标均达到了回用的标准。

# 案例 5 电镀清洗分流废水

江苏某微电子有限公司在原有污水处理工艺的基础上采用 MBR 法处理在生产过程中产生金属废水。由于其原有污水处理站的出水 SDI 不满足后续处理工艺要求，为了使其满足后续工艺的进水要求，对该废水采用 MBR 法进一步处理，处理水量 $10m^3/h$。处理工艺如图 9-5 所示。

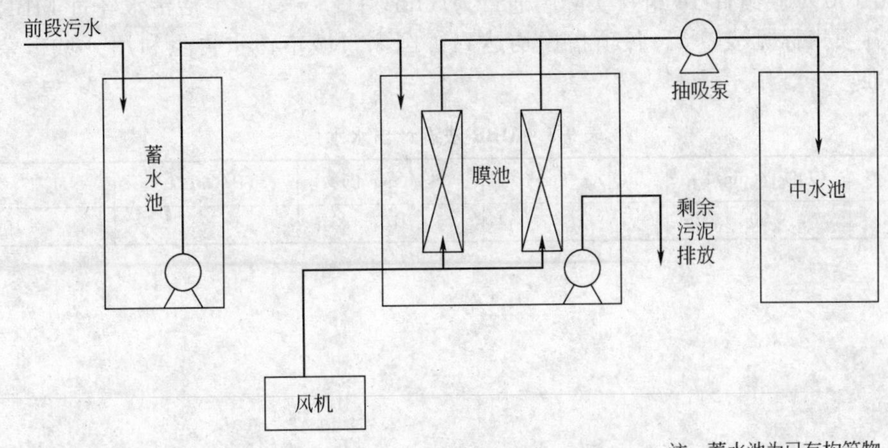


图 9-5 MBR 法深度处理电镀废水工艺流程

工艺中 MBR 池有效停留时间约为 5.2h，选用 PEIER150-100 型膜组件 5 组，实际膜通量为 $0.40m^3/(m^2\cdot d)$。运行情况表明，采用 MBR 池出水中 SDI≤3，且水质稳定，能够满足要求；出水电导率低于进水电导率，能够满足要求；MBR 系统未出现故障，膜压降很小，可长期正常运行。进、出水水质见表 9-4。

表 9-4 设计进、出水水质

| pH | 总盐/(mg/L) | $BOD_5$/(mg/L) | $COD_{Cr}$/(mg/L) | 电导率/(μS/cm) | 浊度 | SDI |
|---|---|---|---|---|---|---|
| 6～8 | <600 | 低 | <80 | <1000 | <5 | — |
| 6～8 | <600 | 低 | <进水 | <进水 | <1 | ≤4 |

# 案例 6 生活污水的回用

某机场采用 MBR 法处理生活污水。机场产生的污水量约 $700m^3/d$，最高流量约为 $840m^3/d$，污水中 COD 含量约为 350mg/L，氨氮含量约为 35mg/L，TP 含量约为 5mg/L，要求对污水进行处理，使其达到国家规定的回用标准。工艺流程图如图 9-6 所示。

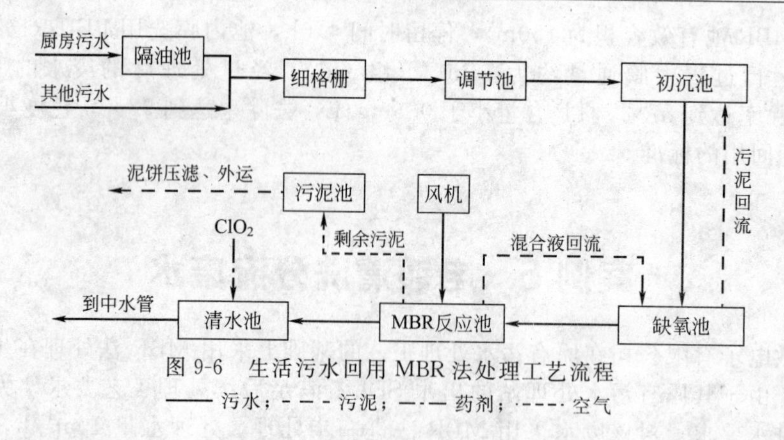


图 9-6 生活污水回用 MBR 法处理工艺流程

—— 污水；- - - 污泥；—·— 药剂；----- 空气

处理工艺采用的 MBR 反应器有效容积为 $150m^3$，停留时间为 5.0h，出水采用 PEIER150-100 型膜组件 14 组，实际膜通量为 $50m^3$/（组·d）。生活污水经过 MBR 法处理后的出水各项指标见表 9-5。各项指标均达到了国家《城市污水再生利用 城市杂用水水质》的标准。

**表 9-5 MBR 法设计出水水质**

| pH | $COD_{Cr}$/(mg/L) | $BOD_5$/(mg/L) | SS/(mg/L) | TP/(mg/L) | $NH_3$-N/(mg/L) |
|---|---|---|---|---|---|
| 6～9 | 50 | 10 | 10 | — | 10 |